古典文獻研究輯刊

十八編

曾永義 主編

第10冊

元雜劇娛樂功能研究

康相坤 著

國家圖書館出版品預行編目資料

元雜劇娛樂功能研究／康相坤 著 — 初版 — 新北市：花木蘭
文化事業有限公司，2018〔民 107〕

序 2+ 目 4+228 面；19×26 公分

（古典文學研究輯刊 十八編；第 10 冊）

ISBN 978-986-485-511-7（精裝）

1. 元雜劇 2. 戲曲評論

820.8   107011628

ISBN-978-986-485-511-7

9 789864 855117

古典文學研究輯刊
十八編 第 十 冊   ISBN：978-986-485-511-7

元雜劇娛樂功能研究

作　　者　康相坤
主　　編　曾永義
總 編 輯　杜潔祥
副總編輯　楊嘉樂
編　　輯　許郁翎、王筑　美術編輯　陳逸婷
出　　版　花木蘭文化事業有限公司
發 行 人　高小娟
聯絡地址　235 新北市中和區中安街七二號十三樓
　　　　　電話：02-2923-1455／傳眞：02-2923-1452
網　　址　http://www.huamulan.tw 信箱 hml810518@gmail.com
印　　刷　普羅文化出版廣告事業
初　　版　2018 年 9 月
全書字數　198589 字
定　　價　十八編 15 冊（精裝）新台幣 29,000 元

元雜劇娛樂功能研究

康相坤　著

作者簡介

康相坤，漢族，1971 年 3 月出生，內蒙古赤峰人，文學博士，中國少數民族文學學會會員，元代文學學會（籌）會員，內蒙古民族大學文學院副教授，主要從事中國古代文學、古代小說戲劇和古代文論的教學與研究。近年來，在《中央民族大學學報》《蘭州學刊》《內蒙古民族大學學報》等學術期刊發表了《元雜劇觀演的商業化模式解析》《從觀眾接受看元雜劇創作的利他性》《雜劇的娛樂性本質特徵論析》等多篇論文，與人合著《中國戲曲理論與發展史研究》學術著作一部，主持完成自治區哲學社會科學項目一項，參與完成各類科研項目多項。

提　　要

今人重視對劇本、劇場的研究，忽視了觀眾和演員的在整個表演系統中的動態作用，從實踐來說，觀眾才是戲劇的終極消費者，「沒有觀眾就沒有戲劇」。文章從戲劇的四要素及其關係出發，分四章進行闡釋。

第一章重點探討娛樂功能與元雜劇成熟興盛的關係。元雜劇的娛樂功能來源於孕育其成長的各門藝術。蒙古族政權的建立，多種因素合力使元雜劇「化繭成蝶」，繁榮興盛，其紐帶就是「娛樂」。

第二章主要從創作角度挖掘元雜劇的娛樂功能。元雜劇寫作主要供舞臺演出之需，作家一方面是「自娛」，最主要的是「娛人」，因此作家善於選擇容易引起觀眾興奮點的題材。在寫作劇本時，作家必須考慮觀眾的理解力和欣賞水平，注重迎合觀眾的審美需求。

第三章主要從演出角度論述元雜劇的娛樂功能。《青樓集》中的雜劇演員（藝人）技藝精湛，各有所長，尤其是一些女演員色藝俱佳，深受歡迎。元雜劇表演充滿競爭，對演員形貌和演技的要求都很高。舞臺演出的程序化、虛擬化，滲透著取悅和娛樂觀眾的戲劇理念。

第四章主要從消費角度闡釋元雜劇的娛樂功能。劇場的改易變遷是以適應觀眾更好觀看為特點的。元代遍佈城鄉的勾欄瓦舍和戲臺就是元雜劇繁榮興盛的歷史見證。元雜劇的觀眾成分複雜，各民族喜愛雜劇，他們看戲、點戲、評戲，成為劇場中的「上帝」。元雜劇大團圓結局是其娛樂功能典型而集中的體現。

本書是內蒙古哲學社會科學一般項目《元雜劇創作與觀演的娛樂性研究（項目編號：2014B080）》的最終成果。

序

　　元代文學研究近年來隨著觀念的變化，資料的積累，新方法的運用，取得了豐碩的研究成果。其中傳統熱點如「元曲」的研究又頻見新成果。相坤的《元雜劇娛樂功能研究》一書即是這方面的力作。

　　相坤隨我讀博三年，該書就是在他的博士論文的基礎上修改而成的。他讀博前曾是內蒙古民族大學文學院的中國古代文學教師，具有較好的基礎。求學期間，他努力認眞，專心讀書，取得了較突出的成績。今天他的著作《元雜劇娛樂功能研究》一書即將出版，我作爲他的導師是很爲他高興的，並樂意寫幾句。

　　元雜劇和元散曲一起統稱「元曲」，是過去我們研究元代文學之重點著力處。但一般對元雜劇文本研究比較多，對其他如劇場、演員、觀眾等研究相對比較弱。可元雜劇作爲一種綜合藝術形式，僅關注文本對其他不深入研究是不完整的。相坤的《元雜劇的娛樂功能》一書，從戲劇的四要素，即劇本、劇場、演員和觀眾及其相互關係出發，挖掘元雜劇作爲通俗大眾文學的本質屬性——娛樂功能，是對元雜劇進行綜合研究的有益嘗試。

　　元雜劇是中國戲劇史上戲劇這一藝術形式走向成熟的標誌。其前承宋雜劇、金院本，後連明清傳奇。其突出點是與「娛樂」密不可分。元代社會爲此提供了最適宜的環境。如蒙古統治者的喜好，上行下效，起到了推波助瀾的作用。另外，元雜劇作爲一種成熟的戲劇形態，具有商品消費的特點，從創作、演出到觀看，每一個環節都以娛樂觀眾爲最高追求。作家寫劇本賣給戲班，戲班在劇場演出賺取金錢，觀眾花錢到劇場看戲，甚至出資修建戲臺，請戲班演出，因此作家和演員就要最大限度製造快樂。四要素構成了完整的

消費鏈，「娛樂」是牽合該消費鏈的「隱形紅線」，該書以這條「隱形紅線」為線索，分為四章對作家的創作、演員的演出、觀眾的消費等相關問題展開具體論述，提出了很好的觀點，如文人投身戲劇創作，並非單純是因為地位低下和科舉廢止的問題，追求一種自適的生活方式本是很多作家的自主選擇。

　　文學創作與當時的社會現實是有密切關係的。元代作為我國歷史上第一個由少數民族入主中原所建立的統一的封建王朝，其間廣泛開展的多民族文化交融或多元文化交流是當時社會現實的突出點之一。這深深地影響了當時的文學創作。該書也涉及了這方面的內容。如蒙古族文化、蒙古族統治者的喜好對元雜劇創作的影響等。當然，這方面的研究還有挖掘的空間。

　　相坤現在內蒙古民族大學工作，大環境還沒有離開學校的教學科研，望他能以此書為堅實的起點，繼續發揚務實、刻苦、創新精神，取得更大的成績。是為序！

雲　峰

2018 年 3 月於北京

目次

緒　論

一、問題的提出

　　元雜劇是中國戲劇成熟的標誌，是一種「眞戲劇」，是一種見之於舞臺的視聽綜合藝術，屬於通俗的大眾文化。「戲劇」與「娛樂」密不可分。它以強大的娛樂功能而深得元代社會各階層的喜愛，朝野上下、城市鄉村出現了觀演元雜劇的盛況。劇本、劇場、演員、觀眾是戲劇的四要素，其中，劇本、劇場屬於物的因素，演員、觀眾屬於人的因素；物可以流傳，人不能永生。元人看表演，今人讀文本，這是兩種完全不同的傳播渠道。只有將其還原到元代社會的「生態環境」中，才能展現其歷史「本來面目」。

　　本文的主要是探究元雜劇的娛樂功能，在展開研究之前，有必要對「戲劇」、「娛樂」兩個關鍵詞進行闡釋。

　　東漢許愼《說文解字》曰：「戲，三軍之偏也，一曰兵也。」清段玉裁注云：「一說謂兵械之名也，引申之爲戲豫，爲戲謔。以兵杖可玩弄也，可相鬥也，故相狎亦曰戲謔。《大雅》毛傳曰：『戲豫，逸豫也。』」〔註1〕軍中之「戲」移至平素遂變爲娛樂，而形成「戲謔」、戲豫」表演。任半塘在《唐戲弄》中認爲「戲」有四個義項，分別是：謔也；舞也；歌也；角力也。涉及歌唱、舞蹈、諧謔、武打等多個方面，內容豐富。〔註2〕

〔註1〕　（漢）許愼撰，（清）段玉裁注：《說文解字注》，上海：上海古籍出版社，1988年版，第630頁。

〔註2〕　任半塘：《唐戲弄》（下），上海：上海古籍出版社，1984年版，第1312～1313頁。

　　「劇」，本意爲劇烈、厲害的意思，繁體字寫作「劇」。劇從「豦」得聲，「豦」字是「虎＋豕」的結構，取虎豕激烈相鬥之形，表示「老虎與野豬的搏鬥」，古代，貴族們曾以觀看獸與獸鬥和人與獸鬥爲娛樂，後逐漸引申出嬉戲、戲劇的含意。「豦」字加了刀字旁後變爲「劇」，就有了人獸相鬥和人手持刀槍棍棒作戲的含義了。〔註3〕《篇海類編・器用類・刀部》解釋爲：「劇，戲也」。李白《長干行》「妾髮初覆額，折花門前劇。郎騎竹馬來，繞床弄青梅」中的「劇」就是嬉戲的意思。唐宋文獻及戲曲中屢屢提到所謂「則劇」，而且往往與娛樂活動相聯繫，劉曉明在《雜劇形成史》中考證後認爲「則劇」即「作劇」，「則」乃「作」或「做」的意思，並申述：

　　　　我們基本贊同胡忌、董每戡的解釋，將「則劇」釋爲「玩物玩耍」，或者遊戲。但從語源的角度看，稱「戲耍」更爲合適。

　　　　……

　　　　「則劇」之「劇」者，「戲」也，此「戲」即戲耍、戲弄之義。《資治通鑒・唐高祖武德四年》：「（竇建德）遣使與（李）世民相聞曰：請選銳士數百與之劇。」胡三省注：「劇，戲也；今俗謂戲爲則劇。」竇建德所要求的「銳士數百與之劇」之「劇」，當然不是表演藝術的戲劇，而是遊戲之「劇」。〔註4〕

　　可見「戲」、「劇」兩個字含義相近，都有遊戲、嬉戲、娛樂的意思。

　　「戲劇」兩個字合用最早見於唐代杜牧《西江懷古》詩：「魏帝縫囊眞戲劇，苻堅投箠更荒唐」，〔註5〕這裡「戲劇」非今天所謂的戲劇，依然是玩笑、戲耍的意思。宋元兩代多以「優戲」或「伎劇」指稱戲劇，而不用「戲劇」一詞。直到明代，才使用「戲劇」一詞作爲戲劇的通稱，但其具體涵義發生了變化。關於「戲劇」的定義，說法很多，茲引述幾例：

　　　　英國著名戲劇理論家阿・尼柯爾的定義是：「戲劇是以某種方式表現生活意念的藝術，這種方法又能夠使這一表現通過演員得到解釋。並使看戲的觀眾感到興趣。」同時，「戲劇家經常利用一些可導致情緒上與心理上發生震驚的意外成分，而這些成分確實是戲劇家構思情節的基礎。」〔註6〕

〔註3〕 段石羽：《漢字之趣》，烏魯木齊：新疆人民出版社，2008年版，第20～21頁。

〔註4〕 劉曉明：《雜劇形成史》，北京：中華書局，2007年版，第133頁。

〔註5〕 胡可先選注：《杜牧詩選》，北京：中華書局，2005年版，第75頁。

〔註6〕 （英）阿・尼柯爾：《西歐戲劇理論》，北京：中國戲劇出版社，1985年版，第36、39頁。

　　日本河竹登志夫在他的《戲劇概論》中解釋爲：戲劇是「由演員扮演成劇本中的登場人物出現在觀眾面前，並在舞臺上憑藉其形體動作和語言所創造出來的一種藝術。」〔註7〕

　　王國維在《宋元戲曲史》中說「然後代之戲劇，必合言語、動作、歌唱以演一故事，而後戲劇之意義始全。」〔註8〕

　　我國《辭海》對「戲劇」的釋義是：「戲劇是由演員扮演角色，在舞臺上當眾表演故事情節的一種藝術。」〔註9〕

　　凡此種種，通過「興趣」、「扮演」、「表演」等詞語的使用，說明戲劇蘊涵著遊戲、戲耍的成分，可見戲劇與娛樂有著天生的不解之緣。

　　娛樂者，簡言之，就是遊戲、嬉樂的意思，《說文解字》解釋說：「娛，樂也。」在《漢語大詞典》中，娛樂有兩個含義，一是指歡娛快樂，使歡樂。《史記・廉頗藺相如列傳》：「趙王竊聞秦王善爲秦聲，請奏盆缻秦王，以相娛樂。」二是指快樂有趣的活動。《北史・齊紀中・文宣帝》：「或聚棘爲馬，紐草爲索，逼遣乘騎，牽引來去，流血灑地，以爲娛樂。」這個意思用的不多。本文中的「娛樂」主要指第一個含義。「一般說來，娛樂是指人們通過具體的審美文化活動而獲得感性的愉悅（快樂、滿足或享受等）。」〔註10〕

　　任何一個時代的社會生活都由兩個基本方面組成：其一是勞動，其二便是閑暇。有閑暇便有娛樂，閑暇就是自由幸福快樂的時光，追求娛樂是人的天性，對於這些說法，許多西方的理論家見解頗多，熊志沖在《娛樂文化》一書中有詳細論述，這裡簡單摘述如下：〔註11〕

　　古希臘時代，亞里斯多德在《倫理學》第十二卷中談到「幸福存在於閑暇之中。」文藝復興時期，英國人文主義者、思想家托馬斯・毛阿（1478～1575）在其享有盛名的《理想國》中提出的閑暇思想，他主張用娛樂來佔領閑暇，娛樂就是「快樂的生活」或「愉快的生活」之意。啓蒙主義思想家洛克與斯賓塞提出了「閑暇教育論」，在西方娛樂文化史上佔有重要地位。在美

〔註7〕　（日）河竹登志夫：《戲劇概論》，北京：中國戲劇出版社，1983年版，第1頁。

〔註8〕　王國維：《宋元戲曲史》，北京：中國書籍出版社，2016年版，第37頁。

〔註9〕　《辭海・藝術分冊》，上海：上海辭書出版社，1980年版，第74頁。

〔註10〕　王一川：《雜語溝通——世紀轉折期中國文藝潮》，武漢：湖北教育出版社，2000年版，第43頁。

〔註11〕　可參看熊志沖：《娛樂文化》，成都：巴蜀書社，1990年版，第1～14頁。

國，以利帕爾、里曼、哈畢、卡斯特等爲代表的社會學研究者傾向於把閑暇看成是「與報酬無關而直接滿足於追求自由的活動」，杜姆茨泰認爲「閑暇比什麼都自由、都快樂」。十九世紀德意志的哲學家叔本華的《幸福論》、奧地利精神分析學派大師弗羅依德的《圖騰與禁忌》等書勾畫出他們心目中的理想人物，即是以健康的生活和享樂原則爲基礎的娛樂者。二十世紀初，法國著名的人生哲學家阿蘭就娛樂的本質來論述理想人生，他 1928 年著述的《關於幸福的語錄》中用大量篇幅論述了娛樂是以快樂爲主體而佔據幸福之中樞的理由，阿蘭提出：「如果從表情上來看，人類只有順應其創造的意欲才是幸福。」並進一步談到，娛樂之所以成爲改善精神狀態的理由，是因爲它的「行動性」。他說，「事實上，人類最大的快樂莫過於去做自己嗜好的行動，只要看到孩子們的遊戲就會清楚這一點。大家在一起玩球、擠香油（很多人背靠牆排成一排，大家都使勁力爭把其中的人擠出去的遊戲）、拳打腳踢，雖然有時會帶污垢或傷痕，但是，完全是出於孩子們的熱望，是他們所懷念的事。那些摔打、疼痛、疲勞早已置之度外而成爲稱心如意的快樂。」

中華民族從來就是一個熱愛生活的民族，中國古代也不乏對娛樂的探索和認識。《子路曾晳冉有公西華侍坐》篇記述的是孔子弟子子路等四人在先生面前各言其志的情景以及孔子對他們的評價，其中曾晳勾勒出了一幅春光爛漫、生意盎然的遊春圖：

（曾晳）曰：「莫春者，春服既成，冠者五六人，童子六七人，

浴乎沂，風乎舞雩，詠而歸。」夫子喟然歎曰：「吾與點也。」〔註12〕

在曾晳那充滿詩意的理想藍圖中，人們瀟灑自適、樂趣天然。孔子的贊許，表現了他對太平盛世和樂景象的嚮往，追求的是一種身心愉悅的境界。《詩經·陳風·宛丘》「坎擊其鼓，宛丘之下，無冬無夏，值其鷺羽」，描寫了陳地的百姓擊鼓奏樂，手執鷺羽，載歌載舞的歡樂場面，表現了我國勞動人民積極樂觀的精神風貌。

舞蹈起源於勞動〔註 13〕，它是人類愉悅之情最直接的表達方式，「最初的舞蹈，自然是自娛，也以娛人，移以娛神，久之便形成了祀典中的各種舞

〔註12〕楊伯峻譯注：《論語譯注》，北京：中華書局，1980 年版，第 119 頁。

〔註13〕黃巽齋認爲：最原始的舞蹈當始於狩獵和戰爭，從某種意義上說，狩獵正是原始人類的勞動。而遠古的狩獵和戰爭，又可以說是同義語，捕獲野獸和捕取敵俘在某種意義上也是同義的。參見《漢字文化叢談》，長沙：嶽麓書社，1998 年版，第 143 頁。

蹈。」〔註14〕《毛詩・序》中說：「情動於中而形於言，言之不足，故嗟歎之；嗟歎之不足，故歌詠之；歌詠之不足，不知手之舞之足之蹈之也。」揭示出產生娛樂活動的最深厚的根源是在人的生物性之中。

　　古往今來，追求娛樂的是所有人心目中共同的願望。荀子《樂論》云：「夫樂者，樂也，人情之所必不免也，故人不能無樂。」〔註15〕「樂（yue）」能給人「樂（le）」。「中國舊時的所謂『樂』，它的內容包含得很廣，音樂、詩歌、舞蹈，本是三位一體可不用說，……凡是使人快樂，使人感官可以得到享受的東西，都可以廣泛地稱爲『樂』。但它以音樂爲其代表，是毫無問題的。」〔註16〕

　　娛樂是人類的天性，古今中外，概莫能外。但在不同的歷史時期，人們娛樂活動在內容、範圍和層次上都有差別。熊志沖在《娛樂文化》一書中指出：

> 中國古代浩如煙海的古籍詩畫，向我們展示出古代紛繁熱烈的娛樂生活情景。元宵佳節的觀燈、士庶之集的春遊、百戲歌舞的表演、集市廟會的競技、茶坊酒肆的棋樂、田間巷道的嬉戲……銀花火樹、燈月交輝，鼓鐃喧天、舞樂駢闐，構成一幅幅古代娛樂生活的風俗百畫，反映出古代人民濃烈的生活和娛樂情趣。中國古代與「娛樂」有關的詞匯也是很豐富的，計有「遊娛」、「遊冶」、「遊俠」、「遊嬉」、「遊弋」、「遊博」、「遊息」等等，也反映出我國古代娛樂文化多彩的內容。〔註17〕

　　娛樂，寓娛於樂，可以陶冶性情，啓迪心智，健康身心。人們追求娛樂，其實也在創造娛樂。二者互爲促進，有一種觀點認爲戲劇起源於「蠟」的活動。《禮記・雜記》載：

> 子貢觀於蠟。孔子曰：「賜也，樂乎？」對曰：「一國之人皆若狂，賜未知其樂也。」子曰：「百日之蠟，一日之澤，非爾所知也。張而不弛，文武弗能也；弛而不張，文武弗爲也。一張一弛，文武

〔註14〕黃巽齋：《漢字文化叢談》，長沙：嶽麓書社，1998年版，第144頁。

〔註15〕王先謙撰：《荀子集解》，見《新編諸子集成》，北京：中華書局，1988年版，第379頁。

〔註16〕郭沫若：《青銅時代・公孫尼子與其音樂理論》，北京：科學出版社，1957年版，第187～188頁。

〔註17〕熊志沖：《娛樂文化》，成都：巴蜀書社，1990年版，第11頁。

之道也。」〔註18〕

　　古代民間年終的「蠟祭」是將娛神、娛人等融為一體的大型群眾性娛樂活動。孔子對此有所感悟，他用弓弩的張弛，來比喻生活的勞逸，並以此說明閑暇娛樂對於修身治國的重要作用。後來蘇軾從「蠟」這種儀式中發現了「戲」的因素，即作戲（表演）、遊戲的因素，把「蠟」這種儀式與戲劇的起源聯繫起來，並對此作了分析。其《蠟說》云：

　　　　八蠟，三代之戲禮也。歲終聚戲，此人情之所不免也，因附以禮義，亦曰：「不徒戲而已矣。祭必有尸，無尸曰奠，始死之奠與釋奠是也。」今蠟謂之祭，蓋有尸也。貓虎之尸，誰當為之？置鹿與女，誰當為之？非倡優而誰？葛帶榛杖，以喪老物，黃冠草笠，以尊野服，皆戲之道也。子貢觀蠟而不悅，孔子譬之曰：「一張一弛，文武之道」，蓋為是也。〔註19〕

　　「尸」就是代神靈受祭的人，由倡優來裝扮，頗具有演戲的意味。在歲終蠟祭的儀式上，經過一年緊張勞作的人們歡聚一起，共同參與，從中得到了休息和娛樂。清乾隆年間劇作家蔣士銓在《京師樂府詞》裏寫道：「百日之蠟一日澤，歌詠勞苦歲有常。有司張弛之道宜以古為法，毋令一國之人皆若狂。」〔註20〕反映出當時人們對戲曲的狂熱與喜愛。有鑑於此，有學者指出「古代戲曲在其萌芽時期，就包含了遊戲的因素，而『一國之人皆若狂』便是這種遊戲場面的形象描繪。或者可以說，遊戲正是產生這些戲曲萌芽的動因之一。」〔註21〕其實，遊戲也是娛樂，是一種有規則的娛樂。正是古人追求娛樂的天性，推動了後代戲劇藝術走向成熟，同時戲劇日益發展，又帶給人們無盡的樂趣。古人留下了許多相關的記錄，如陸游《春社》詩云：「太平處處是優場，社日兒童喜欲狂。」〔註22〕陸游在《小舟遊近村舍舟步歸》一詩中說：「斜陽古柳趙家莊，負鼓盲翁正做場。死後是非誰管得？滿村聽說蔡中郎。」劉克莊《即事》詩云：「抽簪脫袴滿城忙，大半人多在戲場。」《聞

〔註18〕《禮記‧雜記》，《十三經注疏》下冊，北京：中華書局，1980 年影印，第 1567 頁。

〔註19〕《東坡志林》，北京：中華書局，1981 年版，第 26 頁。

〔註20〕（清）蔣士銓：《京師樂府詞》，《忠雅堂詩集》卷八，清大文堂刻本。

〔註21〕趙山林：《詩詞曲論稿》，北京：中華書局，2006 年版，第 53 頁。

〔註22〕（宋）陸游：《劍南詩稿》，錢仲聯校注本，上海：上海古籍出版社，1985 年版，第 1884 頁。

祥應廟優戲甚盛》寫道：「空巷無人盡出嬉，燭光過似放燈時。山中一老眠初覺，棚上諸君鬧未知。遊女歸來尋墜珥，鄰翁看罷感牽絲。可憐樸散非渠罪，薄俗如今幾偃師！」〔註 23〕中國戲劇歷經元明清三代，成爲人們日常生活中必不可少的精神食糧。「戲劇可說是中國人最大的娛樂方式了，不論城市、鄉村，抑或節日慶典，日常生活都離不開。」〔註 24〕古代許多戲劇理論家對戲劇的娛樂功能都有深刻的認識，如元代胡祗遹的《贈宋氏序》，楊維楨的《沈氏樂府序》，王驥德的《曲律》，李漁的《閒情偶寄》等，這裡不一一引述了。借用陳建森先生的評說對戲劇與娛樂的關係加以總結：

> 戲曲是從上古娛神和娛人的「遊戲」活動中演變發展而來的。戲曲演出是一種群眾性的審美遊戲活動，其目的是娛樂觀眾。戲曲的觀眾不是承受者，而是享「樂」者。因而，娛樂不僅僅是一種「效果」，一種「功能」，而是「戲」的重要本質之一。〔註25〕

二、研究現狀

　　從戲劇的舞臺表演功能及其歷史價值來看，戲劇是爲觀眾服務的，「沒有觀眾就沒有戲劇」〔註 26〕，而觀眾所看中的就是戲劇的娛樂性（爲了行文的方便，文中互用了娛樂性和娛樂功能兩個詞語），戲劇發展的這一規律表明娛樂性就是戲劇的生命力的直接動力。劇本、劇場、演員和觀眾是戲劇的四要素。元雜劇是一種成熟的戲劇形態，探究元雜劇的娛樂性，應從四要素入手。

　　從戲劇學角度講，古代文獻注重對演出、觀眾和劇場的記錄。隨著元雜劇的迅猛發展，自元代前期至明初的二百年時間裏，不僅在一些文人的詩文作品中出現了戲劇批評專論，而且還出現了幾部戲劇理論專著和資料專集，涵蓋戲劇表演、演員事蹟、作曲譜律、作家作品評論等多個方面。專論如元代胡祗遹的《優伶趙文益詩序》、《黃氏詩卷序》、《贈宋氏序》；專著和資料集如元代夏庭芝的《青樓集》、燕南芝庵的《唱論》、周德清的《中原音韻》、鍾

〔註23〕劉克莊：《後村先生大全集》卷十，卷二十一，四部叢刊初編本。

〔註24〕李少兵，齊麗華，郭豔梅著：《節日節慶》，北京：中國文史出版社，2005 年版，第 82 頁。

〔註25〕陳建森：《論戲曲中游戲與娛樂的關係》，《廣西右江民族師專學報》2001 年第 1 期，第 35 頁。

〔註26〕（英）馬丁・艾思林：《戲劇剖析》，北京：中國戲劇出版社，1986 年版，第 6 頁。

嗣成的《錄鬼簿》、明代朱權的《太和正音譜》等。此外元代無名氏雜劇《藍采和》對演出的描述，使人們獲得了元代舞臺和劇場的總體印象。元代杜仁傑的【般涉調‧耍孩兒】《莊家不識勾欄》套曲，高安道的【般涉調‧哨遍】《淡行院》套曲，形象地再現了元代勾欄的演出情形。這些文獻資料從整體上反映了元代戲曲的繁榮狀況及元代藝人的生活情景。

自明中後期到清中葉，戲曲創作和戲曲理論都有了長足的發展，湧現出了一批具有理論開拓精神的戲劇學家，撰寫了很多關於戲劇理論方面的著作，如呂天成的《曲品》、徐渭的《南詞敘錄》、王世貞的《曲藻》、王驥德的《曲律》、李漁的《閒情偶寄》等。一些戲劇集的序言和劇作的評點也不乏戲劇理論方面的真知灼見。如臧懋循的《元曲選序二》、何良俊評《西廂記》和《琵琶》等。這些戲劇理論既有對戲劇創作和演出規律性問題的探討，也有針對元雜劇的音律、宮調和作家等一般問題的論析。

列舉以上文獻，其目的在於說明這些文獻資料不但是研究元雜劇創作和演出的重要資料，而且這些文獻本身就有基礎研究的性質。

現代意義上的元雜劇研究各有側重，大體分為三種情況：一是文本（包括作者）研究；二是舞臺表演研究，包括腳色、譜曲、演唱等多個方面；三是劇場研究。

王國維是文本研究的開創者，20世紀初，王國維就注意到了元雜劇的娛樂性。他在《宋元戲曲史》中說：「蓋元劇之作者，其人均非有名位學問也；其作劇也，非有藏之名山，傳之其人之意也。彼以意興之所至為之，以自娛娛人。」〔註27〕王國維認為元雜劇是最自然的文學，劇作家創作劇本的目的就是「自娛娛人」，肯定了雜劇的娛樂功能，只有讓觀眾看得明白、真切，才能進一步加以理解和認同，王國維把戲劇這一體裁的特性與觀眾心理聯繫起來，是極有見地的經典之語，為深入研究奠定了基礎。

鍾濤的《元雜劇藝術生產論》一書從元雜劇藝術本體的特性、生產和傳播者的生存狀態、生產傳播中諸問題等方面，對元雜劇藝術生產過程做了系統的考察，分析了元曲四大家的生活狀態及價值取向，肯定了雜劇創作和演出的娛樂性。陳建森的《戲曲與娛樂》一書認為戲劇是一種「審美遊戲」，也是一種「消閒娛樂」活動，中國戲曲的本質就是「戲樂」。戲劇的舞臺演出是一種演述機制，並對演述機制的形式做了深入而獨到的探究。譚霈生的《論

〔註27〕王國維：《宋元戲曲史》，北京：中國書籍出版社，2016年版，第117頁。

戲劇性》一書，作者圍繞「戲劇性」這個審美概念，結合具體作品，包括現代話劇、元雜劇等，從美學的角度闡釋戲劇藝術自身的規律，諸如戲劇衝突、戲劇情境、戲劇懸念、戲劇場面等等，深化了對戲劇娛樂功能的認識。吳晟的《瓦舍文化與宋元戲劇》一書在通俗文化層面深入揭示瓦舍伎藝興盛的原因，指出瓦舍文化是商業文化，是娛樂文化，宋元戲劇的繁榮是廣大市井平民追求娛樂的結果，充分肯定了宋元戲劇的娛人功能。還有一些論著的某些章節，如么書儀的《銅琶鐵琶與紅牙象板——元雜劇和明清傳奇比較》的「演出和體制」部分，羅斯寧的《元雜劇與元代民俗文化》的傳播篇、審美篇和語言篇，就其中的某個方面加以論述，突出了娛樂功能對於觀眾的重要意義。遺憾的是，自王國維以來的百餘年，從娛樂功能角度研究元雜劇的專著並不多。

　　其他較有影響的幾部曲學專著和文學史教材無不如此，提及了戲劇的娛樂功能，但沒有展開，如張庚、郭漢城主編的《中國戲曲通史》、李昌集的《中國古代曲學史》、鄧紹基主編的《元代文學史》、袁行霈主編的《中國文學史》、日本青木正兒的《元人雜劇概說》、田仲一成的《中國戲曲史》，為進一步研究留下了廣闊的空間等。

　　20 世紀 90 年代以來，一些學者發表了有關戲劇的娛樂功能專門論文，較有影響。如傅謹的《享樂——民眾對戲曲的價值取向》、李潔非的《古典戲曲的遊戲本質和意識》、陳建森的《戲曲中游戲與娛樂的關係》、王忠閣的《元代戲曲理論中的「娛樂」說》、王進駒的《「戲樂」：中國戲曲的本來面目》、汪曉雲的《中國戲曲的文人「遊戲」心態》等，從民眾價值取向、戲劇的本質、文人創作心態等不同的角度，充分肯定戲劇（包括元雜劇）的娛樂審美功能，取得了可喜的成果。儘管這樣的專論論文不是很多，但具有啟發性和創新性，為深入研究奠定了一定的基礎。進入新世紀以來，元代文學成為學界研究的熱點，有些博士、碩士論文的研究涉及到戲劇娛樂功能問題。如王奕禎的《中國傳統戲劇鬧熱性研究》〔註28〕，作者認為「熱鬧」一詞涵蓋了傳統戲劇乃至諸多傳統民俗活動所蘊含的深刻命意，鬧熱性就是中國傳統戲劇的本質屬性，其文對研究元雜劇的娛樂功能有很大的啟發意義。王小梅的《在狂歡化的戲曲進程中崛起——元雜劇研究的一個新文化視視

〔註28〕王奕禎：《中國傳統戲劇鬧熱性研究》，博士學位論文，上海師範大學，2012年。

野》〔註29〕，作者借用俄國理論家巴赫金的「狂歡詩學」理論，探索元雜劇民間「俗」價值的可能性，認為元雜劇從文本到觀演自始至終籠罩著「狂歡」的美學品格，被那個時代的大眾所普遍接受，民間俗文化的作用不容忽視。

從戲劇本身進行研究，首推曲學大師吳梅。他專力於戲曲研究，結合前賢研究成果，通過自己藝術實踐，系統論述了戲曲製、譜、唱、演的藝術規律，撰寫了《顧曲塵談》《中國戲曲概論》《曲學通論》《元劇研究》等曲學專著，同時他投身教學，培養了一大批學生。浦江清教授在1942年發表的《悼吳瞿安先生》一文讚譽吳梅對戲曲研究的巨大貢獻，認為「在戲曲本身之研究，還當推瞿安先生獨步」。〔註30〕周貽白是戲劇理論家，諳熟舞臺表演，1935年開始致力於戲曲史和戲曲理論的研究，有專著 7 種，其中最詳備、最能代表他學術成就的當屬《中國戲劇史長編》，他對戲劇有自己的認識：「戲劇本為上演而設，非奏之場上不為功。不比其他文體，僅供案頭欣賞而已足。是則場上重於案頭，不言而喻。」〔註31〕這種「場上戲劇」的觀念是針對王國維強調文本的研究傾向而言的。因此他從表演的角度論述了雜劇的體例、排場及其演出。關於元雜劇的演出情況，馮沅君的《古劇說匯》和胡忌的《宋金雜劇考》有詳細考證。《古劇說匯》的一、二兩個部分對宋元戲劇的勾欄、路歧、才人、做場等要素做了考證，涉及戲劇的演出場所、演員、戲劇的創作者和演出的具體情況。《宋金雜劇考》對宋雜劇和金元院本的具體演變過程做了全面介紹，就宋金雜劇的名稱、發展、體制等方面作了周密的論證，溯其淵源，明其流變，對腳色、演出、內容等皆做考察，研究的範圍更廣泛，直接關係到元雜劇的表演。李修生在《元雜劇史》中結合現存元雜劇元刊本、有關文獻文物，論述了元雜劇的演出和劇本體制。徐扶明的《元代雜劇藝術》系統論述了元雜劇的有關知識，集中談到元雜劇的演出。此外顧學頡的《元明雜劇》、康保成主編的《中國古代戲劇形態研究》中的有關章節也對元雜劇表演實踐中的戲劇服飾、腳色扮演、舞臺排場和演出等具體問題進行了探究。以上研究，並不直接涉及元雜劇文本的研究，也沒有直接論述元雜劇的娛樂

〔註29〕王小梅：《在狂歡化的戲曲進程中崛起——元雜劇研究的一個新文化視視野》，碩士論文，福建師範大學，2005 年。

〔註30〕浦江清：《悼吳瞿安先生》，王衛民編：《吳梅和他的世界》，石家莊：河北教育出版社，2002 年版，第 61 頁。

〔註31〕周貽白：《中國戲劇史·自序》，轉引自北京大學中文系編：《北大中文學刊（2011）》，北京：北京大學出版社，2011 年版，第 52 頁。

功能，但從舞臺實踐來講，這是文本得以呈現的載體，對於全面認識元雜劇，挖掘潛在的娛樂功能，具有重要的啓發意義。

　　對劇場研究起步相對晚些，20 世紀三四十年代，齊如山、傅惜華等在《國劇畫報》上刊登了一些戲臺圖片，引起人們對劇場的關注。1936 年周貽白寫出了《中國劇場史》一書，開始了劇場研究的最初嘗試。這本書分「劇場的形式」、「劇團的組織」和「戲劇的出演」三章，涉及劇場建制、舞臺藝術及技術、演出設置和表演藝術等內容。他將中國劇場的起源追溯到戲劇尚未形成的漢代，並勾勒了中國劇場演進的軌跡，第一次從劇場角度關注古代戲劇，實有開創之功。五六十年代，戲曲家王遐舉考察各地古戲臺，耙梳劇場文獻史料，寫出了《中國古代劇場》一書，惜限於條件，未能出版發行〔註 32〕。1957 年墨遺萍發表了《記幾個古代鄉村戲臺》一文，介紹了 14 座古代戲臺，再次引起研究者對戲臺的關注。同年，劉念茲發表了《元雜劇演出形式的幾點初步看法——明應王殿元代戲劇壁畫調查札記》，對廣勝寺明應王殿的雜劇壁畫進行考證，進而分析了元雜劇的演出形式。1972 年丁明夷撰寫《山西中南部的宋元舞臺》，介紹了 15 座宋金元戲臺，並根據文獻記載，勾勒出中國戲臺演變的大致趨勢，「由平地上演出到建立高出地面的檯子，由上無頂蓋的露天舞臺到有屋頂的舞臺，由演出的四面觀到一面觀。」〔註 33〕20 世紀八十年代以來，研究中國古代劇場的人員範圍擴大，從戲曲界、文物考古界發展到建築界，論著和論文的數量明顯增加。如柴澤俊的《平陽地區元代戲臺》，黃維若的《宋元明三代中國北方農村廟宇舞臺的沿革》，廖奔《宋元戲臺遺跡——中國古代劇場文物研究之一》，王季卿的《中國傳統戲場建築考略之一——歷史沿革》《中國傳統戲場建築考略之二——建築特點》等，這些文章分析了北方農村戲臺的歷史發展和建築形式，對元代戲臺的研究較爲深入。與發表論文相呼應，研究劇場的論著也逐漸多了起來，如周華斌的《京都古戲樓》、廖奔的《中國古代劇場史》、車文明的《中國神廟劇場》、馮俊傑的《山西神廟劇場考》，這些學者爲劇場研究做出了新的貢獻。他們關注古代戲劇演出環境的發展變化，不辭辛苦，通過實地考察並結合文獻資料的考證，基本理清了古代劇場演進的脈絡。山西師範大學戲曲文物研究所編的《宋金元戲曲文

〔註 32〕　王遐舉《中國古代劇場》一書的油印稿藏中國藝術研究院戲曲研究資料室，
　　　　　　參見廖奔：《中國古代劇場史》，鄭州：中州古籍出版社，1997 年版，第 3 頁。
〔註 33〕　丁明夷：《山西中南部的宋元舞臺》，《文物》1972 年第 4 期，第 54 頁。

物圖論》、廖奔的《中國戲劇圖史》、黃竹三的《戲曲文物散論》、車文明的《20世紀戲曲文物的發現與曲學研究》、馮俊傑的《山西戲曲碑刻輯考》等著作重視對戲曲文物的考證、辨析，結合文獻史料，深入研究不同歷史時期戲劇的具體形態和演出風貌，包括對舞臺設計、演出方式和觀眾欣賞等諸多方面。書中附有大量實物照片，使人們對古代戲劇演出獲得了直觀立體印象。

　　縱觀歷史，劇場的發展是伴隨著戲劇本身的不斷發展而向前發展的，是以滿足觀眾更好的觀看為前提條件的。學者們認為中國古代戲劇有三種演出場所：開放的廣場，封閉的廳堂，專門化的劇場。如果細化還可以分為宮廷、神廟、勾欄、堂會和戲園等多種演出形式。元雜劇作為中國古代戲劇發展鏈條中的重要一環，主要在勾欄和神廟演出，薛林平的《山西傳統戲場建築》和宋暘的《宋代勾欄形制復原》，緊密聯繫社會背景，結合戲劇的發展需要，從建築學角度分別對傳統戲場建築（主要是神廟）和勾欄的形成、發展以及形制進行了研究，進一步深化了對演出場所的認識。劇場本身不具有娛樂功能，但元雜劇正是通過不同的演出場所和多樣的演出形式得到了廣泛的傳播，成為當時社會廣大民眾最普遍最主要的娛樂形式，從這個意義上說，劇場間接承擔了戲劇娛樂觀眾的功能。

　　總體來看，學界普遍承認戲劇具有娛樂功能，但戲劇的娛樂功能並不是孤立存在和表現的。從四要素及其關係來看，都是就某一方面研究的多，對四要素的內在關係挖掘不夠，從整體上深入研究不夠。

三、研究價值

　　從元雜劇的娛樂功能入手進行研究，貼近了元雜劇生存「歷史狀態」，具有三方面的價值：

　　第一、有利於正確認識元雜劇的「本來面目」。戲劇作為具有時空特點的綜合藝術，承載著許多不確定因素，讀者讀劇本和觀眾看演出，是欣賞戲劇的兩個渠道，二者之間既有聯繫又有區別，前者主要是讀者對劇本文字的閱讀，後者是觀眾對演員表演的觀看；劇本可以反覆閱讀，閱讀速度由讀者本人掌控，演出只能在規定的時間內一次完成，表演不可重複；劇本可以流傳，跨越時空，演出則無法保存流傳；劇本的讀者大多是文人，很少有市民百姓，而戲劇的觀眾包括社會各個階層，其中市民百姓佔有絕大多數。就元雜劇來講，在元代社會，元雜劇主要靠舞臺演出傳播，其劇本是演出的腳本，只供

戲班演員觀看，不存在讀者群的問題。元人觀劇和我們今天的文本研究是完全不同的兩條路。由於接受的渠道和接受的主體大相徑庭，所以我們要「以今推古」，就要盡可能地恢復元雜劇的「本來面目」，把觀眾的需求放在第一位，重視對戲劇的娛樂功能挖掘，這爲我們立體考察元雜劇打開了一扇窗。

第二、有助於全面客觀地看待元代社會。元朝是我國歷史上第一個由少數民族建立的統一封建王朝，從蒙古汗國滅金、統一北方（1234），到元順帝退出大都（今北京），明王朝建立（1368），只有一百三十多年的歷史。中華人民共和國成立後的很長一段時間，史學界和文學界在論及元代社會政治、經濟和思想文化等方面時，其重點多在說明其落後和反動的一面，對其歷史進步性談的不多不夠。自 20 世紀九十年代以來，這種看法有很大的改觀，章培恆、駱玉明主編的中國文學史認爲：「近來，元史研究者普遍認爲，過去過於誇大了元朝落後、黑暗的一面，是不適當的。……由於蒙古族入主中原，帶來了某些文化的「異質」，給中國固有的文化傳統增添了新的成分、新的活力……從而，在經濟、思想文化及社會生活諸方面產生了一些引人矚目的特點。」〔註 34〕雲峰在《試論元代較寬鬆的思想政治等人文環境對元雜劇繁榮興盛之影響》一文中指出：「元雜劇與元散曲的形成以及繁榮興盛之原因是多方面的。蒙古族入主中原建立元朝後，這民族大交流的特殊政治、歷史背景，加之蒙古族的文化特質，形成了元代較寬鬆的思想政治等人文環境，爲元雜劇的創作提供了有利條件。」〔註 35〕還有一些學者如奚海、郭英德等也有過類似的說法，這樣的觀點對於拓寬研究思路，深化對元代社會的認識大有裨益。

從政治經濟學角度看，經濟基礎決定上層建築，有什麼樣的經濟基礎就需要有什麼樣的上層建築與之相適應。元雜劇屬於元代上層建築的意識形態範疇，是與元代城市經濟發展水平相適應的。元雜劇的北方和南方兩大戲劇圈，都是以城市爲中心發展起來的，北方在大都，南方在杭州，還有一些小城鎮如東平、平陽、眞定等，這些城市（鎮）大多社會穩定，人口集中，文化的底蘊厚重，尤其是經濟富足，具備雜劇生存發展的物質條件。從經濟條

〔註 34〕 章培恒，駱玉明主編：《中國文學史》下，上海：復旦大學出版社，1996 年版，第 5 頁。

〔註 35〕 雲峰：《試論元代較寬鬆的思想政治等人文環境對元雜劇繁榮興盛之影響》，《民族文學研究》2005 年第 4 期，第 143 頁。

件看，如果沒有物質財富的依託，就不會有元雜劇的發展繁榮。元雜劇的生產消費符合經濟客觀規律，是與市民的物質文化生活水平相一致的。由此我們認識到，元代都邑的市民不僅有較好的物質生活，還有充實的精神文化生活。當然這不是在美化元代社會，而是一種客觀存在。

需要解釋的是，學界承認城市經濟的繁榮是促使元雜劇興盛的條件之一，也指出了經濟繁榮的「畸形」狀態，因此如何理解「畸形」是關鍵。舉個例子講，我國的沿海與內地，東部與西部，城市與農村，經濟發展很不平衡，這種不平衡就是「畸形」，所以國家推行西部開發戰略，精準扶貧，下大力氣解決「三農」問題，就是要努力改變這種現狀。元代的城市經濟與農村經濟就是如此，只不過元代城市經濟的繁榮是以掠奪農村和農民為代價的。而對於元雜劇藝術來講，在一定範圍和意義上說，它與城市經濟繁榮是相輔相成的。

第三，有助於深化對百年來元雜劇研究成果的認識。

自王國維始，開啟了現代意義上的戲劇研究，但王國維先生「愛讀曲，不愛觀劇」的偏好，加之建國後學術研究意識形態化的傾向，百餘年來，學界重案頭文學而忽視了對戲曲舞臺表演的關注。

就文本研究來說，注重挖掘作品的思想意義和社會意義，形成了一種「批判歌頌」的解讀模式，即對劇中的矛盾雙方，要麼批判、要麼歌頌。如認為公案劇中的貪官污吏，就是元代統治者或封建統治階級的化身，通過對這些人種種惡德惡行的描繪，揭露元代社會的吏治腐敗、社會黑暗，至於劇中的清官，如包拯，則寄託了人民的理想，應大力頌揚。再如愛情婚姻劇中大膽追求愛情的女性形象，乃是封建禮教和封建婚姻制度的反抗者，通過她們追求愛情的曲折過程，揭露了封建禮教和封建婚姻制度的不合理，歌頌了她們的反抗行為，而對干涉她們愛情婚姻自由的父母則大加鞭撻。對於神仙道化劇中主人公，雖批評他們有及時行樂、消極避世的思想，但主要是肯定他們不與統治者合作、遠離官場的品格。

問題在於，元代的觀眾和我們今天的研究者不一樣，「觀眾花錢買票到劇場看戲為的是什麼？是奔著接受政治洗禮來的嗎？不是。是奔著接受文德教化而來的嗎？也不是。宋元以來，觀眾看戲，顯然是到瓦舍勾欄、廟會、集市、舞榭戲臺消閒遣悶，尋歡作樂而來的。」〔註36〕他們關注的是故事是否

〔註36〕陳建森：《戲曲與娛樂》，上海：上海人民出版社，2003年版，第1頁。

吸引人，演員的演技怎樣，至於作品的社會思想意義，還應在另一層面上。「在中國，載道之說固然是高居正統的藝術主張，但我們實際考察歷史之後，卻不難發現，在中國藝術信仰裡根深蒂固的其實是那種自娛、娛人的趣味感，亦即遊戲精神。」〔註37〕這就為我們研究元雜劇提供了一個嶄新的視角，且有利於深化對已有研究成果的思考。這裡加以簡要說明。

《竇娥冤》是關漢卿的代表作，也是元雜劇的代表作，學界研究用力最深、成果最豐富。但綜合起來看，就有諸多難解釋的地方：如蔡婆婆對張驢父子入贅的半推半就與竇娥的堅決反對之於關漢卿的婚戀觀；竇天章的公正清廉與桃杌太守的昏庸貪婪之於元代吏治黑暗腐敗的問題；蔡婆婆放高利貸與被惡人欺壓的現實之於確定蔡婆婆的身份階層的歸屬問題；關漢卿沉淪下僚、不求仕進與竇天章的中舉為官之於關漢卿的科舉心態問題。唯作品思想論，推而廣之，關漢卿的其他劇作，甚至元代其他作家的劇作也存在許多矛盾。如果把《單刀會》中的關羽置於元代統治者的對立面，當做是拯救亂世的英雄，何以元代帝王對關羽尊崇有加（元文宗加晉關羽為「顯靈義勇武安英濟王」）。馬致遠在《漢宮秋》中，改變胡漢雙方力量的對比，如果認為作者寓有反抗外族入侵的民族意識，是否也可以解讀為這是對元政權的依附和美化。因此，回歸戲劇本身，從戲劇的娛樂功能出發，才能相對客觀地看問題，並可能產生一些新的認識。

有學者曾撰文指出：「毋庸置疑，21 世紀的關漢卿研究是挑戰和機遇並存。……更應重視對關氏作品作為一門綜合藝術的再認識，恢復關氏作為『梨園領袖』、『編修師首』、『雜劇班頭』的本來面目，要結合元代舞臺演出史料全面而系統地比較研究。這方面已有論者提出並呼籲過，關鍵還是切切實實地去做。」〔註38〕還有人說：「這個 20 世紀五六十年代學術研究中被定格為革命家、戰鬥者的關漢卿，難道真是歷史上的關漢卿麼？真實的元代雜劇藝術家關漢卿究竟是一個什麼樣的人呢？……對於關漢卿研究來說，存在一個回歸文學和回歸戲曲本身的問題。」〔註39〕

〔註37〕李潔非：《古典戲曲的遊戲本質和意識》，《戲劇文學》，1998 年第 12 期，第
　　　　26 頁。

〔註38〕徐子方：《關漢卿研究的百年評點與未來展望》，《東南大學學報》，2004 年第
　　　　2 期。

〔註39〕趙建坤：《關漢卿研究學術史》，廣州：中山大學出版社，2008 年版，「序」，
　　　　第 3 頁。

關漢卿研究如此，元雜劇研究亦應如此，恢復戲劇「本來面目」、「回歸戲曲本身」，就包含了對雜劇娛樂功能的研究。這是一個新的思路，不僅拓寬了學術研究空間，還可以深化對已有研究成果的認識。

四、研究思路和方法

在研究思路上，擬突破傳統的案頭化傾向和線性思維傾向，重視劇本文學與舞臺演出的結合，重視汲取學界的研究成果，從元代的社會環境和時代背景出發，從觀眾出發，綜合運用戲劇學、歷史學、文化學、社會學等相關學科知識，圍繞元雜劇娛樂功能這一核心進行論述。在具體論述時，擬將宏觀理論的探討與微觀的考察有機結合起來，選取代表性的作家作品進行分析，並輔之以必要的圖象資料，力求有一個較為清晰的闡述。

在具體研究方法上，使用「生態還原法」，即是將元雜劇的文本還原於其賴以生存的社會文化生態環境中，還原於劇場交流的場域之中進行考察論述。當然，依託文獻材料，還原歷史，恢復戲劇的「本來面目」，這在客觀上是做不到的，還需借助戲劇的一般客觀規律通過邏輯推理的方法加以論斷。

依託文本，結合觀眾、劇場和演員對元雜劇的娛樂功能進行研究，這是研究視角上的創新。與之相伴的是如何正確看待戲劇娛樂性與思想性關係的問題。20世紀50年代以來學術研究的案頭化、意識形態化，注重挖掘作品的思想性，在不少人看來，劇本即等同於戲劇，因此本應居於中心地位的演出形態一再被忽視，當我們用新的學術理念重新審視戲劇史時，必然會產生不同於以往的學術觀點。從觀眾角度審視元雜劇的娛樂功能，恢復元雜劇作為大眾通俗文化的屬性，淡化了文本解讀的思想性，也算是學術研究的一點創新吧！

第一章 元雜劇的娛樂本質及其社會文化背景

元雜劇是中國戲劇的成熟形態，王國維認爲：「雜劇之爲物，合動作、言語、歌唱三者而成。故元劇對此三者，各有其相當之物。其紀動作者，曰科；紀言語者，曰賓、曰白；紀所歌唱者，曰曲。」〔註1〕這一理論還原了「戲劇」概念的本來面目，明確指出元雜劇是見之於舞臺融舞蹈、音樂、科白於一體的具有表演性質的綜合藝術。我們探討元雜劇的娛樂性，既要從其歷史形成的過程加以挖掘，更離不開對其生長存在環境的全面審視。

第一節 娛樂功能是戲劇母體的天生特質

「由於戲劇本身的兩重性——舞臺性與文學性，就決定了戲劇學研究中不可避免地出現以演出實踐爲基點的或以劇本文學爲基點的兩種傾向」，〔註2〕王國維是現代意義上戲劇史學研究的開創者，他重案頭、重文本的研究傾向，對中國曲學影響很大。其實，從戲劇的舞臺表演及其歷史價值來看，娛樂功能是元雜劇的本質特點。

一、戲劇娛樂功能的歷史追蹤

元雜劇的形成有一個漫長的歷史過程，戲劇史家認爲中國戲劇「其線索

〔註1〕 王國維：《宋元戲曲史》，上海：上海古籍出版社，2000年版，第94頁。
〔註2〕 葉長海：《中國戲劇學史稿》，北京：中國戲劇出版社，2005年版，第9頁。

固不止一條，來源也不止一個」〔註3〕，由於詩、樂、舞三位一體的綜合藝術在中國古代已有之，因而，戲劇史家認為「中國戲劇起源可以上溯到原始時代的歌舞」。〔註4〕王國維《宋元戲曲史》將「上古至五代之戲劇」列為第一章，在提出「巫覡說」的同時，又認為俳優、角抵戲、百戲、參軍戲等也是戲劇的源頭。追溯中國戲劇之源，就可以發現，娛樂功能是戲劇母體的天生特質，始終伴隨著戲劇的成長和發展，是戲劇發展的動力所在。

上古時期，有原始歌舞表演，在出土的彩陶上，繪有先民們手拉手集體歌舞的圖畫，《呂氏春秋·古樂》記載：「葛天氏為樂，三人操牛尾，投足而歌八闋」。這是農耕時期古人在勞動之餘載歌載舞的場景，大家一面跳一面歡呼，氣氛熱烈，心情愉悅。至於祭祀禮儀中的歌舞活動就更加興盛了，《周禮·舞師》：「舞師，掌教兵舞，帥而舞山川之祭祀；教帗舞，帥而舞社稷之祭祀；教羽舞，帥而舞四方之祭祀；教皇舞，帥而舞旱暵之事。凡野舞，則皆教之。」〔註5〕有的祭祀活動還有扮演的性質，《周禮·夏官司馬·方相氏》載：「方相氏，掌蒙熊皮。黃金四目，玄朱衣裳，執戈揚盾，帥百隸而時儺，以索室驅疫。大喪，先柩，及墓，入壙，以戈擊四隅，毆方良（魍魎）。」〔註6〕戰國時期的楚越之地，巫風盛行，這是古代的一種驅鬼逐疫儀式，又稱大儺、追儺、逐除等，儀式中包含了戲劇活動。王逸《楚辭章句·九歌序》云：「昔楚國南郢之邑，沅湘之間，其俗信鬼而好祠。其祠必作歌樂鼓舞以樂諸神。屈原放逐，竄伏其域，懷憂苦毒，愁思怫鬱，出見俗人祭祀之禮、歌舞之樂，其祠鄙陋，因為作《九歌》之曲。上陳事神之敬，下見己之冤結，託之以諷諫。」可見驅鬼逐疫的本意是「以樂諸神」，但娛神的終極目的還是為了娛人。

先秦時期，在西周末年出現了「優人」技藝，其中，以歌舞表演的叫唱優，以表演滑稽調笑為主的叫俳優。漢代史游《急就篇》云：「倡優俳笑觀倚庭」，顏師古注云：「倡，樂人也；優，戲人也；俳，謂優之藝狎者也；笑，謂

〔註3〕 周貽白：《中國戲曲發展史綱要》，上海：上海古籍出版社，1979 年版，第 1 頁。

〔註4〕 張庚，郭漢城主編：《中國戲曲通史》（上），北京：中國戲劇出版社，2007 年版，第 1 頁。

〔註5〕 《周禮注疏》卷12，《十三經注疏》上冊，北京：中華書局，1980 年影印本，第 721 頁。

〔註6〕 《周禮注疏》卷12，《十三經注疏》上冊，北京：中華書局，1980 年影印本，第 851 頁。

動作云爲，皆可笑也」。〔註7〕據馮沅君的研究，中國古優與歐洲中世紀的 Fou
（法文，相當於英文中的 fool，指古代宮廷中或貴族之家的弄臣、小丑）極相
似。「在上古，優是國君的弄臣、家奴，他們好詼諧善言談，有的還擅長音樂歌
舞，且往往以一技之長博人君一笑。」〔註8〕周時，各諸侯國國君都有自己的
「優」，優孟是楚莊王的優，優施是晉獻公的優。這些「優」雖爲近臣，實質是
沒有人身自由的奴婢，大多數人有生理缺陷，要麼身材矮小，要麼相貌醜陋。《史
記・樂書》有「優侏儒」語，裴駰《集解》引王肅注云：「俳優，短人也。」〔註
9〕王國維也認爲：「古之優人，其始皆以侏儒爲之。」〔註10〕國君把這樣的人
安排在身邊，當然是爲了取樂。歷史上的「夾谷之會」，證明了先秦古優從事娛
人性質的歌舞表演。《穀梁傳》記載，齊魯兩國國君於魯定公十年（前500）在
魯國的夾谷相會，「罷會，齊人使優施舞於魯君之幕下，孔子曰：『笑君者罪當
死。』使司馬行法焉。」〔註11〕「笑君」不是譏笑君，而是使君笑。優施的舞
蹈表演可能帶有滑稽味道，致使觀者發笑，於是發生了優人被誅事件，這就是
著名的「夾谷之會」，從側面體現了先秦優戲娛人的基本特徵。

　　到了漢代，經過漢初的休養生息，經濟出現了繁榮局面，各類藝術與先
秦相比有了長足的進步。皇帝、貴族爲追求享樂，不斷從民間藝術中吸取新
的東西來娛樂自己。漢代的表演藝術稱爲「百戲」，它泛指各種民間伎藝，包
括雜技、幻術、樂舞、武術和有簡單故事的角抵戲。角抵戲本爲流行於民間
的帶有競技性的遊戲與演出，後傳入宮廷，發展成帶有故事情節的「戲」，如
葛洪《西京雜記》記載「東海黃公」的故事，主要表演人與虎的搏鬥，兩個
演員經過化妝，分別扮成黃公和老虎，進行搏殺，最後黃公被老虎殺死。其
表演以打鬥爲中心，具有很強的觀賞性，在三輔（陝西關中一帶）地區廣爲
流傳。漢代還有歌舞戲表演，張衡在《西京賦》中描寫了京都長安一次盛大
的歌舞演出：演員眾多，陣容強大，洪厓穿著毛羽織成的服裝現場揮旗，女
聲獨唱時，有化妝成多種動物的演員進行伴舞。其舞臺的裝置與音響效果也

〔註7〕　（漢）史游撰，（唐）顏師古注：《四部叢刊・集部・急就篇》，上海：商務印
　　　　書館，1934 年版，第 43 頁。

〔註8〕　黃天驥，康保成主編：《中國古代戲劇形態研究》，鄭州：河南人民出版社，
　　　　2009 年版，第 35 頁。

〔註9〕　（漢）司馬遷：《史記》，北京：中華書局校點本，第 1222 頁。

〔註10〕　王國維：《宋元戲曲考》，上海：上海古籍出版社，1998 年版，第 4 頁。

〔註11〕　顧馨，徐明校點：《春秋穀梁傳》，瀋陽：遼寧教育出版社，1997 年版，第 125
　　　　頁。

不同反響，20 世紀戲劇史家任二北先生對此材料進行了研究，認爲其演出的場地：「有山嶺草木的地景，有風雲雨霧的天景，還有閃電轟雷，聲與光的效果，天人融爲一片，景象不爲不偉大，古伎藝中有此，到底是怎麼回事⋯⋯分明是舞臺上戲劇的布景與效果。」〔註 12〕儘管此看法還有爭議，但這樣大規模的表演展現的是「天下承平日久，自王侯以下莫不逾侈」的享樂之風。

南北朝到隋初出現了「大面」、「踏謠娘」、「撥頭」等歌舞戲，因爲歌舞爲表演具有相當長度的故事服務，所以稱之爲歌舞戲。以「踏謠娘」爲例，唐崔令欽《教坊記》云：

《踏謠娘》：北齊有人姓蘇，皰鼻，實不仕，而自號爲「郎中」。嗜飲酗酒，每醉輒毆其妻。妻銜悲，訴於鄰里。時人弄之，丈夫著婦人衣，徐行入場。行歌，每一疊，傍人齊聲和之云：「踏謠和來！踏謠娘苦和來！」以其且步且歌，故謂之「踏謠」；以其稱冤，故言苦。及其夫至，則作毆鬥之狀，以爲笑樂。今則婦人爲之，遂不呼郎中，但云「阿叔子」。調弄又加典庫，全失舊旨。或呼爲「談容娘」，又非。〔註13〕

這個故事並不複雜，演一個醉漢打老婆，老婆不堪凌辱，訴於鄰里，鄰里爲她出氣，懲罰了丈夫。就形式而言，「踏謠娘」較之於無唱無白的《東海黃公》向前邁進了一大步，到了唐代，依然在民間演出，只是人物名稱有了明顯變化，唐代常非月寫《詠談容娘》詩云：

舉手整花鈿，翻身舞錦筵。馬圍行處匝，人壓看場圓。

歌索齊聲和，情教細語傳。不知心大小，容得許多憐。〔註14〕

「馬圍行處匝，人壓看場圓」說明表演是在室外廣場進行的，聚集了很多人觀看。張庚指出「自從有了角抵戲以來，它的表演都是在廣場上進行的，直到南北朝、隋、唐初的時代仍是如此。不僅如此，即使一直到了安史之亂以後，這一部分的表演仍是在露天廣場上進行的。」〔註15〕應該說，能夠在

〔註12〕陳壽楠，朱樹人，董苗編：《董每戡集》（1 卷），長沙：嶽麓書社，2011 年版，第 587 頁。

〔註13〕中國戲曲研究院編：《中國古典戲曲論著集成》（一），北京：中國戲劇出版社，1959 年版，第 18 頁。

〔註14〕周嘯天主編：《唐詩鑒賞辭典》北京：商務印書館，2012 年版，第 832 頁。

〔註15〕張庚，郭漢城主編：《中國戲曲通史》（上），北京：中國戲劇出版社，2007 年版，第 20 頁。

公共場所表演，人們自發聚集起來觀看，所關注的還是它的娛樂性。

唐代是中國封建經濟發展的鼎盛時期，官僚貴族們更加追求生活享樂，歌舞、音樂、滑稽戲在藝術上得到了長足的發展，出現了興盛局面。宮廷中出現了專門訓練藝人的組織——梨園，這些藝人受皇帝貴族的豢養，衣食無憂，每天琢磨如何提高他們的藝術而博得主子們的歡心。且唐代宮廷倡優歌舞的隊伍龐大，分工細緻，歌者、舞者、優人各有專行，滿足了統治者享樂的需要。唐代參軍戲十分盛行。參軍戲是以詼諧、調笑爲主要特點的表演藝術，劇中有兩個角色，一個爲參軍，一個爲蒼鶻。參軍通常都是被戲弄的人，而戲弄者則爲蒼鶻。二人言語往來，愚魯與機巧並呈，妙趣橫生。如《資治通鑒》卷 212 唐玄宗開元八年（719）記載：

> 侍中宋璟疾負罪而妄訴不已者，悉付御史臺治之。謂中丞李謹度曰：「服不更訴者出之，尚訴未已者且係。」由是人多怨者。會天旱有魃，優人作魃狀戲於上前，問魃：「何爲出？」對曰：「奉相公處分。」又問：「何故？」魃曰：「負冤者三百餘人，相公悉以繫獄抑之，故魃不得不出。」上心以爲然。〔註16〕

這是一段精彩的對話，問者（蒼鶻）和扮魃的答者（參軍）二人一唱一和，構成生動的有趣情節，雖然是用記錄正史的筆墨寫成，但細細品味，「魃」與「服」諧音，天災與人禍對應，利用俏皮話，巧妙諷諫，並不缺少滑稽調笑的因素，給人以愉悅之感。

參軍戲除在宮廷中演出外，民間演出也很繁盛，還有女演員扮演的參軍戲。據唐范攄《雲溪友議》記載，元稹在浙東時，伶人周季崇的妻子劉采春，不僅擅長參軍戲，還會唱歌，深受元稹的賞識。元稹看其表演後，賦詩《贈劉采春》，詩云：「言詞雅措風流足，舉止低徊秀媚多。更有惱人腸斷處，選詞能唱望夫歌。」〔註17〕由於孩子們經常在街頭看這樣的演出，他們常以模倣戲中人物爲樂，李商隱的《驕兒詩》中記述自己的孩子看戲回家後「截得青篔簹，騎走恣唐突。忽復學參軍，按聲喚蒼鶻」〔註18〕的自我玩耍情形，完全是一種自娛自樂。

〔註16〕（宋）司馬光編：《資治通鑒》，北京：中華書局，1956 年版，第 6739 頁。

〔註17〕周振甫主編：《全唐詩》（第 8 冊），合肥：黃山書社，1999 年版，第 3032 頁。

〔註18〕中國社會科學院文學研究所編：《唐詩選》（下），北京：人民文學出版社，2002 年版，第 265 頁。

　　由於唐代遊藝表演娛樂風氣頗盛，以至於高宗下令禁止。高宗《禁幻戲詔》云：「如聞在外有婆羅門胡等，每於戲處，乃將劍刺肚，以刀割舌，幻惑百姓，極非道理。宜併發遣還蕃，勿令久住。仍約束邊州，若更有此色，並不須遣入朝。」〔註 19〕史料記載反映了唐人善於戲謔，喜愛表演藝術，因為人們都充分認識到戲劇特有的娛樂性會給自身的生活增添樂趣。

　　以上這些藝術門類是元雜劇的「遠祖」，大抵為滑稽劇、傀儡戲、歌舞小戲之類，屬於泛戲劇化形態，從內容和形式上來說，或歌舞戲謔，或打諢諷刺，僅僅表演一些片斷的生活場景，不論在民間還是在宮廷，其所帶給人們的直接感受，就是娛樂，體現了娛樂的性質。

　　從戲劇產生的角度講，學界還有不同於王國維的觀點，日本學者田仲一成先生質疑說：

　　　　作為戲劇構成要素的歌、科（動作）、白（對話）、舞、故事等，各自早在戲劇形成之前，就形成了的，當它們在城市娛樂場所被整合後，遂形成了新的藝術形式——戲劇。這裡完全不見以農村祭祀作為戲劇母體的觀點，而是以城市的娛樂場所作為戲劇的母體。這一看法的缺陷是：它不能統一整合地說明，作為娛樂目的的各要素，為什麼必須要加以結合，以及這種結合為何要以歌曲為中心。〔註 20〕

　　這裡我們姑且不去評論其對戲劇產生認識的誰是誰非，但這樣的論調無意中強調了戲劇的娛樂功能：戲劇的各要素「在城市娛樂場所被整合」，「城市的娛樂場所作為戲劇的母體」，其結論自然而然就支持了這樣的觀點——娛樂性是戲劇母體裏的天生基因。

　　田仲一成認為，中國古代鄉村原始祭祀活動中的「春祈」和「秋報」，含有戲劇的要素，經過發展演化，逐漸產生了戲劇。他說：「（春祈時），村中的巫師依靠巫術引來社神等天地之神。這些神就依靠『附身巫師』的形式降臨／顯現／現形到世間，並帶來陽氣，驅逐陰氣。巫師常常通過戴面具、狂舞及大聲喊出神咒的方式來表現神附體的狀態。」〔註 21〕演員的戴面具、舞蹈、科白、歌唱等著裝、表演形式，原理都是根據巫師表現「神靈附體」而創造

〔註 19〕　（清）董浩等：《全唐文》（卷 12），北京：中華書局，1983 年版，第 145 頁。
〔註 20〕　（日）田仲一成：《中國演劇史》，江巨榮譯，載胡忌主編《戲史辨》第 1 輯，中國戲劇出版社，1999 年版，第 175 頁。
〔註 21〕　（日）田仲一成：《中國戲曲史》，布和譯，吳真校譯，北京：北京大學出版社，2011 年版，第 6 頁。

的。強調在其發展演化的進程中，娛樂功能不斷得以強化。他說：「隨著生產力的提高，人們依附神靈的信仰逐漸衰退，在其宗教狂熱情緒冷卻下來的階段，這些戴面具、狂舞、格鬥、放聲歌唱等源自附體大巫、小巫的對舞、對唱行爲就不再是人們畏懼的對象，而成爲人們觀賞、娛樂的對象。祭祀禮儀中巫師的地位變得低下，接近於爲人們提供娛樂活動的藝人角色。」〔註22〕從中可以看出，儘管學者們對戲劇產生的源頭看法不一，但在娛樂性這一問題上，卻是高度一致的。

著名比較文學學者樂黛雲也指出：「（西方）由於對英雄的悼念而產生了悲劇……中國的戲劇雖然也用於酬神，但不是爲了祭奠，主要是爲娛眾。如何使群眾更樂於欣賞接受，這才是主要的審美要求。」〔註23〕

二、宋金雜劇的滑稽表演

宋金時期我國城市商業經濟空前繁榮，市民階層形成並迅速壯大，娛樂生活的多元和豐富，勾欄瓦舍等新興娛樂場所應運而生，各種伎藝匯聚於此，互相融合，逐漸孕育出新的藝術形式——宋雜劇。「雜劇」一詞，在唐代已經出現，曾任四川節度使的李德裕在給皇帝的奏章《第二狀奉宣令更商量奏來者》中彙報南蠻攻陷成都後，擄掠的九千人中，有二人是「雜劇丈夫」，不過，這裡的「雜劇」包括說唱、競技、舞蹈、參軍、傀儡等多種伎藝，含義雜多，不是宋人所稱的單一戲劇。

宋金雜劇承襲了前代優戲的政治諷諫之風，依然保持著以娛樂爲主的發展態勢，在實際表演中「滑稽」取笑的成分大大增加。《夢粱錄》云：「（雜劇）大抵全以故事，務在滑稽。」〔註24〕這裡的「滑稽」不僅指故事的內容令人發笑，更突出是指表演者的言辭幽默、動作滑稽，給人以戲謔可笑之感。

在宋代文獻中，有關喜劇性的滑稽表演記載頗多，茲舉二例：

1、我國有天靈蓋

金人自侵中國，惟以敲棒擊人腦而斃。紹興間，有伶人作雜戲

〔註22〕 （日）田仲一成：《中國戲曲史》，布和譯，吳眞校譯，北京：北京大學出版社，2011年版，第7頁。
〔註23〕 樂黛雲：《中西文學比較教程》，北京：高等教育出版社，1988年版，第311頁。
〔註24〕 俞爲民、孫蓉蓉主編：《歷代曲話彙編：新編中國古典戲曲論著集成》（唐宋元編），合肥：黃山書社，2006年版，第126頁。

云：「若要勝其金人，須是我中國一件件相敵乃可。且如金國有黏罕，我國有韓少保；金國有柳葉槍，我國有鳳凰弓；金國有鑿子箭，我國有鎖子甲；金國有敲棒，我國有天靈蓋。」人皆笑之。〔註25〕

2、在錢眼內坐

紹興間，內宴，有優人作善天文者云：「世間貴官人，必應星象，我悉能窺之。法當用渾儀，設玉衡，若對其人窺之，見星而不見其人。玉衡不能卒辦，用銅錢一文亦可。」乃令窺光堯，云：「帝星也。」秦師垣，曰：「相星也。」韓蘄王，曰：「將星也。」至張郡王，曰：「不見其星。」眾皆駭，復令窺之，曰：「中不見星，只見張郡王在錢眼內坐。」殿上大笑。俊最多資，故譏之。〔註26〕

第一條諷刺了那些只會領軍餉，卻禦敵無能的軍士們；第二條嘲諷了張郡王是鑽在錢眼裏的財迷。語言幽默、諧謔，加之表演者的形體動作，給人以滑稽、笑鬧之感，饒有興趣。

宋代周南《山房集》卷四記載了一路歧雜劇戲班的表演：

市南有不逞者三人、女伴二人，莫知其為弟兄妻姒也，以謔丐錢。市人曰：「是雜劇者。又曰：「伶之類也。」每會聚之衢、填咽之市、官府廳事之旁、迎神之所，畫為場，資旁觀者笑之。自一錢以上皆取焉，然獨不能鑿空。其所仿傚者，譏切者，語言之乖異者，巾幘之詭異者，步趨之傴僂者、兀者、跛者，其所為戲之所，人識而眾笑之。〔註27〕

這是宋代一個五人的路歧雜劇戲班的表演，「以謔丐錢」直接點明其以營利為目的的表演具有戲謔的風格。演出地點大多選擇在人群聚集的熱鬧之所，表演內容主要是模傚傴僂、禿頂、跛足之人的滑稽式表演，令觀者笑樂不止。

關於宋雜劇的演員、演出體制等情況，《都城紀勝》中有記載：

雜劇中，末泥為長，每四人或五人為一場。先做尋常熟事一段，

〔註25〕 （宋）張知甫：《可書》，北京：中華書局，1985年版，第12頁。

〔註26〕 （明）田汝成：《西湖遊覽志餘》（卷21），杭州：浙江人民出版社，1980年版，第337～338頁。

〔註27〕 （宋）周南：《山房集》（二）卷四，「劉先生傳」，載《涵芬樓秘笈》第八集，1919年據永樂大典本排印，第10頁。

名曰豔段，次做正雜劇，通名爲兩段。末泥色主張，引戲色分付，

副淨色發喬，副末色打諢。又或添一人裝孤。〔註28〕

　　宋雜劇主要有末泥、引戲、副淨、副末四種腳色。其中「裝孤」即裝扮爲官員之意，並非腳色。四種腳色中，「末泥」是主管兼主演；「副末」專門插科打諢，逗引「副淨」做出各種滑稽可笑的姿態，即是「發喬」。「豔段」是迎客戲，由「末泥」表演一段「尋常熟事」；然後由「副淨」、「副末」開始演出兩段有故事情節的滑稽戲。

　　《都城紀勝》又載：

　　　雜扮或名雜旺，又名紐元子，又名技和。乃雜劇之散段。在京師時，村人罕得入城，遂撰此端，多是借裝爲山東河北村人，以資笑。〔註29〕

　　這裡的「散段」是與前面所講的「豔段」和兩段「正雜劇」相聯繫的表演的有機組成部分，通常在散場前表演，由演員扮演未見過世面的鄉下人進城，出醜引起笑話，其目的完全是爲了活躍氣氛。綜上可見，宋雜劇從內容到形式都努力追求娛樂效果。

　　北宋滅亡後，南宋與金並立而存，宋雜劇並沒有隨著北宋的滅亡而消失，因「當地卻有著濃厚的民間娛樂習俗，如慶賀紅色喜事，年節社火，廟會祭祀活動等」，〔註30〕所以它順應時代的變化，以新的面貌出現在歷史舞臺上。

　　陶宗儀《南村輟耕錄》「院本名目」云：「金有院本、雜劇、諸宮調。院本、雜劇其實一也；國朝院本、雜劇始釐而二之。院本則五人，一曰副淨，古謂之參軍。一曰副末，古謂之蒼鶻。……一曰引戲，一曰末泥，一曰裝孤，又謂之五花爨弄。或曰宋徽宗見爨國人來朝，衣裝鞋履巾裹，傅粉墨，舉動如此，使優人爲之而爲戲。……其間副淨有散說，有道念，有筋斗，有科範。」〔註31〕這十分明確地指出了宋雜劇、金院本和元雜劇的之間的關係。金院本的「五花爨弄」，據葉德均考證，乃是爨國貢來的歌舞。爨的演出形式是既歌

〔註28〕俞爲民，孫蓉蓉主編：《歷代曲話彙編：新編中國古典戲曲論著集成》（唐宋元編），合肥：黃山書社，2006年版，第113～114頁。

〔註29〕俞爲民，孫蓉蓉主編：《歷代曲話彙編：新編中國古典戲曲論著集成》（唐宋元編），合肥：黃山書社，2006年版，第115頁。

〔註30〕朱恒夫編著：《中國京昆》，上海：上海人民美術出版社，2003年版，第26頁。

〔註31〕（元）陶宗儀：《南村輟耕錄》，北京：中華書局，1959年版，第306頁。

且舞,名爲「踏爨」。元代杜善夫散曲《莊家不識勾欄》這樣描述爨的演出情形:

> 〔四煞〕一個女孩兒轉了幾遭,不多時引出一夥。中間裏一個央人貨,裹著枚皂頭巾,頂門上插一管筆,滿臉石灰更著些黑道兒抹。知他待是如何過。渾身上下,則穿領花布直裰。

> 〔三煞〕念了會詩共詞,說了會賦與歌,無差錯。唇天口地無高下,巧語花言記許多。臨絕末,道了低頭撮腳,爨罷將麼撥。〔註32〕

〔四煞〕、〔三煞〕裏的臉塗粉墨、身穿花衫、裝扮奇特的演員是個滑稽逗笑的人物,他插科打諢,念詞唱曲,表演一番,然後退場。接下來由副淨、副末、裝旦表演故事。整個演出過程充滿了滑稽調笑的氣氛,令觀者看後忍俊不禁。金院本中有許多《官目》都如此,如《老姑遣旦》、《急慢酸》、《黃丸兒》等。張庚指出:「《都城紀勝》說雜劇是『全以故事世務爲滑稽』,而這一部分就是以『世務爲滑稽』的,如以現代語言來說,就是世態鬧劇,或市井生活的鬧劇。」〔註33〕張庚以「鬧劇」言之,就是看到了其滑稽調笑的突出特點。在宋金雜劇中還有許多以「鬧」字爲標題的劇目,共計 21 個,〔註34〕其娛樂功能更強。由於這些劇目所展現的內容與表演形式大多具有笑劇(鬧劇)的熱鬧性特徵,又由於「院本、雜劇其實一也」,因此有人把宋雜劇、金院本統稱爲宋金笑劇。〔註35〕

除文字記載外,戲劇文物則更加直觀地體現了宋金雜劇滑稽調笑的表演特點。現藏於北京故宮博物院的《眼藥酸》南宋絹畫(見附錄五:宋元戲劇文物圖,圖 1—1),展現了兩個演員表演的情景。朱恆夫說:「兩個演員,一

〔註32〕 俞爲民,孫蓉蓉主編:《歷代曲話彙編:新編中國古典戲曲論著集成》(唐宋元編),合肥:黃山書社,2006 年版,第 212 頁。

〔註33〕 張庚,郭漢城主編:《中國戲曲通史》(上),北京:中國戲劇出版社,2007 年版,第 61 頁。

〔註34〕 其中宋周密《武林舊事》卷十「官本雜劇段數」中 4 個,分別爲《鬧五伯伊州》、《鬧夾棒爨》、《鬧八妝爨》、《三教鬧著棋》;元末陶宗儀《南村輟耕錄》卷二五《院本名目》中 17 個,分別爲《鬧學堂》、《鬧浴堂》、《鬧旗亭》、《鬧酒店》、《鬧結親》、《鬧巡捕》、《鬧平康》、《鬧棚闌》、《鬧文林》、《鬧芙蓉城》、《鬧元宵》、《鬧夾棒六么》、《鬧夾棒法曲》、《滕王閣鬧八妝》、《截紅鬧浴堂》、《小鬧摑》和《軍鬧》。參看王奕禎:《中國傳統戲劇鬧熱性研究》,博士論文,上海師範大學,2012 年,第 102 頁。

〔註35〕 王奕禎:《中國傳統戲劇鬧熱性研究》,博士論文,上海師範大學,2012 年,第 102 頁。

個扮演賣眼藥的郎中，穿一件大袖的長衫，戴一頂高而彎的帽子，腰上綴著
一塊畫著一隻大眼睛的藍布，身上掛著許多葫蘆樣圓圓的大概裝著眼藥的盒
子，正在向一位老農兜售眼藥。農民頭上紮著渾裏，著圓衫，然衫擺捲起，
掖在繫腰的帶子上，露出了袴子，他用於指著左眼，對郎中訴說著眼疾，他
們到底說什麼，又是怎樣的動作，我們皆不得而知，但由裝束來看，是滑稽
可笑的。」〔註36〕

第二節　雜劇作家的歷史境遇

　　元雜劇承續宋金雜劇發展而來，以通俗敘事文學的面貌主盟文壇，打破
了以詩詞爲主的傳統格局。作爲創作主體的雜劇作家，他們的社會地位怎樣，
爲什麼要投身雜劇創作，創作時的心態怎樣，這是我們探討元雜劇娛樂功能
時必須弄清楚的問題。

一、學界關於元代文人地位的高下之爭

　　13 世紀初，隨著金朝的衰落，蒙古部落在北方逐漸壯大起來，金泰和六
年（1206 年），鐵木眞被各部落推舉爲「成吉思汗」，建立蒙古汗國，結束了
各部落長期紛爭混戰的局面。蒙古汗國建立後，開始了對內對外戰爭，三次
遠征西亞和歐洲。1227 年滅西夏，1234 年滅金，1271 年忽必烈取《易經》「大
哉乾元」之意改國號爲大元，建立元朝。1276 年攻佔臨安，1279 年消滅南宋
殘餘勢力，統一中國。元朝的建立，在政治、經濟、思想文化等各個方面都
表現出不同於以往封建王朝的特點。

　　傳統觀點認爲元代社會是一個野蠻、黑暗、落後的時代，宏觀來看：政
治上，元代民族矛盾與階級矛盾尖銳複雜，民族歧視嚴重，人分四等；經濟
上，具有民族掠奪性質，傳統的農業經濟受到了很大的衝擊，城市經濟畸形
繁榮；思想文化上，中原農耕文化和北方游牧文化碰撞、交融，信仰多元，
儒釋道三教並重，元代一度停止科舉，知識分子被排擠在政權之外，地位低
下，有「九儒十丐」的說法等等。這樣的史學觀點在很大程度上決定和影響
著文學的研究。

〔註36〕朱恒夫主編：《中國戲曲美學》，南京：南京大學出版社，2008 年版，第 30
　　　　頁。

　　具體到元雜劇作家的生存和創作，大多數人認為由於科舉制度的廢止，知識分子沒有出路，他們失去進身之階，飽受民族壓迫和階級壓迫，社會地位低下，因而投身雜劇創作，帶來了雜劇藝術的繁榮。元末邾經在《青樓集序》中指出，元雜劇作家如關漢卿、自仁甫等，在國破家亡之際，「不屑仕進，乃嘲風弄月，流連光景……」。明代胡侍在《真珠船》中認為，由於民族歧視，元代文人「沉抑下僚，志不獲展」，於是轉而創作雜劇。由此形成了元代知識分子「地位低下」說，為後世大多數研究者所接受。鄭振鐸說：「正因為元代考試已停，科舉不開，文人學士們才學無所施展，遂捉住了當時流行的雜劇而一試身手，他們既不能求得蒙古民族的居上位者的賞識，遂不得不轉而至民眾之中求知己。」〔註37〕中華人民共和國成立後的多部《中國文學史》教材以及楊季生、孟瑤、顧學頡、王季思、金逸人、鄧紹基等研究者的觀點都如此。

　　但也有人不同意上述說法。早在 20 世紀 50 年代，歷史學家翦伯贊在為鄭振鐸所編的《關漢卿戲劇集》的序言中就曾指出：「把元代戲劇的發展歸結於停止科舉……不符合歷史事實。」翦伯贊認為元代知識分子並不是完全沒有出路，只要有人舉薦或者願意接受蒙古王朝的延攬，還可以取得一官半職，他們進身的階梯是沒有抽掉的。〔註38〕

　　20 世紀 80 年代，任崇岳、薄音湖發表了《關於元雜劇繁榮原因的幾個問題》文章，提出了元初知識分子「待遇優渥」的觀點。他認為「九儒十丐」之說只見於謝枋得《謝疊山集》和鄭所南的《心史》，在正史和元明人的文集中找不出佐證，且二人記載不一，不足為信；廢除科舉有利於元雜劇繁榮之說也不能成立，「元初的作家們是不屑仕進才去寫戲劇，而不是像有的人所認為的那樣，是因為沒有仕進之階才被迫投靠人民，才寫作人民所需要的戲劇或小說等通俗的東西的。」〔註39〕其後不少學者也從不同角度聲張這一觀點，並漸成知識分子「待遇優渥說」，引起學界注意。梁歸智在《浪子·隱逸·鬥士──關於「元曲」的評價問題》一文中說：「元代知識分子既有其不幸的一面，也有其幸運的一面──他們享有高度的思想自由，創作自由，而這正是

〔註37〕鄭振鐸：《插圖本中國文學史》（第3冊），北京：人民文學出版社，1957年版，第638頁。

〔註38〕雲峰：《民族文化交融與元雜劇研究》，北京：人民出版社，2012年版，第70～71頁。

〔註39〕任崇岳，薄音湖：《關於元雜劇繁榮原因的幾個問題》，《歷史教學》1982年第1期，第61頁。

文學藝術得以繁榮的最根本條件。」〔註 40〕李春祥則認爲，有元一代，沒有明、清兩代那樣嚴酷的文字獄，忽必烈是個開明有爲的皇帝，他在文化領域裏執行了一條寬嚴相濟、而又以寬爲主的靈活政策。〔註 41〕

　　20 世紀 90 年代以來，史學界和文學界對元代社會的看法發生了很大的變化，認爲元代有較爲寬鬆的政治思想環境，如章培恆、駱玉明主編的《中國文學史》中的觀點（前文已引），強調文化異質和意識形態控制放鬆帶來的新變化，也包含著對知識分子地位高低的品評，注重從積極的方面看問題，從而使學術研究也呈現出新的面貌。郭英德說：「蒙古統治者相對鬆動的文化政策和少數民族倫理道德對封建傳統道德的衝擊，促成了元雜劇自由懷疑思想的發展。蒙古統治階級入主中原，提倡宗教平等、信仰自由，促進了各民族的融合和多元的思想文化的交流，使社會思想顯得活躍而開放。」〔註 42〕奚海在《元雜劇論》中也說：「在意識形態領域，元帝國時期也更趨於寬鬆、活躍、民主、解放。」〔註 43〕帶來了卓越成果，他認爲元政府優待知識分子，元雜劇作家視戲劇爲「神聖事業」，自覺投身於創作，造就了戲劇興盛的泱泱大觀。他充分肯定了知識分子社會地位的優越，爲「知識分子待遇優渥」說張目，頗有衝擊力。

　　雲峰在《民族文化交融與元雜劇研究》一書中，梳理了學界關於元雜劇興盛原因的幾種觀點，即民族歧視壓迫說、漢族知識分子地位低下說、待遇優渥說、民族文化交融說和雜劇自身發展說。其中對於元代文人地位高低之爭提出了自己的看法：「客觀而論，『地位低下說』和『待遇優渥說』兩者都有失偏頗之處。兩者均可以舉出若干佐證。不過這樣的爭論可以使大家多元思考問題。既不能一概而論『地位低下』或『待遇優渥』。縱觀有元一代，不少知識分子特別是那些爲帝王賞識重用的知識分子待遇還是不錯的，而一些下層文人地位就大多不高了。」〔註 44〕這就直接關係到文人的出路問題，所以有必要加以探討。

〔註40〕梁歸智：《浪子‧隱逸‧鬥士——關於「元曲」的評價問題》，《光明日報》1984年 9 月 4 日。

〔註41〕李春祥：《試論元雜劇的繁榮》，《河南師大學報》1982 年第 5 期，第 52 頁。

〔註42〕郭英德：《元雜劇與元代社會》，北京：北京師範大學出版社，1996 年版，第190 頁。

〔註43〕奚海：《元雜劇論》，石家莊：河北教育出版社，2001 年版，第 48 頁。

〔註44〕雲峰：《民族文化交融與元雜劇研究》，北京：人民出版社，2012 年版，第 71頁。

二、元代文人的出路

　　元朝蒙古族統治者在治理國家的過程中，基本上沿襲宋金舊制，即採用「漢法」，同時也保存了許多蒙古舊制。縱觀有元一代，如果從 1234 年滅金統一北方，到 1368 年朱元璋在南京建立明朝，元室北遷，總計 134 年，元王朝統治中國的時間並不長，傳 12 帝，每個帝王在位時間長短不一，接受中原傳統思想的程度不同，對待漢化的態度不一樣，推行漢化的措施有別，而且元代統治集團內部互相傾軋，權力之爭嚴重，缺乏政策的穩定性和連續性。因此，「儒士的地位、出路和境遇卻又始終成爲一個尖銳的社會問題。這一問題也成爲後人論說元代文學的內容和某些文學樣式興衰的癥結之一。」〔註45〕

　　蒙古軍隊攻下中都以後，木華黎作爲對金作戰的全權統帥，爲了適應中原地區的封建生產方式，對漢族地主武裝採取了招降政策，北方一些有實力的地主武裝和軍閥紛紛投降，被委任爲地方行政長官。木華黎聽取他們的建議，相應地採用「漢法」，加強了對佔領區的統治。窩闊台統治時期，實行「漢法」，倚用遼金降臣逐步建立適應中原封建制度的統治秩序，推行了一系列有利於經濟恢復和發展的政策措施。而採用「漢法」的這一過程是在碰撞、融合中完成的。蒙古大軍征服中原的過程中，伴隨著血腥的殺戮，對文化破壞相當嚴重，文化典籍被損毀，儒士被殺、被奴役成了一個普遍的現象。1233年，著名作家元好問上書耶律楚材，建議保護儒士，信中沉痛進言：「誠以閣下之力，使脫指使之辱，息奔走之役，聚養之，分處之，學館之奉，不必盡具，饘粥足以糊口，布絮足以蔽體，無甚大費，然施之諸家，固己骨而肉之矣。」〔註46〕耶律楚材接納了元好問的建議並付諸了行動，「在耶律楚材等一些文人反覆進說和影響下，爲了治理漢地，他們也以各種方式和途徑，吸收了相當數量的中原文士進入政權，推進所謂的儒治。」〔註47〕此前的 1230 年，他還奏請窩闊台批准任用儒者爲課稅使，一次起用了二十人，這是蒙古王朝任用儒士文臣的開始。1238 年，又實行第一次科試取士，即著名的「戊戌選」。雖然此次絕非是嚴格意義上的科舉考試，但卻是一次解除士人奴隸身份的臨

〔註45〕鄧紹基主編：《元代文學史》，北京：人民文學出版社，1991 年版，第 12 頁。

〔註46〕（元）蘇天爵編：《元文類》中冊，北京：商務印書館，1936 年，第 49 頁。

〔註47〕查洪德：《元代作家隊伍的雅俗分流》，《西南民族大學學報》2009 年第 12 期，第 186 頁。

時措施。「此次有 4030 士人中選，解決了儒士戶籍，免除了徭役。」〔註48〕但好景不長，由於蒙古王朝統治集團中意見分歧，「以儒治國」的觀念很快遭到了冷落。

到了忽必烈時代，實行「漢法」出現了轉折。1251 年，忽必烈受蒙哥之命開始掌管漠南軍政大權。在他周圍形成「崇儒重道」的儒士幕僚集團，其中著名的人物有劉秉忠、郝經、姚樞、許衡、張德輝等人。據《元史・世祖本記》記載，忽必烈在青年時代，就「思大有爲於天下，延藩府舊臣及四方文學之士，問以治道」。他接受了「以馬上取天下，不可以馬上治」、「農桑天下之本」和「三綱五常」等道理，積極實行「漢法」，得到了漢族地主、軍閥和士大夫的支持，爲後來打敗汗位的競爭者阿里不哥奠定了堅實的基礎。1271 年，忽必烈按照中原封建王朝傳統，改國號「大元」，稱皇帝，完成了從奴隸制國家到封建制國家的轉變。在他即位之初，曾自信地說：「自國朝開創以來，論其得賢，於斯爲盛」。忽必烈以後，仁宗延祐二年（1315）恢復科舉選拔人才，文宗（圖帖睦爾）朝又採取了崇文尊儒的若干措施。儘管這些帝王有所舉措，但儒士問題始終未從根本上得到解決，所以籠統地用「地位低下」或「待遇優渥」來概括都不符合實際情形。

從傳統觀念來看，儒生的出路就是「修身齊家治國平天下」，自隋唐以來，科舉制度成爲選拔人才的主要途徑，儒生通過科舉參與到國家政權當中。宋代趙匡胤「杯酒釋兵權」後，文人得以重用，知識分子地位優越。鄭樵《通志》卷二五《氏族略》就已認識到這種變化：「自隋唐而上，官有簿狀，家有譜系；官之選舉必由於簿狀，家之婚姻必由於譜系。……自五季以來，取士不問家世，婚姻不問閥閱。」宋代的統治機構以文官爲基礎，大開科舉以取士。北宋共開科舉 69 次，包括正、特奏名進士、諸科以及史料缺載者，合計取士約 61000 人，平均每年 360 人。〔註49〕大量貧寒子弟可以通過讀書科舉步入仕途，「朝爲田舍郎，暮登天子堂」不再是幻想，而是一種普遍的現象。有人對宋代官吏的出身做過統計，「從對宋代 819 名官吏所作的抽樣調查結果來看，23.4%是貴族家庭或望族的代表，28%來自中等家庭，46%來自貧寒人

〔註48〕楊孝鴻：《中國時尚文化史・宋元明卷》，濟南：山東畫報出版社，2011 年版，第 103 頁。

〔註49〕張希清：《北宋貢舉登科人數考》，袁行霈主編：《國學研究》第二卷，北京：北大出版社，1994 年版，第 410～411 頁。

家。」〔註50〕有接近一半的朝廷官員來自下層百姓。但到了元代,元代科舉考試時行時輟,即使在科舉實行的年代,由於存在人分四等(蒙古、色目、漢人和南人)的民族歧視政策,名額均分,漢族士子人數眾多,科舉制本身就不利於漢族士子的出人頭地。對於兩舉不第者,朝廷恩授教授、學正和山長之例,但享恩授的漢人、南人的年齡限在五十以上,而蒙古、色目人只限三十以上。因此有人批評說,元朝的科舉,停滯長達半個多世紀,總共進行過 17 次,選拔人才僅千餘人,其規模狹窄,與唐宋兩朝相比很不足道。唐朝的文官,出身科舉者占38%以上,兩宋科舉的取士,在銓選文官中所佔比重,也達到 30%左右,即使偏居一隅的南宋,35 年間取士人數也高達 6000 人左右,幾乎是整個元朝的七倍。元朝的科舉,所以會出現這樣的局面,這同封建統治集團的政治視野關係極大。〔註51〕

　　在任用儒士為官的層面,統治集團的政策發生了調整與改變。忽必烈在即位之初重用漢人:任命王文統當了第一任宰相,將姚樞、許衡和竇默留在身邊作「高級顧問」。在他所任命的十路正、副宣撫使中,百分之八十都是漢人。行中書省中,除了丞相禡禡外,其他三名長官全是漢人。僚佐百餘人中,百分之九十是漢人,由此可見忽必烈當時重用漢族儒生與推動「漢法」的決心。〔註52〕中統三年(1262),投靠忽必烈的山東軍閥李璮起兵叛亂,這一政治事件的發生,改變了統治者對漢族儒臣的政策。叛亂被平定後,忽必烈發現身邊的近臣王文統與李璮相互勾結,致使對漢族儒士的信任感大大降低,一些回族(當時叫回回)朝臣趁機進言,打擊儒臣,《中書左丞姚文獻公神道碑》載:「西域人……伏闕群言:回回雖時盜國錢物,未若秀才(指儒臣)敢為反逆。」〔註53〕至元二年(1265),忽必烈詔令「以蒙古人充各路達魯花赤,漢人充總管,回回人充同知,永為定制」。〔註54〕此外,府、州、縣達魯花赤也都必須由蒙古人充任。忽必烈疏遠了漢族儒士,甚至包括幫助其建功立業

〔註50〕　(法)安德烈‧比爾基埃等主編:《家庭史》第一冊(下),北京:生活‧讀書‧新知三聯書店,1998 年版,第 711 頁。

〔註51〕　張晉藩主編:《中國官制通史》,北京:中國人民大學出版社,1992 年版,第477 頁。

〔註52〕　么書儀:《元代文人心態》,北京:文化藝術出版社,1993 年版,第 183 頁。

〔註53〕　李修生主編:《全元文》(第九冊),南京:江蘇古籍出版社,1999 年版,第573 頁。

〔註54〕　(明)宋濂等撰:《元史》(第一冊),北京:中華書局,1976 年版,第 106頁。

的劉秉忠、趙良弼等人，重用色目人，色目人在中央政權機構中的地位超過了漢族儒臣，於是引發了統治集團中不同族別之間的長期紛爭。

元代社會不重科舉，但重吏選，儒士通常只能由吏入仕。王惲《秋澗集・吏解》記載：「今天下之人，干祿無階，入仕無路，又以物情不齊，惡危而便安，不能皆入於農、工、商販，故三尺童子乳臭未落，群入吏舍弄筆。無幾，顧而主書，重至於刑憲，細至於詞訟，生死屈直，高下與奪，紛紛籍籍，悉出於乳臭孺子之手，幾何不相胥而溺也？以至爲縣、爲州、爲大府，門戶安榮，轉而上達，莫此便且速也。人烏得不樂而趨之？」〔註55〕元末進士及第的余闕在《楊君顯民詩集序》中也說：「我國初有金、宋，天下之人惟才是用之，無所專主，然用儒者爲居多也。自至元以下始浸用吏，雖執政大臣，亦以吏爲之。由是中州小民粗識字、能治文書者，得入臺閣共筆箚，累日積月，皆可以致通顯，而中州之士見用者遂浸寡。況南方之地遠，士多不能自至於京師，其抱材蘊者又往往不屑爲吏，故其見用者尤寡也。及其久也，南北之士亦自町畦以相訾，甚若晉之與秦不可與同中國，故夫南方之士微矣。」〔註56〕這條複雜而特殊的入仕之路——吏員出職制度的實施引起了儒士的不滿，有些儒士不願爲吏。如元好問的門生李謙被選至中書省，當聽說要讓他充吏員，於是辭去。元末王冕進士不第，他的朋友李孝光曾推薦他去作府吏，遭到了辱罵：「吾有田可耕，有書可讀，肯朝夕抱案立庭下，備奴使哉？」既然不屑爲吏，也就在很大程度上失去了仕進的機會。

客觀地講，蒙古族作爲游牧民族，來自草原大漠，依靠軍事武力征服天下，性格粗獷豪放，生產活動以畜牧爲主，重視實利。與漢族之間，在語言風俗、生活信仰、道德準則、價值觀念上有著根本的區別，「必然會出現兩種文化廣泛而深刻的衝突了」，〔註57〕因此在選拔人才和使用人才方面不可能完全與漢族封建王朝相一致。

元代入仕的途徑很多，《元史・選舉志》載：「然當時仕進有多岐，銓衡無定制，其出身於學校者，有國子監學，有蒙古字學、回回國學，有醫學，

〔註55〕李修生主編：《全元文》（第六冊），南京：江蘇古籍出版社，1999 年版，第292 頁。

〔註56〕李修生主編：《全元文》（第四十九冊），南京：江蘇古籍出版社，1999 年版，第132 頁。

〔註57〕么書儀：《元代文人心態》，北京：文化藝術出版社，1993 年版，第182 頁。

有陰陽學。」〔註58〕姚燧的《牧庵集・送李茂卿序》中提到:「大凡今仕惟三途:一由宿衛,一由儒,一由吏。」〔註59〕但實際上遠不止這三途,其範圍更爲寬廣而複雜:元朝尊重漠北草原部落的世襲制度,規定一些重要的官吏和將領都實行世襲。例如,中書令和樞密使必須由皇子兼任。對一般文職官吏,元朝政府又實行保舉制:有「白身補官」的情況,工匠也能入仕當官;還有「諸王、公主,寵以投下,俾之保任」〔註60〕的情況,就是王公貴族所擁有的奴僕也可當官。這樣一來,通過平等競爭獲取官位的仕途就所剩無幾。因此元末李繼本《與董淶水書》中有「生員不如百姓,百姓不如祗卒」〔註61〕的說法,道出了仕出多途的社會現實。鄧紹基主編的《元代文學史》中說:「元王朝對待儒士的政策有一個變化的過程,籠統地說元代儒士受壓迫或籠統地說他們受到重用都不符合歷史實際。……和唐、宋時代相比較,元代儒士的地位、價值觀念在實際上有所變化,南宋遺民鄭思肖說元王朝法律規定『九儒,十丐』,未必可靠,或是一種社會傳聞,但這種傳聞卻反映出當時的社會問題。」〔註62〕如果用今天的眼光來看,這種打破身份、不拘定制選拔人才的方式,應該在一定的程度和範圍內適當給予肯定。

就元代文人群體來說,還需具體分析。邊波、王太閣在《回歸與拓展:古代文學研究與教學新思路》一書中認爲:人們對於元代儒士問題的研究還是比較多的,只是這一研究長期限於儒士社會地位高下之爭,或說地位低下,或說待遇優渥,雙方各有充分論據。今天看來,這一研究存在著兩個問題:一是把複雜的問題簡單化。元代儒士或說元代文人是一個極其複雜的群體,他們分屬不同的階層,政治和經濟地位不同,因而有著不同的政治態度,不同的生活方式,不同的人生追求等等,形形色色,難以一概而論。〔註63〕

〔註58〕（明）宋濂等撰:《元史》（第七冊）,北京:中華書局,1976 年版,第 2016 頁。

〔註59〕李修生主編:《全元文》（第九冊）,南京:江蘇古籍出版社,1999 年版,第 379 頁。

〔註60〕（明）宋濂等撰:《元史》（第七冊）,北京:中華書局,1976 年版,第 2016 頁。

〔註61〕李修生主編:《全元文》（第六十冊）,南京:江蘇古籍出版社,1999 年版,第 935 頁。

〔註62〕鄧紹基主編:《元代文學史》,北京:人民文學出版社,1991 年版,第 12 頁。

〔註63〕邊波,王太閣等:《回歸與拓展:古代文學研究與教學新思路》,貴陽:貴州古籍出版社,1998 年版,第 241～242 頁。

正因如此，書中專門以「複雜的儒士問題」爲題進行了深入研究，他根據時空的不同把元文人群體分成多個層面加以剖析。他把元代文人分爲前期文人和後期文人，再把前期文人分爲南方文人和北方文人。南方文人和北方文人中，又都有仕元文人和隱逸文人。仕元文人中情況各不相同。隱逸文人中還可分隱於田園者和隱於釋道者等。此外，這一時期還有兩種特殊的文人，一種是被俘爲奴者，一種是所謂「浪子」文人。這種分析法如同解剖麻雀，細緻入微。

書中認爲：北方文人可分爲仕元文人和不仕文人。仕元文人中又有爲官者與爲吏者兩個階層。如果從學術角度考察，則爲官者爲一類，爲吏者與不仕文人爲一類。前者多經濟之士，後者多詞章之士。繼而指出，滅金後的北方受徵召的多經濟之士，如張德輝、趙良弼、姚遂、許衡等人；還有講學於一方而受朝廷尊崇的義理之士，如劉因、同恕、安熙等人。而詞章之士，被斥而不用，走了兩條路：一是充吏員，如關漢卿、馬致遠、宮大用等；一是「不屑仕進，乃嘲風詠月、流連光景」，如王實甫、杜仁傑、白樸等，但這些詞章之士又不以詩文爲務而投身到俗文學的創作中去，成了雜劇作家。

查洪德認爲元代文人對「道」的態度不同，作家隊伍出現了雅俗分流，形成了雅文學和俗文學兩個作家隊伍，雅文學爲經濟之士和義理之士，創作詩文，俗文學爲詞章之士，創作雜劇。在元蒙之初北方推行儒治之際，經濟之士和義理之士受徵召進入蒙古政權，一些未應召進入蒙古政權的義理之士，講學一方，也受朝廷尊崇。對詞章之士，斥而不用。〔註64〕

綜上可知，元代文人團體本身不是鐵板一塊，統治者對待文人的態度是有區別的。如果把元代文人的出路僅僅限定於走仕途的話，元政府任用官吏的政策、選拔官吏的方式確實對知識分子有很大的衝擊。如果從文人自身來看，一部分文人不走仕途乃是個人自我選擇的問題，即便是投身戲劇創作，也算是人生的一大出路，切不可簡單地認爲這是一條被逼無奈的「絕路」。

三、元雜劇作家身份觀覽

元散曲、元雜劇作家是元代儒生的一部分，他們的具體情況如何，鍾濤在《元雜劇藝術生產論》一書中，以《新校錄鬼簿正續編》〔註65〕爲底本，

〔註64〕查洪德：《元代作家隊伍的雅俗分流》，《西南民族大學學報》2009 年第 12 期。
〔註65〕（元）鍾嗣成，賈仲明著；浦漢明校：《新校錄鬼簿正續編》，成都：巴蜀書社，1996 年版。

依據曲家的身份製作了一表格（請參閱正文末附錄一：《錄鬼簿》所列曲家社會身份一覽表），收錄曲家比較全面。

表中所列的散曲、雜劇作家共計 153 人，其中的 63 人沒有表示其社會身份或所從事的職業，占 41%。其原因可能是鍾嗣成「未知其詳」，也可能是這些人既未出仕，也無職業。如范子英條「半生彈鋏聲中」的「筆陣元戎」；吳中立條「貧病不祿而終」者，曾瑞卿條「遊於市井」。由此推知這部分人大多應是生活貧困的下層文人。標明官職或職業者 90 人，占 59%，除散曲家中有少數高官外，其餘的都是中下層官吏或從事醫、商業者，還有少數藝人。就官職或職業來看，有太保、平章、學士、宣慰、憲使、中丞、尚書、同知、待制、府學生員、承旨、提舉、省掾、州吏、縣丞、縣尹、路吏、府判、萬戶等。

郭英德的《元雜劇作家身份初探》一文對 91 位元雜劇作家〔註66〕進行了統計分析，其中身份、職業較為明確的 66 人，占全部作家的 72.5%，大體情況是：曾為州牧以上高級官僚的 10 人，行醫業賈的 14 人，為進士或府學生員的 3 人，教坊 4 人，縣尹以下的下級官吏 35 人。其餘的 25 人行事未詳，占 27.5%。

田同旭在《元雜劇通論》中對《錄鬼簿》所錄雜劇作家的官品進行了統計，82 人中，有過仕履的 43 人，其中三品從三品 3 人，五品從五品 9 人，六品從六品 7 人，七品從七品 3 人，八品從八品 4 人，九品從九品 6 人，胥吏 9 人，官品不明者 2 人。〔註67〕不曾入仕者 39 人，還不到一半。

田同旭的《元雜劇作家職官考略》〔註68〕一文提到：賈仲明《錄鬼簿續編》亦收元明間 71 位元曲家，其中 49 人為元散曲作家。實得元雜劇作家 22 人，有職官者共 10 人，分別是：汪元亨，浙江省掾；谷子敬，樞密院掾史；丁野夫，故元西監生；郏仲誼，以儒業起為浙江省考試官；陸進之，福建省都事；鬚子壽，錢塘縣吏；湯舜民，補象山縣吏；李唐賓，淮南省宣使；陳伯將，元進士，累官至河南參政，遷中書參知政事，又授行軍司馬參將；劉

〔註66〕其統計數字以曹楝亭刊本《錄鬼簿》85 人，再加上姚桐壽《樂郊私語》記載的楊梓，《錄鬼簿續編》中的鍾嗣成、羅貫中、汪元亨、郟經、陳伯將等 5 人，共計為 91 人。郭英德：《元雜劇作家身份初探》，《晉陽學刊》1985 年第 4 期。

〔註67〕田同旭：《元雜劇通論》，太原：山西教育出版社，2007 年版，第 134～135 頁。

〔註68〕田同旭：《元雜劇作家職官考略》，《哈爾濱學院學報》2004 年第 5 期。

君錫，故元省奏。這些人官職不高，但所佔比例不低，達到了 45%。

以上學者的考察範圍不同，標準不一，如果只就雜劇作家（不包括散曲）來看，爲官（吏）者的比例並不低。

鍾嗣成在《錄鬼簿序》中交代寫作緣起時說：「今因暇日，緬懷古人，門第卑微，職位不振，高才博藝，俱有可錄。歲月彌久，湮沒無聞。遂傳其本末，弔以樂章。」〔註 69〕根據這段話的論述，許多研究者認爲元曲作家大多數都是沉抑下僚或社會地位低微，恐怕不符合實際情況。鍾嗣成說這些人「門第卑微，職位不振」，是針對「同州府首領、中樞長官、封疆大吏等官僚相對而言的」〔註 70〕。

在中國封建社會，官與吏的界限嚴明，官是負責某一地區或某一方面的事務，並具有一定的決策權。吏就是官府中的辦事人員，無決策權，元朝以前的各代，吏的政治地位和經濟待遇都很低，正是元代文人傳統「官本位」的思想，認爲吏職低下，並堅持儒爲「四民之首」的傳統觀念，因而不屑爲吏。元雜劇中對一些吏員的塑造比較卑微，如《還牢末》中的李榮祖，《魯齋郎》中的張珪，《鐵拐李》中的鄭州六案都孔目李岳，正是作家這種思想的體現。其實，「元朝卻大不同。元代的吏，是以一種引人注目的『形象』出現在舞臺上。不僅地位大大提高，有權有勢，而且吏員出職任官幾乎成爲元代入仕的唯一途徑，逐漸形成了體系化的元代吏制。這是元代官制發展中的一個極特殊的現象。」〔註 71〕退一步講，即使我們承認元代的吏是低級的，這也不等於他們在國家政權體系中處於低下的地位，「他們就是以儒吏的身份依附於統治階級，成爲封建統治階級中的一個獨特的階層。」〔註 72〕元政府各個部門配置吏員的人數是屈指可數的，吏員群體的絕對數量也不很多（具體數目可參看文末附錄二：《元代吏員配置表》），相對於千百萬普通老百姓來說，他們是「人上人」，如果簡單地認爲不能入仕爲「官」，就是「沉抑下僚、職位不振」，顯然是不客觀的。

客觀來看，元代入仕爲吏的文人，社會地位並不低下，眞正低下的應該

〔註 69〕　（元）鍾嗣成等著：《錄鬼簿（外四種）》，上海：古典文學出版社，1957 年版，第 2 頁。

〔註 70〕　郭英德：《元雜劇作家身份初探》，《晉陽學刊》1985 年第 4 期。

〔註 71〕　張晉藩主編：《中國官制通史》，北京：中國人民大學出版社，1992 年版，第 479 頁。

〔註 72〕　郭英德：《元雜劇作家身份初探》，《晉陽學刊》1985 年第 4 期，第 99 頁。

是那些沒有為官為吏的。文人要生存，要養家糊口，當社會娛樂之風大熾，朝野上下對戲劇需求蓬勃興起的時候，投身戲劇創作可以立身謀生，既娛樂自己又娛樂他人，過一種逍遙自在的生活，何樂而不為呢？於是這些「詞章」之士，要麼不屑為吏，要麼辭官退職，不務詩文而專攻雜劇，為廣大民眾奉獻出一道道「味美可口」的精神文化大餐。

第三節　娛樂性與元雜劇的形成

關於元雜劇興盛的原因的探討是學界研究的一個熱點問題，綜合眾家觀點，可歸結為這樣幾個方面：商業經濟的發展和城市經濟的繁榮；統治者以及市民階層的喜好；元代文人積極投身雜劇創作；民族文化交融的影響；元代寬鬆的思想政治環境；大批優秀演員的出現；戲劇自身發展的結果等。奚海在《元雜劇論》中指出：「元雜劇令人目眩神迷、突然爆發式的繁榮鼎盛，是由元代社的政治、經濟、思想、文化等各種因素交互作用產生的合力所導致的必然結果。片面強調某一元素在某一方面的重要性甚至唯一性，排斥、摒棄在更為廣闊的歷史背景上，對於多維的、複雜萬端的人文因素作動態的、綜合的、相互影響的和全面系統的考察，就很難對元雜劇一躍成為中國乃至世界戲劇文化史上的高峰這一奇觀，作出令人信服的科學解釋。」〔註73〕奚海認為元雜劇的繁榮是元代社會政治、經濟、思想、文化等「各種因素」交互作用產生的合力所導致的必然結果，與學界的多個原因相一致，那麼我們不禁要問：這些因素為什麼會形成合力？形成合力的紐帶到底是什麼？回答這一問題就涉及到了元雜劇的娛樂功能。

一、宋金雜劇娛樂因子的「發酵」

大家知道，元雜劇作為中國文藝百花園中的一朵奇葩，這株小苗在元代以前就開始孕育成長，宋雜劇、金院本是元雜劇的直接來源。只是到了元代社會，它遇到了適合其成長的環境，於是茁壯成長，蔚為大觀。

但是元雜劇為何在一夜之間在中國北方唱響，許多人對此大惑不解。基於此，有必要對宋金雜劇的發展情況加以交待。公元 10～13 世紀，中國北方與宋王朝並立的有遼、金、西夏等幾個少數民族政權，彼此之間征戰往來，

〔註73〕奚海：《元雜劇論》，石家莊：河北教育出版社，2001 年版，第 41 頁。

交流融合，少數民族政權在文字、官職設置、國家典章制度、耕作方式、生活習慣、文化藝術、乃至尊儒宗聖的思想等方面受中原漢族文化傳統影響很大，出現了「以中原漢族政權和文化爲中心，在宋、遼、金、西夏統治的廣大地區形成了一個本質相同又融合各民族各地區特色的大的中華民族文化圈。」〔註74〕因而宋代雜劇也流行於遼、金統治區。宋人周密《齊東野語》之「溫公重望」條有「伶人劇戲」的記載：

> 坡公《獨樂園》詩云：「兒童誦君實，走卒知司馬。」京師之貪污不才者，人皆指笑之曰：「你好個司馬家。」文潞公留守北京日，嘗遣人入遼偵事。回見遼主大宴群臣，伶人劇戲作衣冠者，見物必攫取懷之。有從其後以物僕之，云：「汝司馬端明邪？」是雖夷狄亦知之，豈止兒童走卒哉！宣和間，徽宗與蔡攸輩在禁中自爲優戲，上作參軍趨出。攸戲上曰：「陛下好個神宗皇帝。」上以杖鞭之云：「你也好個司馬丞相。」是知公論在人心，有不容泯者如此。〔註75〕

《宋史》卷二百九十七《列傳》第五十六中記載：

> 奉使契丹，道（指孔道輔）除右司諫，龍圖閣待制。契丹宴使者，優人以文宣王爲戲，道輔拂然徑出。契丹使主客者邀道輔還坐，且令謝之。道輔正色曰：「中國與北朝通好，以禮文相接。今俳優之徒，慢侮先聖而不之禁，北朝之過也，道輔何謝！」契丹君臣默然。

北宋官員出使遼國，遼國在宴飲時讓優人演戲，因爲是以先聖君王爲戲，雙方發生了爭執。如果就招待方式而言，恐怕這應該是很高禮遇了。《契丹國志》卷八記載：

> 帝常夜宴，與劉四端兄弟、王綱入伶人樂隊，命后妃易衣爲女道士。后父蕭磨只曰：「番漢百官皆在，后妃入戲，恐非所宜。」帝擊磨只，敗面，曰：「我尚爲之，若女何人耶？」〔註76〕

遼興宗文成皇帝喜歡演出，在「番漢百官」在場時也要表演，自己充扮優伶，「命后妃易衣爲女道士」，頗似前文「溫公重望」條記載宋宮中徽宗皇帝與蔡攸等人的雜劇表演。可見戲劇演出已經成爲遼宮中日常生活的重要內

〔註74〕景李虎，《宋金雜劇概論》，廣州：廣東高等教育出版社，2011年版，第4頁。

〔註75〕程毅中主編：《宋人詩話外編》（下冊），北京：國際文化出版公司，1996年版，第1480～1481頁。

〔註76〕（宋）葉隆禮撰；賈敬顏，林榮貴點校：《契丹國志》，上海：上海古籍出版社，1985年版，第83頁。

容。清人陸長春讚歎遼宮中雜劇演出曰：「竿木逢場一笑看，內家裝束易黃冠。君臣宴樂團欒坐，始信天朝禮數寬。」〔註77〕

　　金人滅遼、滅北宋，對這種具有娛樂性質的雜劇產生了濃厚的興趣，開始大範圍擄掠遼宋藝人。1122 年，金太祖攻破遼國的中京，得到遼國的教坊四部樂，《大金國志校證》卷一載：「國主坐行帳，前列契丹伶人作樂……時國主自入燕以後，所擄中原士大夫之家姝姬、麗色、光美、娟秀凡二三千人北歸其國，酣歌宴樂。惟知聲色之娛」。〔註78〕天會五年（1127）金滅北宋，攻下汴京，索要數千諸色娛樂藝人。《三朝北盟會編》卷七十七中載：

　　　　（一月）二十五日，……金人求索諸色人、金銀。金人來索御前祗候、方脈醫人、教坊樂人、內侍官四十五人，露臺祗候妓女千人。……雜劇、說話、弄影戲、小說、嘌唱、弄傀儡、打筋斗、彈箏、琵琶、吹笙等藝人一百五十餘家，令開封府押赴軍前。〔註79〕

同書卷七十八又載：

　　　　二十六日……金人來索什物儀仗等……教坊樂工四百人……又取大內人、街坊女弟子女童及權貴戚里家細人。……是日又取畫上百人，醫官二百人，諸般百戲一百人，教坊四百人……弟子簾前小唱二個人，雜戲一百五十人，舞旋弟子五十人……御前法服儀仗、內家樂女、樂器、大晟樂器、鈞容班一百人……。〔註80〕

　　作為戰爭的勝利品，金人將這些樂舞、雜劇、百戲藝人和醫人工匠等押赴金國，宋雜劇等伎藝由此傳播到了金國。廖奔、劉彥君先生認為其傳播的具體情況是：「金人押解汴京伎藝人，選擇河東路北上……行進途中，被俘的藝人工匠們紛紛逃亡……這些散亡的伎藝人流落河東一帶，以後就成為這一地區雜劇和歌舞百戲藝術的有生力量。……剩餘的伎藝人，被金人押解到燕山。因為女真貴族酋長有很大一批居住在燕山。因此在這裡將北擄的汴京人口的一半分充賞賜，散入各酋長家。另一半則繼續押解北上至金國上京會寧

〔註77〕　（元）柯九思等：《遼金元宮詞》，北京：北京古籍出版社，1988 年版，第 47 頁。

〔註78〕　（宋）宇文懋昭撰；崔文印校證：《大金國志校證》卷一，北京：中華書局，1986 年版，第 31 頁。

〔註79〕　（宋）徐夢莘：《三朝北盟會編》卷 77，文淵閣《四庫全書》第 350 冊，上海：上海古籍出版社，2003 年版，第 614～615 頁。

〔註80〕　（宋）徐夢莘：《三朝北盟會編》卷 77，文淵閣《四庫全書》第 350 冊，上海：上海古籍出版社，2003 年版，第 614～615 頁。

府入朝。留在燕山的，爲以後金中都戲曲文化的發展準備了基礎。帶到會寧府的，有些可能進入金朝教坊，和以前得到的遼朝教坊樂人混合，形成金朝的宮廷雜劇隊伍。」〔註81〕根據文獻記載及出土文物，二人還提出：「由於來源途徑的不同，金代雜劇形成了兩個系統：一是由遼、宋宮廷雜劇承襲而來的燕京雜劇，一是由汴京地區民間雜劇流播而來的河東（今山西南部和河南北部地區）雜劇。」〔註82〕其說大致勾勒出了以雜劇伎藝爲主的戲劇藝術在宋遼金易代之際流動散播的情況。

金人擄掠宋代藝人，並不是說在原來的金朝統治區沒有戲劇存在，早在宣和七年，宋人出使金地，所見金地的音樂、歌舞、百戲、雜劇與宋地幾無差別，而且還有「五六婦人，塗丹粉，豔衣立於百戲後，各持兩鏡，高下其手，鏡光閃爍」〔註83〕的效果。從文化藝術交流的角度看，「（金人）大肆擄掠宋、遼宮廷中的歌舞、百戲、雜劇藝人，而且獲得了原先宋王朝統治下北中國這塊物質文明、文化藝術都很發達的肥沃土地，戲劇藝術沒有離開它生長的土壤，又遇到新的異質文化水源的灌漑，戲劇之樹生機勃發，成爲一代藝術的代表，因此，才將 10 世紀中葉到 13 世紀末中國的戲劇藝術稱爲『宋金雜劇』。」〔註84〕來到金地的各色藝人，作爲文化傳播的使者，使中國北方戲劇藝術在大範圍的時空中交流融匯，爲元雜劇的孵化成長創造了有利的條件。

北宋滅亡，南宋與金南北對峙且逐漸趨於穩定時，在金朝統治區，雜劇便成了最常見的娛樂形式之一。金朝舉行慶典活動常「縱諸伶人百端以爲戲樂」。海陵王「常令教坊番值禁中，每幸婦人，必使奏樂」。金章宗在宮中宴飲時，還經常叫優伶演出助興，戲劇表演興盛。《金史》卷 64 中載有「優人瑈瑨頭者戲於前」的故事：

> 一日，章宗宴宮中，優人瑈瑨頭者戲於前。或問：「上國有何符瑞？」優曰：「汝不聞鳳皇見乎？」其人曰：「知之，而未聞其詳。」優曰：「其飛有四，所應亦異。若向上飛則風雨順時，向下飛則五穀

〔註81〕 廖奔，劉彥君：《中國戲曲發展史》（一），北京：中國戲劇出版社，2013 年版，第 274～275 頁。

〔註82〕 廖奔，劉彥君：《中國戲曲發展史》（一），北京：中國戲劇出版社，2013 年版，第 272 頁。

〔註83〕 轉引自胡忌：《宋金雜劇考》，上海：古典文學出版社，1957 年版，第 7 頁。

〔註84〕 景李虎：《宋金雜劇概論》，廣州：廣東高等教育出版社，2011 年版，第 7 頁。

豐登，向外飛則四國來朝，向裏飛則加官進祿。」上笑而罷。〔註85〕

宮中宴飲，優伶瑝瑁頭等名角出場演出，其中臺詞中「裏飛」即李妃的諧音，有諷刺李妃干政之意。但章宗高興，一笑了之，並未追究。《大金國志》記載：

> 邦昌每日於迎陽門上，罷去閣門儀制，設常禮畢，與執政侍從以上對坐議事，語則稱名字，遇金人至則遽易服。衛士等曰：「伶人往日作雜劇每裝假官人，今日張太宰作假官家。」〔註86〕

張邦昌僞楚統治時期每日的生活中仍有雜劇演出，可見人們對戲劇喜好的程度之高。由於人們的普遍喜好，演出的頻繁，金代的戲劇獲得大發展。具體表現在三個方面：從劇目看，陶宗儀的《南村輟耕錄》卷 25 載有宋遼金元時期的院本雜劇名目 694 種，分爲 11 類。胡明偉通過考辨認定其中 45 種爲宋代雜劇，約 600 種爲金代雜劇。〔註87〕錢南揚指出：「除其中若干條名目與宋雜劇相同，當出於宋雜劇外，其餘絕大部分爲金人所編撰。」〔註88〕從表演形式看，金代戲劇雖然沒有成熟，但已經形成了有三種形態：偏重說白、滑稽成分較濃的雜劇形式；偏重歌舞的雜劇形式；偏重故事表演、綜合性較強的雜劇形式。〔註89〕從表演腳色來說，出現了「旦本」、「末本」的演出體制。〔註90〕這些研究成果充分肯定了金代雜劇的創作成就，也說明了金代戲劇在形態上高於宋代戲劇，成爲孕育產生元雜劇的母體。

在概念的使用上，宋金有別。金代的雜劇，多稱作院本。《南村輟耕錄》卷 25「院本名目」條說：「唐有傳奇，宋有戲曲、唱諢、詞說。金有院本、雜劇、諸宮調。院本、雜劇，其實一也。」明朱權《太和正音譜》解釋說，「院本者，行院之本也」，也就是行院所演的雜劇。

藝術總是從低級到高級、從簡單到複雜向前發展的，人們的審美娛樂需

〔註85〕（元）脫脫等撰：《金史》（第五冊），北京：中華書局，1975 年版，第 1528 頁。

〔註86〕（宋）宇文懋昭撰；崔文印校證：《大金國志校證》卷三十，北京：中華書局，1986 年版，第 427 頁。

〔註87〕胡明偉：《金代戲劇形態研究——兼考〈輟耕錄〉「院本名目」》，《南都學壇》2004 年第 2 期。

〔註88〕錢南揚：《漢上宧文存》，上海：上海文藝出版社，1980 年版，第 11 頁。

〔註89〕景李虎：《宋金雜劇的藝術體制》，《宋金雜劇概論》第二章，廣東高等教育出版社，2011 年版。

〔註90〕楊富斗：《稷山、新絳金元墓雜劇磚雕研究》，《考古與文物》1987 年第 2 期。

求也呈現出不斷向上的發展趨勢，越來越高。宋金時期，人們的娛樂活動豐富多彩，諸如雜劇、說話、弄影戲、小說、嘌唱、弄傀儡、打筋斗、彈箏、琵琶、吹笙等。由於一個人的時間有限、精力有限，即使有各種各樣的娛樂活動可供消遣，也不可能面面俱到。當宋金戲劇在孕育元雜劇的時候，必然會借鑒融匯其他藝術形式，這樣才能最大限度地滿足人們的娛樂需求，這是戲劇作爲綜合藝術的優勢所在。而哪一種藝術能爲雜劇所吸收，直接取決於人們的喜愛程度。諸宮調作爲一種說唱藝術，在宋金時期的北方非常流行，深受人們歡迎，因此它與雜劇的結姻自然就水到渠成。由於戲劇的強大包容性，諸宮調匯入其滾滾的洪流中，奔騰向前，金元易代之際，呈現出元雜劇面貌。

二、文人的嫁接和培育

元雜劇的生成過程是複雜的，文人的嫁接和培育，使元雜劇最終成熟定型，文人功不可沒。

宋金雜劇雖然是一種沒有文人染指的完全意義上的民間藝術，但在實際的演出過程中，還有一些基本的操作規範：

雜劇內容一般由「豔段」、「正雜劇」和「雜扮」三個部分組成。在正式開場之前，往往先演一小段歌舞、說白或雜技，就是「豔段」；然後演出正雜劇，或是歌舞戲，或是滑稽戲；最後加演一段時間不長的笑話，俗稱「雜扮」。

雜劇有相對穩定的五種腳色，即末泥、引戲、副淨、副末、裝孤。末泥──男主角，後來發展爲「正末」、「生」；引戲──戲頭，多數兼辦女角，稱「裝旦」；副淨──被調笑者，本自「參軍」；副末──調笑者，本自「蒼鶻」；裝孤──辦官的角色。腳色的出現爲戲劇活動提供了便利，余秋雨認爲「它便於觀衆在鬧哄哄的瓦舍勾欄中直接地把握演出形象，便於演員對特定的角色和程序進行單向磨礪。」〔註91〕

有了特定的腳色和表演的程序。余秋雨認爲還過於散漫：開頭一個「豔段」、已經有「有散說，有筋斗，有科範」了，五個角色上場；中間正戲，或做或唱的表現方式，雖有故事和人物，但也很難對它們的完整性抱有信心，一次雜劇演出的正戲部分究竟是包括一個故事還是兩個故事，也不能確定；至於最後雜扮部分的藝術隨意性，自更不待言。因爲這裡面還缺少一個足以

〔註91〕余秋雨：《中國戲劇史》，武漢：長江文藝出版社，2013 年版，第 65 頁。

貫穿全域的脈絡——一個完整的故事；還缺少一種足以梳理整體的節奏——一種嚴整的曲調。因此他認為瓦舍裏的講唱藝術，尤其是諸宮調的出現對北雜劇產生了明顯的影響。〔註92〕余秋雨先生看到了諸宮調在北雜劇發展過程中所起的重要作用，其最關鍵的是使北雜劇擁有了「完整的故事」和「嚴整的曲調」，使戲劇變得更富有吸引力，更好看。

諸宮調起於北宋，它是一種大型說唱藝術，以唱為主，說唱結合，講述長篇故事，因為其歌唱的部分採用多種不同宮調的曲牌組成，所以稱為諸宮調。王灼《碧雞漫志》記載：「澤州孔三傳者，首創諸宮調古傳，士大夫皆能誦之。」〔註93〕澤州屬於山西，文化底蘊深厚，孔三傳以唐宋以來的變文、話本、大曲、詞調、纏令、纏達、唱賺、鼓子詞及北方流行的民間音樂為基礎，進行創造性的融合改造，創造了一種全新的說唱藝術。諸宮調一問世便風靡一時，在北宋熙寧、元豐年間就在京師廣泛傳播，成為最具競爭力的藝術新秀。

諸宮調曲牌聯唱的方式，足以容納任何長篇故事，又可以全面展示藝人的說唱才華，但這終究是一個人的表演，與已經具有五個腳色的雜劇相比，又有許多不足。因此其優勢的一面被吸收到雜劇中，逐步促成北雜劇音樂體制和整個戲劇體制的成熟。如果將「諸宮調」變成「四個宮調」或從諸宮調中截取四個宮調的四套曲子，便是北雜劇四折音樂體制。因此「當雜劇吸收諸宮調等民間文藝形式之後，它的體制便發生了本質意義的提升。這種一個角色主唱的四折一楔子的結構模式，全面超越了同儕，確立了其他文學藝術無法抗衡的盟主優勢。」〔註94〕季國平先生在《論元雜劇特殊體制的形成》中曾這樣論述過：

> 北曲雜劇形成的過程中，建立了嚴格的套曲體制，……這一特殊的戲曲音樂體制，制約了劇本的創作，決定了一本戲聯合四大套也就是用四折戲去表現的特殊體制，使其既適應劇情起、承、轉、合的發展過程，又使各個階段的演出中富有音樂唱腔上的變化。因此，可以說元雜劇在其形成、完備的過程中，經過了一本幾折未定

〔註92〕余秋雨：《中國戲劇史》，武漢：長江文藝出版社，2013年版，第65～66頁。
〔註93〕胡傳淮，劉安遇：《王灼集校輯》，成都：巴蜀書社，1996年版，第24頁。
〔註94〕姚玉光，趙繼紅，高建旺著：《元雜劇平陽戲劇圈研究》，北京：中國社會科學出版社，2012年版，第386頁。

的嘗試後，最終在一本四折上固定下來，是音樂性適應戲劇性、戲
劇性適應音樂性所做出的一種調適，一種選擇。〔註95〕

季國平強調一本四折的體制的確立是經過多次的調適、選擇後完成的，
而完成這種歷史轉變的主體自然是金末元初的知識分子，他們熟悉社會的各
門藝術，也懂得廣大民眾的娛樂需求。於是經過文人的嫁接和培育，宋金戲
劇吸納了許多流行元素，正式以元雜劇的面貌登上了歷史的舞臺，完成了具
有歷史意義的蛻變——破繭成蝶，從此元雜劇的發展進入了一個新的時期。
王國維先生說：「而論眞正之戲曲，不能不從元雜劇始也」，〔註96〕說的就是
這個道理。

第四節　元代社會的享樂之風

在蒙古大軍南下統一中原的歷史進程中，北方游牧民族從歷史的大後方
走到了時代大舞臺的前沿。以蒙古族爲代表的北方游牧文化和以漢族爲代表
的中原農耕文化相互碰撞與融合，使人們的生產生活發生了巨大的改變。在
審美觀念、社會風尚、民族習慣等方面表現出不同以往的新特點，其中很突
出的一點就是朝野上下都彌漫著濃鬱的社會享樂風氣。

一、統治者喜好歌舞戲劇

與西方戲劇相比，中國戲劇晚熟，對此將星煜先生說：「當前（筆者注，
是指 20 世紀 90 年代中期前）宏觀的戲曲論著又一通病是在進行階級分析時
簡單化，進行民族矛盾分析時簡單化，把中國戲曲的發展的遲緩以及封建思
想內容之所以如此濃重完全歸結於歷代統治階級的摧殘與扼制，尤其對兄弟
民族所建立的王朝統治更多偏見。而實際上，歷代統治階級固然無視人民群
眾的精神需求，但他們爲本身的享樂生活卻往往刻意經營聲色歌舞，也在客
觀上促進了中國戲曲的繁榮與提高。唐玄宗與後唐莊宗是如此，遼金元諸朝
帝王與清代的慈禧太后也是如此。」〔註97〕所以，我們更有理由相信，元代
統治者對戲劇的愛好與提倡乃至享樂思想是元雜劇繁榮的原因重要原因之

〔註95〕季國平：《論元雜劇特殊體制的形成》，《文學遺產》1990 年第 2 期，第 89 頁。
〔註96〕王國維：《宋元戲曲史》，上海：上海古籍出版社，1998 年版，第 61 頁。
〔註97〕徐振貴：《中國古代戲曲統論》，濟南：山東教育出版社，1997 年版，「序一」，
　　　　第 2 頁。

一，同時也和廣大市民的喜愛密不可分，即使統治者主觀上沒有顧及廣大人民群眾的娛樂需求，但客觀上卻是一致的。因此以娛樂功能為主的元雜劇受到統治者和廣大市民的青睞，不言而喻。

歷史文獻資料中有許多關於蒙古族統治者喜歡歌舞戲劇的記載。

《蒙古秘史》載：「蒙古之慶典，則舞蹈筵宴以慶也。既舉忽圖剌汗爲可汗，於豁兒豁納黑川，繞蓬鬆樹而舞，直踏出沒肋之蹊，沒膝之塵矣。」〔註98〕清代蒙古族學者蘿蔔桑旺丹《蒙古風俗鑒》記載：「成吉思汗每宴飲遊樂之餘，尤喜聽唱歌奏樂。」南宋孟琪在《蒙韃備錄》中記載了蒙古汗國時期木華黎出征時的情景：「國王出師，亦從女樂隨行。率十七八美女，極慧黠，多以十四絃等彈大官樂，四拍子爲節，甚低，其舞甚異。」國王出師如此，大將出師亦然，《大越史記全書》卷七《陳紀》三有隨帶優人的記載：「先是破唆都時，獲優人李元吉，善歌。諸勢家少年婢子，從習北唱。元吉作古傳戲，有四方王母獻蟠桃等傳。其戲有官人、朱子、旦娘、拘奴等號，凡十二人。著錦袍繡衣，擊鼓吹簫，彈琴撫掌，鬧以檀槽，更出迭入爲戲。」〔註99〕耶律楚材的《贈蒲察元帥》詩中有「素袖佳人學漢舞，碧鬟官妓撥胡琴」的詩句。

統治者在戰爭中都不忘欣賞歌舞表演，平時就更不用說了。《馬可波羅遊記》中有世祖朝宴饗禮節時歌舞表演的記載：「宴罷散席後，各種各樣人物步入大殿。其中有一隊喜劇演員和各種樂器演奏者，還有一般翻跟斗和變戲法的人，在陛下面前殷勤獻技，使所有列席旁觀的人，皆大歡喜。這些娛樂節目演完之後，大家才分散離開大殿，各自回家。」〔註100〕

蒙古族能歌善舞，酷愛歌舞，行軍打仗、宴飲聚會都離不開歌舞，伴隨著封建政權的逐步確立，這種精神需求在更高的層面上，在更廣闊的時空中，必然以新的面貌呈獻出來。「元自世祖以來。凡遇天壽聖節，天下郡縣立山棚。百戲迎引。大開宴賀。」〔註101〕

作爲統治者，推行自己的價值理念和生活理念，還有制度和機構的保

〔註98〕道潤梯步譯注：《新譯簡注〈蒙古秘史〉》，呼和浩特：內蒙古人民出版社，1979年版，第27頁。

〔註99〕轉引自中國社會科學院研究所中國文學史編寫組編：《中國文學史》（三），北京：人民文學出版社，1962年版，第718頁。

〔註100〕（意）馬可波羅：《馬可波羅遊記》，陳開俊等譯，福州：福建科學技術出版社，1982年版，第100頁。

〔註101〕（明）葉子奇：《草木子》，北京：中華書局，2010年版，第64頁。

障。元世祖中統元年（1260）十二月，朝廷「立仙音院，復改爲玉宸院，括樂工。」〔註 102〕中統二年（1261）設立教坊司。另外，朝廷還設置了儀鳳司、雲和署、常和署，廣樂庫等音樂、戲劇演出機構，以供朝廷典禮和統治者自己娛樂之需。

　　元統治者喜歡雜劇，民間戲班的著名演員常被召入宮廷演出，元楊維楨的一首《宮辭》曰：「開國遺音樂府傳，白翎飛上十三弦。大金憂諫關卿在，《伊尹扶湯》進劇編。」明初朱有燉有《元宮詞》共百首，其前面的小序稱：「永樂元年（1403），欽賜予家一老嫗，年七十矣，乃元后之乳姆女，知元宮中事最悉。間嘗細訪，一一備知其事。故予詩百篇，皆元宮中實事，亦有史未曾載外人不得而知者。遺之後人以廣多聞焉。」其中的一首曰：「初調音律是關卿，《伊尹扶湯》雜劇呈，傳入禁垣官裏悅，一時咸聽唱新聲。」〔註 103〕元雜劇在皇宮內苑演出，受到元朝最高統治集團的喜愛和支持，產生了「咸聽唱新聲」的良好效果。孫楷第指出：「禁中既尚雜劇，則教坊伶人之選試，劇本之編進，其事必稠疊。此於雜劇人才之培養及戲曲研究上，自當有種種裨益。且以宮廷習尚之故，而影響於臣民。則元雜劇之發展，亦未嘗不藉政治之力。」〔註 104〕

　　元雜劇在宮廷演出，鍾嗣成的《錄鬼簿》提供了大量的信息。曹棟亭本《錄鬼簿》「鮑天祐」條記載：「談音律，論教坊，唯先生，占斷排場。」〔註 105〕天一閣《錄鬼簿》還提到趙敬夫任教坊色長，撰寫了《錯立身》次本、《張果老》和《武王伐紂》雜劇；張國賓爲教坊管勾，撰寫了《七里灘》、《高祖還鄉》、《汗衫記》；還有教坊藝人劉耍和及女婿花李郎、紅字李二。另外元代的耶律鑄在宮廷觀看雜劇演出，寫下了《爲閱俳優諸相贈優歌道士》詩：「一曲春風沓沓歌，月光明似鏡新磨。誰遊碧落騎鸞鳳，記姓藍人是采和。」〔註 106〕這是寫藝人扮藍采和在表演神仙道化劇中的一個片段「醉唱踏歌」時的情景。

〔註 102〕　（明）宋濂等撰：《元史》（第一冊），北京：中華書局，1976 年版，第 68 頁。

〔註 103〕　（元）柯九思等：《遼金元宮詞》，北京：北京古籍出版社，1988 年版，第 8 頁、19 頁、20 頁。

〔註 104〕　孫楷第：《元曲新考・書會》，《滄州集》，北京：中華書局，2009 年版，第 235 頁。

〔註 105〕　蒲漢明校：《新校錄鬼簿正續編》，成都：巴蜀書社，1996 年版，第 129 頁。

〔註 106〕　（元）柯九思等：《遼金元宮詞》，北京：北京古籍出版社，1988 年版，第 24 頁。

二、民間興享樂之風

統治者喜愛歌舞戲劇的娛樂之風影響了民間，民間的享樂之風大熾。元滅南宋，南北統一，雜劇演出迅速流播到江南各地，「元初，北方雜劇流入南徽，一時靡然向風」，〔註107〕一大批著名的雜劇作家和演員南下，使宋金以來勾欄瓦舍的娛樂活動更加活躍，看戲者趨之若鶩。夏庭芝《青樓集志》曰：「內而京師，外而郡邑，皆有所謂構欄者，辟優萃而隸樂，觀者揮金與之。」描繪出了一副雜劇演出遍地開花的盛景。元代的北方農村修建了許多戲臺，在節日、廟會期間經常演出，這樣的戲臺，在山西境內還有多處殘留遺跡。〔註108〕有些農村還搭建了臨時戲臺，邀請城裏戲班來鄉下演出，甚至自排自演。《元典章》卷57「禁學散樂詞傳」條記載：

> 至元十一年十月，中書兵刑部承奉中書省箚付。據大司農司呈，河北河南道巡行勸農官申：順天路束鹿縣頭店見人家內，聚約百人，自搬詞傳，動樂飲酒。為此，本縣官司取訖社長田秀並田拗驢等各人招伏，不合縱令侄男等攢錢置面戲等物，量情斷罪。外，本司看詳：除繫籍正色樂人外，其餘農民市戶良家子弟，若有不務本業、習學散樂、般說詞話人等，並行禁約，是為長便，乞照詳事。都省准呈。除已箚付大司農司禁約外，仰依上施行。〔註109〕

這是元初出於勸農考慮頒行的禁令，意在防止農民不務正業、耽誤生產，妨害治安。由此亦可見戲劇活動的普及，不但有職業藝人，農民也置辦行頭，自行表演。這種農村自發的演出娛樂活動，在許多地方沿襲成風，屢禁難止，直到元仁宗延祐年間，朝廷仍在下令禁止民間「聚眾唱詞」，「聚眾裝扮、鳴鑼擊鼓」。「其所以能普遍而久遠者，必其得群眾擁護，其學藝本身有為人愛惜之理由」。〔註110〕

元代社會濃厚的享樂之風還可以從雜劇作家的身上體現出來。關漢卿曾在《南呂・一枝花・不伏老》宣稱：

〔註107〕（明）徐渭：《南詞敘錄》，中國戲曲研究院編：《中國古典戲曲論著集成》（三），北京：中國戲劇出版社，1959 年版，第 239 頁。

〔註108〕參閱馮俊傑編：《山西戲曲碑刻輯考》，卷2、卷3 所收蒙元時期諸碑，北京：中華書局，2002 年版。

〔註109〕《元典章》卷57「禁學散樂詞傳」條，王永寬主編：《中國戲曲通鑒》，鄭州：中州古籍出版社，2008 年版，第 22 頁。

〔註110〕孫楷第：《元曲新考・書會》，《滄州集》，北京：中華書局，2009 年版，第 235 頁。

　　〔梁州〕我是個普天下郎君領袖，蓋世界浪子班頭。願朱顏不
改常依舊，花中消遣，酒內忘憂。……
　　〔尾〕我玩的是梁園月，飲的是東京酒，賞的是洛陽花，攀的
是章臺柳。我也會圍棋、會蹴鞠、會打圍、會插科、會歌舞、會吹
彈、會咽作、會吟詩、會雙陸。……則除是閻王親自喚，神鬼自來
勾，三魂歸地府，七魄喪冥幽，天哪，那其間才不向煙花路兒走！
〔註111〕

　　關漢卿以「風流浪子」自稱，傳統觀點認爲這表明了他與統治者不合作
的鮮明政治立場，體現了他徹底的反封建叛逆精神，有些牽強。其實這是關
漢卿追求人生自適的表白，是對自我選擇生活方式的大力張揚。其他雜劇作
家如高文秀「花營錦陣統干戈，榭館秦樓列舞歌，詩壇酒社閒談嗑。」王實
甫「風月營，密匝匝，列旌旗。鶯花寨，明飆飆，排劍戟。翠紅鄉，雄赳赳，
施謀智。」李壽卿「播閻浮，四百州。姓名香，贏得青樓。」〔註112〕其弔詞
無不展現了他們放浪形骸、注重享樂、追求瀟灑自適生活的人生態度。這種
生活方式甚至爲元後期文人所青睞，元仁宗延祐元年恢復科舉，以後相承不
廢達 53 年。《錄鬼簿》下卷所載劇作家，除趙君卿、金志甫、廖宏道、周仲
彬、喬夢符外，大抵爲延祐至正間人；《錄鬼簿續編》皆是至正間人。當時朝
廷科舉正行，這些人不爲舉業，從事戲劇，足以說明喜好戲劇的社會風尚對
文人的影響之大。

　　關於雜劇的娛樂功能，爲一些戲劇理論家所關注，元人胡祗遹頗有見地。
他在《贈宋氏序》說：

　　百物之中，莫靈莫貴於人，然莫愁苦於人，雞鳴而興，夜分而
寐，十二時中，紛紛擾擾。役筋骸，勞志慮，口體之外，仰事俯畜……
所以無疾而呻吟，未半百而衰。於斯時也，不有解塵網，消世慮，
嗓嗓熙熙，心暢然怡然，少導歡適者，一去其苦，則亦難乎其爲人
矣。此聖人所以作樂，以宣其抑鬱，樂工伶人之亦可愛也。〔註113〕

〔註111〕隋樹森編：《全元散曲》（上冊），北京：中華書局，1964 年版，第 172～173
　　　　頁。
〔註112〕（元）鍾嗣成等著：《錄鬼簿（外四種）》，上海：古典文學出版社，1957 年
　　　　版，第 11 頁、13 頁、14 頁。
〔註113〕俞爲民，孫蓉蓉主編：《歷代曲話彙編：新編中國古典戲曲論著集成》（唐宋
　　　　元編），合肥：黃山書社，2006 年版，第 216～217 頁。

　　胡氏認爲元雜劇具有愉悅性情的娛樂性本質，人生存在著許多愁苦和無奈，觀眾可以通過觀看雜劇「宣其抑鬱」，「樂工伶人」功不可沒。《贈宋氏序》是他寫給著名女演員珠簾秀的，二人交往密切，序中他給予宋氏高度讚美，指出她「以一女子而兼萬人之所爲，尤可以悅耳目而舒心思，豈前古女樂之所擬倫也，全此義者，吾於宋氏見之矣。」〔註114〕正因爲宋氏多才多藝，表演到位，觀眾看後才有「悅耳目而舒心思」的審美愉悅，滿足了觀眾的娛樂需求。他在《優伶趙文益詩序》中說的更加明白：

> 詩序醯、鹽、薑、桂，巧者和之，味出於酸鹹辛甘之外，日新
> 而不襲故常，故食之者不厭。滑稽詼諧亦猶是也。拙者蹭陳習舊鋤，
> 不能變新，使觀聽者惡聞而厭見。後世民風機巧，雖郊野山林之人，
> 亦知談笑，亦解弄舞娛嬉……優伶賤藝也，談諧一不中節，闔座皆
> 爲之撫掌而嗤笑之，屢不中，則不往觀焉。〔註115〕

　　戲劇演出要「滑稽詼諧」，要產生「娛嬉」之效，手段要「不襲故常」，只有常變常新，才會吸引觀眾。否則觀眾會給予演員「闔座皆爲之撫掌而嗤笑之」的嘲諷，時間一長，觀眾自然就會「不往觀焉」。

　　馮天瑜在《中國文化史》一書中說：元代是一個活力抒發的時代，蒙古鐵蹄以草原游牧民族勇猛進取的性格席捲南下，漢唐以來漸趨衰老的封建帝國被輸入率意進取的精神因子。」〔註116〕長期生活在北方大漠草原的蒙古族，具有積極進取、粗獷尚武、樂觀曠達的民族性格，對歌舞戲劇情有獨鍾。他們豪邁奔放，且能歌善舞，當蒙古族建立政權以後，處於統治者地位的蒙古族，有條件滿足自己的審美追求，以舞臺表演爲主的元雜劇，必然走到歷史的前臺，因此有人說「元代社會蒙古人成爲統治的中心，他們有著和中原統治者不同的審美選擇，更重視文化的愉悅性。」〔註117〕蒙古族學者雲峰指出：「原本喜愛戲曲歌舞的蒙古人，入主中原、取得政權後，雖然很注意學習漢文化，但畢竟元初時漢文修養還不高，出於娛樂消遣之目的，首先選擇的當

〔註114〕俞爲民，孫蓉蓉主編：《歷代曲話彙編：新編中國古典戲曲論著集成》（唐宋元編），合肥：黃山書社，2006 年版，第 217 頁。

〔註115〕俞爲民，孫蓉蓉主編：《歷代曲話彙編：新編中國古典戲曲論著集成》（唐宋元編），合肥：黃山書社，2006 年版，第 215～216 頁。

〔註116〕馮天瑜：《中國文化史》，上海：上海人民出版社，1990 年版，第 717 頁。

〔註117〕高益榮：《元雜劇的文化精神闡釋》，北京：中國社會科學出版社，2005 年版，第 77 頁。

然是元曲（雜劇、散曲）這種通俗文學樣式。」〔註118〕其根本原因就是看中了元雜劇的「娛樂性」。

第五節　娛樂的物質保障

　　人的生活包括物質生活和精神生活兩部分。人類社會發展史表明，物質生活是精神生活的前提和基礎，精神生活的滿足需要有物質條件做保障。元雜劇作為一種具有強大娛樂功能的精神文化產品，是一種消費性藝術，它的興旺發達有賴於消費群體的出現，有賴於經濟的發展繁榮。縱觀西方戲劇發展史，不論是古希臘戲劇還是古羅馬戲劇無不如此。元代的大都、杭州分別成為北、南方戲劇圈中心，說明了經濟因素對於戲劇發展的決定意義。

一、從商業之都到娛樂之都

　　城市的發展離不開手工業、商業的發展。唐代的長安是中外聞名的城市，但坊市分離（城市居民住宅區稱「坊」，商業交易區為「市」），城市的政治色彩比較濃厚。宋代開始，打破了坊市分離的城市格局，中國都市商業經濟獲得了發展，城市中固定時間集中貿易的市場已不占主導地位，取而代之的是遍及全城的店鋪、通宵買賣的夜市，就連娛人的瓦舍勾欄也成了市肆貿易的重要場所，都市因而變得熙熙攘攘，熱鬧異常。傳統的政治性城市開始向政治性、經濟性城市轉化。到了元代，城市的經濟功能更為突出。

　　蒙古族注重實用，歷來重視手工業生產和商業活動。在蒙古大軍對外征伐過程中，對俘虜工匠和藝人並不傷害，而是帶回駐地，加以保護。在戰亂中，工匠和藝人不僅保全了性命，還得到統治者的重視，社會地位大大提升。有元一代，手工業、商業較之宋遼金時期有了長足的發展和進步，出現了空前繁榮的局面。

　　大都原是金朝的首都，稱中都。在蒙古滅金的過程中，這個城市曾遭受嚴重破壞，元大都在重新建設時，充分考慮商業發展的需要，保留了坊的基本形式，但空間相對開放，沒有坊牆，出入也沒有限制，活動較為自由。由於商業、手工業經濟的發展興盛，大都吸引了大量的外來人口。包括王公貴

〔註118〕雲峰：《試論元代統治者對元雜劇創作之影響》，《黑龍江民族叢刊》2006年第5期，第86頁。

族、官僚和他們的家眷，也包括失去土地農民，還包括各行各業的工匠（官匠、民匠）、經紀人、買賣人、小販、小吏、侍從、奴僕、醫卜星相之流。從至元元年（1264）重建到至元十四年（1277）建成，短短的十四年間，大都的居民約有四五十萬人之眾。〔註119〕紛至沓來各色人等，逐漸形成了一個新的階層——市民階層。大都不僅是全國的政治中心，也成了全國的文化和經濟中心之一。

元大都商業經濟的興盛，擴大了對外交往，也吸引了世界的目光，不少外國商人來大都進行貿易活動，有波斯、阿拉伯和高麗的客商。高麗的中文教科書《老乞大》就是以商業活動為主題的，它從側面反映了大都國際貿易的盛況。意大利商人馬可‧波羅在元世祖時來中國，在中國居住了十七年，寫下了著名的《馬可波羅行紀》，書中記述：「外國巨價異物及百物之輸入此城者，世界諸城無能與比，……此汗八里（八里是突厥語，意為「城市」）大城之周圍，約有城市二百，位置遠近不等。每城皆有商人來此買賣貨物，蓋此城為商業繁盛之城也。」〔註120〕

大都城內分佈著兩個大的商業區：一個是鐘、鼓樓及其附近地區；另一個是羊角市一帶。熊夢祥《析津志輯佚》「城池街市」條載：「米市、麵市，鐘樓前十字街西南角。羊市、馬市、牛市、駱駝市、驢騾市，以上七處市，俱在羊角市一帶。〔註121〕除了這兩個主要商業區之外，中書省前還有文籍市、紙札市。除商業區的店鋪外，還有不少小商販，走街串巷，販賣各種物品：「販夫逐微末，泥巷穿幽深。負戴日呼叫，百種聞異音。」〔註122〕大都周圍的農村，也有定期的集市貿易，進行農產品和手工業產品的交流。

城市的發展，積累了物質財富，人們不再為衣食奔波，話本小說、戲劇及一些民間伎藝受到市民的追捧，加之統治者享樂之風的影響，娛樂業也興盛起來。大都裏有許多公共場所，毗鄰商業區，具有商業性質的演出不斷，為市民觀賞提供了便利。

〔註119〕王惲（1227～1304）在《日蝕詩》中說至元十四年（1277），大都的居民有十萬家。以一戶四至五口人計算，則當時大都的居民約有四五十萬人之眾。
〔註120〕（意）馬可波羅：《馬可波羅行紀》，馮承鈞譯，北京：中華書局，2004年版，第379、380頁。
〔註121〕（元）熊夢祥：《析津志輯佚》，北京：北京出版社，1983年版，第5頁。
〔註122〕（元）胡助：《純白齋類稿》（卷二），《京華雜興詩》，轉引自史衛民：《元代社會生活史》，北京：中國社會科學出版社，1996年版，第205頁。

　　鐘鼓樓地區，商客雲集，歌樓酒館林立，歌舞戲劇演出不斷。《析津志輯佚》「古蹟」條云：「北，鐘樓。此樓正居都城之中。……西斜街臨海子，率多歌樓酒館。」〔註123〕歌樓與酒館相連，流連於其中的人們，多是消遣享樂一族。《析津志輯佚》「歲紀」條又云：「（二月）八日，平則門外三里許，即西鎮國寺，寺之兩廊買賣富甚太平，皆南北川廣精粗之貨，最爲饒盛。於內商賈開張如錦，咸於是日。南北二城，行院、社直、雜戲畢集，恭迎帝坐金牌與寺之大佛遊於城外，極甚華麗。」〔註124〕節日期間，大都的商業活動和戲劇活動更爲興盛。元人筆記載道：「元自世祖以來，凡遇天壽聖節，天下郡縣立山棚，百戲迎引，大開宴賀」。〔註125〕

　　另外，大都的磚塔胡同，也是戲曲演出的中心。元李好古的雜劇《張生煮海》中有一段人物對白就特別提到了「磚塔胡同」、「西院勾欄」。王宏凱《漫談磚塔胡同》說：「在元、明、清三朝，磚塔胡同一帶長期是戲曲活動的中心地區，即所謂『勾闌』、『瓦舍』地帶。」「城內有眾多的大小勾闌，演出雜劇，磚塔胡同就是其中之一。勾闌內有戲臺、戲房（後臺）、神樓和腰棚（看臺）。大的勾闌可容數千人，臺上鑼鼓喧天，臺下歡呼喝彩，眞是熱鬧非凡。」〔註126〕

　　大都商業經濟的繁榮，促進了娛樂業的發展，元雜劇佔據了天時地利的有利條件，蓬勃興盛起來，因而形成了以大都爲中心的北方戲劇圈。大都作家多，藝人多，著名作家有關漢卿、馬致遠、王實甫等，著名藝人有珠簾秀、順時秀、天然秀、賽簾秀、司燕奴等，山東作家高文秀來過大都，被人稱爲「小漢卿」。在市民的需求下，許多劇目都在大都上演，使這座文明世界的商業之城笙歌不斷，變成了全民共享的娛樂之都。

　　杭州爲南宋的都城，在南宋時就以經濟繁華著稱，有「銷金鍋」的美譽，吳自牧的《夢粱錄》、周密的《武林舊事》中均有詳細記載。北宋柳永的《望海潮》詞中有「煙柳畫橋，風簾翠幕，參差十萬人家」詩句，描繪了杭州的繁華景象。到元朝時杭州仍然是全國有名的大都市。作爲東南的經濟中心及對外貿易的重要港口，杭州地處水路交通的樞紐，吸引了全世界的目光，成

〔註123〕（元）熊夢祥：《析津志輯佚》，北京：北京出版社，1983年版，第108頁。
〔註124〕（元）熊夢祥：《析津志輯佚》，北京：北京出版社，1983年版，第214頁。
〔註125〕（元）葉子奇：《草木子》，北京：中華書局，2010年版，第64頁。
〔註126〕北京燕山出版社編：《京華古蹟尋蹤》，北京：北京燕山出版社，1996年版，第313頁。

千上萬的人紛至沓來。當時「城寬地闊，人煙稠集」。馬可‧波羅說它是「世界最富麗名貴之城」，「城中有商賈甚眾，頗富足，貿易之巨，無人能言其數」。「城中有大市十所，沿街小市無數。……每星期有三日，為市集之日，有四五萬人攜消費之百貨來此貿易」。北方的南征的大軍和南徙的人口，包括一些文人知識分子，都匯聚在杭州，留下了許多讚美杭州的文字，如關漢卿的《南呂‧一枝花‧杭州景》：「普天下錦繡鄉，寰海內風流地。大元朝新附國，亡宋家舊華夷。水秀山奇，一到處堪遊戲。這答兒忒富貴，滿城中繡幕風簾。一哄地人煙湊集。」「百十里街衢整齊，萬餘家樓閣參差。並無半答兒閒田地。……」〔註127〕薛昂夫的散曲《中呂‧山坡羊》也說：「銷金鍋在，湧金門外，餓金船少欠西湖債。」〔註128〕在文人筆下，當時杭州的富庶繁華一如往昔。曾幾何時，南宋統治者依託杭州的區域經濟優勢，偏居一隅輕歌曼舞，縱情享樂，留下了「暖風薰得遊人醉，直把杭州作汴州」的譏諷之詞。改朝換代後，社會娛樂之風依然濃烈，歌舞、戲劇演出尤為興盛。睢玄明散曲《般涉調‧耍孩兒‧詠西湖》云：「列兵廚比光祿寺更佳，論珍羞尚食局造不及，動簫韶比仙音院大樂猶為最。雲山水陸烹炮盡，歌舞吹彈腔韻齊。」〔註129〕描述了當時的盛況。夏庭芝《青樓集》記載的藝人，有很多人出生在杭州或者在杭州進行等藝術活動，如楊買奴、小春宴、喜溫柔、小玉梅、區區、觀音奴、周喜歌、李嬌兒、張奔兒、李真童、賽天香、王玉梅、陳婆惜、米里哈里、張玉蓮等。著名戲劇家關漢卿、白樸等南下杭州拓展雜劇事業，均與杭州經濟的繁華富庶密切相關，最終形成了以杭州為中心的南方戲劇圈。

二、經濟發達的中小城市

除大都、杭州兩個較大的中心城市外，元代還有許多中小城市，如北方的平陽、真定、東平、大名等，這些地區的戲劇藝術也很發達。金元之際，女真、蒙古兩個以武力攻略為長的民族，在中國北方進行了長達20多年的拉鋸戰，給北方經濟發展和人民生活造成了極大地破壞，短時間內經濟難以恢復。頗為費解的是這些地區誕生了許多劇作家。鍾嗣成《錄鬼簿》記載的 56位前期雜劇作家，如果按籍貫劃分，其中大都 18 人、平陽 6 人、真定 9 人、

〔註127〕隋樹森編：《全元散曲》（上冊），北京：中華書局，1964 年版，第 171 頁。
〔註128〕隋樹森編：《全元散曲》（上冊），北京：中華書局，1964 年版，第 709 頁。
〔註129〕隋樹森編：《全元散曲》（上冊），北京：中華書局，1964 年版，第 549 頁。

東平 6 人，其餘的 17 人散居於太原、大名、棣州、汴京、亳州、洛陽等地。這些城市都在北方，以今天的山西、河北、山東等地為多，劇作家居住比較集中。此現象引起了研究者的注意，田同旭撰文指出：「蒙元統治者在進入中原之初，為了加強對中原地區的統治，曾先後招降了一批漢族世侯，諸如平陽的李守賢、真定的史天澤、保定的張柔、東平的嚴實等，授他們以顯職，委他們以重任，允許他們在自己世襲的領地上，便宜行事。這些漢人世侯為了自己家族的利益，常常能愛護人民，收留散亡，涵養民力，發展經濟，保護文化，繁榮藝術，使得經過蒙元騎兵踐踏後一片蕭條的中原大地，奇蹟般地出現了幾塊相對安定繁榮的領地。」〔註 130〕門巋在論及這些「漢族世侯」對元代雜劇所起的作用時也說：「正是世侯文化所形成的城市繁榮、經濟相對發達，民眾生活相對安定，為當時新興的俗文學樣式的迅速流播、發展繁榮提供了最好的場所和欣賞群體。」〔註 131〕用一句形象的比喻：這幾個城市就是沙漠裏的綠洲。經濟發展是元雜劇賴以生存和發展的基礎，元雜劇作家的地理分佈有力地證明了這一點。

另外，經濟發展帶動雜劇藝術的興盛也可以從歷史文物遺存得到證明。我國北方有大量的金元時期的戲劇文物遺存，許多戲臺都建在民間信仰的神廟之中，建造的主體是民眾，同時也有官員題篆寫記，他們自己出資建廟，通過獻戲向神靈表達虔誠，求得生活的富足和家人的平安。除此之外，在廣大農村也修建了許多戲臺，這些戲臺多建於比較富裕的鄉鎮，戲臺規模宏大、建築精美，而且這些地方的廟會規模也比較大。如山西臨汾市西北的魏村牛王廟戲臺，魏村距臨汾市 25 公里，處於平原之地，土地肥沃，又有汾水澆灌，農業發達，經濟基礎好。現在留存下來的元代戲臺，絕大部分都在山西省平陽市內。廟會期間，有戲班演出，戲班演員人數多，演員服飾色澤豔麗，道具齊全。山西洪洞縣廣勝寺水神廟內的元代壁畫生動地展示了廟會期間演出的情景，壁畫頂端有「大行散樂鍾都秀在此做場」帳額。周華斌先生認為，「行，行伍，行旅也。讀 hang 或 xing，今讀為 xing。如大行指較大的隊伍。大行散樂則為大隊散樂，即行伍眾多的樂班、戲班，以示炫耀」。〔註 132〕如果沒有農

〔註 130〕田同旭：《論元雜劇的興盛與金元漢人世侯之關係》，《晉陽學刊》2003 年第 2 期，第 91～92 頁。

〔註 131〕門巋：《元初「世侯文化」的特點及其對元代文學的影響》，《東南大學學報》2004 年第 2 期，第 107 頁。

〔註 132〕周華斌：《廣勝寺鍾都秀戲曲壁畫新考》，《蒲劇藝術》1991 年第 4 期。

業的恢復和發展，沒有一定的經濟作後盾，就失去了修建戲臺、請戲班演戲的物質保障，也不可能請得起這樣規模大的戲班。

賈仲明《錄鬼簿》為許多劇作家寫弔詞，其中弔趙子祥說：「一時人物出元貞，擊壤謳歌賀太平。」弔狄君厚說：「元貞、大德秀華夷，至大、皇慶錦社稷，延祐、至治承平世。養人才，編傳奇，一時氣候雲集。」弔張國賓云：「教坊總管喜時豐，斗米三錢大德中，飽食終日心無用。撚《漢高歌大風》，薛仁貴衣錦崢嶸。七里灘頭辭主，《汗衫記》孫認公。朝野興隆。」〔註133〕這些弔詞中隱含著社會經濟條件與雜劇創作之間的密切關係，成為後世人們評說元代社會有較好經濟發展的重要依據。

綜上可知，在元雜劇發展的過程中，經濟的繁榮起了決定性的作用，不論是對於戲劇藝術本身，還是對於戲班，乃至作家個人，都離不開物質財富的保障，沒有物質基礎，追求娛樂就變成了空中樓閣。這一經濟規律貫穿於元雜劇的創作、演出、觀看的全過程。後面的章節還會談到這個問題。

第六節　共謀發展的書會組織

元雜劇的創作是一種有組織有目的的創作，這與傳統的文人創作方式根本不同。王國維在《宋元戲曲史》中說：「蓋元劇之作者，其人均非有名位學問也；其作劇也，非有藏之名山，傳之其人之意也。彼以意興之所至為之，以自娛娛人。」〔註134〕指出了元雜劇創作「自娛」和「娛人」的雙重目的，書會組織的出現，強化了這一創作方式，突出了元雜劇的娛樂功能。

一、「自娛娛人」創作目的

中國的詩文源遠流長，形成了許多派別，即使一些具有嚴密組織和鮮明的創作主張的詩歌團體、文學流派，他們的創作都是個人情感和思想的表達。大體可以這樣來講，詩文創作是為自己服務的，而雜劇創作既是為自己也是為他人服務的。

元雜劇是一種敘事性的通俗文學，王國維說：「元曲之佳處何在？一言以蔽之，曰：自然而已矣。古今之大文學，無不以自然勝，而莫著於元

〔註133〕（元）鍾嗣成等著：《錄鬼簿（外四種）》，上海：古典文學出版社，1957年版，第21頁，21頁，29頁。
〔註134〕王國維：《宋元戲曲史》，上海：上海古籍出版社，2000年版，第98頁。

曲。」〔註135〕「自然」就是通俗，這在文學史上是具有根本意義的轉變。

　　戲曲作爲一種民間藝術，其生命就在民間。元雜劇從形成之初起，就具有濃厚的草根文化特性，元雜劇的草根文化特徵表現在語言和音樂兩個方面。我們現在看到的元雜劇都是通俗易懂的民間語言，裏面包含了一定數量的少數民族語言，有些唱詞雖然具有詩化特徵，但並未從根本上改變語言的整體風貌。音樂方面，民間音樂影響極大。王國維在《宋元戲曲史》中對周德清《中原音韻》記載的 335 個曲調加以比照，認爲「其曲爲前此所有者幾半」，其中「出於大曲者十一」，「出於唐宋詞者七十五」，「出於諸宮調中各曲者二十有八」。餘下的另一半曲調來自民間，還包括一部分少數民族樂曲。正如曾敏行的記載「先君嘗言：宣和間客京師時，街巷鄙人多歌蕃曲，名曰〔異國朝〕、〔四國朝〕、〔六國朝〕、〔蠻牌序〕、〔蓬蓬花〕等。其言至俚，一時士大夫亦皆歌之。」〔註136〕這些情況說明元雜劇是紮根在草根文化土壤裏成長起來的。

　　元雜劇登上文壇，文人的參與功不可沒。但是元代知識分子深知，他們的劇本是爲觀眾服務的，所以在創作時，必須堅守通俗的總要求而不能任情改變。

　　作爲演出的底本，只有經過舞臺的二度創作，通過演員、樂隊、劇務等的聯合「做場」，才可能在特定的時空中成爲廣大觀眾消費的對象。從表演的意義上說，這些演職人員也是排斥文言文的，說唱白話輕車熟路，說唱文言則勉爲其難。觀劇的主體都是普通的市民百姓，難以對文言文感興趣。身處統治階層的蒙古族及其他少數民族官員，之於文言和詩詞曲賦更陌生，他們喜歡的就是通俗易懂的白話。所以觀眾的需求決定了雜劇的創作只能走通俗化的道路，這樣的出發點就是「娛人」。

　　當然在「娛人」的同時，雜劇作家也會表達自己的想法，這就是「自娛」。經歷了金元易代的劇烈震盪，儒士們的心靈也受到了強烈震撼，他們「讀書做官、兼濟天下的人生理想，溫柔敦厚、中庸平和的人生風範，君賢臣忠、父慈子孝、夫唱婦隨的傳統道德，統統被野蠻的鐵蹄踏得粉碎。」〔註137〕改

〔註135〕王國維：《宋元戲曲史》，上海：上海古籍出版社，2000 年版，第 98 頁。
〔註136〕（宋）曾敏行：《獨醒雜志》，北京：中華書局，1985 年版，第 37 頁。
〔註137〕鄭傳寅：《文化之謎：血污中的燦爛文明——試論戲曲勃興於元代的原因》，《汕頭大學學報》1992 年第 4 期，第 17 頁。

朝換代在他們的心中留下了不滿和傷痛。因此，他們要借梨園舞臺展現現實生活，關注百姓疾苦，針砭社會時弊，藉此表達自己的愛憎情感和理想追求。比如雜劇《玉鏡臺》、《陳母教子》、《破窯記》、《薦福碑》、《范張雞黍》、《王粲登樓》、《凍蘇秦》等作品，無一不流露出出人頭地的功名觀念。當這種傳統的功名觀念成為空中樓閣時，劇作家們常常抒發一種不合時宜的怨憤和失意潦倒的絕望：「我怕不待求善價沽諸，行貨背時也！」（元刊本《范張雞黍》二折〔隔尾〕）郭英德先生在《元雜劇作家的思想特徵》一文中，勾勒了這一特定時代特殊階層的人們的基本思想特徵。他認為「元雜劇作家具有不容於世而憤世嫉俗的政治態度，倜儻不羈而適性自為的生活態度和真實描繪而率直表露的創作態度。」〔註138〕

　　元雜劇作家許多都是職業作家，他們之所以投身雜劇創作，獻劇演劇，很大程度上也是出於經濟考慮，把雜劇當做謀生的手段。《錄鬼簿》記載異鄉漂泊的曾瑞，在江南享有聲望，每當生活拮据時，便有「江淮之達者，歲時餽送不絕，遂得以徜徉卒歲」，〔註139〕使其優游的生活得以維持，可見獻劇能帶來實際利益。杜仁傑〔般涉調·耍孩兒〕《莊稼不識勾欄》散曲用通俗的口語記述了一個莊家人豐收之後進城花「二百錢」看戲的見聞，真實而生動地再現了元代勾欄的演出情況：既張貼「廣告」，還現場宣傳，觀眾須花錢進場觀看。這完全是一種商業化的操作，符合現代意義上的商業演出。無名氏《漢鍾離度脫藍采和》雜劇一折《混江龍》：「俺在這梁園城一交卻又早二十年，……俺這裡不比別州縣，學這幾分薄藝，勝似千頃良田。」〔註140〕可見戲劇演出有一定的經濟收入，且收入很可觀。戲班演戲，要有劇本，劇本從哪裏來，這個任務就必須由文人及其行業組織——書會來完成了。

二、娛樂民眾的創作組織——書會

　　書會是中國古代與官方教坊相對的民間性文化組織，約出現於宋代城市經濟繁榮時期的勾欄瓦舍中。書會興起初期，其成員主要是懂得歷史文化、

〔註138〕郭英德：《元雜劇與元代社會》，北京：北京師範大學出版社，1996年版，第315頁。

〔註139〕鄧紹基主編：《中國古代戲曲文學辭典》，北京：人民文學出版社，2004年版，第983頁。

〔註140〕王季思主編：《全元戲曲》（第七卷），北京：人民文學出版社，1999年版，第117頁。

有音樂技藝的民間藝人，他們一般被稱爲書會先生、書會才人。這些人既爲自己演出進行創作，也爲勾欄瓦舍的演出進行口頭或筆頭創作。當時，知識分子中雖有少量文人參與俗文學創製，但多屬於有閒階層的自娛行爲，尚未普遍。

進入元代，書會迅速崛起並發展，一時蔚爲大觀，書會成員的成分變得相當複雜，其中大部分是有一定才學的文士，也有一部分是低級官吏、醫生、術士、商人，還有少數較有才學和演唱經驗的藝人。書會的性質也發生了根本變化，張庚指出：「在腳本的創作上，這時（北宋末年）也出現了一批職業的作者，他們叫做『書會先生』，『書會』就是他們的行會組織。……他們和以前的詩人們不同的地方就在於靠這件事情來吃飯。……這些新的組織形式的一個共同原則就是把藝術變成一種商品來變價出售，藝人到勾欄裏來是爲了『賣藝』，而觀眾到這裡來是出錢買娛樂」〔註141〕。

爲了滿足觀眾的需求，寫出更好的劇本，元雜劇作家組成「書會」組織，集體創作，有的作家還粉墨登場，參與戲劇演出。從創做到演出形成了利益鏈條，作家寫劇本，賣給戲班，戲班根據劇本演戲。劇本寫得好，觀眾入場率就高，獲取的經濟效益就好。這種商業化的運作模式，顯然是受經濟利益的驅動，其主要目的就是爲了賺錢。

元代的書會組織，有文獻記載的有五個，即玉京書會、元貞書會、武林書會、九山書會、古杭書會。書會是一個集體，因此要有核心人物作爲團隊的精神支柱，其中玉京書會、元貞書會影響較大。

玉京書會，賈仲明《書錄鬼簿後》記載：觀其前代故元夷門高士醜齋繼先鍾君所編《錄鬼簿》，載其前輩玉京書會燕趙才人，四方名公士夫編撰當代時行傳奇、樂章、隱語、比詞源諸公卿大夫士，自金之解元董先生，並元初漢卿關已齋叟已下，前後凡百五十一人……玉京，又作「御京」。宋元戲文《宦門子弟錯立身》中延壽馬云：我能添更疾，一管筆如飛，眞字能抄掌記，更壓著御京書會。一般認爲玉京書會是關漢卿、白樸、孟漢卿、岳伯川、趙子祥、趙公輔等「元雜劇作家在大都建立的一個創作組織」。〔註142〕玉京書會以

〔註141〕張庚，郭漢城主編：《中國戲曲通史》（上），北京：中國戲劇出版社，2007年版，第43～44頁。

〔註142〕中國大百科全書出版社編輯部編：《中國大百科全書‧戲曲曲藝》，北京：中國大百科全書出版社，1983年版，第552、170頁。

關漢卿爲班頭，關漢卿儒流文采，兼通詩詞歌賦，還能編劇、組團，賈仲明《凌波仙》弔詞不無讚美地寫道：「風月情、忒慣熟，姓名香四大神州，驅梨園領袖，總編修帥首，撚雜劇班頭。」有人稱他爲中國的莎士比亞。吳梅在《中國戲劇概論》卷四《元人雜劇》中讚譽說：「大抵元劇之盛，首推大都，自實甫繼解元之後，創爲研煉豔冶之詞，而關漢卿以雄肆易其赤幟，所作《救風塵》《玉鏡臺》《謝天香》諸劇，類皆雄奇排奡，無搔首弄姿之態……」〔註 143〕

元貞書會則是活躍在大都的另一個重要書會組織，元貞是元代成宗時期的年號。元貞書會的中心人物是馬致遠。他早年有「佐國心，拿雲手」的政治抱負，但一直沒能實現，便參加元貞書會，醉心雜劇創作。賈仲明讚譽他說：「萬花叢中馬神仙，百世集中說致遠」，「姓名香貫滿梨園」，並有「曲狀元」之稱。賈仲明爲李時中作的弔詞爲：「元貞書會李時中、馬致遠、花李郎、紅字公，四高賢合撚黃粱夢。東籬翁，頭折冤。第二折，商調相從。第三折，大石調。第四折，是正宮。都一般愁霧悲風。」〔註 144〕透露了元貞書會作家群的情況。

武林書會以肖德祥爲中心，九山書會以史九敬先爲中心。在核心人物代組織和帶領下，大家共同致力於雜劇事業，形成了推動事業發展的巨大合力。正是在這個意義上，李修生先生說：「元雜劇之所以繁盛，是由於雜劇形式已漸於成熟時，出現了關漢卿、白仁甫等一批偉大作家，他們創作了一批重要作品，與此同時，還有一批演員把戲劇表演藝術推進到新的階段，從而出現了一個金聲玉振的新時期。」〔註 145〕

書會主要任務是創作、改編劇本。創是原創，就是從豐富無盡的現實生活中取材進行創作，如玉京書會關漢卿創作的《救風塵》、《望江亭》等。改編是從歷史、傳奇、話本、筆記中取材進行的二度創作，如《竇娥冤》的故事框架本爲漢代以來一直流傳民間的「東海孝婦」的故事；《單刀會》、《漢宮秋》則分別出自歷史人物關雲長和昭君出塞的故事；《牆頭馬上》源於白居易《井底引銀瓶》一詩等。

書會的成員在創作中切磋合作、取長補短，形成集體互助的動力系統。

〔註 143〕吳梅：《中國戲劇概論》，上海：上海古籍出版社，2010 年版，第 118 頁。
〔註 144〕（元）鍾嗣成等著：《錄鬼簿（外四種）》，上海：古典文學出版社，1957 年版，第 23～24 頁。
〔註 145〕李修生：《元雜劇繁盛原因之我見》，載《光明日報》1985 年 12 月 3 日。

鍾嗣成《錄鬼簿》中曾記載：「楊顯之，大都人。關漢卿莫逆之交，凡為文辭，與公較之。號楊補丁是也。」〔註146〕即便是關漢卿這樣的大手筆，其創作中，也包含著楊顯之等書會朋友智慧的「補丁」。有了集體的協作，才能奉獻給觀眾最好的作品。所以我們看到的許多作品都是合作，如《黃粱夢》是馬致遠與元貞書會的李時中、花李郎、紅字李二等人合作而成。馬致遠還與史敬德合編了《蕭淑花祭墳重會姻緣記》，另與史久敬先合編了《風流李勉三負心記》。有的作品直接以書會名稱署名，如《小孫屠》署名「古杭書會」，表明是集體創作。

雜劇的創作和出版刊刻聯繫緊密，《元刊雜劇三十種》本中有「新刊關目、新編足本」一類的宣傳語，如裏面的劇目《大都新編楚昭王疏者下船》、《大都新編關目公孫汗衫記》等，再如鄭光祖的《（古）杭新刊關目輔成王周公攝政》等。「新刊」或「新編」字樣表明書會創作完成後，及時刊刻發行，「新」本身就有吸引力，具有時效性，滿足了觀眾需求。

有合作就有競爭，一枝獨秀固然美麗，但百花盛開更為壯觀，所以面臨市場和觀眾的選擇，作家之間、書會之間展開了創作競爭，而這种競爭極大地促進了元雜劇的繁榮。元雜劇中有許多同題材或同名雜劇，就是相互間競爭的結果。明末清初李玉《北詞廣正譜》記載：鄭廷玉有《金鳳釵》，白樸也有；花里郎有《酷寒亭》，楊顯之也有。花里郎是元貞書會的成員，楊顯之則是玉京書會的成員。「在書會人才濟濟的集體裏，在進入市場的商業要求面前和生存的巨大壓力下，文人們必須建立競爭意識，人無我有、人有我優、人優我特、公平取勝的意識。或者公開的，或者暗自的較量是書會努力創新、挑戰才智，健康成長、挑戰市場的基礎。」〔註147〕正是在這個意義上，許多研究者都從經濟利益的角度發表了真知灼見，么書儀說：「無論是兼職的還是專業的雜劇作家，對於創作都是傾盡心力的，愛好此道的，當然會很有興趣、很用心，為謀稻粱的，也要竭力使自己的作品能在舞臺上站得住腳，否則豈不要打破了飯碗？」〔註148〕羅斯寧指出：「戲劇文學與其他文學體裁不同，具

〔註146〕　（元）鍾嗣成等著：《錄鬼簿（外四種）》，上海：古典文學出版社，1957年版，第 14 頁。

〔註147〕　李麗娜主編：《人文北京建設探究》，北京：中國經濟出版社，2011 年版，第244 頁。

〔註148〕　么書儀：《銅琶鐵琶與紅牙象板——元雜劇和明清傳奇比較》，鄭州：大象出版社，2009 年版，第 94 頁。

有票房價值，受到觀眾歡迎的戲劇才能得到生存和發展。觀眾的審美趣味在很大程度上決定了作家的審美觀。元雜劇本色派作家很多生活在元代北方的都市和農村，尤其是都城大都一帶，他們又是靠創作來謀生的，……關漢卿等職業作家在寫戲時，要充分考慮觀眾的審美趣味，讓自己的審美觀與觀眾一致，劇本才能賣座，取得成功。」〔註149〕由此可見，這種經濟利益的深層指向，依然是雜劇的娛樂功能。

〔註149〕羅斯寧：《元雜劇和元代民俗文化》，廣州：廣東高等教育出版社，2011年版，第75頁。

第二章 元雜劇的題材與創作

　　元雜劇的繁榮與興盛，大批作家功不可沒。作家寫劇本，主要供舞臺演出之需。爲了更好地「自娛娛人」，元雜劇創作必須選擇容易引起觀眾興奮點的題材，必須堅持以適應觀眾的審美爲主的創作原則。據傅惜華先生的《元代雜劇全目》一書考證：元代雜劇曲目 737 種，包括元人雜劇作品 550 種，元明之間無名氏作品 187 種。歷經朝代變更，兵革水火，劇作散佚很多，流傳下來的只是其中的一小部分，今天我們能看到的大約有 160 多種。本章主要依據這些存世劇本，從題材內容和創作角度來探析元雜劇的娛樂功能。

第一節　喜聞樂見的雜劇題材

　　戲劇演出要得到觀眾的認可，首先必須選擇容易引起觀眾興奮點的題材。鄭振鐸說：「正因爲元代考試已停，科舉不開，文人學士們才學無所施展，遂捉住了當時流行的雜劇而一試身手，他們既不能求得蒙古民族的居上位者的賞識，遂不得不轉而至民眾之中求知己，故當時的劇本的題材大都是迎合觀眾的心理與習慣的」。〔註1〕對於元雜劇的題材分類，不同的人有不同的標準。

　　最早對元雜劇進行分類的是夏庭芝和朱權。夏庭芝在《青樓集志》中將雜劇分爲十類，〔註2〕朱權將雜劇分爲十二科，〔註3〕二人的分類有同有異，

〔註1〕　鄭振鐸：《插圖本中國文學史》（第 3 冊），北京：人民文學出版社，1957 年版，第 638 頁。
〔註2〕　「雜劇……有駕頭、閨怨、鴇兒、花旦、披秉、破衫兒、綠林、公吏、神仙道化、家長里短之類。」見俞爲民，孫蓉蓉主編：《歷代曲話彙編：新編中國古典戲曲論著集成》（唐宋元編）合肥：黃山書社，2006 年版，第 469 頁。

大同小異，雖存在著邊界不清、概念模糊的缺陷，但畢竟對題材的類別有了初步的認識。現代意義的戲劇學建立以後，不少學者都有過這方面的研究，如日本學者鹽谷溫，臺灣學者羅錦堂，大陸的許金榜、鄧紹基、歐陽光等。〔註4〕這裡我們採用鄧紹基先生的五分法，即愛情婚姻劇、神仙道化劇、公案劇、社會問題劇、歷史劇。題材不同，觀眾的喜好程度有別，作家創作的側重點就不一樣。其中的愛情婚姻劇、公案劇和歷史劇的娛樂性較強，為群眾所喜聞樂見，為作家所青睞。

一、愛情婚姻劇

　　愛情婚姻劇在元雜劇中佔有很高的比例，錢南揚在《戲文概論》中說：「總的看來，戲文中反映婚姻問題的特別多，約在三分之一以上。」〔註5〕元雜劇作家大量創作該題材作品，可見雜劇作家對此類題材的熱衷和觀眾對此類作品的喜愛。以「四大愛情劇」《西廂記》、《拜月亭》、《牆頭馬上》和《倩女離魂》為例來看，這類劇作故事性強、戲劇衝突激烈，最重要的是塑造了一批性格各異、光彩照人的女性形象，她們大膽潑辣，敢於追求愛情和自由，蔑視禮法，尊情重情，自尊自強，同時又不失真誠與善良。無論是在戀愛觀、婚姻觀，還是在家庭、社會意識等方面，她們徹底背離傳統婚姻道德觀念的束縛，成為一個個具有鮮明時代特徵的叛逆女性形象。

　　眾所周知，中國封建社會的婚姻制度講究「父母之命，媒妁之言」，講求

〔註3〕　「一曰神仙道化，二曰隱居樂道（又曰林泉丘壑），三曰披袍秉笏（也稱君臣雜劇），四曰忠臣烈士，五曰孝義廉節，六曰叱奸罵讒，七曰逐臣孤子，八曰鈸刀趕棒（又名脫膊雜劇），九曰風花雪月，十曰悲歡離合，十一曰煙花粉黛（也稱花旦雜劇），十二曰神頭鬼面（即神佛雜劇）。」見中國戲曲研究院編：《中國古代戲曲論著集成》（三），北京：中國戲劇出版社，1959年版，第24〜25頁。

〔註4〕　日本學者鹽谷溫在《元曲概說》中分為七門：史劇、道家劇、性質喜劇、術策喜劇、家庭劇、神話劇、裁判劇。臺灣學者羅錦堂將分為八類：歷史劇、社會劇、家庭劇、戀愛劇、風情劇、仕隱劇、道釋劇、神怪劇。許金榜在《元雜劇概論》中分為六類：清官斷獄劇、忠智豪傑劇、愛情婚姻劇、遭困遇厄劇、倫理道德劇、道佛隱士劇。鄧紹基主編的《元代文學史》分為愛情婚姻劇、神仙道化劇、公案劇、社會問題劇、歷史劇等五大類。郭英德、過常寶編著的《中國古代文學史》分為戀情婚姻劇、社會劇和歷史劇等三類。歐陽光主編的《元明清戲劇分類選講》將元明清戲劇分為「人情世態、歷史風雲、才子佳人、公安傳奇、負心婚變、豪俠英雄、時事政治、神仙道化」等八類。

〔註5〕　錢南揚：《戲文概論》，上海：上海古籍出版社，1981年版，第123頁。

「門當戶對」。孟子云：「不待父母之命、媒妁之言，鑽穴隙相窺，逾牆相從，則父母國人皆賤之。」〔註6〕在禮教的約束下，現實生活中青年男女把對愛情自由的強烈嚮往隱藏起來，循規蹈矩，不敢越雷池一步。但在元代戲劇舞臺上，身份、地位懸殊的青年男女一反傳統，上演了一曲曲「愛情戰勝禮教」、「人性戰勝天理」的凱歌。這類劇作不論是人物形象的塑造，還是戲劇情節的編排，都符合觀眾的審美需求，故而深得觀眾喜歡。愛情婚姻劇有三個明顯特徵：

第一，女性追求愛情大膽主動

王實甫的《西廂記》取材於唐元稹的《鶯鶯傳》，女主人公崔鶯鶯是唐德宗時崔相國的千金，在護送父親靈柩回老家安葬的路上，途經普救寺，邂逅才華橫溢、瀟灑倜儻的張珙，二人一見鍾情。鶯鶯不顧老夫人的間阻，偷偷抱衾挾枕，夜赴西廂，與意中人「野合」，以實際行動來滿足了對情慾的追求。

《拜月亭》原爲關漢卿所著，後經施惠改寫。女主人公王瑞蘭，出身貴族之家，門第顯赫，其父王鎮爲金朝兵部尚書，後又升任爲一國之相。她在蒙古大軍進攻金國中都時與父母失散，在共同的逃難途中，王瑞蘭巧遇書生蔣世隆，二人相愛並私下結爲夫妻。

《牆頭馬上》是一部愛情喜劇，取材於白居易的樂府詩《井底引銀瓶》。劇寫洛陽總管李世傑的女兒李千金，春日偶遊自家花園，在牆頭上和裴少俊邂逅傳情，便積極主動追求心上人，她央求梅香替她遞簡傳詩，約裴少俊跳牆幽會。當二人的私情被嬤嬤瞧破後，她當夜隨裴私奔，在裴家後花園生活了七年，生下一兒一女。

《倩女離魂》出於唐陳玄祐的《離魂記》，主人公王文舉和張倩女原是「指腹爲親」的未婚夫妻，但倩女的母親嫌文舉功名未就，不准二人成婚，逼迫文舉上京應試，倩女相思成疾，爲了能與心上人朝夕相處，竟然魂身份離，魂魄前去追趕赴京應試的未婚夫，一起生活了三年。靈魂離開軀體，這實際上也是私奔。

《東牆記》中馬文輔父母雙亡之後家道中落，前往松江府問親，投宿於董府隔壁。董秀英遊園散悶，巧遇馬文輔於東牆賞花，二人一見傾心。後秀英相思成病，夜聞琴聲，由丫環傳遞書信，兩人私下結合。《竹塢聽琴》中的鄭彩鸞迫於官府二十歲不嫁者問罪的壓力，出家居於竹塢。書生秦脩然踏青

〔註6〕楊伯峻：《孟子譯注》，北京：中華書局，2000年版，第143頁。

晚歸，欲投宿竹塢，偶聞彩鸞彈琴，心生愛慕。二人互通姓名，於是暗中往來，密約偷情。《留鞋記》是元雜劇後期作家曾瑞的傳世作品。洛陽秀才郭華科場不利，賣胭脂的女子王月英寫詩約他元宵之夜在相國寺觀音殿中幽會，歷經曲折，成就了「宿世姻緣」。《曲江池》中李亞仙與鄭元和也是一見鍾情。後來鄭元和被父親打死，李亞仙聞訊趕來，救其復生，並用自己的積蓄贖身，助鄭元和讀書成名，成就美滿姻緣。

這些女主人公，為了爭取婚姻自由，表現出封建女性少有的大膽與主動，當她們與陌生男子相遇後，心旌蕩漾，或暗送秋波，或主動示好，甚至偷期密約，以「非禮」的方式滿足了對情的追求，逼迫父母同意。這樣有悖常理的舉動對於戲劇觀眾來說，是新奇而富有吸引力的。

第二，女性貞潔觀念淡薄

西漢劉向的《列女傳》，東漢班昭的《女誡》，對女性的婚姻生活做出了許多嚴格的規定。「三從四德」、「從一而終」就像一把把無形的枷鎖，束縛著廣大女性的身心。在封建禮教的盛行的年代，貞節觀念深入人心，成為女性立身行事的準則，她們自覺堅守著「餓死事小，失節事大」、「好女不事二男」的貞操觀念，即使失去丈夫，也不改嫁他人。而元雜劇中的一些女性打破了傳統條條框框的束縛，對封建貞節觀念進行了大膽而徹底的否定。

《望江亭》中的譚記兒，在失去丈夫後，她沒有想如何從一而終，而是考慮如何開始新的生活：「若有似俺男兒知重我的，便嫁他去罷」。後與秀才白士中巧遇，經人撮合結為夫妻。《柳毅傳書》中的龍女三娘嫁給了涇河小龍，因丈夫生性風流而遭到遺棄。龍女河邊牧羊巧遇書生柳毅，柳毅為之傳書，龍女得到叔父的搭救，後輾轉再嫁柳毅。《遇上皇》中的劉月仙，敢於為自己的婚姻主張，因為丈夫好吃懶做，逼迫丈夫寫休書，追求幸福而改嫁他人。《魯齋郎》中，銀匠李四和孔目張珪都有一個美滿家庭，豪權勢要魯齋郎貪涎他們妻子的美色，公然強行霸佔，後來包拯巧設計謀，智斬魯齋郎，使兩家人重新團圓，妻子並不以失節為恥，丈夫也不計較。此外元雜劇中還塑造了一些移情別戀、嫌貧愛富、紅杏出牆的女性形象，雖然這些人物是作者和觀眾所否定的，但在那個禮法嚴格的年代，這種敢於打破婚姻束縛的潛在意識卻需要相當大的勇氣。

第三，以「情」為重的愛情目的

愛情婚姻講求兩性相悅，但封建社會的婚姻關係很多都出於雙方實際利益的考慮，把「情」拋到了一邊，但在元雜劇中，許多作品表達了對「情」追求。

在《西廂記》裏，崔鶯鶯愛悅的就是書生張生本人，根本沒有考慮其他條件。如果論門第出身、金錢玉帛，張生遠不如鄭恆。鶯鶯說過：「但得個並頭蓮，煞強如狀元及第」，他們的愛情純潔，沒有一絲雜質。鶯鶯對老夫人逼迫張生科舉，為「蝸角虛名、蠅頭微利，拆鴛鴦在兩下裏」的行為深為不滿。因為雙方的堅守，最終實現了「願普天下有情的都成了眷屬」的愛情理想。

《牆頭馬上》的女主人公李千金，毫不掩飾對愛情和婚姻的渴望，她聲稱：「我若還招得個風流女婿，怎肯教費工夫學畫遠山眉。寧可教銀釭高照，錦帳低垂。茜蓿花深鴛並宿，梧桐枝隱鳳雙棲。」她在牆頭上和裴少俊邂逅，便處處採取主動的態度。為了愛情，李千金什麼都不怕，什麼都敢做，甚至和裴尚書據理力爭。她甘願自我犧牲，「愛別人可捨了自己」，堪稱為愛情獻身的楷模。

《倩女離魂》中的張倩女，自從第一次見到王文舉，便下定決心，要追隨心上人，終其一生，把功名利祿拋到了一邊，「若不中呵，妾身荊釵布裙，願同甘苦。」《破窯記》中劉月娥對愛情的承諾堅如磐石，呂蒙正科舉及第、衣錦還鄉時，故意喬裝打扮，佯稱落榜，試探劉月娥對自己的態度，劉月娥當即表示：「但得個身安樂還家重完聚，問甚麼官不官便怎的！」可見劉月娥只在乎「情」而並不在乎功名。這與關漢卿在《拜月亭》中提出的「願天下心廝愛的夫婦永無分離」，白樸在《牆頭馬上》中提出的「願普天下姻眷皆完聚」一脈相承，都是從「情」出發的。

劇作家把男女之間的「情」擺在一個突出的位置上，把雙方是否有「情」看作是幸福婚姻的重要條件，把握了婚姻問題的實質。這是一種進步的愛情觀，符合人類愛情婚姻發展的方向。

二、公案劇

究竟何為公案劇，學界尚未有一個共識的說法，以致有清官戲、包公戲、勘獄劇、公案劇等諸多說法。〔註7〕鄧紹基認為元人的水滸劇中的梁山泊好像

〔註7〕 鄭振鐸在《元代「公案劇」產生的原因及其特質》中認為公案劇「則知其必當為摘奸發覆，洗冤雪枉的故事劇無疑。」李漢秋在《元代公案戲論略》中認為：「公案戲顧名思義就是以社會訟獄事件為題材的戲劇。它一般由兩處部分組成，首先表現訟獄事件是怎樣發生的，通過成案的過程，展示市井生活的畫面，反映社會的種種矛盾糾葛。其次寫官府如何判案，揭示封建衙門的黑幕，表現對貪官污吏的批判和對清官的嚮往。」卜鍵主編的《元曲百科大

是一個懲惡揚善的公正的法庭，良善的平人遭到強人、惡霸的欺凌或百姓之間發生糾紛時，弱者受辱，梁山好漢扶弱抑強，誅惡鋤奸。因此「元雜劇中的水滸戲幾乎可以算作公案戲中的一個分支。」〔註8〕這樣凡是以社會訟獄事件爲題材的戲劇，只要作品的主要內容與案件、審案有關，都可以歸入此類。從劇目數量來看，鄭振鐸認爲有「20 幾種以上」，卜鍵認爲有「24 種屬公案戲」，如果算上 6 部或者 10 部水滸戲，〔註9〕那麼在元雜劇現存曲目中，公案戲總數達有 30 多種。

緣何公案劇的比例如此之高，學界對這個問題有過研究。大多數人認爲劇作家大量寫作公案劇目的是爲了揭露元代吏治的腐敗和法制的黑暗。其普遍的看法是元人以游牧民族身份入主中原，開始了中國歷史上以少數民族統治全國的時代，蒙元貴族權豪統治方式的落後、粗暴，立法和司法明顯帶有游牧民族的粗疏性和隨意性特徵，且爲自己規定了種種特權。他們無視法律、草菅人命，加之皇親國戚及其子弟門人，專事聲色犬馬、游手好閒，橫行於都市鄉間，再加上大量的貪官污吏，構成元代社會中一個龐大權豪勢要階層。他們恣意妄爲，極少法制觀念，欺壓良善，貪贓枉法。元成宗鐵穆耳大德七年（1303）一次就「罷贓污官吏凡一萬八千四百七十三人，贓鈔四萬五千八百六十五錠，審冤獄五千一百七十六事」。〔註10〕生活在這樣黑暗的時代的百姓，時時有如履薄冰的危險，劇作家同情民生疾苦，不滿統治者的腐朽統治，

辭典》中解釋：「指以公堂判案、平反冤獄爲主要內容的劇目，大都情節曲折、懸念迭生，至劇終才眞相大白，是元雜劇的主要組成部分。現存 150 餘種雜劇作品中，有 24 種屬公案戲。」又說：「研究者一般解釋說就是以社會訟獄事件爲題材的戲劇，或者直接稱爲勘獄戲。因爲劇中總是借助於清官的出現，明斷是非，昭雪冤案，懲治了壞人，保護了受害者。所以這類劇作總是與清官聯繫在一起的，有人把它們叫做清官戲也不無道理。」

〔註8〕 鄧紹基主編：《元代文學史》，北京：人民文學出版社，1991 年版，第 50 頁。
〔註9〕 慶振軒：《元代水滸戲散論》一文說：關於元代水滸戲現存劇目，學術界大致有二種意見。多數學者如徐朔方、嚴敦易、陳中凡、王永健以及幾本通行文學史均認爲存 6 種。計有《梁山泊李逵負荊》《黑旋風雙獻功》《同樂院燕青博魚》《都孔目風雨還牢末》《爭報恩三虎下山》《魯智深喜賞黃花峪》；還有部分學者如何心、羅烈、莊一拂《古典戲曲存目匯考》認爲存 10 種。除上述6 種外，尚有《梁山七虎鬧銅臺》《王矮虎大鬧東平府》《梁山五虎大劫牢》《宋公明排九宮八卦陣》4 種。參見慶振軒：《宋元小說戲曲研究論稿》，蘭州：蘭州大學出版社，2007 年版，第 213 頁。
〔註10〕（明）宋濂等撰：《元史》（第二冊），北京：中華書局，1976 年版，第 456頁。

投身戲劇創作，揭露社會吏治的腐敗，於是一批公案戲應運而生。

　　與上述看法不同，王季思先生在《元曲的時代精神和我們的時代感受》中說：「元代的封建統治，跟後來明清時期的封建統治，從根本上說，沒有什麼兩樣；而像文字獄的株連、文化政策的專制，卻沒有明清兩代厲害。我們的偏見在於把元代的封建統治看得過於嚴酷，好像他們的官吏一個個都像元劇中的桃杌、魯齋郎一樣，人民的處境一個個都像竇娥、張珪那樣。看了元劇中的公案戲，好像元代的刑法比任何朝代都殘酷。這顯然是一種偏見。我們看過不少明清人詩文筆記中關於刑獄的描寫，他們對待犯人決沒有比元代更寬厚。」〔註11〕張發穎在《元雜劇公案戲繁榮探因》〔註12〕一文中鮮明指出：「近代以來，有些學者對待元雜劇，尤其是其中的公案劇，總認為是元代統治者的惡政之反映。但從歷史事實看，此論不無偏頗之處。」他從元代法治思想、歷史背景、人分四等、前後不同時期等幾個方面進行了具體闡述，並從正面給予肯定，認為「元公案戲，絕不是元人惡政促使其發展，而是社會歷史、文化趨勢、戲曲藝術共同交匯的必然產物。」

　　分開來看，兩種觀點都有道理。元代的吏治是好是壞，法制是寬是嚴，都能從歷史文獻中找到一些佐證的材料。但如果綜合來看，把二者同時作為促進公案劇繁榮的原因來看待，這在邏輯上就出現了悖謬，解釋不通。例如，就《竇娥冤》來看，如果說劇中張驢父子是元代流氓地痞的化身，桃杌太守是昏官的代表，他們欺壓良善、徇私枉法，害死了善良的竇娥，反映了元代社會黑暗、官吏腐敗的現實，那麼，竇天章為女兒平反昭雪，處死張驢、懲處桃杌是否應該理解為元代官吏風清氣正、秉公執法呢？顯然我們不能這樣來理解。再如，在所有公案劇中，並沒有直接抨擊封建皇帝的作品，反而許多劇作頌揚了皇帝的聖明。《包待制陳州糶米》中，第一場戲就是朝廷選任官員到陳州放糧，不幸的是選中的官員是貪官，由此給百姓帶來深重苦難，但是，皇帝能體察民間疾苦，再派出清官解民於倒懸。《望江亭中秋切鱠》中，皇帝誤聽小人讒言，派楊衙內持勢劍金牌取白士中的首級，在戲的結尾，皇帝又派出的新欽差追回勢劍金牌，將好官救下，將壞人拿獲。這樣的現象提醒我們，只注重從挖掘作品的思想意義的角度進行研究，是行不通的。

〔註11〕　王季思：《王季思全集》（第一卷），石家莊：河北教育出版社，2005年版，第440頁。

〔註12〕　張發穎：《元雜劇公案戲繁榮探因》，《社會科學輯刊》，1987年第2期。

　　縱觀幾千年的封建社會，歷朝歷代都有政治清明期和黑暗期，官吏都有好有壞。元雜劇所反映的情況並非元代所獨有的，所以我們必須全面審視，不能以偏概全。這裡有必要介紹一下元代的立法情況：〔註13〕

　　元朝在建立各種制度時，常效法金制。《元史・刑法志》記載：「元興，其初未有法守，百司斷理獄訟，循用金律，頗傷嚴刻。」但在立法方面，則與金不同，始終沒有編成類似唐代或者金代那樣形式完備的法典，斷獄量刑基本上以例斷爲依據。忽必烈開國之初，治理北方人的刑名之事，大體上參用金《泰和律》以定罪，至元八年，下令禁行，準備將史天澤等人修成的《大元新律》略加增刪，頒行天下，但此議未果。後來忽必烈令「老臣通法律者，參酌古今，從新定制」。至元中，王惲多次請求在奏文中提出頒定新法的請求。到至元二十八年何榮祖編纂的《至元新格》得以准奏頒行。修訂法律之事，忽必烈一朝，一直在進行。接下來的幾個皇帝，也做出了一定的努力。

　　元成宗時，覆命何榮祖更定律令，將《至元新格》更名爲《大德律令》，「詔元老大臣聚聽之」，因訛傳甚多，未能頒行。

　　元武宗時期，開始有纂修《大元通制》的動議，仁宗即位後，又著手進行這項工作，書成，但未能公佈。英宗臨朝後命增刪審核，於至治三年（1323）頒行全國。可惜的是，《大元通制》完書已不存，今天尚能見到的是該書的部分條格，即明寫本《通制條格》殘卷。

　　元文宗時修成了《經世大典》，這是元代法制極其重要的一部史料。原書今天已佚，保存下來的只是在《永樂大典》殘卷中的一小部分。全書分爲帝號、帝訓、帝制、帝系、治典、賦典、禮典、政典、憲典、工典十篇，其中《憲典》就是《元史・刑法志》的主要來源。

　　元順帝時期，元政府頒佈了《至正條格》，又重新倡修律之議，從至正十年多一直進行到十八年，前後持續了近十年時間，但最終無功而罷，沒有出現一部「國朝文典」似的《元律》之書。

　　綜上來看，從忽必烈至元末的幾位帝王，都在爲制定一部通行的法律做過努力，有的付諸實施了，有的未果而終，但由於文獻資料的亡佚和缺失，今天我們無從知道元代法制建設的全貌。毋庸置疑的是，元代最高統治者的

〔註13〕以下論述參看韓儒林：《元朝史》第四章第五節《法律、銓選和賦稅制度》，北京：人民出版社，2008 年版。

立法行為就是從維護自身統治，保持政權穩定為出發點的一種治國方略，這和歷朝歷代的封建王朝沒有什麼本質區別。至於法律的殘暴與寬舒，統治者的開明與昏庸，官吏的清廉與貪暴，在《元史》等文獻中都有記載，無須多言。但元代司法具有少數民族特色，從中央到各地方政府長官都由蒙古人擔任，因為語言的隔閡，蒙古人不懂漢語，更難知曉律法，司法、問案等事務，一律交由孔目、令史處理，而且元代一度據「例斷」來判案。

那麼元雜劇作家為什麼大力寫作公案劇呢？除了前面提到的原因外，最根本有兩點：

其一是知識分子的使命感使然。中國古代知識分子身在江湖，心憂天下，具有強烈的參政意識，成為他們普遍的集體心態。元代立法建設持續整個王朝始末，但終元之世也沒取得實質性的成果，法制建設關係到社會的穩定、百姓的安危，面對頻發的刑訴案件，這一社會焦點問題必然引起廣大知識分子的關注。劉彥君認為，知識分子的「這種責任感，來自孔子推崇的『事君』『為政』的政治信仰，來自孟子『天將降大任於斯人』的人生信念。這種強烈的參政意識，作為一種精神傳統，就像孫悟空頭上的緊箍咒，就像一件裹在身上永遠也脫不掉的黑色囚衣一樣，緊緊纏繞著中國文人的靈魂，也纏繞著元雜劇作家們的靈魂，使他們食不甘味、眠不安枕。」〔註 14〕所以雜劇作家大力創作公案劇，特別重視對斷案過程的描寫，飽含著作家對元代司法實踐的思考。

其二是老百姓的「清官理想」。中國封建社會是一個人治社會，國家的權利都掌握在「代天牧民」的各級官員手中，被老百姓稱之為「父母官」。而老百姓是一群真正的弱勢群體，處於社會底層，當遭受冤屈或者不公正待遇的時候，他們把希望寄託在「父母官」身上，認為只有那些重民、愛民、富民的清官，才能擔負起為民眾造福的責任。他們公正廉明、鋤強扶弱，具有剛正不阿的人格魅力，贏得人們的愛戴，逐漸形成了民間的「清官情結」。老百姓喜歡清官，劇作家順應民意進行創作，自然就會寫「清官戲」。要寫清官，必須有昏官作陪襯，必須寫出矛盾雙方的激烈衝突。如包公故事在宋代的民間廣為流傳，到了元代，元雜劇的出現為包公故事的流傳找到了最合適的載體，劇作家紛紛創作，因此包公斷案的故事迅速興盛起來，難怪有人把公案

〔註 14〕劉彥君：《元雜劇作家心理現實中的二難情結》，《文學遺產》1993 年第 5 期，第 81 頁。

劇又稱爲「清官戲」或「包公戲」。其實，宋代的包拯並不以斷案見長，但在普通百姓看來，這個愛民的好官一定會秉持公心、斷案如神。所以劇作家總是賦予包公以智慧，無論多複雜的案情他都能圓滿破解，包公由此成爲元雜劇中一個「箭垛式」的人物。

三、歷史劇

關於歷史劇，鄧紹基的《元代文學史》中並沒有明確的定義，但他認爲元人歷史劇取材上自商周，下到唐宋，既繼承了宋代講史的傳統，也接受了古代詩歌詠史詩的影響，在處理題材時並不局限、拘泥於史料。〔註15〕《中國大百科全書》認爲：「歷史劇（History Play），根據題材內容劃分的戲劇種類之一。指取材於歷史事件和歷史人物的劇目。」〔註16〕這樣的看法相對寬泛籠統，焦菊隱指出「歷史劇必須有歷史根據，同時又必須進行必要的文學虛構；沒有根據的虛構，就超出了歷史劇的範圍；沒有虛構的歷史，就超出了文學創作的範圍」。〔註17〕張燕瑾認爲作爲一部歷史劇，作品的主要人物和主要事件要於史有徵。只穿戴古人衣帽而史無其人無其事，或假託歷史人名，當然算不得歷史劇。〔註18〕李雁認爲，界定歷史劇的「關鍵在於其人其事是否已被傳統史學納入自己的範疇，即看其是否進入了歷史系統。」〔註19〕依據這樣的認識，他指出在152本元雜劇中，〔註20〕歷史劇有46種，並列出了具體篇目，佔有三分之一的比例。今人劉新文所著《「錄鬼簿」中歷史劇探源》一書中錄有元代歷史劇劇目233種，約占元代雜劇全目的近三分之一。周貽白在《中國戲劇史長編》附錄《中國戲劇本事取材之因襲》一文中指出：「劇作家鍾情於歷史題材，原因複雜。中國戲劇的取材，多數跳不出歷史故事的

〔註15〕鄧紹基主編：《元代文學史》，北京：人民文學出版社，1991年版，第53頁。

〔註16〕中國大百科全書戲劇編輯委員會：《中國大百科全書‧戲劇》，北京：中國大百科全書出版社，1989年版，第239頁。

〔註17〕焦菊隱：《焦菊隱戲劇論文集》，上海：上海文藝出版社，1979年版，第130頁。

〔註18〕張燕瑾：《戲劇家的權利與職責：關於「歷史劇」問題的思考》，《中國戲劇》2003年第3期。

〔註19〕李雁：《對歷史劇的界定及其在元雜劇中的鑒別和統計》，《山東社會科學》2003年第4期，第108頁。

〔註20〕《元曲選》及《元曲選外編》收162種雜劇，剔除羼雜其中的明代作家王子一、楊景賢、賈仲明、楊文奎、李唐賓所撰10種，共152種，其中歷史劇計有46種。

範圍，很少是專爲戲劇這一體制聯繫到舞臺表演而獨出心裁來獨運機構，甚至同一故事，作而又作，不惜重翻舊案，蹈襲前人。」〔註21〕

中國文人歷來就有詠史懷古的傳統，這是詩詞創作常用的手法，其目的當然是託古寓今，借古諷今，多數情況是出於明哲保身的需要。元代是異族統治，民族壓迫嚴重，劇作家對現實不滿，於是把目光投向歷史題材。余秋雨認爲「在文禁極嚴的元代很難直言」，遂「借古人古事抒發出來罷了」。〔註22〕此其一也。

另外，中國人自古就有重史的觀念，魯迅先生談及小說發展緩慢的原因時指出中國農耕文化奠定了國人「重實際、輕玄想」的傳統。從文體上說，中國文壇以詩文爲正宗，史傳、詩歌、小說、戲曲等在整個文化結構中的地位是不平等的，史傳文學處於正統文學的頂端，受人尊重，對其他文學樣式會產生不同程度的影響，使得處於較低地位的小說、戲劇會自覺地借鑒史傳文學、詩歌一些題材和創作手法。明人王驥德說：

> 古戲不論事實，亦不論理之有無可否，於古人事多損益緣飾爲之，然尚存梗概。後稍就實，多本古史傳雜說略施丹堊，不欲脫空杜撰。邇始有捏造無影響之事，以欺婦人、小兒者，然類皆優人及里巷小人所爲，大雅之士亦不屑也。〔註23〕

從元劇的作品實際情形來看，題材大多來源於歷史故事、筆記小說或民間傳說等，作家以此表明自己的創作是「持文有據」，並非是「無影響之事」。這說明作家在觀念上仍有很強的「尊史」、「慕史」觀念。在元雜劇的歷史劇中，取材《史記》的最多，據李長之統計，取材於《史記》的現存元雜劇劇本就有 16 種。〔註24〕不僅如此，這些劇作的思想意蘊、道德觀念、人物語言等都與《史記》不可分割的血緣關係，正如馬克思評價希臘神話時說的「希

〔註21〕周貽白：《中國戲劇史長編》，上海：上海書店出版社，2004 年版，第 614 頁。

〔註22〕余秋雨：《中國戲劇文化史述》，長沙：湖南人民出版社，1985 年版，第 166 頁。

〔註23〕（明）王驥德：《曲律注釋》，陳多，葉長海注釋，上海：上海古籍出版社，2012 年版，第 241 頁。

〔註24〕李長之：《司馬遷之人格與風格》，北京：三聯書店，1984 年版，第 304 頁。16 種劇作分別是：《元曲選》中的《賺蒯通》《楚昭公》《趙氏孤兒》《誶范叔》《伍員吹簫》《凍蘇秦》《氣英布》《馬陵道》；《元槧古今雜劇三十種》中有《周公攝政》《晉文公火燒介子推》《蕭何追韓信》；《脈望館鈔本元曲》中有《圯橋進履》《豫讓吞炭》《伊尹耕莘》《卓文君私奔相如》《澠池會》。

臘神話不只是希臘藝術的武庫，而且是它的土壤」〔註25〕一樣，《史記》也是我國各類文學（括元雜劇在內）的武庫和土壤。

從歷史劇的主人公來看，要麼是帝王將相、如周公、劉邦、漢元帝、唐明皇等；要麼是英雄豪傑，如藺相如、韓信、豫讓、宋江、李逵等；要麼是文人才子，如李白、杜牧、白居易等。這些人物大都是歷史名人，他們之於觀眾熟悉而陌生，這也恰恰符合觀眾看戲時的那種既要熟悉又要陌生的欣賞心理。作為沒有多少文化知識的普通市民，知其名未必知其事，一點不熟悉，難以引發興趣，太過於熟悉，又缺乏吸引力。所以歷史人物與觀眾之間保持了合適的審美距離。

再者，這些歷史人物都具有傳奇色彩，發生在他們身上的事件具有傳奇性。如《風雲會》寫趙匡胤由一介平民成為一統天下君主的傳奇經歷；《追韓信》寫韓信由氓流無賴而成為大元帥的發跡史；《趙氏孤兒》展現忠、奸兩派血腥的屠殺和復仇的驚險故事。「俗皆愛奇，莫顧實理」，〔註26〕能否引發觀眾興趣應該是作者選材時堅持的重要標準之一。

元雜劇作為舞臺演出的藝術並不負有傳播歷史知識的使命，它之所以選擇歷史題材，目的不在歷史而在演出，在於歷史上曾有過的人物和事件適合於實現作家的創作意圖，適合廣大觀眾的口味，也便於抒寫作家自身的感喟，展現時代風貌。

四、題材的繼承性

承接前文，如果綜合來看，愛情婚姻劇、公案劇和歷史劇這三種題材劇作加起來，約有 120 種左右，占所存劇目的絕大部分。元雜劇藝術演出的商業化和市場化，制約著劇作家的創作取材，所以這些題材完全是適應觀眾欣賞趣味的，觀眾需要什麼作家就寫什麼。這一點還可以從宋元說話藝術的中得到證明。

宋元時期，在勾欄瓦舍中，市民的娛樂活動很多。其中，說話藝術是市民娛樂消費的一大熱點。灌園耐得翁《都城紀勝·瓦舍眾伎》條說：「說話有四家。一者小說，謂之銀字兒，如煙粉、靈怪、傳奇。說公案，皆是樸刀、

〔註25〕《馬克思恩格斯選集》（第 2 卷），北京：人民文學出版社，1972 年版，第 113 頁。

〔註26〕（梁）劉勰：《文心雕龍》，范文瀾：《文心雕龍注》，北京：人民文學出版社，1958 年版，第 287 頁。

趕棒及發跡變泰之事。說鐵騎兒，謂士馬金鼓之事。說經，謂演說佛書。說參請，謂賓主參禪悟道等事。講史書，講說前代書史文傳、興廢爭戰之事。最畏小說人，蓋小說者能以一朝一代故事，頃刻間提破。」〔註27〕四家所講述的內容各不相同，其中的「小說」多爲愛情婚姻和公案題材，講史多爲歷史題材，還出現了「說三分」的專門科目和專業藝人。

張勇先生認爲在這四家中，「頃刻間提破」的「銀字兒」（小說）是最重要的一種。「最畏小說家」，說明了「小說」在說話藝術中的關鍵地位。〔註28〕胡士瑩先生根據「小說引子」中的詩句「春濃花豔佳人膽，月黑風寒壯士心，講論只憑三寸舌，秤評天下淺和深」，得出了「既可證明當時的說話，幾乎有一半的內容涉及愛情問題；又可證明，說話人的思想傾向是在讚美佳人的『膽』，也就是突破封建樊籠的勇氣」〔註29〕的結論。從市民的欣賞趣味看，愛情題材最受歡迎，而且往往突出女性對愛情的主動追求。如小說話本《碾玉觀音》中，出身於貧寒的裝裱匠家庭的璩秀秀，被父親賣給咸安郡王。後趁郡王府失火逃出，路遇碾玉匠崔寧，便主動提出先做夫妻。又如《鬧樊樓多情周勝仙》，寫周勝仙初見范二郎，便心生喜歡，於是敢想敢做，找機會主動接近追求。

另外宋元時期，市民主體意識的覺醒，對社會不公平、不合理現象的關注及對生存權利、社會治安的憂慮，使「說公案」故事頗爲流行，像《錯斬崔寧》，講述由一樁命案引發的一段冤情，通過小說中「誰想問官糊塗，只圖了事」的議論，反映當時的人對這件冤案的看法，頗有典型意義。

袁行霈主編的《中國文學史》教材中明確寫道：

> 但若就旨趣而論，不管是何種題材，都往往以愛情或公案作爲敘事的「興奮點」。愛情故事，在當時很受歡迎，所以，藝人的素質，著重表現在「煙粉奇傳，素蘊胸次之間；風月須知，只在唇吻之上」。所謂煙粉、風月，是男女交往故事的代稱。在禮法森嚴的封建時代，男女之間的「竊玉偷香」，是一種挑戰禮法、追求自由的大膽行動，

〔註27〕俞爲民，孫蓉蓉主編：《歷代曲話彙編：新編中國古典戲曲論著集成》（唐宋元編），合肥：黃山書社，2006年版，第116頁。
〔註28〕張勇：《中國近世白話短篇小說敘事發展研究》，昆明：雲南大學出版社，2006年版，第181～182頁。
〔註29〕胡士瑩：《話本小說概論》（上冊），北京：商務印書館，2011年版，第106頁。

藝人們以此作爲表演內容和體現水平的標誌，恰好說明這個時代創作的趨向。〔註30〕

市民的喜好不是孤立的，藝術審美具有傳承性。當我們從題材角度關注元雜劇的時候，可以發現這樣的現象：說話藝術中受市民喜愛的題材類型依然是元雜劇創作的重點，這些話本「著重表現的市民群眾中的大多數人都感興趣的群體情趣，如對榮華富貴的欽羨渴慕，對人情世俗的津津玩味，對風流豔遇的企望欲求，對公案、神怪的廣泛興趣等等。」〔註31〕元雜劇作家生活在社會底層，與廣大民眾爲伍，熟悉他們的生活，甚至瞭解他們的所思所想所感，這樣的取材，既是一種藝術上的繼承與發展，也是一種超越和創新，既娛己又娛人，體現了元雜劇作家與時俱進求實務實的生活態度。

第二節　貼近現實的創作傾向

如前所論，元雜劇題材豐富，喜聞樂見，深受市民歡迎。在元代，這些劇本並不存在讀者群的問題，其傳播方式主要是通過舞臺表演進行，所以劇作家在創作劇本時，必須考慮觀眾的理解力和欣賞水平，力求貼近生活，貼近實際，展現當時社會的日常生活、世俗人情、人生百態。張燕瑾說：「注重情節的曲折和細節的眞實，著眼點從作家自身轉向社會。戲劇是代言體，能夠把人民的生活，人民的思想感情和要求願望，按照生活的本來面目，比詩文更生動細緻地描摹在人們眼前，展示世俗生活的本來面目。」〔註32〕從現存雜劇所寫的具體內容來看，無論是人物形象的塑造，還是大小事件穿插，都與百姓的生活息息相關，觀眾既是在看演出，也是在感受生活，一切都眞實而不荒誕，這種現實主義的創作傾向，增強了雜劇的可觀性。

一、人物形象來源於現實

元雜劇中塑造了眾多的人物形象，有帝王將相、權豪勢要，有平民士子、販夫走卒，還有商人醫生、鴇兒妓女和貪官酷吏，涵蓋了社會的各個階層、

〔註30〕袁行霈主編：《中國文學史》（第三冊），北京：高等教育出版社，2005 年版，第 203 頁。

〔註31〕張稔穰：《中國古代小說藝術教程》，濟南：山東教育出版社，2003 年版，第 92 頁。

〔註32〕張燕瑾：《論元雜劇的歷史地位》，《中國戲曲史論集》，北京：北京燕山出版社，1995 年版，第 27 頁。

各個行業，生動地展現了元代社會的人物圖譜。這裡主要選取妓女形象加以分析。

元雜劇中專門描寫妓女的劇目就有十三種，〔註33〕眾多的妓女形象，藝術地再現了當時的社會風貌。兩宋時期，文人們追求享樂，狎妓的社會風氣較爲普遍，在北宋的東京和南宋的杭州出現了許多妓館，羅燁的《醉翁談錄》、葉夢得的《避暑錄話》記載了一些文人出沒出入青樓妓館的情形，留下許多趣話。

元代的妓女現象更加普遍，情形更爲複雜。大體可分爲兩類，即官妓和市妓。其中官妓中有一部分是宮妓，多爲皇家宮廷服務；剩下的大部分是經過合法登記的，其身份隸屬於樂籍，即教坊司。市妓是從事賣身活動的私妓，主要爲營利。

元代的妓女數量相當多。就大都而言，據《馬可波羅遊記》一書記載：「（大都）新都城和舊都近郊公開賣淫爲生的娼妓達二萬五千餘人」。〔註34〕在杭州，「其他街道，娼妓居焉，其數之多，未敢言也，不但在市場附近此輩例居之處見之，全城之中皆有，衣飾燦麗，香氣逼人。」〔註35〕因此妓女問題成了突出的社會現象，引起了廣大雜劇作家的注意。

元代的官妓沒有人身自由，官府舉行宴會慶典、迎來送往時，便召其去獻藝、陪酒、侍夜。她們的任務是「應官差」，雖是義務，但有時可獲得一定數量的賞錢。元雜劇《謝天香》中的謝天香是個「上廳行首」，作者借她之口說：「咱會彈唱的，日日官身；不會彈唱的，倒自在些。我怨那禮案裏幾個令史，他們都是我掌命司，先將那等不會彈不會唱的除了名字，早知道咱做個啞猱兒。」說的就是這種情況。《金線池》和南戲《宦門子弟錯立身》都寫到了「應官身」現象，藝人去官府義務演出，如果耽擱了時間，「誤了官身」，還要受到嚴厲責罰。

「同是天涯淪落人，相逢何必曾相識」，元雜劇作家因爲地位和職業的緣

〔註33〕 郭英德認爲有 13 種，分別是：關漢卿的《救風塵》《謝天香》《金線池》，石君寶的《曲江池》《紫雲庭》，馬致遠的《青衫淚》，戴善夫的《風光好》，武漢臣的《玉壺春》，張壽卿的《紅梨花》，李行道的《灰闌記》，喬吉的《兩世姻緣》，無名氏的《百花亭》《雲窗夢》。

〔註34〕 （意）馬可波羅著，陳開俊等譯：《馬克波羅遊記》，福州：福建科學技術出版社，1981 年版，第 97 頁。

〔註35〕 （意）馬可波羅（Marco Polo）著，（法）沙海昂（A.J.H.Charignon）注，馮承鈞譯：《馬可波羅行紀》，北京：中華書局，2004 年版，第 580 頁。

故，同妓女的關係比較特殊。一方面，他們對青樓妓女充滿了戀情，但不像唐宋文人那樣風光；另一方面，建立在元雜劇基礎上的合作使歌妓舞女成為元代文人的藝術知音。

從劇作家的角度看，他們與歌妓往來交好，與那些達官顯貴庸俗的狎妓目的不同，更多的是出於心靈的契合，注重於文化娛樂，保持有審美之心，「她們的歌舞技藝和善於應對總是被首先提到，而動人的姿色總是放在第二位。甚至頗有一些著名的藝妓姿色並不出眾。」〔註36〕所以文人與妓女的情感中更多地表現出一種超出「肉體之愛」的精神之戀。《青樓集》載文人王元鼎與順時秀相戀，阿魯溫也「囑意」於她，「一日戲曰：『我何如王元鼎？』郭曰：『參政，宰臣也；元鼎，文士也。經綸朝政，致君澤民，則元鼎不及參政；嘲風弄月，惜玉憐香，則參政不敢望元鼎。』阿魯溫一笑而罷。」〔註37〕從順時秀機智婉轉的言辭可以看出，其情感的天平已傾向文士一方。

其實，元雜劇作家也具有雙重身份。他們大多接受過傳統教育，也有從政的人生經歷。由於朝代更替，改變了他們修齊治國的人生方向，轉而從事雜劇創作，甚至組成「書會」，共謀發展，有的作家還「面傅粉墨」登臺演出，著上了「藝人」色彩。自古「惺惺相惜」，相似的人生境遇，才藝的彼此欣賞，情感的相互撫慰，使文人與妓女結下了深厚的友誼。元雜劇中許多作品不乏對妓女的讚美之情，如關漢卿的《救風塵》、《金線池》、《謝天香》等雜劇。

夏庭芝的《青樓集》記載不少色藝出眾的妓女：

> 張怡雲　能詩詞，善談笑，藝絕流輩，名重京師。
>
> 曹娥秀　賦性聰慧，色藝俱絕。
>
> 秦小蓮　善唱諸宮調，藝絕一時。
>
> 周人愛　姿藝並佳。
>
> 天然秀　才藝尤度越流輩。
>
> 事事宜　姿色歌舞悉妙。
>
> 燕山景　夫婦樂藝皆妙。
>
> 王金帶　色藝無雙。
>
> 李真童　色藝無比，舉止文雅。

〔註36〕 王書奴：《中國娼妓史》，上海：三聯書店影印，1988 年版，第 76 頁。

〔註37〕 （元）夏庭芝著，孫崇濤，徐宏圖箋注：《青樓集箋注》，北京：中國戲劇出版社，1989 年版，第 102 頁。

和當當　貌雖不揚，而藝甚絕。

顧山山　資性明慧，技藝絕倫。

王玉帶，馮六六，玉榭燕，王庭燕，周獸頭，皆色藝雙絕。

上面所列舉的只是單純談到「色藝」二字的就有 16 人，還不算一些「妙歌舞」、「善歌舞」、「歌舞絕倫」、「善小唱」、「善詞翰」、「善雜劇」、「善慢詞」等表示亦有才藝的妓女。

與傳統文人不同，雜劇作家出入青樓妓館、同歌妓往來不是生活的點綴，而是自我追求的一種生活方式，邾經《青樓集序》中云：「我皇元初並海宇，而金之遺民若杜散人、白蘭谷、關已齋輩，皆不屑仕進，乃嘲風弄月，留連光景。」〔註38〕關漢卿在【南呂‧一枝花】《不伏老》中表達了自主選擇生活方式的堅定信念，他以浪子形象自居，與傳統知識分子的正統觀念截然不同，大膽叛逆，公開宣稱「向煙花路上走」，於偎紅倚翠中生活。通過《錄鬼簿》的記載還可知其他的一些作家的生活情況，如白樸「峨冠博帶太常卿，嬌馬青山館閣情，拈花摘葉風詩性。得青樓，薄姓名。洗襟懷，剪雪裁兵」；高文秀「花營錦陣統干戈，榭館秦樓列舞歌，詩壇酒社閒談嗑」；王實甫「風月營，密匝匝，列旌旗。鶯花寨，明飆飆，排劍戟。翠紅鄉，雄赳赳，施謀智」；李壽卿「播閻浮，四百州。姓名香，贏得青樓。」〔註39〕由此可見，劇作家是瓦舍勾欄裏的常客，他們與歌兒舞女們交往廣泛，彼此之間相當熟悉。因此「當文人的目光向下並且發現了這群『資性明慧，技藝絕倫』的女性時，這群稟賦了時尚的新奇和生動的女性也在追逐著文人的目光。他們的相遇是歷史性的，其價值不僅在於規定了元代文化語境中特殊的精神運行軌跡，還給我們提供了直接並且切實地捕捉從抒情藝術到敘述藝術的轉換時段，這些女伶以怎樣的熱情創造了舞臺，又怎樣以她們的身體和身體的藝術理解和慰藉了整整一代文人群體。」〔註40〕

劇作家與演員往來密切。著名演員珠簾秀在戲曲表演界影響很大，許多後輩演員尊稱她「朱娘娘」，《青樓集》載：「珠簾秀姓朱氏，行第四。雜劇為

〔註38〕（元）夏庭芝著，孫崇濤，徐宏圖箋注：《青樓集箋注》，北京：中國戲劇出版社，1989 年版，第 20 頁。

〔註39〕（元）鍾嗣成等著：《錄鬼簿（外四種）》，上海：古典文學出版社，1957 年版，第 10、11、13、14 頁。

〔註40〕杜桂萍：《色藝觀念、名角意識及文人情懷——論〈青樓集〉所體現的元曲時尚》，《文學遺產》2003 年第 5 期，第 107 頁。

當今獨步；駕頭、花旦、軟末泥等，悉造其妙。」關漢卿、盧摯、胡祗通也寫過散曲，讚美珠簾秀。大德年間，關漢卿曾南下杭州，去拜訪著名藝人朱簾秀，並專門爲她寫了一首【南呂‧一枝花】《贈珠簾秀》的套曲。這支散曲借物詠人，暗喻朱簾秀爲「珠簾」，通過反覆詠唱，回憶並讚美「珠簾秀」當年的秀美風姿和精湛的表演，飽含著作者深深的關切之情。順時秀與楊顯之往來密切，稱其爲伯父，白仁甫、李漑之尤爲愛賞天然秀；鄭德輝「名聞天下，香振閨閣」，被「伶倫輩稱鄭老先生」。劇作家在與演員彼此交往合作的過程中，雙方把內心的好感投注到戲劇的創作和表演中，化成了一幕幕美好的愛情故事。這既是藝術創作的需要，也是雙方眞情實感的自然流露，可以說藝術眞實和生活眞實達到了完美的統一。因此關於文人與妓女愛情的元雜劇的頻繁出現，也就不足爲怪了。坐在劇場裏的廣大市民百姓，既是在看演出，也是在看生活。

除了妓女形象外，其他各類人物形象的塑造都有生活的基礎。郭英德在《元雜劇與元代社會》一書中把元雜劇的人物歸結爲八類：衙內形象、官僚形象、富豪形象、農民形象、市民形象、妓女形象、吏員形象、文人形象，另外還補充了婦女形象。作者結合元代社會特點對每一類人物都進行了分析，認爲每類人物都不是劇作家憑空杜撰的，自有其社會淵源。這裡不再多談。

二、關注時代大事

爲了貼近百姓生活的實際，劇作家高屋建瓴，緊密聯繫時代形勢進行創作，把某些國家政治、經濟領域的大事件直接寫入劇中，使觀眾可觀可感。

元雜劇中經常提到「羊羔兒利」的高利貸形式。如關漢卿《救風塵》第一折：「幹家的乾落得淘閒氣，買虛的看取些羊羔利。」所謂「羊羔兒利」就是一年利息翻一倍。《元史‧太宗本紀》說：「官民貸回鶻金償官者歲加倍，名羊羔息。」〔註41〕金代元好問在《順天萬戶張公勳德第二碑記》中載：「歲有倍稱之債，如羊出羔，今年而二，明年而四，又明年而八，至十年則貫而千。」〔註42〕以一兩銀子爲本計，十年後本息高達一千零二十四兩。因爲利息高，人們一旦背負上羊羔利兒的債務，就很難翻身，甚至傾家蕩產也難以

〔註41〕（明）宋濂等撰：《元史》（第一冊），北京：中華書局，1976年版，第37頁。
〔註42〕李修生主編：《全元文》（第一冊），南京：江蘇古籍出版社，1999年版，第591頁。

償還，有的不得不賣兒鬻女。蒙古汗國及元初的「斡脫錢」，就是這種高利貸存在普遍反映，斡脫是元時「官商」，主要爲「元廷皇室」及諸王貴族放貸。至元四年（1267）立諸位斡脫總管府，九年（1272）立斡脫所，二十年（1283）立斡脫總管府，負責斡脫事務。

《風雨相生貨郎擔》裏的李春郎繼承千戶官職，負責爲官府收債，「小官李春郎的便是。自從阿爺亡逝以後，埋殯了也。小官隨處催趲斡脫銀兩，早來到這河南府地面。」由此可見元代政府對羊羔兒利的支持。《竇娥冤》中窮書生竇天章和江湖庸醫賽盧醫都向蔡婆婆借過債，竇天章借了蔡婆婆二十兩銀子，無力償還，將七歲的女兒賣給蔡家做童養媳；賽盧醫借了十兩，也無力償還，蔡婆婆向他討債，他將蔡婆婆騙至荒涼偏僻處，想勒死她。《鴛鴦被》裏李府尹赴京勘問，向劉員外借了十兩銀子，以親生女兒李玉英作抵押。《來生債》裏的小商販李孝先向龐居士借了兩個銀子，本利均折，惟恐索債，染病不起。高利貸的沉重負擔，造成了許多家庭悲劇，《元史‧耶律楚材傳》記載：「州郡長吏，多借賈人銀以償官，息累數倍，曰羊羔兒利，至奴其妻子，猶不足償。」〔註43〕儘管如此，那些厚顏無恥富豪權貴們把放高利貸自稱爲「做善事」（《來生債》），而窮苦人民卻無情地指斥他們「放錢債多把窮民揹」（《老生兒》），「你子與我飢餓民爲害」（《看錢奴》），通過雜劇作品，作家們表達了對高利貸者的深惡痛絕之情。郭英德先生說：「這種慘無人道的『羊羔兒利』，在一百幾十本現存雜劇中，作爲重要情節或在劇中提到的竟達十七種之多。這既說明元雜劇作家對這一嚴重社會問題的重視，也表明高利貸剝削在元代社會的普遍流行。」〔註44〕

在元雜劇的創作中，直接寫到了當時的官吏形象。如《竇娥冤》中寫竇娥被斬之後，竇天章做了「肅政廉訪使」，重新審理案情，爲竇娥的冤案平反昭雪。「肅政廉訪使」這個官職是至元二十八年（1291）朝廷新設置的，所以關漢卿的《竇娥冤》一定寫於這個年份之後。今天我們無論是讀劇本還是看演出，或許注意不到這個細節，但對於元代社會的觀眾，直接觀看「肅政廉訪使」審案，本身就是關注當下的社會，關注自己的生活，因此無論是創作

〔註43〕　（明）宋濂等撰：《元史》（第十一冊），北京：中華書局，1976年版，第3461
　　　　 頁。
〔註44〕　郭英德：《元雜劇與元代社會》，北京：北京師範大學出版社，1996年版，第
　　　　 59～60頁。

還是演出，都具有很強的時效性。

公元 12 世紀初期，蒙古大軍同金國在北方的戰爭不斷，給人們的生產生活帶來了巨大影響。《拜月亭》的故事情節就是這樣的背景中展開的。劇作家通過蔣世隆與王瑞蘭的愛情故事，藝術地再現了戰爭帶給人們的悲歡離合，使觀眾依然能直觀感受到這段還未遠去的歷史，具有深刻的現實意義。

有元一代，天害人禍頻仍，饑饉不絕，《元史》卷 50 至 51《五行志》列舉水旱蝗震疫病等災，不下幾百次，饑民流離失所，生活苦不堪言，朝廷多次開倉賑災。《元史》記載：「救荒之政，莫大於賑恤。元賑恤之名有二：曰蠲免者，免其差稅，即周官大司徒所謂薄徵者也；曰賑貸者，給以米粟，即周官大司徒所謂散利者也。然蠲免有以恩免者，有以災免者。賑貸者有以鰥寡孤獨而賑者，有以水旱疫癘而賑者，有以京師人物繁湊而每歲賑糶者。若夫納粟補官之令，亦救荒之一策也。」〔註 45〕《陳州糶米》、《趙禮讓肥》等劇集中展現了這種社會現實。

《陳州糶米》劇本寫宋仁宗年間，陳州出現災荒，民不聊生。朝廷派官員到陳州放糧賑災，劉衙內保舉女婿楊金吾和兒子小衙內前往，二人借「賑濟」之機，中飽私囊，大發國難財。

《陳州糶米》在實施賑災的過程中出現的貪腐現象，《元史》中有所描述：

> （元世祖二十五年）夏四月丙辰，萊縣，蒲臺旱饑，出米下其直賑之……權臣桑哥言：「自至元丙子置應昌和糶所，其間必多盜詐，宜加鉤考」……癸酉，尚書省臣言：「近以江淮饑，命行省賑之，吏與富民因緣為奸，多不及於貧者。今杭、蘇、湖、秀四州復大水，民鬻妻女易食，請報上供米二十萬石，審其貧者賑之。」帝是其言。〔註 46〕

雖然朝廷對貪腐現象進行了治理，但效果甚微，《元史》卷九十六《食貨四·常平義倉》：「常平倉世祖至元六年始立。其法：豐年米賤，官為增價糶之；歉年米貴，官為減價糶之。……然行之既久，名存而實廢，豈非有司之過與。」〔註 47〕管理糧倉的官員徇私枉法、公飽私囊，小衙內、楊金吾之徒

〔註 45〕（明）宋濂等撰：《元史》（第八冊），北京：中華書局，1976 年版，第 2470 頁。

〔註 46〕（明）宋濂等撰：《元史》（第二冊），北京：中華書局，1976 年版，第 311 頁。

〔註 47〕（明）宋濂等撰：《元史》（第八冊），北京：中華書局，1976 年版，第 2467 頁。

就是他們的生動寫照。劇作家飽含情感，在舞臺上形象地展現饑民無以聊生的苦難生活，體現了劇本創作的真實性和可信性。

賑災時的舞弊行為，在劉時中的【正宮‧端正好】《上高監司》中也有生動描繪。元仁宗延祐元年（1314）秋天和二年（1315）春天，江西行省接連遭受水潦和旱災，發生嚴重饑荒，災民們「一個個黃如經紙，一個個瘦似豺狼，填街臥巷」。饑荒偏又遭瘟疫流行，「遭時疫無棺活葬，賤賣了些家業田莊。嫡親兒共女，等閒參與商，痛分離是何情況！乳哺兒沒人要撇入長江」。與餓殍成行、哀鳴遍野情況相對照的是，奸商和貪官污吏趁機敲骨吸髓，官府吏役夥同奸商貪污枉法。「〔滾繡球〕三二百錠費本錢，七八下裏去幹取。詐捏作曾編卷，假如名目。偷俸錢表裏相符。這一個圖小倒，那一個苟俸祿，把官錢視同已物，更狠如盜跖之徒。官攢庫子均攤著要，弓手門軍那一個無，試說這廝每貪污」。高明的《琵琶記》第十六齣趙五娘領取救濟糧時遭里正劫搶，也印證了元代賑濟者徇私貪污，「致令賑濟不敷」的弊端。

第三節　展現時代風俗

在民族文化交融的社會歷史大背景下，元代社會人們的生產和生活都發生了巨大的變化，元雜劇作家通過如椽的大筆為我們展現出一幅幅具有濃鬱民族特色的風情畫，涉及到社會生活的各個方面，尤其以婚姻、飲食、語言等三方面突出。

一、婚姻風俗

元雜劇中的婚姻愛情劇較多，縱觀作品，可以瞭解元代人們的婚姻生活狀況，如訂婚、結婚、離婚（休妻）、搶婚等。

訂婚時，男方要贈送女方「肯酒」和「紅定」，表示締結婚約。如《魯大夫秋胡戲妻》第二折，李大戶為了得到羅梅英，謊說秋胡已死，引誘羅梅英父親答應婚事，說「你如今先將花紅財禮去，則要你兩個做個計較，等他接了紅定，我便牽羊擔酒隨後來也。」同折中，羅老漢為了欺騙秋胡的母親，與她喝酒並贈送紅絹，而後說：「這酒和紅，都不是我的，都是本村李大戶的。恰才這三種酒是肯酒，這塊紅是紅定。」《黑旋風李逵負荊》中惡棍宋剛、魯智恩冒充宋江、魯智深給王林敬酒，贈紅絹褡膊，威脅說：「你還不知道，才此這杯酒是肯酒，這褡膊是紅定，把你這女孩兒與俺宋公明哥哥做壓寨夫人。

只借你女孩兒去三日，第四日便送來還你。俺回山去也。」《包待制智斬魯齋郎》楔子中魯齋郎爲搶奪銀匠李四的妻子，以修壺爲名讓李四喝了三杯酒，然後露出醜惡的嘴臉，污蔑道：「兀那李四，這三鍾酒是肯酒，我的十兩銀子與你做盤纏；你的渾家，我要帶往鄭州去也。」

結婚時，需要有「羊酒」、「花紅」。如《兩軍事隔江鬥智》雜劇中，孫權的妹妹欲嫁劉備時唱到：「哥也你道是明朝、明朝遣使，就問他討個、討個言詞，不圖他羊酒花紅半縷絲。這壁是吳國嬌姿，那壁是漢室親支，情願倒賠家私，送上門兒。香嫋金獅，酒泛瓊卮，抵多少笙歌引至畫堂時，那其間才稱了你平生志。」《蕭淑蘭情寄菩薩蠻》雜劇中，蕭淑蘭愛戀張世英，哥哥蕭公「遣幣帛、羔雁、酒禮、花紅，著官媒說合，招贅雲傑爲婿。」《趙盼兒風月救風塵》中趙盼兒爲了制服紈綺子弟周舍，在赴鄭州搭救自己的落難姐妹時，表示要嫁給周舍，自帶了羊酒和花紅，使周舍計謀落空。

如果娶小夫人，需要準備「包髻，團衫，繡手巾」。在《望江亭中秋切鱠》中，楊衙內要娶譚記兒，讓李稍做個「落花媒人」，承諾：「大夫人不許他，許他做第二個夫人，包髻、團衫、繡手巾，都是他受用的。」《錢大尹智寵謝天香》中與此類似，錢大尹要張千做「落花媒人」，假戲真做，意娶謝天香，表示：「大夫人不與你，與你做個小夫人咱。則今日樂籍裏除了名字，與他包髻、團衫、繡手巾。張千，你與他說！」《詐妮子調風月》（新校元刊雜劇三十種）中，燕燕在小千戶走後，自己唱到：「忽地卻掀簾，兜地回頭問，不由我心兒裏便親。……（云）許下我包髻、團衫、繡手巾。專等你世襲千戶的小夫人。」

擇婿時，有拋繡球的風俗。《李太白匹配金錢記》《望江亭中秋切鱠》《李雲英風送梧桐葉》《呂蒙正風雪破窯記》中都有拋繡球的細節。如《呂蒙正風雪破窯記》中劉員外爲女兒招親時，有一段話有描述：「今日結起彩樓，著梅香領著小姐，到彩樓上，拋繡球兒，憑天匹配。但是繡球兒落在那個人身上的，不問官員士庶，經商客旅。便招他爲婿，那繡球兒便是三媒六證一般之禮也。家童，你和梅香說，著他同小姐上彩樓，拋了繡球兒，便來回我的話。休要誤了喜事。則等俺女孩兒成就了親事，稱老夫平生之願也。」

另外，訂婚時，男方給女方財禮。財禮也稱訂婚禮，即是男女雙方達成婚約之後，由男方向女方下的聘禮，這一婚俗在元雜劇中頻繁出現：《荊楚臣重對玉梳記》中，荊楚臣要欲娶顧玉香，鴇母嫌一百兩銀子少，竟然索要一

千兩銀做財禮。《舉案齊眉》中,孟光的父親向窮困潦倒的秀才梁鴻索要「帶秋色羊脂玉,賽明月照明珠」作爲財禮。《趙匡義智娶符金錠》中,韓松以十錠大銀子做財禮,請媒婆來說親,欲娶符金錠。《李素蘭風月玉壺春》第二折中,商人甚舍爲李素蘭美貌所吸引,他對李素蘭母親說:「奶奶,我與你二十兩銀子做茶錢。你若肯將女孩兒嫁與俺,我三十車羊絨潞綢,都與奶奶做財禮錢。」李行甫《包待制智勘灰闌記》楔子中,上廳行首張海棠的母親炫耀說:「今日將俺女孩兒嫁馬員外去了也。受著他這一百兩財禮,也夠老身下半世快活受用哩。如今別無甚事,尋俺舊時姑姊妹們到茶房吃茶去來。」《杜蕊娘智賞金線池》中,韓輔臣愛慕風塵女子杜蕊娘,好友石府尹出「花銀百兩」做財禮。《西廂記》中,書生張生看中了貴族小姐鶯鶯,但也有「小生書劍飄零,無以爲財禮」的憂慮之情。

元代民間有嫌貧愛富的思想,社會價值取向重「利」,金錢成了衡量婚姻的重要標尺。陳鵬在《中國婚姻史稿》中談及元代婚姻時說:「元人嫁娶,仍以金錢論價,貪鄙爭較之風,不減前代。故富者雖土豪可以娶王公之女,貧者年五十猶不得妾,且有較量資財而至涉訟者。」〔註48〕這種金錢觀念在元雜劇中反映突出,《呂蒙正風雪破窰記》第一折中婢女梅香對劉月娥說:「姐姐,你看兀那兩個,穿的錦繡衣服,不強如那等窮酸餓醋的人也。」《舉案齊眉》中梅香也說:「世間多少窮秀才,窮了這一世,不能發跡!你要嫁他,好不頹氣也!」如果男方沒有財禮,即使已經締結的婚約有時也會瓦解,如《倩女離魂》中張倩女的母親嫌棄男方王文舉家庭敗落,不承認從小「指腹爲婚」的承諾,趕走王文舉。關漢卿《緋衣夢》中就有女方家不滿男方家窮困,有意悔婚的情節:

> (王員外云)耕牛無宿料,倉鼠有餘糧。萬事分已定,浮生空自忙。老夫姓王,雙名得富,是這汴京人氏。家中頗有萬貫家財,人順口都喚我做王半州。在城有一人,也是個財主,姓李,喚做李十萬。俺兩個當初指腹成親,我跟前得了個女孩兒,喚做王閏香,年一十六歲也;他跟前得了個孩兒,喚做李慶安。他當初有錢時,我便和他做親家;他如今消乏了也,都喚他做叫化李家,我怎生與他做親家?老夫想來:怎生與他成親?我心中欲要悔了這門親事,嬤嬤,你意下如何?(嬤嬤云)老員外,咱如今有萬貫家財,小姐

〔註48〕陳鵬:《中國婚姻史稿》,北京:中華書局,2005年版,第142頁。

又生的如花似玉，年方二八，怎生與這等人家做親？不教旁人笑話
也！〔註49〕

由於過分看中金錢，因此婚姻如同買賣，索要財禮，賣婚成俗。受金錢
觀念的影響，父母讓女子待字閨中，以求善價。「一個人如果不購買妻子，他
就不能有妻子。因此，有的時候，姑娘們早已過了結婚的年齡，可是還沒有
出嫁，因為他們的父母總是把她們留在家裏，直至把她們賣了。」〔註50〕另
外，蒙古人多蓄妻妾，娶漢族女子為妾的現象屢見不鮮，破壞了社會性別比
的平衡。

元雜劇中還寫到了搶婚現象，涉及的作品有 20 多部，〔註51〕比較典型的
如《西廂記》，叛軍孫飛虎聽說鶯鶯美貌，帶兵包圍普救寺，索要鶯鶯；《漢
宮秋》中，奸臣毛延壽攜昭君畫像逃往匈奴，單于為昭君美貌傾倒，刻日發
兵南侵，強索昭君為妻；《李逵負荊》中杏花莊王林老漢的女兒滿堂嬌被假冒
宋江和魯智深的惡人搶走；《魯齋郎》中權豪勢要魯齋郎霸佔了銀匠李四的妻
子，又強娶了六案都孔目張珪的妻子。在元代，蒙古族及北方其他少數民族
為了婚配及傳宗接代，也有搶婚習俗，如成吉思汗的母親訶額倫就是其父親
也速該從篾兒乞人那裡搶來的，成吉思汗的妻子孛兒帖也曾經被篾兒乞人搶
走。儘管搶婚都違背了婦女的意願，兩者還是有很大的區別，雜劇中的搶婚
者多為作者塑造的反面人物，他們依仗權勢強取豪奪，其目的多出於淫逸享
樂。搶婚情節的穿插，使劇情搖曳多姿，既在情理之中，又在意料之外，體
現了雜劇創作來源於生活又高於生活的藝術審美觀。

元愛情婚姻劇中許多劇目都提到了休妻與索要休書情節。元時民間休妻
所用「休書」多沿習宋代舊俗，在紙上印手模，並不書寫文字。但到了成宗
大德時開始規定離婚需要寫立休書，否則無效。「大德七年四月，中書省禮部
呈：東昌路王欽因家私不和，畫到手摹，將妾孫玉兒休棄歸宗。伊父母主婚，
將本婦改嫁殷林為正妻，王欽卻行爭悔……與前夫已是義絕，再難同處，令
准已婚為定。今後凡出妻妾，須用明立休書，即聽歸宗，似此手摹，擬合禁

〔註49〕 王季思主編：《全元戲曲》（一），北京：人民文學出版社，1999 年版，第 153
頁。

〔註50〕 （英）道森：《出使蒙古記》，北京：中國社會科學出版社，1983 年版，第 121
頁。

〔註51〕 雲峰：《民族文化交融與元雜劇研究》，北京：人民出版社，2012 年版，第 218
頁。

治。都省准擬」〔註52〕這一規定在元雜劇中反覆出現，不管是男休女，還是女休男，都要寫休書。

《牆頭馬上》中的裴少俊私自與李千金結婚，被發現後受父親逼迫而休妻。裴尚書云：「這的是你七年中做下的功課！我送與官司，依律施行者。」裴少俊云：「少俊是卿相之子，怎好為一婦人，受官司凌辱，情願寫一休書便了。告父親寬恕。」最後李千金被休回家，她嘲諷裴少俊「讀五車書會寫休書。」

《神奴兒大鬧開封府》中哥哥李德仁受胞弟李德義和弟媳王臘梅逼迫而寫休書休妻。李德義說：「這家私三輩兒不曾分另，是父母遺留的言語，俺怎敢違拗。這個也罷。俺家中不和，都是嫂嫂不賢慧。你如今休棄了嫂嫂，我便不分這家私；你若捨不的嫂嫂，便分另了這家私。」為奪家產，弟弟氣死兄長，趕走大嫂母子，後來還勒死了神奴兒。

高茂卿的《翠紅鄉兒女兩團圓》中，韓弘道因為嫂侄的貪財和妻子的嫉妒，被迫休掉已有身孕的妾李春梅，使李春梅陷入進退為難的尷尬境地：「我（春梅）將著這休書，也不嫁人，前街後巷，則是叫化為生。」

如果女方對男方不滿，要改變婚姻現狀，必須向男方索要休書，這樣的劇作較多，其原因也各不相同：

無名氏的《好酒趙元遇上皇》中，趙元的妻子劉月仙因嫌丈夫戀酒貪杯而索要休書。「趙元，那廝不成半器，好酒貪杯，不理家當，營生也不做，每日只是吃酒。」劉月仙表示：「尋著趙元，打上一頓，問他明要一紙休書。與便與，不與呵，直拖到府尹衙門中，好歹要了休書。休了我，可嫁與臧府尹。」

鄭廷玉的《宋上皇御斷金鳳釵》中，妻子李氏因丈夫趙鶚窮困而索要休書。他們夫妻困居旅店，欠下房錢，店小二向趙鶚索要房錢不得而說道：「秀才，看你這等也不能夠發跡。嫂嫂，你問他要紙休書，揀著那官員大戶財主，別嫁一個，我與你做媒人。」於是妻子說：「你也養活不的我，將休書來！」

石君寶的《魯大夫秋胡戲妻》中，妻子羅梅英因丈夫秋胡不貞而斥責他說：「秋胡，你聽者，貞心一片似冰清，郎贈黃金妾不應。假使當時陪笑語，半生誰信守孤燈？秋胡，將休書來，將休書來！」《朱太守風雪漁樵記》》中嶽父劉二公誤認為朱買臣「倚妻靠婦，不肯進取功名」，便命女兒玉天仙向丈

〔註52〕黃時鑒校：《通制條格》卷四《戶令·嫁娶》，杭州：浙江古籍出版社，1986年版，第51頁。

夫索取休書，以此激發女婿上進。

　　元代對休書實行登記制。寫好休書後，必須到官府去登記，登記之後才能具有法律上的效力。「至元八年五月尙書戶部承奉尙書省箚付：御史臺呈……若以夫出妻妾者，分朗寫立休書，赴官告押執照，即聽歸宗，依理改嫁，以正夫婦之道。」〔註53〕這種做法是出於離婚訴訟增多，加強管理的需要，爲了增強休書的實際效力，當事人的休書只有在官府登記之後，才能依理另行改嫁。這在元雜劇中得到了很好的反映，元雜劇《救風塵》中趙盼兒智賺休書，圍繞休書的一番言語：「我到那裡，三言兩句，肯寫休書，萬事俱休；若是不肯寫休書，我將他掐一掐，拈一拈，摟一摟，抱一抱，著那廝通身酥，遍體麻。將他鼻凹兒抹上一塊砂糖，著那廝舔又舔不著，吃又吃不著，賺得那廝寫了休書。引章將的休書來，淹的撇了。我這裡出了門。（唱）可不是一場風月，我著那漢一時休。」得到休書後，趙盼兒告誡她的妹妹：「引章，你再要嫁人時，全憑這一張紙是個照證，你收好者。」後來狡猾的周舍將宋引章手中休書騙去咬毀了，宋引章重新陷入困境。趙盼兒說：「妹子休慌莫怕！咬碎的是假休書。（唱）我特故抄與你個休書題目，我跟前見放這親模。」這裡通過寫趙盼兒抄一份假休書交宋引章收著來欺騙周舍，表現了她的料事如神，機智多謀。最後官府依據休書斷案，成全了宋引章與安秀才的婚姻，說明了休書在社會生活中的實際作用。

二、飲食風俗

　　飲食與人們日常生活息息相關。元帝國地域廣闊、民族眾多，不同的民族具有不同的飲食文化習俗。但隨著各民族交往的頻繁，民族融合程度的加深，彼此相互影響，共生共存，形成了豐富多彩的飲食文化，顯現出元代飲食文化習俗的開放性和兼容性。這在元雜劇中有突出的反映。具體可以分爲飲品和食品兩大類。

　　飲品主要是酒和茶。

　　酒是元代社會人們生活中不可缺少的飲品，元代社會飲酒的社會群體十分龐大，上至元朝皇帝、宮廷貴族，下至僧侶道士、平民百姓，都喜歡飲酒。元雜劇中的大多數作品都會寫到酒，有的還將「酒」字嵌入題目。如《李亞

〔註53〕中國書店編輯：《海王邨古籍叢刊・元典亭》，北京：中國書店，1990年版，第292頁。

仙花酒曲江池》、《杜牧之詩酒揚州夢》、《瘸李岳詩酒玩江亭》等。《好酒趙元遇上皇》第一折中介紹趙元：「那廝不成半器，好酒貪杯，不理家當，營生也不做，每日只是吃酒。」他出場時說：

> 我平生好吃幾杯酒……今日無甚事，長街市上酒店裏飲幾杯悶酒去來。（唱）【仙呂·點絳唇】東倒西歪，後合前仰。離席上，這酒興顛狂，醉魂兒望家往。【混江龍】我這裡猛然觀望，風吹青斾喚高陽。吃了這發酵醇糯，勝如那玉液瓊漿。喜的是兩袖清風和月偃，一壺春色透瓶香。花前飲酒，月下掀髯；蓬頭垢面，鼓腹謳歌；茅舍中，酒甕邊，刺登哩登唱。三杯肚裏，由你萬古傳揚。〔註54〕

元代酒類品種豐富，有馬奶酒、葡萄酒、糧食酒和各種配製酒。元雜劇中雖然沒有提到這些名稱，但多處提到了羊羔酒和羊酥酒。《麗春堂》第四折：「【雁兒落】……商擎著鸚鵡杯，滿捧著羊羔釀。」關漢卿的《哭存孝》第一折：「（李克用云）……渴飲羊酥酒，饑餐鹿脯乾。」無名氏的《射柳蕤丸》第三折：「（萬戶云）……俺這裡渴飲羊酥酒，饑餐鹿脯乾。」羊羔酒，忽思慧《飲膳正要》提到說：「羊羔酒，依法作酒，大補益人。」雲峰先生指出：「羊酥酒，雖然沒有見到古籍中有明確解釋明確解釋，但從其『酥』字來看，或許與奶類或酥油有關，亦更有鮮明的北方少數民族特點。」〔註55〕

茶是華夏各族人民的喜愛的傳統的飲品，具有悠久的歷史。草原不產茶，在蒙古人進入中原之前，蒙古人沒有喝茶的習慣。但隨著民族融合的加深，蒙古人對茶也產生了濃厚的興趣。他們在中原傳統茶文化的基礎上，結合本民族的飲食習慣，加以創新。元代的《飲膳正要》裏記載元宮廷有蘭膏及酥簽（酥僉）等，就體現出蒙漢飲食文化相結合的特點。這些茶為宮廷所喜食，在民間也很受歡迎。

《錢大尹智勘緋衣夢》第三折寫到了民間喜歡喝早茶的習慣：

> （淨扮茶博士上，云）吃了茶的過去，吃了茶的過去。俺這裡茶迎三島客，湯送五湖賓。喝上七八盞，敢情去出恭。自家茶博士的便是。在此棋盤街井底巷開著座茶房，但是那經商客旅、做買做

〔註54〕 王季思主編：《全元戲曲》（一），北京：人民文學出版社，1999年版，第677～678頁。

〔註55〕 雲峰：《民族文化交融與元雜劇研究》，北京：人民出版社，2012年版，第235頁。

賣的，都來俺這裡吃茶。今日清早晨起來，燒的湯瓶兒熱。開開這茶鋪兒，看有甚麼人來。〔註56〕

《呂洞賓三醉岳陽樓》第二折中詳細地描寫了呂洞賓喝茶的情形：

（郭云）我依著你，依舊打個稽首，師父要吃個甚茶？（正末云）我吃個酥僉。（郭云）好緊唇也。我說道師父吃個甚茶？他說道吃個酥僉。頭一盞吃了個木瓜，第二盞吃了個酥僉。這師父從來一口大一口小。（正末云）郭馬兒，我是一口大一口小。（郭云）一口大一口小，不是個呂字？旁邊再一個口，我這茶絕品高茶。罷罷，大嫂，造個酥僉來與師父吃。（正末接茶科，云）郭馬兒，你這茶裏面無有眞酥。（郭云）無有眞酥，都是甚麼？（正末云）都是羊脂。〔註57〕

呂洞賓到岳陽樓茶店喝茶，在與店主郭馬兒對話中，提到了茶裏面「有無眞酥」和「都是羊脂」的問題，說明「奶子不夠，羊油太多，顯然是指奶茶了。」〔註58〕李壽卿的《月明和尚度柳翠》第二折裏也談到：「兀的不是個茶房。茶博士，造個酥簽來。」

在食物方面，蒙古族「逐水草而居」，畜牧業發達，形成了以肉食爲主飲食結構，其中以牛羊肉居多。這在雜劇中比比皆是：

康進之《李逵負荊》第一折寫李逵喝酒吃肉：「【油葫蘆】往常時酒債尋常行處有，十欠著九。（帶云）老王也，（唱）則你這杏花莊壓盡他謝家樓。你與我便熟油般造下春醅酒，你與我花羔般煮下肥羊肉。一壁廂肉又熟，一壁廂酒正篘。抵多少錦封未拆香先透，我則待乘興飲兩三甌。」

《十探子大鬧延安府》第二折：「（廚子云）相公，如今好肥羊得買。（張千云）怎生得買？（廚子云）七個沙板錢買一隻。重一百二十斤，大尾子綿羊至賤。」

關漢卿《山神廟裴度還帶》第二折：「（淨行者云）阿彌陀佛！阿彌陀佛！南無爛蒜吃羊頭，娑婆娑婆，抹奶（蒙古語，我）抹奶。理會的。」

〔註56〕王季思主編：《全元戲曲》（一），北京：人民文學出版社，1999年版，第171頁。

〔註57〕王季思主編：《全元戲曲》（二），北京：人民文學出版社，1999年版，第168頁。

〔註58〕雲峰：《民族文化交融與元雜劇研究》，北京：人民出版社，2012年版，第236頁。

王實甫《麗春堂》第一折：「（淨扮李圭上，詩云）幼年習兵器，都誇咱武藝，也會做院本，也會唱雜劇。要飽一隻羊，好酒十瓶醉，聽的去廝殺，躲在帳房睡。」

《李亞仙花酒曲江池》第一折：「（淨云）姨姨，無甚麼孝順，只宰的一個小小羔兒，請姨姨在曲江池上，開懷暢飲數杯，有何不可！」

《黑旋風雙獻功》第三折：「（正末云）一罐子羊肉泡飯。哥哥不吃，我自家吃？

無論是肥羊肉、羊頭，還是整隻羊、小羊羔，甚至羊肉泡飯，都是當時人們喜愛的食物。

此外，元雜劇裏還經常提到「肥羊法酒」。《須賈大夫誶范叔》第二折中正末范叔自我慨歎：「則我這……吃黃齏的肚腸，……我吃不的這法酒肥羊。」《看錢奴買冤家債主》第一折中：「這等人動則是忘人恩、背人義、昧人心，管甚麼敗風俗、殺風景、傷風化！怎能夠長享著肥羊法酒，異錦的這輕紗？」《死生交范張雞黍》中指斥那些貪官污吏「都是些裝肥羊法酒人皮囤，一個個智無四兩，肉重千斤。」

那木吉拉指出：肥羊法酒亦稱法酒肥羊，這是元代的特色飲食。法酒，相對於私酒而言。在元代私自釀酒是非法的。肥羊，是蒙古族和北方其他游牧民族所喜愛的食品，元代《飲膳正要》中記載的菜肴和麵點類食品，百分之七十以上是用羊肉等材料製成的。在元代羊肉的烹調方法逐漸豐富起來。經過名廚們的烹炒調製的羊肉佳餚，香美可口，是下酒的極好食品。所以肥羊法酒成了有元一代各族人民極有特徵性的飲宴佳餚。〔註59〕

元代的回族（當時稱回回）人散居國內各地，他們那些具有民族特色的飲食也受到了各民族的喜歡，這在元雜劇中也有所反映。《鄭孔目風雪酷寒亭》第三折中張保說：「（回回馬合麻沙宣）他家裏吃的是大蒜臭韭，水答餅，禿禿茶食。」其中水答餅、禿禿茶食就是回族的特產。

「民以食為天」，元雜劇中豐富的飲食文化，對瞭解元代社會具有積極意義。

具有民族文化交融特色的元雜劇語言，也是瞭解元代社會風俗的一面鏡子。語言具有文字和聲音兩種表現形式，本文不但要從劇本角度觀注文字，還要從舞臺表演角度觀注聲音，後者對元代的觀眾來說更為關鍵，有鑑於此，為避免重複，故放在第四章論述。

〔註59〕那木吉拉：《中國元代習俗史》，北京：人民出版社 1995 年版，第 106 頁。

第四節　模式化創作

　　元雜劇的劇本，有許多相同或相近的創作模式，諸如民眾鍾愛的套路情節、類型化的人物群體、大同小異的上場詩等等。元雜劇的這些特點集中反映了當時民眾的價值取向和審美追求。

一、模式化創作具體表現

1、情節的模式化

　　如前文所言，觀眾喜愛什麼題材的內容，作家就努力創作什麼題材的作品，情節的模式往往與題材類型相對應。

　　婚姻愛情劇的基本形態是才子佳人模式。籠統講，所謂「才子佳人模式」，是指劇中的男主人公多是書生，而女主人公，既有大家閨秀、貴族小姐，也有宮女后妃、青樓妓女，為了言說的方便，統稱為才子佳人模式，因為妓女數量較多，也有人稱為士妓婚戀模式。《青衫淚》《曲江池》《揚州夢》《兩世姻緣》《玉梳記》《玉壺春》《百花亭》《雲窗夢》《金線池》等都屬於這種模式。這些作品的情節結構極其相似：劇中的男女主人公邂逅相逢，彼此愛慕對方，兩情相悅，私定終身。由於士子貧窮或錢財費盡，被勢力的家長或貪財的老鴇逐出家門，被迫踏上科考之路，但女主人公守志不移，拒絕改嫁他人（商人或官員）。最後士子科舉及第，幾經曲折，獲得了大團圓的美滿結局。

　　最典型的是商人、士子、妓女間的三角戀愛模式，元代商人地位提高，商人妄圖依恃手中的金錢，插足文人與妓女的愛情，娼門是靠送舊迎新、倚門賣笑來營生的，鴇母個個愛財，因此商人成了間阻士妓愛情的屏障。《救風塵》中的宋引章本與秀才安秀實相戀，後被物欲權勢引誘，拋棄了至誠老實的安秀才，改嫁紈綺子弟周舍。宋引章曾說：「我嫁了安秀才呵，一對兒好打蓮花落！」有錢的商人一出現，就會馬上獲得貪財鴇母的支持。《青衫淚》中有這樣一段描寫：「〔卜（鴇母）云〕這小賤人不聽我說，只想白侍郎，他那裡想著你理。左右是左右，員外多拿些錢來，我嫁與你將去。〔淨（商人劉一郎）云〕隨老媽要多少錢，小子出的起。〔正旦（妓女裴興奴）云〕我心在那裡，你則管胡纏我……天那，怎生教我陪伴這樣人也。〔唱〕……到如今劃地教共豬狗同眠。〔淨云〕大姐，仕路上大官，都是我鄉親，小子金銀又多，又波俏，你不陪我，卻陪那樣人。」儘管商人有錢，最終都被文人們所打敗。安秀實娶了宋引章，裴興奴也嫁給了白敏中。鄭振鐸曾在《論元人所寫商人、

士子、妓女間的三角戀愛劇》一文中說：「在這些商人、士子、妓女間的三角戀愛的喜劇裏，幾乎成了一個固定的形式，便是士子和妓女必定是『團圓』。士子做了官，妓女則有了五花誥，坐了暖轎香車，做了官夫人，而那被注定了的悲劇的角色，商人呢，則不是被斷遣回家，便是人財兩失，甚至於連性命都送掉。」〔註60〕這實際上是一種補償效應。

　　元雜劇歷史劇的情節模式更為突出，有人歸納出六種模式，〔註61〕並對每一模式都進行了認真分析，指出其情節是如何安排的，有怎樣的規律。而且把大的情節模式進一步細化，如把發跡變泰模式再分為文士發跡模式和武人發跡模式兩種類型，還列出了每一種模式的具體篇目，涉及到 59 部作品。

　　當然這樣的劃分還有不足，六種模式並不是遵循同一標準，有的以人物為標準，如忠奸鬥爭模式、帝王愛情模式；有的以事件為標準，報恩報仇模式、倫理道德模式。因此在各個模式之間難免有重合之處，如忠奸鬥爭模式與倫理道德模式，忠與奸本身就包含在倫理道德範疇之內。不管怎麼看，這種情節的雷同是不可否認的。

　　公案劇的情節模式也非常突出，大都採用「三步走」完成，第一步「案發」，要麼是下層百姓之間因為財、色問題引發糾紛和爭鬥，要麼是老百姓受到權豪勢要的欺壓，引發命案；第二步「昏官斷案」，告官的對象通常是受害人，也可能是誣陷他人而偽裝受害的惡人，官府受理後，開始斷案。由於官府接受了惡人「錢財疏通」的緣故，不能秉公斷案，造成冤假錯案。第三步「清官複審」，受害人（或者其靈魂）不屈服於昏官的裁決，繼續抗爭，使得清官出場，重新審理，為受害人平反昭雪，惡人得到了懲處。如雜劇《錢大尹智勘緋衣夢》的情節是：李慶安與王閏香指腹為婚，王員外因李家衰敗而悔親。其女王閏香想暗中資助李慶安錢財，並約他夜間來自家花園見面。是夜王閏香派丫鬟梅香前往花園送錢，被前來偷竊的盜賊裴炎殺死。王員外告至官府。但官府收受了錢財，李慶安被判斬刑。後府尹錢可複審此案，經仔細勘查，終於將兇手裴炎捉拿歸案。李慶安被無罪釋放，與王閏香成婚。其情節是典型的「三步走」模式。

〔註60〕鄭振鐸：《中國文學研究》（上），人民文學出版社，2000 年版，第 497 頁。
〔註61〕即亂世英豪模式、忠奸鬥爭模式、帝王愛情模式、發跡變泰模式、報恩報仇模式、倫理道德模式。見丁和林：《元雜劇歷史劇淺論》，碩士論文，首都師範大學，2004 年，第 14～21 頁。

公案劇中的一些水滸劇，如《爭報恩》、《燕青博魚》、《雙獻功》、《還牢末》、《黃花峪》等上述情節不一樣，這類文本的情節模式是：百姓受到欺壓，負屈銜冤，但無法通過官府伸張正義，梁山好漢替天行道，將奸惡之徒捉至梁山，當眾嚴懲，為百姓報仇雪冤。

公案劇中，斷案者如何斷案也構成了模式，大體有神斷和人斷兩種。神斷主要是地藏王、東嶽太尉等幽冥判官，人斷的審判者主要是包拯、王翛然、張鼎等人間官吏。

神仙道化劇中有一種度化模式，許金榜說：「度脫劇，開頭往往是由王母或東華仙述說金童玉女因思凡被發往人間，現今業緣已滿，令人引渡其歸還仙界。中間多半是讓他們見些惡鏡頭，迫其醒悟。最後則拜見群仙，正果朝元。」〔註62〕溫小騰認為度脫劇大體遵循「仙——凡——仙」的環狀情節結構模式。〔註63〕

更有甚者，情節模式極其相似，類似仿作，清代梁廷枏對《㑇梅香》和《西廂記》進行了認真比較，指出：「《㑇梅香》如一本小西廂，前後關目、插科、打諢，皆一一照本模擬：張生以白馬解圍而訂婚姻，白生亦因挺身赴戰而預聯姻好，一同也。鄭夫人使鶯鶯拜張生為兄，裴亦使小蠻見白而改稱兄妹，二同也；張生假館於崔而白亦借寓於裴，三同也；鶯鶯動春心不使得紅娘知而紅娘自知，樊素亦逆揣主意而勸使遊園，四同也；……鶯鶯私以汗衫、裹肚寄張，小蠻亦有玉簪、金鳳贈白，十九同也；張衣錦還鄉，白亦狀元及第，二十同也。不得謂無心之偶合矣。」〔註64〕梁廷枏說得很全面，找出了《西廂記》被《㑇梅香》所傚仿的「二十同」。古人沒有知識產權保護意識，如果在今天，白樸可能因為大量模倣而被以侵權罪起訴。

2、人物形象類型化

相似的情節模式鑄就了相似的人物性格，使不同作品中的許多人物成為雷同化的人物。

元雜劇中的書生，大都滿腹才學，風流多情、至誠守諾。如《玉壺春》

〔註62〕許金榜：《元雜劇概論》，濟南：齊魯書社，1980年版，第173頁。
〔註63〕溫小騰：《淺析元雜劇中的度脫劇》，《大慶師範學院學報》2006年第4期，第88頁。
〔註64〕中國戲曲研究院編：《中國古典戲曲論著集成》（八），北京：中國戲劇出版社，1959年版，第262～263頁。

中的李玉壺，十年寒窗苦讀，一心想求取功名富貴。但邂逅妓女李素蘭後，把愛情置於功名利祿之上，大膽追求愛情，甚至到了瘋狂的地步，別人問他為何不考取功名，他竟然說：「做子弟的聲傳四海，名上青樓，比為官還有好處。」《曲江池》中的鄭元和去科舉時，在曲江池偶遇妓女李亞仙，為了追求愛情，他拋棄功名，把金錢慷慨相贈。花光金錢後，鄭元和被鴇母逐走，流落街頭，靠為喪家唱輓歌為生，父認為有辱家門，將其打得昏死過去，但他仍不放棄對愛情的執著追求。《謝天香》中的柳永癡情於妓女謝天香，不怕與好友開封府尹錢可生仇結怨。柳永辭別謝天香時，託錢可照看。錢可為了勸其專心功名，故意責備他重色輕君子，柳永為此大為惱火，對好友威脅道：「我到帝都闕下，若得一官半職，錢可道，你長保著做大尹，休和咱軸頭兒廝抹著！」《紫雲亭》中的宦家子弟完顏靈春馬與女藝人韓楚蘭相戀，但靈春馬的父親和韓楚蘭的母親堅決反對，兩人天各一方，備嘗相思之苦。為了愛情，後靈春馬登科歸來，楚蘭隨其私奔，流落外鄉，共同去過賣藝生活。其他如《㑇梅香》中的白敏中，《青衫淚》中的白居易，《紅梨花》中的趙汝洲，《對玉梳》中的荊楚臣，《百花亭》中的王煥，《竹塢聽琴》中的秦脩然，《東牆記》中的馬文輔等之於愛情的態度，無不如此。

劇中的小姐大都不是含蓄嬌羞的封建淑女，她們具有多情、熱烈、堅貞的性格。面對心上人，不顧門當戶對的觀念，也不遵守「父母之命媒妁之言」的禮數，敢於表白，敢於獻身，頗具現代女性愛情意識。如《拜月亭》中的王瑞蘭，《西廂記》中的崔鶯鶯，《牆頭馬上》中的李千金，《倩女離魂》中的張倩女，都是敢愛敢恨的大家閨秀。即使是失去自由的妓女，依然敢於追求屬於自己的愛情，如《玉壺春》中的妓女李素蘭，與揚州人書生李斌一見鍾情。李斌用盡錢財後，鴇母逼她嫁富商甚舍時，她剪髮立誓：「今朝剪下青絲髮，方表真心不嫁人」，明確表示對儒生李斌的傾慕，對「才」的敬重，根本不為金錢所動。其他如《金錢記》中的柳眉兒，《竹塢聽琴》中的鄭彩鸞，《東牆記》中的董秀英，《破窯記》中的劉月娥，《舉案齊眉》中的孟光，《㑇梅香》中的裴小蠻，《青衫淚》中的裴興奴，《紅梨花》中的謝金蓮，《百花亭》中的賀憐憐，《雲窗夢》中的鄭月蓮等，她們面對經濟拮据的書生，也都有情深意重的一面。

公案劇中的包公形象更為突出，元雜劇中的包公戲有十七種，無一例外都把他塑造成一個清官的形象，他精明智慧，不畏權貴，清正廉明，秉公斷

案，爲民請命，懲惡揚善。後逐漸發展成爲「清官」的代名詞。胡適先生曾說：「包龍圖——包拯——也是一個箭垛式的人物。」〔註65〕可見人物雷同化、類型化程度之高。

3、上場詩雷同化

元雜劇中的人物出場後，通常都要念幾句「順口溜」，這就是上場詩。在現存的元雜劇作品中，上場詩就有五百多首，幾乎每一部作品中都有。有些上場詩大同小異，有的甚至完全相同。

元雜劇中的上場詩主要是用來交待人物身份的，一般都結合人物某一方面的特點粗線條勾勒。年齡、身份、職業、經歷相同或相似的人物，上場詩基本相同，這說明人物的類型化決定了上場詩的模式化。

青年書生的上場詩，《㑳梅香》中的白敏中：「黃卷青燈一腐儒，九經三史腹中居。試看金榜標名姓，養子如何不讀書？」《倩女離魂》中的王文舉：「黃卷青燈一腐儒，三槐九棘位中居。世人只說文章貴，何事男兒不讀書？」

權豪勢要的上場詩，《陳州糶米》中劉衙內：「花花太歲爲第一，浪子喪門世無對。聞著名兒腦也疼」，則是有權有勢楊衙內。」《生金閣》中龐衙內：「花花太歲爲第一，浪子喪門世無對。聞著名兒腦也疼，只我有權有勢龐衙內。」《金鳳釵》中的楊衙內：「花花太歲爲第一，浪子喪門世無對。街下小民聞吾怕，則我是勢力並行的楊衙內。」這些上場詩大同小異，《燕青博魚》、《魯齋郎》、《望江亭》、《延安府》、《黃花峪》裏衙內們的上場詩也都如此。

文官的上場詩，《薦福碑》中的范仲淹：「龍樓鳳閣九重城，新築沙堤宰相行。我貴我榮君莫羨，十年前是一書生。」《凍蘇秦》第三折中張儀的上場詩與此完全一致，《玉鏡臺》中的王府尹的上場詩和《小尉遲》中的房玄齡的上場詩也與此類似。

老婦人的上場詩，《竇娥冤》中的蔡婆：「花有重開日，人無再少年。不須長富貴，安樂是神仙。」《鐵拐李》中的李氏：「花有重開日，人無再少年。休道黃金貴，安樂最值錢。」《秋胡戲妻》、《倩女離魂》等劇亦有類似語。

武將的上場詩，《單鞭奪槊》中的徐茂公：「少年錦帶掛吳鉤，鐵馬西風塞草秋。全仗匣中三尺劍，會看唾手取封侯。」《飛刀對箭》中的徐懋功：「少年錦帶掛吳鉤，鐵馬西風塞草秋。全仗匣中三尺劍，坐中往往覓封侯。」

〔註65〕姜義華主編：《胡適學術文集‧中國文學史》，北京：中華書局，1998年版，第1038頁。

　　莊戶人家上場詩，《薦福碑》中的張浩：「段段田苗接遠村，太公莊上戲兒孫。莊農只得鋤刨力，答賀天公雨露恩。」《伍員吹簫》中的老人：「段段田苗接遠村，醉來攜手弄兒孫。雖然只得刨鋤力，託賴天公雨露恩。」《秋胡戲妻》中李大戶、《漁樵記》中劉二公的上場詩與之大同小異。

　　中年人的上場詩，《朱砂擔》、《生金閣》楔子中的李老：「急急光陰似水流，等閒白了少年頭。月過十五光明少，人到中年萬事休。」

　　貪官的上場詩，《神奴兒》第三折中孤語：「官人清似水，外郎白似麵；水面打一和，糊塗做一片。」《魔合羅》第二折令史云：「官人清似水，外郎自如麵；水麵打一和，糊塗成一片。」

　　與上場詩相一致，元雜劇在描繪一些常見的情景時，也多用套語，如寫結婚：「帽兒光光，今日做個新郎；袖兒窄窄，今日做個嬌客。」《竇娥冤》中的張驢、《李逵負荊》中的李逵、《鴛鴦被》中的道姑等都說過。再如寫書生等候約會：「無端三足烏，團團光閃爍。安得后羿弓，射此一輪落？」《㑇梅香》中的白敏中，《張天師》中的陳世英，《西廂記》中的張生均有此感概。

　　此外，元雜劇中有各種各樣的道具，當道具作爲貫穿故事情節使用時，也呈現出模式化的特點。

二、創作模式化成因

　　文學講求獨創性，元雜劇的模式化創作，打破了文學創作的這一規律，成爲元雜劇創作中的一種特有現象。王國維曾在《宋元戲曲史》中批評說：「元劇關目之拙劣，固不待言。此由當日未嘗重視此事，故往往互相蹈襲，或草草爲之。」〔註66〕從「蹈襲」、「草草爲之」等詞語的使用可以看出，王國維先生認爲這是元雜劇創作上的缺陷。正因爲如此，有人認爲缺乏個性化的模式化創作是元雜劇走向衰落的重要原因之一。〔註67〕王國維如此評說，完全

〔註66〕王國維：《宋元戲曲史》，上海：上海古籍出版社，1998 年版，第 99 頁。
〔註67〕如寧宗一認爲：「元雜劇創作尤其到了後期，人云亦云、陳陳相因的雷同化傾向十分突出。可以說，多因襲而乏獨創，是促使元劇藝術趨於衰微的重要原因。」見寧宗一，陸林，田桂民編著：《元雜劇研究概述》，天津：天津教育出版社 1987 年版，第 69 頁。鄧琪、鄧翔雲認爲：「關於元雜劇不傳承的原因，說法很多，關鍵是模式化的藝術形式嚴重束縛了藝人的創造力。失去創造能力的藝人，演出僵化的元雜劇，必然被觀眾遺棄。」見鄧琪，鄧翔云：《從元雜劇的不傳，反思演員的創造力》，《藝術百家》2002 年第 4 期。楊穎認爲：「元雜劇作者的『重曲輕戲』觀造成了雜劇模式化創作的缺憾。它使雜劇的結構、

是從文學文本創作的角度出發考慮問題的。如果深入思考，認爲劇作家「當日未嘗重視此事」的說法有待商榷。作家在選材上不避重複，在構思上相互模倣，在創作中互相切磋。情況是如此普遍，或許是有意爲之。就連關漢卿這樣多產的偉大劇作家，其作品中也存在著這樣的傾向。

其實，模式化作爲元雜劇創作的重要特徵，有著相當廣泛的表現形態。即使是如寧宗一所說的「人云亦云、陳陳相因」，也不是創作後期才出現的，在元雜劇繁榮興盛的前期，這種特徵也相當突出。清代梁廷楠在《曲話》中說：「此又作者之故尚雷同，非獨扮演者之臨時取辦也。」〔註68〕明確指出這種模式化的創作傾向，完全是作家的主觀故意。許金榜在《元雜劇概論》一書中專門探討了情節的「雷同性」問題，他認爲：「元雜劇是一種面向民眾的通俗文藝，它的許多題材來自民間傳說，這些故事在民間口耳相傳的過程中，自然免不了互相影響和互相採擷，因此，元雜劇以這些故事爲題材，就常常有彼此雷同的現象。」並認爲：「元雜劇雖不完全是民間口頭文學，但卻受到了民間口頭文學相當大的影響，它的雷同有時也是有意爲之的。」〔註69〕

元雜劇具有民間文學創作的特徵，是一種集體化的創作，因此劇作家互相學習、互相借鑒、互相影響，導致雷同的結果是必不可免的。既然「作者尚雷同」，且「有意爲之」，說明在當時的歷史條件下，這種創作符合時代的要求，符合市民的文化需求習慣。同時也說明元雜劇的雷同現象不是其衰敗的表現，恰恰是興盛的重要標誌。如果我們拿今人的眼光去看古人，或者用現代的文學創作理論去衡量古人的創作，未免過於苛刻。

元雜劇不是用於博取功名或藏之名山的文學作品，而是供戲班演出用的舞臺劇本。元雜劇作家並沒有將雜劇作品整理出版，這可從現存元刊本得到證明。《元刊雜劇三十種》（以下簡稱《元刊本》）是現存唯一的元代刊本，《元刊本》中的絕大部分作品科白不全，不適合供讀者案頭閱讀。劇作家創作完

情節、演唱和人物總是滯留在模式化的創作層面，阻礙了元雜劇的健康生成，更限制了元雜劇的長足發展。『恣情爲曲』，『漠然爲戲』，元雜劇既因此而先天不足，也因之而歸於短命。故從某種意義上可以說，正是元雜劇作者的『重曲輕戲』，而使得元雜劇在模式化的創作中日趨式微，並最終使得雜劇這種戲曲文學樣式盛於元而又衰於元。」見楊穎：《元雜劇的模式化創作及歷史文化成因》，《齊魯藝苑》1999 年第 4 期。

〔註68〕中國戲曲研究院編：《中國古典戲曲論著集成》（八），北京：中國戲劇出版社，1959 年版，第 262 頁。

〔註69〕許金榜：《元雜劇概論》，濟南：齊魯書社，1986 年版，第 173，175 頁。

成後，賣給戲班，它是當時演員演出時所用的腳本。對於劇作家來說，雜劇創作不單純是抒情言志，更是一種謀生手段。爲了適應觀眾的趣味，劇作家必須將寫己之心和寫大眾之心結合在一起，綜合考慮。作家寫定劇本的好壞，必須通過舞臺演出實踐進行檢驗。

元雜劇的商業消費性質，決定了劇作家必須把握觀眾的審美心理。劇作家和觀眾以舞臺演出作爲中介進行溝通，通過多次碰撞交流，觀眾形成了相對穩定的審美心理定勢，當一種模式爲廣大觀眾所認可時，劇作家必然投其所好，大力創作，形成了創作心理定勢。賈仲明寫王實甫的挽詞說：「新雜劇，舊傳奇，《西廂記》，天下奪魁。」這樣一部備受觀眾喜愛的作品，其在瓦舍勾欄演出的火爆程度可想而知，出現一部近乎抄襲的仿作《㑇梅香》，就不難理解了。「審美心理定勢是一種巨大的慣性力量，不斷地『同化』著觀眾、藝術家、作品。」「但是，完全的『同化』又是不可能的，因爲觀眾成分複雜，而藝術家中總不乏開拓者。在正常的情況下，審美心理定勢都會順著社會的變化和其他諸多原因而不斷獲得調節。」〔註 70〕只是在元雜劇中，這種調節顯得相對緩慢一些。

進行原創是非常辛苦的，而且週期長，因此劇作家廣泛從前代文獻中取材，這一點前文已有交待。同理，對於劇作家來說，借鑒某一時期內流行的情節模式進行創作，既節省了精力，又縮短了創作週期，從而迅速把自己的作品推向市場，戲班迅速排演，以便及時抓住觀眾，保持在演劇競爭中的優勢地位。《元刊雜劇三十種》中的 30 種雜劇，只有題目名，不署作者，題目中有「新編」、「新刊」、「關目全」字樣，如《大都新編關張雙赴西蜀夢》、《新刊關目閨怨佳人拜月亭》、《新編足本關目張千替殺妻》等，這些是原創意義上的「新」，還是改編後的「翻新」，不得而知，但從市場營銷角度看，這的確是抓住觀眾、宣傳自我的有效策略。

元雜劇同名劇作頗多，鍾嗣成《錄鬼簿》著錄作家作品時，往往在其劇目下注明「次本」，總計有 16 種，〔註 71〕何爲「次本」，學界有不同的看法，〔註 72〕羅斯寧認爲「次本」就是後寫的同名劇作，是相對於「首本」而言的，

〔註 70〕 余秋雨：《觀眾心理學》，上海：上海教育出版社，2005 年版，第 33 頁。

〔註 71〕 參看康保成著：《中國古代戲劇形態與佛教》，上海：東方出版中心，2004 年版，第 165～166 頁。

〔註 72〕 王國維認爲：「《錄鬼簿》所載，如李文蔚有《謝安東山高臥》，下注云：『趙公輔次本』，而於趙公輔之《晉謝安東山高臥》下，則注云：『次本』；武漢臣

對「次本」創作現象，她的看法是：

> 元雜劇有眾多次本，說明當時劇作家有借鑒、模倣前人甚至抄
> 襲前人劇作的習慣，這種做法在今天是一種侵權行爲，在當時劇壇
> 卻被允許，沒有聽説有作家爲此打官司。當時的作家沒有「版權意
> 識」，一個劇本被戲班演出受觀眾歡迎後，受經濟利益驅使，其他作
> 家群起而仿倣之，於是出現許多贗品——次本，也就不奇怪了。這
> 種創作風氣，體現了元雜劇具有俗文學、民間文學的創作特徵：集
> 體性與傳承性。民歌、民間故事就是由一代又一代的民間藝人傳承
> 創作完成的。〔註73〕

元雜劇創作的模式化還可以從現代傳媒中得到啓示。在當今社會中，「類
型化生存是大眾傳播社會一種商業化的本能要求，影視劇是最適合進行類型
化生產和傳播的產品。」「要適應盡可能多的受眾，在欣賞中積澱下來的接受
模式和欣賞習慣，這就是類型化。比如說，大眾喜歡的家庭生活倫理關係，
比如說善惡搏鬥的傳統模式等等，他們不應該是極個性化的表達，而不被普
泛大眾所接受。所以形成一定的創作模式、相對穩定的人物關係、情節發展
的一定程序化就是所謂的類型化。」「而類型化生存就是以既有模式的創作爲
基本方向，以人們習慣的人物情感關係爲發展線索，來吸引觀眾的需要。由
於這樣的創作是以過去的成功爲標準的，生產者以簡單的方式再創作，以贏
得觀眾的需要，是既便利又實際的路子，久而久之，類型式的創作就實際生
存了。」〔註74〕類型化在某種程度上意味著模式化。在元代，雖然還不具備

有《虎牢關三戰呂布》，下注云：『鄭德輝次本』，而於鄭德輝此劇下，則注云：
『次本』。蓋李武二人作前本，而趙鄭續之，以成一全體者也。」按王國維所
説，「次本」就是續寫同一本戲的意思。參見王國維：《宋元戲曲考》，《王國
維戲曲論文集》，北京：中國戲劇出版社，1984年版，第81頁。孫楷第認爲：
「次本是對於原本説的，就是摹本。以戲曲言，一個故事，最初有人拈此事
爲劇，這本戲是原本。同時或後人，於原本之外，又拈此一事爲劇，這本戲
便是次本。」參見孫楷第：《釋〈錄鬼簿〉所謂「次本」》，《滄州集》，北京：
中華書局，2009年版，第268頁。康保成認爲：次本是僅次於足本的節本、
略本之意。同時還可以認爲，「次本」既可以是「大本」的總體縮減，也可以
摘取「大本」的某一部分單獨流行。參見康保成：《中國古代戲劇形態與佛教》，
上海：東方出版中心，2004年版，第169頁。

〔註73〕羅斯寧：《元雜劇和元代民俗文化》，廣州：廣東高等教育出版社，2011年版，
第13頁。

〔註74〕周星訪談《韓劇的文化成因和類型化生存》，CCTV電視批判，
http://www.cctv.com/tvguide/tvcomment/twjj/xzlz/10567-2.shtml,2005-12-7.

現代傳播環境下「機械複製」的特徵，但是元雜劇也是作爲商業社會的文化消費品出現的，它也適合類型化生產和傳播。當一個好的作品打開市場後，很快就會成爲坎本而被不斷地模倣借鑒，從而出現了大量的模式化作品，甚至是同名劇作。由於文獻資料的缺乏，我們無法判定在那些模式化的作品中，哪一個才是最早的坎本，後來又是如何被不斷借鑒的，因爲「有限的『原型』可以滋生出與這些『原型』相關的無限的作品」〔註 75〕。這一點上，古今同理。

《元刊本》僅記載主唱者曲詞、賓白的情況，反映了當時舞臺演出的情況，一人主唱的體制，其他腳色的戲份就少，對於主唱者以外的演員來說，背誦幾句上場詩、幾段賓白很容易，即使表演不同的劇目，都大同小異，演員也能憑藉藝術功底臨場發揮出來。

上場詩言簡意賅、通俗易懂、朗朗上口，能夠在有限的舞臺時空內迅速表明表演者的身份，使觀眾能夠在短時間內對角色進行忠奸善惡的定位，及時掃除演員、觀眾與劇中人之間的交流障礙，盡快入戲，從而獲得審美愉悅。

綜上可知，元雜劇的模式化創作方式，是適應商業競爭而出現的一種流行創作時尚，打上了市場競爭的歷史烙印，它以滿足廣大市民的娛樂需求爲出發點，因爲誰能抓住觀眾的審美心理，誰就能贏得市場，獲取更大的收益，所以歸根結蒂，這一問題還是圍繞元雜劇的娛樂功能展開的。

〔註75〕董上德：《古代戲曲小說敘事研究》，廣州：廣東高等教育出版社，2007 年版，第 340 頁。

第三章　元雜劇的演員與戲劇扮演

　　作家寫定劇本只是完成了整個戲劇演出的前半部分工作，只有把劇本付之於舞臺實踐，才標誌著全部工作的最終完成。舞臺實踐是元雜劇傳播接受的重要環節，它以舞臺表演為核心，包括唱科白、腳色、化裝等多個方面。無論是演員的選擇和培養，腳色的類型與扮演，還是曲調的安排與使用，科諢、賓白的穿插，甚至演員的化裝，都貫穿著娛樂觀眾的戲劇理念。尤其在說白、科諢、搽旦色表演等方面，元雜劇的娛樂功能更為突出。

第一節　色藝俱佳的演員

　　元雜劇作為當時一種新興的通俗文藝樣式，兼有音樂文學特徵和舞臺表演特徵。在元代，元雜劇主要通過演員舞臺演出傳播的。元雜劇的繁榮興盛，大批優秀演員功不可沒。

一、《青樓集》中的演員情況

　　在古代，藝人的地位很低，甚至為人所歧視。可喜的是，夏庭芝獨具慧眼，敢於為歌妓演員立傳揚名，為我們留下了一部有關元代演員情況的專著——《青樓集》。

　　元雜劇的舞臺表演性非常強，這就要求演員不但要有美好的外表，還要有高超的演技。在夏庭芝看來，優秀的演員應該「色藝表表」，所以在記述女伶（演員）時常用「色藝」二字作為標準。

　　所謂「色」就是有美麗的形貌，如聶檀香「姿色嫵媚」，李嬌兒「姿容姝

麗」。從常理來看，女演員天生麗質，男演員英俊瀟灑，自然會比相貌平平者具有優勢。演員有美麗的外表，也要有內在的氣質和神韻，如順時秀「姿態閒雅」，天然秀「豐神靚雅」，李眞童「舉止溫雅」，體現了內外兼美。演員的形象、風度和氣質結合在一起，往往決定了一個演員的表演風格，如李嬌兒「姿容姝麗，花旦雜劇特妙」，南春燕「姿容偉麗，長於駕頭雜劇」。看戲在一定的意義上講，也是看演員，如果演員長相難看，肯定會影響演出效果，高安道《嗓淡行院》中曾提到：「做排場眾女流，樂床上似獸頭，彎晱來報是些十分醜。一個個青布裙緊緊的兜著奄老，皂紗片深深的裹著額樓，棚上下把郎君溜。」這是對一個劣等戲班的描述，女演員演技不高，長相又醜陋無比，穿著也土裏土氣，戲還沒演完，有些觀眾已經提前離場了。

　　所謂「藝」就是演員的本事。在夏庭芝的眼中，演員的「藝」格外重要。《青樓集》記載了眾多女伶各自擅長的藝術形式：

　　1、雜劇（50人）：

　　珠簾秀、順時秀、瑤池景、賈島春、王玉帶、李定奴、周人愛、玉葉兒、馮六六、王榭燕、王庭燕、周獸頭、天生秀、劉信香、司燕奴、班眞眞、程巧兒、李趙奴、天然秀、荊堅堅、顧山山、天錫秀、賜恩深、張心哥、王奔兒、平陽奴、郭次香、翠荷秀、小玉梅、李枝秀、朱錦繡、汪憐憐、寶寶、趙眞眞、西夏秀、李嬌兒、張奔兒、韓獸頭、和當當、區區、鶯童、賽簾秀、米里哈、大都秀、孫秀秀、簾前秀、國玉第、燕山秀、王心奇、南春宴

　　南戲（3人）：龍樓景、丹墀秀、芙蓉秀（且能雜劇）

　　院本（1人）：趙偏惜

　　諸宮調（4人）：趙眞眞、楊玉娥、秦玉蓮、秦小蓮

　　歌舞（13人）：

　　梁園秀、玉蓮兒、劉燕歌、連枝秀、劉婆惜、道道（兼能雜劇）、王巧兒、閭童、事事宜、樊香歌、趙梅哥、賽天香、一分兒

　　慢詞（5人）：

　　解語花、王玉梅（雜劇亦精）、李芝儀（兼工小唱）、童童（兼雜劇）、孔千金

　　謳唱（2人）：宋六嫂、楊買奴

　　合唱（3人）：於四姐、朱春兒、金鶯兒

　　小唱（10人）：

小娥秀（兼能慢詞）、眞鳳歌、李心心、於心心、楊奈兒、燕雪梅、袁當兒、於盼盼、吳女、牛四姐

彈唱（2人）：陳婆惜、觀音奴

調話（1人）：時小童

在擅長各種藝術形式的眾多藝人中，以從事雜劇演出的藝人爲最多，這就表明雜劇爲元代社會最爲時尙和發達的藝術表演形式。作爲一名演員，如果形貌好、演技高，「色藝」雙佳，夏庭芝由衷讚賞，如周人愛「京師旦色，姿藝並佳」；張奔兒「姿容豐格，妙絕一時」，這些人是當時劇壇的「大明星」，影響很大，成爲人們追逐與崇拜的對象。

對於那些形貌不揚的演員，夏庭芝突出讚賞其「藝」的精湛，如般般醜，雖容貌不佳，但「擅詞翰，達音律，馳名江湘間」；朱錦繡「高藝實超流輩」而「姿不逾中人」；喜春景「姿色不逾中人，而藝絕一時」。對那些形貌有缺陷的演員，也給予了客觀記載，如平陽奴「眇一目」，王玉梅「身材短小」，陳婆惜「貌微陋」，王奔兒「身背微僂」，和當當「雖貌不揚，而藝甚絕」，米里哈「貌雖不揚」但「歌喉清宛、妙入神品」等。甚至對有「朱娘娘」之尊稱的珠簾秀也不避諱其有「背微僂」的毛病。如此記載說明了夏庭芝所遵循的是「色藝並重，以藝爲主」大眾審美觀：她們是演員而不是娼妓，這就決定了作者以藝術的眼光對她們進行觀照，不帶有任何猥褻和遊戲的意味。因此有人說：「對於中國古代戲曲批評而言，《青樓集》的意義則在於，其促進了中國古典戲曲表演理論的開放視野，以後的表演理論在論及演員修養時也儘量避免了惟色爲第一的片面化，給『藝』以充分的關注。」〔註1〕這完全符合廣大市民的審美要求，反映了當時的時代特徵。

《青樓集》中「色藝表表者」，都可稱之爲「明星」演員，她們的出場演出，無形中增加了戲劇的看點。有的能扮演多個行當，如趙偏惜、朱錦繡、燕山秀，都是「旦末雙全」，不僅能裝旦演旦本，亦能演末本。有的記憶力驚人，如李芝秀「賦性聰慧，記雜劇三百餘段，當時旦色，號爲廣記者，皆不及也」；小春宴「天性聰慧，記性最高。勾欄中做場，常寫其名目，貼於四周遭梁上，任看官選揀需索。近世廣記者，少有其比」。有的能創作曲詞，文學素養高，如張怡云：「能詩詞，善談笑，藝絕流輩，名重京師。」解語花：「姓

〔註1〕　杜桂萍：《色藝觀念、名角意識及文人情懷》，《中國古代、近代文學研究》2004年第1期，第99頁。

劉氏，尤長於慢詞。」般般醜：「姓馬，字素卿。善詞翰，達音律，馳名江湘間。」。還有的打破常規，出奇制勝，如賽簾秀，中年雙目失明，然其表演「出門入戶、佈線行針，不差毫髮，有且莫之及焉」；顧山山年老時，「花旦雜劇，猶少年時體態」。

「女伶是大眾的娛樂之途」，﹝註2﹞在元雜劇演出行當中，女伶最受歡迎，許多男性角色，都由女子來扮演，如末泥、引戲及裝孤一類的表演。《青樓集》中的珠簾秀、大都秀都扮演過男性演員，而且表演都很精妙。

《青樓集》以記載女演員為主，但也提到了一些男演員。《青樓集志》說：「國初教坊色長魏、武、劉三人，魏長於念誦，武長於筋斗，劉長於科泛，至今行之。」﹝註3﹞這三個演員各有專長，在當時影響很大，陶宗儀的《南村輟耕錄》，高安道的《嗓淡行院》和元代南戲《宦門子弟錯立身》都曾提及。另外，前面提到的女演員，也連帶涉及了一些男演員的名字，其中一些是注明為戲劇演員的，如雜劇演員帽兒王（李定奴之夫）、末泥角安太平（匾匾之夫）、任國恩（簾前秀之夫），副淨角玳瑁斂（事事宜之夫）、象牛頭（事事宜之叔）、院本藝人樊事闌奚（趙偏惜之夫，有絕藝）、侯耍俏（朱錦秀之夫，為副淨角，打筋斗出名）等。另一些雖沒有明確說是戲劇演員，但都注明為藝人，其中當然有戲劇演員，如行院王元俏（天然秀之夫）、樂人從小喬、查查鬼、李小大（顧山山之夫）、張四、張七（大都秀之夫，樂名黃子醋）、李四、田眼睛光、馬二（燕山秀之夫，樂名黑駒頭）、教坊江閏甫（西夏秀之夫）等，還有一個教坊副使童關高（國玉第之夫）。夏庭芝在《青樓集志》裏說：「至若末泥，則又序諸別錄云。」﹝註4﹞可見他原本有計劃專門為雜劇男演員寫一本傳記，大概時局動盪，未能如願，我們也就只能遺憾地面對元代男演員史料缺乏這一歷史現實。

二、演員的演出與培養

對於演員來講，舞臺是演員的「生命」，技藝精湛是演員的立身之本。演

﹝註2﹞ 陳建華：《精神寄託、政治手段與性替代品——古代女演員的多向透視》，《藝術百家》2006年第3期。

﹝註3﹞ （元）夏庭芝著，孫崇濤，徐宏圖箋注：《青樓集箋注》，北京：中國戲劇出版社，1989年版，第43頁。

﹝註4﹞ （元）夏庭芝著，孫崇濤，徐宏圖箋注：《青樓集箋注》，北京：中國戲劇出版社，1989年版，第44頁。

員表演出色，就會得到觀眾的喝彩。《水滸傳》第五十一回：「合棚價眾人喝彩不絕。」喝彩當時也叫做「妝喝」、「妝哈」，如《藍采和》第三折：「不爭我又做場，又索央眾父老每妝喝。」《莊家不識勾欄》：「難得的妝哈。」如果演出質量不好，也免不了遭到觀眾的打擊，《嗓淡行院》中所謂「凹了也難收救，四邊廂土糝，八下裏磚丟」。

因爲勾欄演出是商業演出，所以競爭是非常殘酷的。如果碰見和別的勾欄棚一起演出的情況，只能靠藝人本事和劇本的優劣來爭奪觀眾了。《藍采和》第二折曾提到「但去處奪利爭名」，「若逢對棚，怎生來妝點的排場盛？倚仗著粉鼻凹五七並，依著這書會社恩官求些好本令。」一個戲班往往靠一個主要藝人撐臺，即通常所說的「臺柱子」，如果缺少「臺柱子」，戲班的名聲就大打折扣，甚至直接影響到演出。《藍采和》第三折中許堅出家以後，「自從哥哥去了，勾欄裏就沒人看。」

藝術生命之樹不能長青，所以藝人（尤其是女藝人）的青春年少是他們得以競爭獲勝的重要條件，《錯立身》裏的藝人王金榜自詡：「奴家年少正青春，占州城煞有聲名。把梨園格範盡番騰，當場敷演人欽敬。」如果上了年紀，就只能做配角，甚至給年輕演員打下手，《藍采和》第四折說：「王把色我如今八十歲，李薄頭七十歲，嫂嫂九十歲，都老了。也做不的營生，他每年小的便做場，我們與他擂鼓。」此話雖顯誇張，但也是實情。明初朱有燉的《美姻緣風月桃源景》雜劇中也有類似描寫：

> （外旦引徠上云）老身姓李，名桔園奴。是這保定府在城樂
> 戶……老身年小時，這城中做構欄內第一名旦色，如今年紀過去了。
> 不想如今有臧家一個小妮子長成了，十分唱的好，四般樂器皆能，
> 又做的好雜劇。他但構欄裏並官長家，都子喝彩他，十分有衣飯。
> 俺家的衣飯，都被那臧弟子攪奪了。〔註5〕

年輕的女演員在競爭中嶄露頭角，受到觀眾的追捧，那些曾經紅極一時藝人因年老色衰而逐漸淡出歷史舞臺。

在夏庭芝之前，胡祇遹較早注意到這個問題，他認爲爲觀聽者所「愛悅」的演員，必須具有多方面的素質和演唱技巧，他在《黃氏詩卷序》中提出了有關表演藝術的「九美說」：

〔註5〕　轉引自中國藝術研究院戲曲研究所編：《戲曲研究》（第 30 輯），北京：文化藝術出版社，1989 年版，第 197 頁。

　　一、資質濃粹，光彩動人；二、舉止閒雅，無塵俗態；三、心思聰慧，洞達事物之情狀；四、語言辨利，字眞句明；五、歌喉清和圓轉，纍纍然如貫珠；六、分付顧盼，使人解悟；七、一唱一說，輕重疾徐，中節合度，雖記誦嫻熟，非如老僧之誦經；八、發明古人喜怒哀樂、憂悲愉佚、言行功業，使觀聽者如在目前，諦聽忘倦，惟恐不得聞；九、溫故知新，關鍵詞藻，時出新奇，使人不能測度，爲之限量。九美旣具，當獨步同流。〔註6〕

　　胡祗遹「九美說」的主要內容可歸納爲色藝兩個方面：如「資質濃粹，光彩動人」、「舉止閒雅，無塵俗態」，屬於「色」的範疇；「歌喉清和圓轉」、「中節合度」屬於「藝」的範疇。但與夏庭芝「色藝」觀相比，說得更具體、更全面。

　　藝術表演具有傳承性，演員的培養是關鍵，現代京劇有許多門派，說明了藝術傳承的重要性。《青樓集》中提到了培養演員的兩種主要方式：家傳與師承。

　　家傳是家庭內部之間表演藝術的承傳。由於元代對樂人的婚姻做出了明確規定，強調樂人、倡優內部爲婚，甚至元世祖時只許「樂人內匹配」，因此一個家庭的主要成員都從事演出活動。因此《青樓集》中的許多演員都是以夫妻關係出現的：如趙偏惜之夫爲樊李蘭奚，「樊院本，亦罕與比」；朱錦繡爲侯要俏之妻，「侯又善院本。時稱負絕藝者，前有樊李蘭奚，後則侯朱」；簾前秀「末泥任國恩之妻也」；李定奴「其夫帽兒王，雜劇亦妙」。此外還有母女、婆媳關係的，如天錫秀之女是天生秀，趙眞眞之女是西夏秀，孔千金之媳是王心奇，她們都是一代優秀的雜劇演員。家庭成員之間便於溝通交流，便於學習借鑒，有利於技藝的提高，尤其方便對孩子的培養，散曲家劉時中〔中呂‧紅繡鞋〕《歌姬米氏耍耍》寫到了這種情形：「舉目動眼般般兒通透，安下手腳色色兒風流。出胞胎蓐草上會藏鬮，臥在被單學打令。坐著豆枕演提齁，刁天撅地所事兒有。」〔註7〕家族的薰陶，父母的傳授，從小耳濡目染，因此許多孩子從小練就了過硬的童子功。如張玉梅之女關關，「七八歲已得名湘、湖間」，張奔兒之女李童童「十餘歲即名動江浙」，成爲深受觀眾喜愛、

〔註6〕　俞爲民，孫蓉蓉主編：《歷代曲話彙編：新編中國古典戲曲論著集成》（唐宋元編），合肥：黃山書社，2006年版，第215頁。
〔註7〕　隋樹森編：《全元散曲》，北京：中華書局，1964年版，第657頁。

頗有影響的「小明星」。

　　師承是一種比較普遍的承傳方式。師承超越了家庭的界限，擴大了傳授的範圍，並使得不同的表演風格得以傳承。「藝人們是十分重視藝術承傳的，她們之間拜師求藝、收徒授技之風可能相當盛行，而觀眾層也應是非常看重演員們的表演是否淵源有自的。」〔註8〕名師出高徒，自古如是。《青樓集》中記載的名角，往往出自名師的培養。珠簾秀爲元雜劇的興盛貢獻了畢生的精力，而且還收徒傳藝，培養了眾多的雜劇名角，如高足燕山秀，「旦末雙全，雜劇無比」；另一高足賽簾秀，在雙目失明的清況下，表演「出門入戶、佈線行針」，仍不差毫髮，爲有目者所不及。有些演員雖沒有提到具體師傳情況，但以她爲師的人有很多，如王奔兒「流落江湖，以教師爲終」；趙偏惜「旦末雙全，江淮間多師事之」；顧山山「後輩且蒙其指教，人多稱賞之」。

　　除了在瓦舍勾欄的演員外，還有一些民間藝人，他們爲了求得生存，必須衝州撞府，四處演出，通常被稱爲路歧藝人。宋代周密《武林舊事》卷六載：「或有路歧不入勾欄，只在要鬧寬闊之處做場者，謂之『打野呵』。此又藝之次者。」〔註9〕而這種流動做場基本上是以家庭爲單位的，家庭戲班在當時很常見。雜劇《藍采和》反映了一個家庭劇班的情況：「小可人姓許名堅，樂名藍采和。渾家是喜千金，所生一子是小采和，媳兒藍山景。姑舅兄弟是王把色，兩姨兄弟是李薄頭。俺在這梁園棚勾欄裏做場。」夫妻子媳，還有兩個親戚組成了一個戲班。藍采和戲班的主角許堅出家以後，這個戲班就不能再在洛陽梁園棚勾欄立腳，而成爲「一夥村路歧」，在「公科地」演出。人們只要一看到這種在村落廣場演出的戲班，就認爲它是劣等的，所謂「行院每是誰家，多管是無名器」。題作「古杭才人新編」的南戲《宦門子弟錯立身》中，也表現了一個雜劇藝人的家庭戲班情況：母親趙茜梅、父親王恩深「幼習伶倫，生居散樂」，但年紀大了，不能再登臺演戲，只能靠女兒王金榜做場生活。

　　除了專業藝人的演出外，也有非專業演員的演出。朱權《太和正音譜》：

〔註8〕　曾凡安：《從〈青樓集〉看元雜劇表演藝術的承傳》，《藝術百家》2002年第4
　　　　期，第16頁。

〔註9〕　俞爲民、孫蓉蓉主編：《歷代曲話彙編：新編中國古典戲曲論著集成》（唐宋
　　　　元編），合肥：黃山書社，2006年版，第164頁。

「雜劇，俳優所扮者，謂之娼戲，故曰勾欄。子昂趙先生曰：『良家子弟所扮雜劇，謂之行家生活，娼優所扮者，謂之戾家把戲。……』關漢卿曰：『非是他當行本事，我家生活，他不過爲奴隸之役，供笑獻勤，以奉我輩耳。子弟所扮，是我一家風月。』」〔註10〕任中敏《曲諧》卷四《演劇評語》對《太和正音譜》此語評論說：「於此可見，元劇之任扮演者，蓋有三種人物：一爲曲家自己，所謂『我家生活』也；一爲良家子弟，所謂『行家生活』也；一爲倡優伶人，所謂『戾家把戲』也。」〔註11〕關於曲家扮演戲曲，臧懋循《元曲選・序》也有關漢卿輩「躬踐排場，面傅粉墨」之說，不過像這種曲家扮演，畢竟是少數。

有些不是演員的民間子弟，也做場表演。元人趙半閒《構欄曲》描寫了「街頭兒」的演出：「街頭群兒晝聚嬉，吹簫擷鼓懸錦旗。粉面少年金縷衣，青鬢擁出雙娥眉。……新歡未成愁已作，危途墮馬千尋壑。關山萬里客心寒，妻子衰燈雙淚落。紛然四座莫浪悲，是醒是夢俱堪疑。紅鉛洗盡歌管歇，認渠元是街頭兒。」〔註12〕此詩名爲《構欄曲》，但演出場所是街頭，演出者是「街頭群兒」，他們的演出不爲營利，是沒有功利色彩的純自娛自樂的民間「聚嬉」。《元史・刑法志四》記載當時「諸民間子弟不務正業，輒於城市坊鎮演唱詞話，教習雜戲，聚眾淫謔」，也說明民間良家子弟扮演雜劇之風盛行。這種自娛自樂的民間演出培育了許多不爲人知的群眾演員。

不管是專業演員，還是群眾演員，都已塵封在歷史記憶深處，但細細品讀元雜劇文本，透過歷史文物和遺跡的滄桑，我們依然能感受到這些演員的精彩表演。正如門巋先生所言：「咫尺舞臺，萬里風雲，正是由於元曲家給演員們提供了內容豐富多彩的劇本，元代的演員們在舞臺上才有了發揮他們才藝的可能。反之，如果沒有元代眾多優秀演員們的表演，元曲家們就是寫出再動人的劇作，那些劇作不能搬上舞臺，終究是紙上作品，也不會贏得廣大民眾的賞愛，劇作家們也不可能博得極大的聲譽。」〔註13〕

〔註10〕中國戲曲研究院編：《中國古典戲曲論著集成》（三），中國戲劇出版社，1959年版，第 25 頁。

〔註11〕王鋼：《關漢卿研究資料匯考》，北京：中國戲劇出版社，1988 年版，第 51頁。

〔註12〕轉引自陸林著：《知非集：元明清文學與文獻論稿》，合肥：黃山書社，2006年版，第 32 頁。

〔註13〕門巋：《粉墨功名：元代曲家的文化精神與人生意趣》，濟南：濟南出版社，2002 年版，第 98 頁。

第二節　符合大眾審美的音樂體制

　　元雜劇見諸於舞臺表演，唱詞是核心，演員主要靠歌唱來塑造舞臺藝術形象，因此音樂藝術在劇中的地位和作用不能忽視。元雜劇又被稱爲「北雜劇」、「北曲」、「元曲」。「曲」就是強調它的音樂藝術。元雜劇能繁榮興盛，並得到廣大觀眾的喜歡，與其有一套符合大眾審美的音樂體制密不可分。

一、北曲的來源

　　元雜劇產生於中國北方地區，它所運用的曲調，是在北方地界流行的北曲。北曲來源有二：

　　一是曲子詞，唐五代時期的敦煌曲子詞，到了北宋時期由於文人的介入，走上了雅化的道路，此爲詞的正宗，但也有部分文人愛好民間曲子，他們據曲填詞時模倣民間情趣與格調，保持著自然樸素的面貌。靖康之難後，宋室南遷，北方大片領土成爲金國的地盤，民間曲子逐漸脫離文人的控制，在民間自由地蓬勃發展，並逐漸匯入北曲體系。北方疆域廣闊，受地緣文化影響，各地流行的曲調有很大不同，元人燕南芝庵的《唱論》說：「凡唱曲有地所：東平唱【木蘭花慢】，大名唱【摸魚子】，南京（指汴梁）唱【生查子】，彰德唱【木斛沙】，陝西唱【陽關三疊】、【黑漆弩】。」〔註14〕「唱曲有地所」，表明該地區某個時期內民間流行的主要曲調是什麼，「東平唱【木蘭花慢】」表明東平流行的曲調就是「【木蘭花慢】」，這些古地名涉及的區域較大，包括了今天的河北、山東、陝西、河南等地。仇遠《金淵集》中也有言日：「吳下老伶燕中回，能以北腔歌落梅」。落梅，即落梅風，原名壽陽曲，山西壽陽地區流行的俚曲。

　　金元時期，北方政權更迭頻繁，人口的流動量大，隨著人口的遷移，各種曲調在北方大地交叉傳播。因爲這些民間俚曲曲調清新活潑，所以深得當時文人的喜愛。金人劉祁在《歸潛志》中曾盛讚其說「今人之詩，惟泥題目、事實、句法，將以新巧取聲名，雖得人口稱，而動人心者絕少，不若俗謠俚曲之見其眞情而反能蕩人血氣也。」〔註15〕廖奔認爲此處的「俚曲」就是與「唐詩」「宋詞」並稱的「元曲」，但把這種「俚曲」如叫做「金元曲」更爲

〔註14〕中國戲曲研究院編：《中國古典戲曲論著集成》（一），北京：中國戲劇出版社，1959 年版，第 161 頁。

〔註15〕（金）劉祁撰，崔文印點校：《歸潛志》，北京：中華書局，1983 年版，第 146頁。

恰切，它應該是「元曲」早期未定型前的一種狀態。因為劉祁主要生活在金末，「元曲」當時仍停留在民間，文人還沒有參與其中。〔註16〕明人王世貞在《曲藻・序》裏說：「曲者詞之變。自金、元入主中國，所用胡樂，嘈雜淒緊，異於燕樂絃管淒清。新聲既替舊樂而興，乃緩急之間。詞不能按，乃更爲新聲以媚之。……大抵北主勁切雄麗，南主清峭柔遠，雖本才情，務諧俚俗」〔註17〕他從音樂旋律的角度指出詞衰曲興的演變過程，勾勒出民間音樂的變化軌跡，指出其風格的不同所在，表明這種俗曲在民間具有強大的生命力。

民間的俚曲主要有兩種形式：小令與套數。因為小令的容量小，當表演藝術要求展現較爲廣闊的社會生活面時，就需要新的音樂形式——聯套組曲形式。聯套組曲形式主要有纏令、纏達、諸宮調等幾種。其中諸宮調在民間長期演唱的過程中發揮了重要作用，它不但爲劃明北曲曲調的宮調歸屬奠定了局面，也通過連綴諸多曲調（如纏令、纏達、唱賺）形成長篇大套的方式，擴大了音樂體制的結構張力，因而成爲北曲聯套發展過程中的一個典型階段。當然，這樣的整合過程不是一蹴而就的，而是經歷了一個融匯共生的漸進過程。在散套和諸宮調興起的過程中，民間雜劇表演也慢慢改變了自己的表演形態，同市民的欣賞趣味相一致，開始大量吸收曲調歌唱的因素，慢慢向以歌唱爲主的形態轉化。北曲散套和諸宮調曲牌聯套的發展帶動了戲劇的發展，其聯套體式不斷被戲劇借鑒和吸納。當連綴在一個套數中的曲牌數目增加到一定的數量後，經文人染指，北雜劇在民間藝人舞臺實踐的基礎上得以順利產生。廖奔指出：「（諸宮調）把其他種類的音樂體制吸收進來加以運用而已。將這些音樂體制變成自己的有機成分，實現雜劇表演音樂結構與舞臺結構的最終統一，即形成四大套音樂體制與起、承、轉、合舞臺表演節奏的完整結合，這其間經過了一個調適與融合的過程。而文人的介入雜劇創作，又在民間雜劇演出形成一定規範以後。這樣，從金章宗開始到金代滅亡的幾十年時間就成爲必要的醞釀時期。到關漢卿、白樸等文人投入雜劇創作並產生了決定性的影響後，北雜劇才走向定型。」〔註18〕這是個積累的過程，也

〔註16〕 廖奔，劉彥君：《中國戲曲發展史》（第二卷），北京：中國戲劇出版社，2010年版，第19~20頁。

〔註17〕 中國戲曲研究院編：《中國古典戲曲論著集成》（四），北京：中國戲劇出版社，1959年，第25頁。

〔註18〕 廖奔，劉彥君：《中國戲曲發展史》（第二卷），北京：中國戲劇出版社，2010年版，第35頁。

是從量變到質變的昇華過程。這一點從《西廂記諸宮調》可以看出來：「董解元的《西廂記諸宮調》的音樂，不僅吸收宋雜劇音樂大曲和轉踏的特點，郤克服了大曲、轉踏反覆詠唱的缺點；不僅吸取了鼓子詞，唱賺的特點，郤克服了鼓子詞用單體曲演唱和唱賺單一宮調多曲體演唱的缺點，形成了由多宮調多曲體說唱的基本形式。爲元雜劇音樂體制的形成起了重要的過度作用。」〔註19〕

　　北曲又有另外一個來源，就是北方民族音樂曲調的介入。宋人江萬里《宣政雜錄》曰：「宣和初，收復燕山以歸朝，金民來居京師。其俗有臻蓬蓬歌，每扣鼓和臻蓬蓬之音，爲節而舞，人無不喜聞其聲而傚之者。其歌曰：『臻蓬蓬，外頭花花裏頭空。但看明年正二月，滿城不見主人翁。』」〔註20〕《臻蓬蓬歌》是北方女眞人的歌舞，汴京人因喜歡模倣，創造了許多新的曲牌。宋人曾敏行《獨醒雜志》記載：「先君嘗言，宣和間客京師時，街巷鄙人多歌蕃曲，名曰【異國朝】、【四國朝】、【六國朝】、【蠻牌序】、【蓬蓬花】等，其言至俚，一時士大夫亦皆歌之。」〔註21〕這些帶有明顯的北地民族特色的曲牌，對於身處中原的汴京人來說，倍感新奇，自然喜好有加。南宋時期，北方的「番曲」滲透到臨安，《都城紀勝·瓦舍眾伎》條與《夢粱錄》卷二十《妓樂》都有臨安唱賺中兼有「番曲」的記載，這說明在淮河以北的廣大地區，「番曲」不僅被廣泛傳唱，而且對漢樂浸染異化的程度是劇烈而深刻的。

　　與少數民族歌舞一起傳入中原的，還有大量的少數民族樂器，元人陶宗儀《南村輟耕錄》卷二十八「樂曲」條記載：「達達樂器，如箏、秦琵琶、胡琴、渾不似之類，所彈之曲，與漢人曲調不同。」〔註22〕民族樂器的使用，彈奏出具有鮮明民族特色的曲調，爲各族人們所喜聞樂見。明人徐渭在《南詞敘錄》中說：「今之北曲，蓋遼金北鄙殺伐之音，壯偉狠戾，武夫馬上之歌，流入中原，遂爲民間之日用。宋詞既不可被管絃，世人亦遂尚此，上下風靡。淺俗可嗤。」〔註23〕前面所引王世貞《曲藻·序》的話也證明了這一點。雲

〔註19〕 張春山：《金代文學的代表——〈董西廂〉》，《運城高專學報》1993年第3期，第42頁。

〔註20〕 （明）陸楫編：《古今說海·說略部》，成都：巴蜀書社，1996年版，第9頁。

〔註21〕 （宋）曾敏行：《獨醒雜志》卷五，上海：上海古籍出版社，1986年版，第45頁。

〔註22〕 （元）陶宗儀：《南村輟耕錄》，北京：中華書局，1959年版，第349頁。

〔註23〕 中國戲曲研究院編：《中國古典戲曲論著集成》（三），北京：中國戲劇出版社，1959年版，第240頁。

峰指出：「雖然徐渭把這種新的樂曲斥之爲『淺俗可嗤』，但他指出其具有馬背民族『壯偉狠戾』的特色，繼南宋後南北崇尙，上下風靡，倒說明了這種新的樂曲的特點和形成軌跡……嘈雜淒緊、壯偉狠戾的蒙古及北方其他少數民族音樂反而以其強烈的刺激性詩人耳目一新並得到人們的普遍喜愛，蔚爲風尙。這蔚爲風尙的新的樂曲，對元散曲、雜劇的產生及繁榮興盛起了重要的影響作用。」〔註24〕

　　從《青樓集》中，我們還可以看到元雜劇對少數民族藝術的吸收和傳播。有許多藝人能使用少數民族樂器，有的還會演唱少數民族曲調。如陳婆惜「能彈唱韃靼曲者」，韃靼曲即蒙古族樂曲，一個人既彈又唱，藝術功底頗深。一分兒能在席上即興獻曲【雙調·沉醉東風】，其詞曰：「紅葉落火龍褪甲，青松枯怪莽張牙……答刺蘇頻斟入禮廝麻，不醉呵，休扶上馬」，一分兒的演唱具有漢蒙民族藝術相互融合的風格特點，掀起了宴飲的高潮。《青樓集》還記錄了其他一些少數民族藝人的情況，如金獸頭、貫只歌平章、樊李闌奚等，由此也可看出，元代戲劇觀眾對少數民族文化藝術的接受與喜愛。

二、四宮調聯套的音樂體制

　　元雜劇音樂結構最明顯的特徵是四大套的音樂體制。這是四個宮調的曲牌聯套，也可以看做是四個獨立套數的組合。宮調猶如今天所謂的調門，不同的宮調調門的高低不同。每一種宮調，在調性風格上有明顯的差異，體現著各不相同的情感特徵。元人燕南芝庵的《唱論》中提到了十七種宮調及其演唱風格：

> 仙呂調唱，清新綿邈。南呂宮唱，感歎傷悲。中呂宮唱，高下閃賺。黃鍾宮唱，富貴纏綿。正宮唱，惆悵雄壯。道宮唱，飄逸清幽。大石唱，風流蘊藉。小石唱，旖旎嫵媚。高平唱，條物滉漾。般涉唱，拾掇坑塹。歇指唱，急並虛歇。商角唱，悲傷宛轉。雙調唱，健捷激裊。商調唱，悽愴怨慕。角調唱，嗚咽悠揚。宮調唱，典雅沉重。越調唱，陶寫冷笑。〔註25〕

　　實際上，北雜劇常用的僅五宮四調，即平時所說的「北九宮」，包括：正

〔註24〕 雲峰：《民族文化交融與元散曲研究》，桂林：廣西師大出版社，2011 年版，第 74 頁。

〔註25〕 中國戲曲研究院編：《中國古典戲曲論著集成》（一），北京：中國戲劇出版社，1959 年版，第 160～161 頁。

宮、南呂宮、仙呂宮、中呂宮、黃鍾宮、大石調、雙調、商調、越調。

　　在具體使用時，除了要考慮一套曲子在調性上的一致以外，還必須兼顧到各套曲調的組合在音樂旋律上的戲劇性作用，從而使音樂旋律的轉換充分為戲劇性服務。大體來說，一場完整的雜劇故事分為起承轉合四個階段：起，故事開端（敷敘劇情）；承，故事發展（展開矛盾衝突）；轉，故事高潮（衝突進入高潮）；合，故事結局（矛盾解決並收束）。與故事情節的起承轉合相配合，在表演時需要不同的音樂旋律相適應。因此，元雜劇採取了四種宮調的套曲組合方式。四種不同宮調的套曲，呈現出不同的情調、節奏、風格，彼此形成對比和轉折，構成音樂情緒的戲劇性變化，從而滿足雜劇表演和觀眾看戲的需要。有人說：「戲曲音樂使用宮調並不是壞事，它可以使不同曲調在旋律和節奏上保持有機的聯繫，在調性上前後連貫維繫一致性，並且在曲調的起音和尾音上確立一個基本法則和過度形式。也就是說，戲曲作品中的宮調，能使曲調之間保持音樂節奏上的邏輯性。同時，在表現作品內容、塑造人物性格方面，也具有一定的作用。從美學角度講，宮調也是廣大觀眾戲曲音樂審美水平不斷提高的產物，它是觀眾欣賞、衡量戲曲音樂是否美的一個尺度，反映了特定歷史條件下，戲曲音樂發展的標誌。總之，戲曲音樂有了宮調，它的表現形式也就更臻於完美了。」〔註26〕

　　每一宮調中部包括了若干曲調，這些曲調又叫曲牌，周德清《中原音韻》中載有 335 個曲牌，12 個宮調。陶宗儀《南村輟耕錄》中記載有 229 個曲牌，8 個宮調，他可能是漏掉了實際運用中的越調。這些曲牌因調式和調性的不同，都分屬於一定的宮調，字數、句法、平仄都有基本定式，可以據以填寫曲詞。而且這些曲牌都流行於民間，為作家、演員、觀眾所熟悉，即使是不同曲牌的聯套方式，也形成一定的程序，組合為相對固定的音樂總旋律，這就是在分宮別調的基礎上所形成的四大套曲子。

　　北雜劇高度程序化的特徵便於作家把握和創作，更重要的是，音樂的程序化為北雜劇的商業化演出提供了一個必須的前提。演出是由戲班承擔的，一個商業化的戲班只有能夠提供足夠豐富的上演劇目，才能滿足觀眾的觀賞需要。只有將雜劇音樂納入程序化的軌道，一個演員才能夠輕鬆地掌握眾多的劇目，特別是它們的唱腔。如果每一個劇目都用全新的創腔，勢必極大地增加演員排演的難度，那麼，北雜劇演出的一代繁盛也就不復存在了。從元

―――――――――

〔註26〕　朱建明：《元雜劇衰因新探》，《蘭州大學學報》1985 年第 2 期，第 80 頁。

人夏庭芝《青樓集》的記載可知，著名藝人小春宴在勾欄裏演出時，要把自己會演的雜劇單貼出來供人挑選。元代無名氏的雜劇《藍采和》中，也講到漢鍾離不斷變換劇目來為難雜劇演員的情形。這些例子都說明，元雜劇的音樂體制既有程序化的特點，也有規律性的變化，是符合廣大觀眾審美需要的。

第三節　表演的調味劑——科諢

科諢，也稱插科打諢，是指戲曲表演中的滑稽表演。既包括「科」，滑稽動作、表情；也包括「諢」，滑稽語言。科諢是娛樂觀眾的重要手段，「科諢的使用在元雜劇中是相當普遍的，幾乎到了無劇無之的程度」，「以腳色行當言之，元雜劇中的科諢又是無腳無之的，每個腳色均可插科打諢。」〔註27〕

一、科諢是娛樂的重要手段

追求娛樂是人的天性，觀眾看戲首要目的是消遣取樂。插科打諢的普遍運用，正是元雜劇的藝術特點之一，也是舞臺表演的看點之一，更是作家善於抓住觀眾的一個手段，也是作家才智的體現。科諢與喜劇、滑稽、幽默、戲謔等詞語相互關聯，含義雖不完全一致，但有時可以相互使用。插科打諢是大多數元雜劇作家所擅長的本領，大多有生活基礎，而且元代作家善於戲謔，著名散曲家杜仁傑以滑稽著稱於世，虞集在《道園學古錄》中稱讚他是「善謔」之人；王和卿「滑稽佻達」，因一曲〔醉中天·詠大蝴蝶〕小令「傳播四方」。之後有「時有關漢卿者，亦高才風流人也，王常以譏謔加之，關雖然極意還答，終不能勝」的評述。陶宗儀《輟耕錄》「嗓」字條，記載關漢卿和王和卿交好並互相嘲弄的故事，王和卿死，關漢卿去弔唁，開了死者的玩笑。

基於對生活的理解和觀眾心態的把握，雜劇作家把生活中的有趣事加以提煉，通過科諢的方式寫進劇本中。

在元代，文化人中流行一種利用漢字結構特點，通過必要的組合或拆開來進行娛樂的習俗。最典型的就是拆白道字，這在元雜劇中多有提及：

關漢卿雜劇《救風塵》第一折：「老身……止有這個女孩兒。叫做宋引章。

〔註27〕郭偉廷：《元雜劇的插科打諢藝術》，北京：中國社會科學出版社，2002 年版，第 60 頁。

俺孩兒拆白道字、頂針續麻，無般不曉，無般不會。」吳昌齡《東坡夢》第一折：「此女甚是聰慧，莫說頂眞續麻、拆白道字、詼諧嘲謔，便是三教九流的說話，無所不通。」

元雜劇作品不但提到了拆白道字遊戲，而且不乏其例，顯示了科諢的魅力，如：

范子安撰《竹葉舟》楔子：「（行童做入見科，云）師父，外面有個故人，自稱耳東禾子即夕，特來相訪，（惠安云）這廝胡說，世上那有這等姓名的人。……這廝敢風魔了，再出去問明白了來說。……（行童云）我說與你，這個叫做折白道字。耳東是「陳」字，禾子是「季」字，即夕是個「卿」來了也。」〔註28〕

王實甫《西廂記》第五本第三折：「你值一分，他知百十分，螢火焉能比月輪。高低遠近都休論。我拆白道字辭與你個清渾。（淨云）這小妮子省得甚麼拆白道字。你拆我聽。（紅唱）君瑞是個肖字，這壁著個立人，你是個木寸馬戶屍巾。」〔註29〕「肖」著「立人」，即拆的是「俏」字，「木寸」拆的是「村」字，「馬戶」拆的是「驢」字，「尸巾」拆的是「屌」字。戲曲中紅娘通過拆白道字，以「俏」讚美張生，以「村驢屌」奚落鄭恆。

再如《風光好》第一折中，陶穀寫下「川中狗，百姓眼，虎撲兒，公廚飯」，韓熙載破譯「獨眠孤館」四字。《魯齋郎》中的魯齋郎欺壓良善、霸佔別人妻子。後包拯斷案，知魯爲皇帝所寵幸，乃將魯齋郎三字，又加增筆劃，改作「魚齊即」，奏聞皇帝，將魯齋郎處斬。關漢卿《緋衣夢》中，李慶安屈打成招，準備處斬，後錢大尹根據「非衣兩把火，殺人賊是我。趕的無處藏，走在井底躲」的夢語，找到了殺人元兇裴炎。

觀眾在看演出時，必須調動思維，參與互動，既要和劇中的人物一起拆白道字，又要關注劇情如何發展，實際上這樣的科諢也承擔了推動劇情發展的功能。

有些科諢，嬉笑怒罵，與劇情無關，只有娛樂觀眾的功能。例如關漢卿的《包待制三勘蝴蝶夢》王三出場時的諢語。拜見父親時所說的「父親在上」

〔註28〕（明）臧晉叔編：《元曲選》（第三冊），北京：中華書局，1979 年版，第 1041 頁。

〔註29〕隋樹森編：《元曲選外編》（第一冊），北京：中華書局，1959 年版，第 317 頁。

禮貌之詞，被他以「父親在上，母親在下」的方式說出，遭到父親的斥責後，還辯解說「我小時候，看到俺爺在上頭，俺娘在底下。一同床上睡覺來。」這類科諢格調不高，顯然是爲了迎合觀眾審美趣味而作。如《望江亭》第三折：「（張千去衙內鬢邊做拿科）（衙內云）啐！你做什麼？（張千云）相公鬢邊一個蝨子。（衙內云）這廝倒也說的是。我在這船隻上個月期程。也不曾梳篦的頭。我的兒，好乖！」

因爲雜劇觀眾大部分都是沒有文化的農民、市民，這種粗俗的、故意搞笑的諢語頗有東北二人轉葷段子的味道。它來自老百姓的生活，散發著民間氣息，都是以致笑娛樂爲目的，頗受觀眾歡迎。王驥德說：「戲劇之行與不行，良有其故。庸下優人，遇文人之作，不惟不曉，亦不易入口，村俗戲本，正與其不相上下，又鄙猥之曲，可令不識字人口授而得，故爭相演習，以適從其便，以其知過施文采，以供案頭之積，亦非計也。」〔註30〕從當時文人對雜劇認識的立場出發，村俗戲本爲優人觀眾喜愛，影響大，但是失之於鄙猥；過施文采的案頭戲文爲文人所賞識，卻沒有市場，影響小。由此觀之，戲曲流行與不流行，關鍵是看是否得到觀眾的認可。

二、科諢的暴醜效果

元雜劇中的插科打諢以反面人物和小人物居多，在劇中屬於權豪勢要、官吏、武將、道僧尼姑、醫生、商人酒保等，是舞臺上的「丑」、「淨」形象。作者使用了故意誇張、放大、變形、重複的方法，讓他們自炫爲美、自我揭丑、自我貶抑，以此來揭示醜的本質，這種「自報家門」的方式，王壽之謂之爲「交底」，即「讓角色徑向觀眾說出自己的姓氏、身份、經歷和思想品格，亮出自己將要行動的原因、目的、手段，甚至要以將自己靈魂最深處絕對不可告人的隱私毫無諱飾地告訴觀眾。」〔註31〕從而揭示生活的底蘊，使觀眾在嘲弄、諷刺的笑聲中獲得審美的愉悅，寓教於樂。

孟漢卿的《張孔目智勘魔合羅》中演員的科諢表演，將官場權錢交易的黑幕淋漓盡致地展現在觀眾眼前。河南府縣令一上場自報家門說：「我做官人單愛鈔，不問原被都只要。若是上司來刷卷。廳上打得雞兒叫。」身爲父母

〔註30〕王驥德著，陳多，葉長海注釋：《曲律注釋》，上海：上海古籍出版社，2012年版，第274頁。
〔註31〕王壽之：《元雜劇喜劇藝術》，合肥：安徽文藝出版社，1985年版，第77頁。

官的縣令不是「爲官一任，造福一方」，而是「單愛鈔」，見到殺人賊李文道前來告狀時，竟撲通一聲就跪在了地上，聲稱「但來告狀的都是我衣食父母」。後來求文史蕭令史斷案，李文道用五兩銀子收買了令史，縣令公開分得贓銀二兩。這種見不得人的勾當暴露與眾目睽睽之下，觀眾在看其醜態百出的表演時，一定會鬨堂大笑。

再如《竇娥冤》中的桃杌太守也明言：「我做官人勝別人，告狀來的要金銀。若是上司當刷卷，在家推病門不出。」在張驢、竇娥等人前來告狀時，他與河南府縣令的嘴臉一模一樣，也跪倒在原被告眼前，聲稱「但來告狀的都是我衣食父母」。這種科諢打破常規，顛覆了傳統中的官吏形象或百姓心目中的官吏形象，完全是一種自我揭醜，自我暴短，有人指出：「堂堂楚州太守，作爲朝廷任命的地方父母官，跪接告狀的子民，違背常情常理，這在現實中是根本不可能發生的事；演述者在此有意以跪接告狀人的荒誕形式活靈活現地演繹貪官的德性，引發觀眾否定性地『笑』，以此揭露官場的腐敗，官員貪贓枉法、知法犯法的醜惡現實。」〔註32〕然而在笑的背後，觀眾一定會陷入深深的思考，從而達到寓教於樂的目的。

文官不能秉公斷案，武將不能馳騁疆場。《小尉遲》中的李道宗雖爲將軍，但卻以能吃爲美，他自我介紹：「因我立的功多，升我做淨盤將軍。你道因何封我做淨盤將軍？若有人請我，到酒席上，且不吃酒，將各樣好下飯狼餐虎噬，則一頓都瀘了，方才吃酒，以此號爲淨盤將軍。」張國賓《薛仁貴》雜劇中的張士貴說：「但聽一聲催戰鼓，臉皮先似蠟渣黃。」

元雜劇有一些商人、醫生、僧道尼姑，他們不循規矩，恣意妄爲，沒有職業道德。商人唯利是圖，如《王粲登樓》中的店小二云：「好酒做了一百缸，倒有九十九缸似滴醋」。醫生騙錢害人，甚至草菅人命，如《救孝子賢母不認屍》中賽盧醫說：「我是賽盧醫，行止十分低。常拐人家婦，冷鋪裏做夫妻。」僧道尼姑越禮偷情，無名氏《昊天塔》中的和尚「聽得看經便頭疼，常在山下吃狗肉。」石子章《竹塢聽琴》中的小道姑耐不住寂寞，感歎自己：「在此孤孤零零。如何度日？不如尋個小和尚去。」

元雜劇的舞臺表演中，經常使用一些個性化的動作、表情，具有濃鬱的喜劇效果。最具代表性的是淨與丑腳色表演時中的「做嘴臉科」、「打筋斗科」、「做勢科」、「打哨子科」等。「做嘴臉科」是指淨丑通過擠眉弄眼、呲牙咧嘴、

〔註32〕陳建森：《宋元戲曲本體論》，北京：人民出版社，2012年版，第173頁。

五官移位變形等豐富多變的表情來製造笑料，取悅觀眾，活躍演出氛圍。劇本中有許多關於「做嘴臉科」的舞臺提示，如：

> 《竇娥冤》第一折：（張驢兒做嘴臉科，云）你看我爺兒兩個這等身段，盡也選得女婿過，你不要錯過了好時辰，我和你早些兒拜堂罷。

> 《魯大夫秋胡戲妻》第二折：（淨扮李大戶云）小娘子不要多言，你看我這個模樣，可也不醜。（做嘴臉，被正旦打科）

> 《朱太守風雪漁樵記》第三折：（張做嘴臉科）（旦兒云）老的，你怎麼做這嘴臉？

此外，《東堂老勸破家子弟》、《崔府君斷冤家債主》、《楊氏女殺狗勸夫》等劇中也有淨腳「做嘴臉科」的舞臺提示。根據劇情可知，這些滑稽古怪的表情多出現在淨腳所扮演的流氓、無賴調戲婦女之際，往往表現的是一副涎皮賴臉的無恥面貌。淨與丑所扮人物的科範裏「做意科」也比較常見，且具有代表性。「做意科」也是指人物臉部做出的一種誇張滑稽的表情，類似於「做嘴臉科」。如《龐涓夜走馬陵道》雜劇中龐涓的「做意科」，表明他滑稽可笑卻又心懷鬼胎，不懷好意。再如《朱砂擔滴水浮漚記》雜劇中「淨邦老閃上，做意科」。「閃上」即趁別人不注意的時候迅速躥出來，元雜劇中的邦老一旦「閃上」，那就預示著他肯定要幹惡事。後面的「做意科」在逗人發笑的同時也預示著邦老即將幹惡事。再如《望江亭中秋切鱠》中楊衙內第一次看見譚記兒時便「作意兒科」，喜劇性地表現了花花太歲楊衙內初見譚記兒時乍驚乍喜的心理和輕薄浮浪的嘴臉。

淨丑所扮演的有些形象還常把一些戲劇性的科範動作插入整個故事的演繹過程中，從而使故事情節由此及彼，逐步展開。如《唐明皇秋夜梧桐雨》雜劇的楔子中，唐明皇釋放安祿山之後：

> （安祿山起謝，云）謝主公不殺之恩。（做跳舞科）（正末云）這是什麼？（安祿山云）這是胡旋舞。（旦云）陛下，這人又矬矮，又會舞旋，留著解悶倒好。（正末云）貴妃，就與你做義子，你領去……
> 〔註33〕

若無一曲胡旋舞，安祿山只是一個被赦的死囚，而且因其「有異相」，張

〔註33〕王季思主編：《全元戲曲》（第一卷），北京：人民文學出版社，1999年版，第489頁。

九齡和楊國忠也可能會伺機除掉他。但在攸關時刻，一支胡旋舞改變了安祿山的命運，他成了楊貴妃的義子，故事情節也由此發生逆轉。需要提醒的是，讀者在看劇本時，大多忽略了舞臺提示，或者也未必對此進行深入的思考和想像。但在演出時，這是被放大的情節，往往是激發觀眾注意力的看點所在。演員在舞臺表演胡旋舞，觀眾在臺下觀看，面對這惟妙惟肖具有異域風采的表演，一定會得到愉悅的審美享受。李漁說科諢乃「看戲之人參湯也，養精益神，使人不倦，全在於此。可作小道觀乎？」〔註34〕

對於科諢的戲劇功能，陳建森先生從更高層面提出了自己的看法，他說：

> 宋元戲曲中有勸世、明世、喻世、警世的內容，然這是在滿足觀眾「戲樂」需求基礎上所進行的勸世、明世、喻世、警世。因而戲曲的插科打諢，就不僅僅是爲了避免「冷場」，亦不僅僅是有關「風化」，也不僅僅是造成「觀眾的思想情感被疏離在戲劇之外，因而對於舞臺上所表現的種種象徵藝術，自然有餘裕加以品會和欣賞」，要他們感到「戲就是戲」的戲劇目的。宋元戲曲中的插科打諢，主要是爲了滿足觀眾「戲樂」的本能需求，當然，這種「戲樂」是一種「雅中帶俗，又於俗中見雅」的審美藝境。〔註35〕

元雜劇通過科諢手法塑造了眾多的人物形象，有貪官污吏，有庸醫庸將、有僧道尼姑、有商人士子，涉及各行各業，涵蓋了官場、商場、戰場、宗教、醫療等領域，關係到國計民生。這些人物見之於舞臺，都是扭曲的形象：官不爲民，商只爲利，醫貪財，僧好色。

科諢作爲戲劇演出的重要手段，極大地滿足了當時社會各個層面觀眾的喜好，雅俗共賞。觀眾的莞爾一笑，實際上已經達到了娛樂消遣的目的，同時也能加深對生活的認識和理解，從而實現了作家寓教於樂、啓發民智的目的。

此外，從元雜劇腳色行當角度來說，搽旦腳色專門以表演滑稽調笑爲主，具有濃厚的戲謔色彩，體現了元雜劇注重娛樂、務在滑稽的特質。王壽之先生把搽旦列爲專司科諢的行當之一，〔註36〕下文將作專門論述。

〔註34〕 （清）李漁：《閒情偶寄》，中國戲曲研究院編：《中國古典戲曲論著集成》（七），北京：中國戲劇出版社，1959 年版，第 61 頁。

〔註35〕 陳建森：《宋元戲曲本體論》，北京：人民出版社，2012 年版，第 166～167 頁。

〔註36〕 王壽之：《元雜劇喜劇藝術》，合肥：安徽文藝出版社，1985 年版，第 106 頁。

第四節　戲樂與賓白

　　陳建森認爲戲曲是劇作家、演述者（包括導演）與劇場觀眾在劇場特殊的大眾文化語境中共同參與營造的一項『戲樂』活動，「戲樂」就是遊戲和娛樂，而遊戲的本質就是「參與」，遊戲的目的就是「娛樂」，觀眾要參與要娛樂就決定戲劇的演出方式，因此他認爲「宋元戲曲何以如此演」，取決於宋元時期觀眾的「戲樂」要求和審美認同。〔註37〕陳建森提出了關於「戲樂」的理論機制，此理論是他對中國戲曲演述形態研究的基本思路，也是其富於獨創性的「戲樂」理論之精華所在。〔註38〕陳建森認爲實現「戲樂的途徑」主要是「演述干預、背供、戲擬、虛擬、插科打諢、抓哏、內云、外呈答云、幫腔等形式」，而這些方式，集中體現爲「說白」。

　　元雜劇是以敷演完整故事爲主、具有一定長度的「眞戲劇」。劇本大多爲一本四折一楔子的體制，從舞臺表演形態來看，演員把唱科白融合在一起演述故事，其中唱爲主，說白爲賓。且一人主唱，其他腳色科白。科諢和上場詩均屬於賓白的範疇，前文已有論述，這裡主要就元刊本與明刊本說白的不同，結合「戲樂」理論加以分析。

　　元雜劇在進入明代之後，許多劇本都經過宮廷趣味和表演習慣的篩選和

〔註37〕　參看陳建森：《宋元戲曲本體論》，北京：人民出版社，2012 年版，第 219～
　　　　　220 頁。
〔註38〕　陳建森認爲在中國戲曲的演述過程中，劇作家、演述者和觀眾之間形成一種
　　　　　獨特的審美交流和互動的關係。劇作家寫完劇本，即退居幕後，而將自己的
　　　　　創作視界分別隱含到演述者的視界之中，通過演述者「召喚」觀眾的審美參
　　　　　與，引導觀眾的審美取向。戲曲的審美互動直接在戲臺上的演述者和戲臺下
　　　　　的觀眾之間形成的劇場交流語境中進行和展開。中國戲曲的一個顯著特徵
　　　　　是，舞臺上的演述者具有演員、「行當」和劇中「人物」三重演述身份，這三
　　　　　重演述身份可以根據劇情演述或者觀眾接受的需要而自由轉換，由此而形成
　　　　　了演員與觀眾、「行當」與觀眾、劇中「人物」與觀眾、劇中「人物」與「人
　　　　　物」之間四重主要的審美互動和交流語境。這四重主要的交流語境組成了戲
　　　　　曲劇場的審美交流系統。演述者根據演出的需要，可以靈活地轉換演述身份，
　　　　　自由地穿梭於四重主要的交流語境，以瓦舍觀眾喜聞樂見的演述干預、背供、
　　　　　戲擬、虛擬、插科打諢、抓哏、內云、外呈答云、幫腔等形式，向劇場觀眾
　　　　　不斷地發出「召喚」，及時端上一碗碗提神醒腦的「人參湯」，邀請觀眾一同
　　　　　在劇情虛構域、審美遊戲域和現實生活域中「遊戲與娛樂」。因此，中國戲曲
　　　　　觀眾不只是被動的審美接受者，而是充分調動想像和聯覺，積極介入「戲樂」
　　　　　的審美參與者。參見陳建森：《戲曲與娛樂》，上海：上海人民出版社，2003
　　　　　年版，第 33～34 頁。

刪改，形成了宮廷演出的腳本，即「內府本」，後來的很多明刻本，都是以「內府本」爲基礎的，如臧懋循《元曲選》就屬於「內府本」。在現存的幾十種元雜劇選本之中，《元刊雜劇三十種》（以下簡稱《元刊本》）是唯一的元代刊本。《元刊本》與其他選本有明顯區別，分屬兩個系統。《元刊本》具有較完整的曲文，而說白簡略，個別劇目甚至沒有說白。

　　如《新刊關目好酒趙元遇上皇》第一折，劇本中正末趙元只有簡單的四句賓白，次角的賓白均無，用「等……云了」、「……云了」等術語加以提示，表明該處某個角色有說白，具體說什麼，怎麼說，不得而知。類似情況頗多，如《漢高皇濯足氣英布》第一折「等外末云三個死字了」、「等外末云降漢了」；《看錢奴買冤家債主》第四折「外末上，提賈員外死了」。這些簡單的舞臺提示語實際上就是告知演員要做什麼。

　　有的沒有舞臺提示，只有「某某說一折了」、「某某一折」、「某某開一折」等語。如《詐妮子調風月》開場有（老孤、正末一折）（正末、卜兒一折）（夫人上云住）（正末見夫人住）（夫人云了下）（正末書院坐定）（正旦扮侍妾上）夫人言語道：「有小千戶到來，交燕燕服侍去。別個不中，只你去。」〔註39〕這些「一折」指什麼，不得而知，所以有些故事情節不很清晰，令人費解。錢南揚說：「可惜這個刻本，只有曲文，科白不全，不但看不到詳細關目，除燕燕外，連人名也無從知道。它的題目上句是「雙鶯燕暗爭春」，推想小姐的名字也許叫鶯鶯吧？」〔註40〕王季思先生分析其表演內容應是小千戶的父親吩咐小千戶去探親，小千戶聽了父親吩咐後再跟母親作別，然後他們先後下場。〔註41〕緣何如此，臧晉叔在《元曲選序》中認爲：「或又謂主司所定題目外，止曲名及韻耳，其賓白則演劇時伶人自爲之，故多鄙俚蹈襲之語。」〔註42〕

　　學界普遍認爲《元刊本》是舞臺演出的腳本，接近歷史原貌。從理論上說，「唱」對演員要求較高，不但要有一副好嗓子，還要懂得演唱技巧，而且唱詞多，需要背誦下來。只有強化記憶爛熟於胸，才不至於在舞臺上變形走

〔註39〕　王季思：《〈詐妮子調風月〉寫定本說明》，《王季思學術論著自選集》，北京：北京師範學院出版社，1991 年版，第 379 頁。

〔註40〕　錢南揚輯：《宋元戲文輯佚》，上海：古典文學出版社，1956 年版，第 273 頁。

〔註41〕　王季思：《〈詐妮子調風月〉寫定本說明》，《王季思學術論著自選集》，北京：北京師範學院出版社，1991 年版，第 389 頁。

〔註42〕　郭紹虞主編：《中國歷代文論選》（中），北京：中華書局，1962 年版，第 368 頁。

樣，甚至出現忘詞冷場的尷尬局面。而「說白」要容易得多，演員戲份少，不需要死記硬背，只需要按照生活的口語去說，能把故事講清楚明白就可以，如果現場能有驚人之語，效果更好，因而劇本中不需要寫出來。到了明代，由於文人的參與整理，因而各種選本的唱詞、賓白、舞臺提示等均很完整，有的還詳細註明了演員的腳色行當和「穿關」，如《元曲選》、《脈望館抄校本古今雜劇》等。如果把《元刊本》和文人整理本中的同名劇作加以比較，就能證實這一點，以《任風子》雜劇第一折爲例：

> 《元刊本》：（正末扮屠家引旦上，坐定，開）自家姓任，任屠的便是。嫡親三口兒。在這終南縣居住，爲我每日好吃那酒，人口順都叫我任風子。頗有些家私。但見弟兄每生受的，我便借與他些錢物做本，並不要利息。因此上相識伴當每都將我廝敬。今日是自家生日，小孩兒又是滿月，怕有相識弟兄每來時，大嫂，篩著熱酒咱，看有甚麼人來。〔註43〕

> 《元曲選》：（正末扮任屠同李氏上，云：）自家終南山甘河鎮人氏，姓任，是個操刀屠戶。嫡親的兩口兒家屬，渾家李氏，近新來生了一個小廝兒。今日是我生辰之日，又是孩兒滿月，眾兄弟送些禮物來。大嫂，你去安排酒食茶飯等待，兄弟每這早晚敢待來也。〔註44〕

兩段是《任風子》雜劇第一折任屠的定場白，這是演員與觀眾之間的交流。《元曲選》對《元刊本》稍微作了一些刪節，句法方面有一些變化，但是主要內容還是相同的，不影響觀眾對後面劇情的理解。「甘河鎮人氏」、「渾家李氏」、「操刀」等詞的使用增加了事實性，在語言方面，前者使用的「生受」、「廝敬」等詞語，後者已經沒有了。

吳慶禧對《元刊本》、《脈本》、《元曲選》中九種相同作品的賓白進行了比較研究，認爲「在元代非常通行的語言，到了明代逐漸消失，賓白就以明代的語言來替換。」〔註45〕「生受」、「廝敬」就是元代的口語，明代已經不流行了。由此觀之，「伶人自爲之」賦予了元雜劇賓白的時代色彩，增添了戲

〔註43〕徐沁君校點：《新校元刊雜劇三十種》（上冊），北京：中華書局，1980年版，第212頁。

〔註44〕王學奇主編：《元曲選校注》（第4冊），石家莊：河北教育出版社，1994年版，第4210頁。

〔註45〕吳慶禧：《元雜劇元刊本到明刊本賓白之演變》，《藝術百家》2001年第2期。

劇的活力。

　　元刊本與明刊本《單刀會》有很大不同，其中在明刊本第二折末尾，司馬徽下場後，他的道童對魯肅進行了一番奚落和嘲弄，而後下場：

　　　　（道童云）魯子敬，你愚眉肉眼，不識貧道。你要索取荊州，不來問我？關雲長是我的酒肉朋友，我教他兩隻手送與你那荊州來！（魯云）道童，你師父不去，你去走一遭去吧。（童云）我下山赴會走一遭去，我著老關兩手送你那荊州。

　　　　（唱）【隔尾】我則待拖條藜杖家家走，著對麻鞋處處遊。（云）我這一去，（唱）惱犯雲長歹事頭，周倉哥哥快爭鬥，輪起刀來劈破了頭，嚇的我恰便似縮了頭的烏龜則向那汴河裏走。（下）〔註46〕

　　道童是本劇中的次要人物，其說白與故事情節關係不大，作者「把滑稽戲的傳統，摻合到嚴肅的頌劇裏面」，〔註47〕使道童的嬉笑調侃，具有了娛樂觀眾的「戲樂」功能。另外，這樣的曲白出現在折與折之間，避免換場時出現冷場，起到了穩定觀眾的效果。本劇中喬公、司馬徽、關羽均為正末，如果由同一演員扮演，應該充分考慮其換裝的時間。

　　明刊本元雜劇的賓白較全，但重複的現象很多，特別是一些敘述情節的文字，幾乎是完全重複。如《劉夫人慶賞五侯宴》中，在征討梁元帥王彥章前後都有大段的賓白，李嗣源手下五員大將李亞子、石敬瑭、孟知祥、劉知遠和李從珂的出場形式和賓白極其相似。第三折中五員大將悉數登場，領命出征的賓白，交戰過程中的賓白，第四折中五人赴宴時的賓白，都是相似的套語。如《竇娥冤》第二折中，竇娥在與桃杌太守抗爭時的賓白，與第四折中跟父親稱述冤情時的賓白大同小異；再如《趙氏孤兒》第五折中，程嬰向長大的趙氏孤兒講述趙家被害經過的大段臺詞。如果看劇本，看完前面的情節，後面重複的地方就可以略過。但舞臺表演時，這些看似重複的內容也必須完整表演出來，體現了「戲樂」的要求。

　　從演述形式看，這是劇中人物之間的交流。雖然觀眾知曉前面的情節，但劇中人並不清楚，所以必須加以重複。試想如果竇娥不向父親詳細講述受

〔註46〕王季思主編：《全元戲曲》（第一卷），北京：人民文學出版社，1999年版，第62頁。

〔註47〕劉知漸：《讀〈單刀會〉札記》，李修生，李真渝，侯光復編：《元雜劇論集》（上），天津：百花文藝出版社，1985年版，第319頁。

冤的來龍去脈，他的父親怎麼能替她平反昭雪；程嬰不把趙家滿門被斬的真相告訴長大成人的趙武，趙武何以能替趙家報仇雪冤。再者，一本四折一楔子演述一個完整的故事，但如果觀眾注意力不集中，或者入場遲到，或者中途有事短暫離場，錯過了前面的情節，這樣的重復有救場作用，觀眾同樣能看得明白。

元雜劇中還有一種「內云」、「外呈答云」的說白形式：

如吳昌齡《花間四友東坡夢》第一折：

> （行者向古門云）山下俗道人家，有一百八十多斤的豬宰一口兒。（內云）忒大，沒有。（行者云）這等有八、九兩的小豬兒宰一口。（內云）忒小，沒有。（行者云）隨意增減些罷，只要先把血髒湯做一碗來與我嘗一嘗。〔註48〕

劉唐卿《降桑椹蔡順奉母》第一折：

> （興兒云）……我七錢銀子買了一隻肥鵝。你孩兒是孝順的心腸，著我自家宰了，退的乾乾淨淨的，煮在鍋裏，煮了兩三個時辰。不想家裏跟馬的小褚兒走將來，把那鍋蓋一揭揭開，那鵝忒楞楞就飛的去了。（外呈答云）謊弟子孩兒。（興兒云）我不敢說慌，我要說慌，就是老鼠養的。（外呈答云）得也麼，潑說。〔註49〕

劇中的「行者」是戲劇「行當」，指在佛寺中服雜役而未剃髮的出家者，「興兒」是劇中的一個具體人物。他們與「內」「外」對話，「內」「外」具體是什麼人，陳建森解釋說：「將『外呈答云』和『內云』，放入劇場演述時空去考察，兩者具有共同的特質：他們既不是劇情虛構域中的劇中人物的聲音，也不是審美遊戲域中的『行當』的聲音，而當是劇場現實生活域中『後行腳色』的聲音。」〔註50〕「內」「外」就是戲班的「後行腳色」，實際上是劇作家巧借他們之口代劇場觀眾進行言說的。「內云」諷刺了行者想借蘇東坡要吃豬肉的幌子滿足自己食欲的自私行為，「外呈答云」則直接戳穿了興兒的謊言。

賓白具有轉換和再造舞臺時空的作用，具有強烈的虛擬性。它把觀眾帶進特定的、虛擬的舞臺時空和戲劇情境中，同時消解了由於時空變化所造成

〔註48〕王季思主編：《全元戲曲》（第三卷），北京：人民文學出版社，1999年版，第355頁。

〔註49〕王季思主編：《全元戲曲》（第二卷），北京：人民文學出版社，1999年版，第560頁。

〔註50〕陳建森：《宋元戲曲本體論》，北京：人民出版社，2012年版，第216頁。

的情節不連貫的負面影響。「戲臺上沒有固定的布景裝置，不表示任何地點、環境。惟有等到演員登場，通過唱、念、做、打的表演，才能規定出一定的情境，使觀眾知道這時劇中人物在什麼環境中活動，正在做什麼。」〔註 51〕演員說什麼是什麼，一會春光燦爛，一會寒風凜冽。爬山、划船、騎馬、坐轎、征戰，甚至上天入地，無所不能，科白的巧妙運用，豐富了觀眾的想像力。賓白可以控制劇情，跟主要情節關係不大的地方可直接用臺詞帶過。如《竇娥冤》第一折蔡婆婆云「自十三年前竇天章秀才，留下端雲孩兒與我做兒媳婦」這一句臺詞，就把竇娥從一個七八歲的女孩一下子提升為家庭少婦，省卻了不必要的細枝末節，而把大量的表演時間留給情節精彩的高潮部分。第三折中，竇娥被處斬前的表演細緻周全，有大段唱詞，這樣的安排符合劇場演出的要求，「有戲則長，無戲則短」，劇作家抓住了觀眾的心理，「用幾分鐘時間表現一個漫長的夜晚，觀眾不嫌其短；瞬間的靈機一動，都被配上了大段內心獨白慢慢傾吐，觀眾不嫌其長；千里之遙並列於一臺，觀眾不責其假；幾步之距竟徘徊良久，觀眾並不怪其慢。」〔註 52〕這就是觀眾在劇場裏的感知。

賓白使戲劇具有了強大的藝術張力，能控制表演節奏，元雜劇一本四折一楔子的劇本體制，要想完整地表現某個故事情節，必須詳略適宜，從而不會給觀眾造成審美疲勞。學界普遍認為，元雜劇劇本四折通常在兩三個鐘頭內完成，所以不論是劇作家還是演員都會慎重對待這些問題。

第五節　元雜劇的腳色扮演

腳色是元雜劇演出的主要行當，分生旦淨雜四大門類，元雜劇的舞臺演出是通過各類腳色的相互配合完成的，腳色不是具體的演員，而是演員的類別。腳色是固定的，演員卻可以常換常新。

一、腳色與角色

同為演員扮演人物，宋元雜劇使用「腳色」一詞，當今社會人們使用「角色」一詞，二者有何聯繫與區別，有必要加以探討。

〔註51〕　徐扶明：《元代雜劇藝術》，上海：上海文藝出版社，1981 年版，第 113 頁。
〔註52〕　余秋雨：《戲劇心理學》北京：現代出版社，2012 年版，第 91 頁。

　　孫楷第對「腳色」有過較爲詳盡的探討，引述了諸多文獻材料，認爲「腳色」就是形貌的意思，並指出「今人習知扮戲有腳色，而鮮通其義，俗書且訛腳爲角矣」〔註53〕。

　　除孫楷第先生所引述文獻材料外，還有幾則材料可證。「腳色」一詞最早出現於《唐六典》卷二十五：「若流外官承腳色，並具其年紀顏狀。」〔註54〕宋代魏泰《臨漢隱居詩話》云：「源（葛源）欲爲鑄（張鑄）發舉狀，移牒令鑄供歷任腳色狀。」〔註55〕宋代《續資治通鑒長編》卷八〇「眞宗大中祥符六年」載：「詔三班院自今引見差遣使臣，內有疾患者，並附腳色開說進呈。先是，選使臣任使，引對日，乃有盲跛者，故降是詔。」〔註56〕宋人趙升《朝野類要》卷三「腳色」條記載：「初入仕，必具鄉貫、戶頭、三代名銜、家口、年齒、出身、履歷。若注授轉官，則又加舉主又無過犯。」〔註57〕梁紹壬《兩般秋雨庵隨筆》卷七「履歷」云：「今之履歷，古之腳色也……宋末參選者，具腳色狀，今謂之根腳。」〔註58〕可知「腳色」最初的含義是指出身履歷。元代睢景臣的【般涉調‧哨遍】《高祖還鄉》中鄉民在揭露劉邦的老底時說：「你須身姓劉，你妻須姓呂。把你兩家兒根腳從頭數。你本身做亭長耽幾盞酒。你丈人教村學讀幾卷書。曾在俺莊東住，也曾與我餵牛切草，拽壩扶鋤。」〔註59〕由此可證腳色除形貌的含義外，還有個人情況的介紹，類似於今天的個人檔案、簡歷材料等。《辭源》「履歷」條下解釋說：「後官吏任職，例須把出身經歷及曾任職務等事項呈報上官，稱爲履歷，唐稱腳色，宋以後漸成官場用語。」〔註60〕「腳色」這個詞用於官場，可能因爲「履歷」與「腳」有關，一個人所走過的路即是履歷，一個人腳所站的地方就是立場。腳色決定了一個人的身份、背景、立場，成爲一個人的身份標識。

〔註53〕孫楷第：《滄州集》，北京：中華書局，2009 年版，第 227 頁。
〔註54〕（唐）李林甫等撰，陳仲夫點校：《唐六典》，北京：中華書局，1992 年版，第 640 頁。
〔註55〕《筆記小說大觀》（第五冊），南京：江蘇廣陵古籍刻印社，1995 年版，第 82 頁。
〔註56〕（宋）李燾：《續資治通鑒長編》，北京：中華書局，1985 年版，第 1827 頁。
〔註57〕（宋）趙升：《朝野類要》，北京：中華書局，1985 年版，第 32～33 頁。
〔註58〕《筆記小說大觀》（第十一冊），南京：江蘇廣陵古籍刻印社，1995 年版，第 97 頁。
〔註59〕隋樹森編：《全元散曲》，北京：中華書局，1964 年版，第 544 頁。
〔註60〕廣東、廣西、湖南辭源修訂組，商務印書館修訂組：《辭源》（修訂本 2），北京：商務印書館，1918 年版，第 900 頁。

那麼，這個詞匯怎麼可以成爲戲曲演員的行當術語呢？

「脚色」作爲傳統戲曲行當之稱謂始見於夏庭芝《青樓集志》：「雜劇則有『旦末』……其餘供觀者，悉爲之『外脚』」。〔註61〕清代李斗《揚州畫舫錄》卷五《新城北錄下》下說得更具體：「梨園以副末開場，爲領班。副末以下老生、正生、老外、大面、二面、三面七人，謂之男脚色；老旦、正旦、小旦、貼旦四人，謂之女脚色；打諢一人，謂之雜。此江湖十二脚色，元院本舊制也。」〔註62〕

劉曉明《雜劇形成史》認爲：「這（脚色）實際上就是描繪一個人的體貌及其生平事蹟，這和戲曲行當表演故事劇中人物非常相似，伶人將其引入作行當名稱的代名詞，就成爲十分形象的說法。」〔註63〕

康保成在《中國古代戲劇形態與佛教》中通過深入研究佛典資料，得出了相同的結論，他認爲：「……『脚色』，均指眾生的相貌。佛經中更常用的是『色相』，可泛指一切能夠呈現於外界的相貌，當然也指眾生相。漢語中表示履歷、相貌的『脚色』，以及教坊術語『部色』和『色』，在同樣的背景下產生之後，漸漸地混同爲一了。」〔註64〕

今人爲什麼「書且訛脚爲角」，洛地推測可能與「角妓」有關。宋代陳鵠《耆舊續聞》卷四：「章子厚當軸，喜罵士人，常對眾云：『今時士人，如人家婢子，才外出求食，個個要作行首』，張天覺在旁云：『如商英者，莫做得一個角妓否？』章笑，久之遂遷職。」〔註65〕無名氏《宣和遺事》前集：「這個佳人，名冠天下，乃是東京角妓，姓李，小名師師。」〔註66〕洛地據所記「角妓」都是善唱者，將元雜劇之旦本或末本中的主唱者稱「角」、「正」，其他演員稱「脚」、「外」，叫「一正眾外——一角眾脚」制；並舉出三條理由否

〔註61〕 中國戲曲研究院編：《中國古典戲曲論著集成》（二），北京：中國戲劇出版社，1959 年版，第 7 頁。

〔註62〕 （清）李斗：《揚州畫舫錄》（卷五），汪北平等點校，北京：中華書局，1960年版，第 122 頁。

〔註63〕 劉曉明：《雜劇形成史》，北京：中華書局，2007 年版，第 88 頁。

〔註64〕 康保成：《中國古代戲劇形態與佛教》，上海：東方出版中心，2004 年版，第53 頁。

〔註65〕 （宋）陳鵠：《西塘集耆舊續聞》卷四，北京：中華書局，1985 年版，第 26頁。

〔註66〕 （宋）無名氏：《中國話本大系·宣和遺事等兩種》，曹濟平，程有慶，程毅中點校，南京：江蘇古籍出版社，1993 年版，第 40 頁。

認元雜劇是腳色制：第一，正末分扮多種類型人物；第二，正末既扮主角又扮次角；第三，正末既扮潔面書生、官吏等，又扮黑臉包拯、紅臉關羽，等等〔註67〕。

趙建偉在《從喜尚禁忌看腳、角、班、社的替代轉換》〔註68〕一文中有詳細的解讀，他認爲有三個原因：第一，與梨園行好寫同音簡筆及俗字的習慣有關；第二，與近代的纏足禁忌有關；第三，與封建帝制的終結及近代西學的喜尚及音譯等有關。

「角色」一詞與「腳色」混同使用，便於我們深入理解戲劇是「演員搬演故事」的內涵。吳晟在《瓦舍文化與宋元戲劇》一書中指出：

> 一個戲班演出不同的劇本需要裝扮不同的人物形象，不論這些舞臺形象多麼複雜，但按其技藝專長分工不外乎唱、念、做、打，腳色行當正是根據這種技藝分工確立的，它是由戲班有限演員決定。換言之，一個戲班具備了「生、旦、淨、末、丑、外、貼」七個腳色，便能扮演各類舞臺形象——角色。因此我認爲，「腳色」與「角色」是含義相關但有區別的兩個概念，不能混爲一談。儘管從「腳色」與「角色」的本來意義看，二者都可以從「出身履歷」引申出「各類舞臺形象」的相同含義。但是，既然古人如夏庭芝、李斗都以「腳色」而不是「角色」來稱謂傳統戲曲行當；既然近人將劇本裏各種人物形象稱做「角色」而不是「腳色」，就不如按約定俗成將「腳色」與「角色」區別開來使用，以免造成混淆。所以本論凡謂「腳色」指戲劇行當，凡謂「角色」則指劇中各類人物形象。如戲文《張協狀元》分別由「生」「旦」兩個腳色扮演張協與貧女這兩個人物——角色，元雜劇《漢宮秋》分別由「末」「旦」兩個腳色扮演漢元帝與王嬙這兩個人物——角色。可見戲曲中一個「腳色」在同劇中可以扮演多種「角色」而不是反過來，這種表演體制，我稱之爲「一腳眾角」。〔註69〕

〔註67〕 洛地：《戲曲與浙江》，杭州：浙江人民出版社，1991年版，第121～122頁。

〔註68〕 趙建偉主編：《中國古典戲曲概念範疇研究》，北京：文化藝術出版社，2010年版，第159～167頁。

〔註69〕 吳晟：《瓦舍文化與宋元戲劇》，北京：中國社會科學出版社，2001年版，第135～136頁。

「腳色」一詞何時被引進傳統戲曲用來稱謂「行當」，不詳。《中國大百科全書‧戲曲曲藝》卷中有「腳色行當」詞條，〔註70〕把「腳色」、「行當」同義並列。

從表演體制來講，腳色是為塑造人物服務的，並不專指哪一個人，而是代表一類人，腳色就是程序化的「類」形象。

「程序」一詞是戲劇範疇中一個十分重要的概念，具體內涵被研究家和藝術家多次探討，田志平先生專門寫了《「程序」語詞及概念內涵的闡釋》〔註71〕一篇長文。程序化正是中國戲曲的特點和長處所在，具有極大的藝術表現力量。它要求中國戲曲藝人進行刻苦訓練，終生不懈，所謂「臺上幾分鐘，臺下十年功」，只有熟練地掌握了戲曲程序才能有精湛的表演，體現出生命的情感力量。著名表演藝術家程硯秋先生說：「戲曲的表演手段，包括非常豐富的程序。生旦淨末丑各個行當的動作，雖然大同小異，但又有一定的格式。比如一舉手、一投足，也都各有它的規律。」〔註72〕「程序」是一種共性的東西，還要賦予其個性，那就要將不同人物的體態情感化到程序當中。京劇大師程硯秋曾講到女旦蘭花指應根據不同年齡身份有不同的運用，不能千篇一律。他說：「旦行的蘭花指，也就代表一個女性成長的過程。我們一個十二三歲的小丫鬟，天真活潑，她好比一個花骨朵，花還沒開呢，她表現的指法，雖然也用蘭花指，就應當緊握著一些拳頭，突出的一個食指來表現出年齡的特點。20 歲左右的少女，花朵慢慢的開了一點，指法的運用就應當表現出含苞待放的形式，與十二三歲小丫頭的手勢就不能一樣。中年婦女好比蘭花全開了，她們的指法就要求莊嚴嫻美，與 20 歲左右少女的含羞姿態又應有距離了。青衣再老即是老旦應功的人物了。老旦的指法，基本應採用青衣的路子，雖然蘭花已經開敗了，但她的基礎還不應脫離蘭花指的範疇，所不同於青衣的，只是老旦的手指，應當表現的僵硬些……」〔註73〕總之，程序要遵循，更要演活，一切以充分表現人物情感為準。

〔註70〕中國大百科全書出版社編輯部：《中國大百科全書‧戲曲曲藝》，北京：中國大百科全書出版社，1983 年版，第 170 頁。
〔註71〕趙建偉主編：《中國古典戲曲概念範疇研究》，北京：文化藝術出版社，2010年版，第 54～96 頁。
〔註72〕中國戲曲研究院編：《程硯秋文集》，北京：中國戲劇出版社，1959 年版，第65 頁。
〔註73〕中國戲曲研究院編：《程硯秋文集》，北京：中國戲劇出版社，1959 年版，第86 頁。

　　腳色是固定的，表演是有套路的，但演員卻在努力求新，在實際的表演中卻追求「這一個」的效果，所以要明確演員、腳色和人物的關係。戲曲舞臺上人物形象的塑造都呈現著「三位一體」的格局，即「演員——戲曲腳色——人物」。三者的關係是「演員操縱腳色，腳色塑造人物」，即作爲創作主體的「演員」操縱著作爲創作工具和材料的「腳色」，從而塑造出千差萬別的具體「人物」。其最終的目的還是爲觀衆服務的，這一點田志平沒有說，觀衆關注演員，演員心中有觀衆，演員和觀衆通過戲劇腳色對話。

　　「五四」時期錢玄同曾經批評中國戲劇「扮不像人的人，說不像話的話。」〔註74〕雖然他是在批判中國戲曲表演脫離生活實際，但從這句話的背後，卻恰恰可以見到中國戲曲表演手法所蘊涵的藝術觀，那就是同生活形態保持一定距離，藝術與自然之間有明確的分野，始終將藝術置於自然的對面。它所強調的，是所有表演藝術都必須使欣賞者明確意識到他所面對的是一種人工創造物，而不是自然本身。〔註75〕因此腳色的出現本身就是追求審美娛樂的結果。

二、生旦淨雜

　　元雜劇腳色體系的建立是古代戲劇眞正成熟的標誌。徐扶明先生在《元代雜劇藝術》一書中分析指出：《古今雜劇》中腳色有末、旦、外、淨、雜五大類，《元曲選》中有末、旦、外、淨、丑、雜六類。其中《元曲選》較《古今雜劇》多一個「丑」腳。縱觀元代所有雜劇作品，其腳色不外乎六類，且以「生旦淨雜」爲主。

　　元雜劇腳色體系中，以旦、末兩類爲主，王國維說：「元雜劇每折唱中，止限一人，若末，若旦，他色則有白無唱。若唱，則限於楔子中，全四折中之唱者，則非末旦不可。」〔註76〕由於只限於旦末腳色其中的一人主唱，所以元雜劇被分爲旦本、末本兩類。旦本即由正旦一腳主唱到底，末本則由正末一腳主唱到底。正旦、正末這就是我們所說的「臺柱子」。

〔註74〕陳獨秀，李大釗，瞿秋白主編：《新青年第 5 卷》，北京：中國書店出版社，2011 年版，第 64 頁。

〔註75〕傅謹：《中國戲劇藝術論》，太原：山西教育出版社，2000 年版，第 32 頁。

〔註76〕王國維：《王國維戲曲論文集・古劇腳色考》，北京：中國戲劇出版社，1957 年版，第 237 頁。

　　末腳，主要扮演雜劇中的男性人物。除正末外，根據其功能司職又可劃分爲不同的類別，大致有沖末、外末、副末、大末、小末等幾種類型；且腳，在元雜劇中主要扮演女性人物，除正旦外，根據其功能司職還有貼旦、淨旦、副旦、駕旦、色旦、搽旦、外旦、老旦、大旦、小旦、禾旦等腳色。可見旦腳系統比末系統更加豐富，分類更加細緻，正如王國維在《宋元戲曲史》中說的「末、旦二色，支派彌繁。」〔註77〕

　　正末、正旦是元雜劇系統中最重要的兩個腳色，所扮演的人物不受年齡限制，既可扮演年輕者，也可扮中年者。正末在一部雜劇中通常扮演一個人物，但有些劇本中正末可同時扮演兩三個人物，《單刀會》是「末本」，正末在第一折中扮演喬公，第二折中扮演司馬徽，第三、四折中扮演關羽。看劇本時，我們不需關注這樣的變化，但觀看表演時，情形大不一樣。有人指出，一部雜劇從演出開始到結束，大約兩個鐘頭，如果由一個演員來完成，他的身體或嗓子可能吃不消，在演出過程中需要更換演員。劇中的正末到底是由一個演員分別來扮演，還是三個不同演員來扮演不同的正末，實際情形不得而知，但不管是哪種情況，都增加了表演的觀賞性。《青樓集》中的許多女演員「旦末雙全」，說明在實際演出當中，女扮男裝的情形比較普遍，這種「性別倒錯」的表演，肯定受到觀眾的歡迎，當年的梅蘭芳就是生動的例證。當下，娛樂節目充滿電視熒屏，許多模倣秀的走紅，有很大一部分就使用了這種「性別倒錯」的表演技巧。元雜劇中這樣的劇目很多，如《神奴兒大鬧開封府》雜劇中正末在第一折中扮演李德仁，在楔子和第二折、第三折中扮演院公，在第四折中扮演包待制。《包龍圖智勘後庭花》雜劇中正末在第一、二折中扮演李順，在第三、四折扮演包拯。《便宜行事虎頭牌》雜劇中正末在第一、三、四折中扮演山壽馬，在第二折中扮演金住馬。

　　有了主要演員，還要有次要演員，淨、丑、雜是元雜劇次要腳色，但在劇中起著非常重要的作用，如果沒有這些腳色，元雜劇只是在唱曲。這些腳色通過「家門」、「上場詩」、「賓白」與主要腳色相互配合，形成所謂的戲。一人主唱，眾人說白，形成眾星捧月的格局，戲劇演出因而交相輝映、異彩紛呈。

　　「淨類」比較複雜，可劃分爲淨、正淨、副淨、外淨、大淨、二淨。所

〔註77〕王國維：《宋元戲曲史》，上海：上海古籍出版社，2000年版，第95頁。

扮人物多以反面、滑稽形象為主，不受性別、身份的限制，有利於塑造多樣化的人物，舉凡貪官污吏、衙內庸將、市井無賴、綠林英雄、庸醫酒保、媒婆悍婦、犯戒僧道、妖魔鬼神等各色人物都可由淨來扮演，淨腳極大地拓展了戲曲的表演領域。淨非主腳，但作用很大，其插科打諢，使得劇情的發展搖曳多姿，舞臺氣氛熱鬧活躍。丑在元雜劇中的作用與淨有些相似，有的人認為淨腳中包括丑在內，也以插科打諢、滑稽戲謔見長，如明代王驥德在《曲律》中說：「大略曲冷不鬧場處，得淨丑間插一科，可博人閧堂，亦是戲劇眼目。」〔註78〕

　　元雜劇中的「雜」不是定型化的腳色，包括的人物十分龐雜，各行各業都有，如邦老、孤、俫兒、細酸、卜兒、曳剌、雜當、祗候、駕、解子。有時孤、邦老等注明由淨腳扮；有的未標明屬於何種腳色，如孛老、卒子、梅香、張千、李萬、道童、行者、媒婆等，或係不在腳色之列，略同現代戲劇中所謂的「群眾演員」。

　　至於「外腳」一類，所以許多研究者認為專指外末、外旦，包含於末旦腳色之中，可以不作單獨類別考量，所以元雜劇嚴格意義上來說，只有四大類，即旦、末、淨、雜。

　　比如《竇娥冤》雜劇，這是一部旦本戲，劇中共有十幾個人物，正旦扮端雲（後來是魂旦），沖末扮竇天章，淨扮賽盧醫，卜兒扮蔡婆婆，淨扮孤（桃杌太守），副淨扮張驢兒，淨扮公人，外扮監斬官，外扮州官，丑扮解子，丑扮吏，丑扮張千、祗從，還有不在腳色之列的劊子、孛老等。劇中戲的成分較多的是端雲、張驢兒、賽盧醫、竇天章、桃杌太守、蔡婆婆，其中主人公竇娥是主角，其他都是配角，另外的一些相當於「群眾演員」。劇中的人物不多，但所代表的社會生活面卻相當廣泛，有窮書生，高利貸者，騙人的醫生，流氓無賴，昏庸的官吏等。作者巧運匠心，將這些人物所構成的複雜社會矛盾：竇娥與張驢父子的矛盾，竇娥與官府的矛盾，蔡婆婆與賽盧醫的矛盾以及竇娥與蔡婆婆的矛盾，大小矛盾交織，舞臺上節奏張弛相間，「聚焦」了觀眾的目光，從而引起觀眾看戲的興趣，使觀眾看到了元代社會的黑暗、官吏的腐敗和下層人民生活的不幸。由此也看到了作家對腳色的準確把握和熟練運用。

〔註78〕　（明）王驥德著，陳多，葉長海注釋：《曲律注釋》，上海：上海古籍出版社，
　　　　　2012 年版，第 222 頁。

第六節　搽旦色的調笑表演

上文提到，就旦、末兩類腳色來說，旦腳的種類比末腳要豐富得多。有正旦、貼旦、淨旦、副旦、駕旦、色旦、搽旦、外旦、老旦、大旦、小旦、魂旦、二旦等名目。其中搽旦色的表演特點鮮明，娛樂功能突出。

一、以醜爲美搽旦腳色

在旦類名目中，搽旦出場次數相當頻繁，在《元曲選》和《元曲選外編》的所有劇目中，使用搽旦腳色的劇本就有 26 種〔註79〕，其中《元曲選》23 種，《元曲選外編》3 種。在有些劇目中有的搽旦腳色的戲份甚至超過了主要腳色，像《爭報恩》中的搽旦王臘梅、《灰闌記》中的搽旦馬大娘子，《神奴兒》中的搽旦王臘梅，《燕青博魚》中的搽旦王臘梅以及《酷寒亭》中的搽旦蕭娥等，她們在四折戲中至少出場三折，有的連續出場四折，遠遠超過劇中的主角，她們是劇情發展的實際主宰者，其排場功能不容忽視。

關於搽旦的形象，《酷寒亭》中對搽旦蕭娥的描述是：「搽的青處青、紫處紫、白處白、黑處黑，恰便是成精的五色花花鬼。」演員身上用多種顏色塗飾，好像「成精的五色花花鬼」，其打扮妖冶怪異，與淨腳的舞臺形象相類似，抹土搽灰，敷粉塗墨。中國戲劇大體遵循「公忠者雕以正貌，姦邪者刻以醜形」〔註80〕的思維模式，形象中寄寓褒貶之意。黃克保先生在《戲曲表演研究》中說：「搽（茶）旦，或扮悍婦、或扮虔婆、或扮刁潑尖刻、品性不良的婦女。」〔註81〕從扮演人物的角度看，每一種腳色都承擔著娛樂觀眾的功能，而搽旦形象在此方面猶爲突出，其表演以滑稽逗笑爲主，以醜爲美，極具諷刺意味，體現了元雜劇注重娛樂的喜劇品格。

〔註79〕《元曲選》中有《包待制陳州糶米》《爭報恩三虎下山》《張天師斷風花雪月》《包待制智賺灰闌記》《同樂院燕青博魚》《臨江驛瀟湘秋夜雨》《散家財天賜老生兒》《包龍圖智賺合同義字》《凍蘇秦衣錦還鄉》《翠紅鄉兒女兩團圓》《魯大夫秋胡戲妻》《神奴兒大鬧開封府》《黑旋風雙獻助》《包待制智勘後庭花》《鄭孔目風雪酷寒亭》《桃花女破法嫁周公》《杜蕊娘智賞金線池》《兩軍師隔江鬥智》《馬丹陽度脫劉行首》《月明和尚度柳翠》《玎玎璫璫盆兒鬼》《荊楚臣重對玉梳記》《都孔目風雨還牢末》；《元曲選外編》中有《好酒趙元遇上皇》《鍾離春智勇定齊》《海門張仲村樂堂》。
〔註80〕俞爲民，孫蓉蓉主編：《歷代曲話彙編：新編中國古典戲曲論著集成》（唐宋元編），合肥：黃山書社，2006 年版，第 129 頁。
〔註81〕黃克保：《戲曲表演研究》，北京：中國戲劇出版社，1992 年版，第 113 頁。

　　搽旦腳色所扮演的女性均為反面人物，她們大都具有貪婪、淫蕩、潑辣、狠毒的品行。《翠紅鄉兒女團圓》中的搽旦李氏為韓弘遠的正妻，為了侵吞韓家財產，陷害丈夫胞弟韓弘道，挑撥韓弘道的妻子趕走側室春梅。《玎玎璫璫盆兒鬼》中的盆罐趙、撇枝秀夫婦開了一家黑店，為了謀得投宿客人楊國用的財物，殺害了他，還殘忍地把屍體燒成灰作成盆兒。《包待制智賺灰闌記》中的搽旦是富翁馬均卿的正妻，她與姦夫趙令史謀殺親夫，反誣小妾張海棠所為，為謀奪家產，又強稱海棠之子為己生。《金線池》中的搽旦杜氏乃一鴇母，她金錢至上，把親生女兒杜蕊娘當成賺錢的機器，公開宣稱「小娘愛的俏，老鴇愛的鈔」。《秋胡戲妻》中的搽旦羅媽媽雖然不是鴇母，但貪財愛財，屢逼女兒羅梅英改嫁，同樣是把女兒當成了發家致富的搖錢樹。《合同文字》中的搽旦楊氏為獨佔家產想方設法不認侄兒。《包待制智勘後庭花》中廉訪史趙忠欲納王翠鸞為妾，趙妻擔心失寵，讓手下人王慶殺死王翠鸞及其母親，搽旦張氏乃李順之妻，與王慶有姦情，為謀得首飾財物，二人設計一起謀害丈夫，指使李順殺害翠鸞母子。

　　通過對前文提到的 26 部具有搽旦腳色的作品進行統計，20 部作品中搽旦所扮演女性人物都有惡德惡行，成為令人唾棄的反面人物，或為貪財的虔婆，或為水性楊花之豔婦。她們已經成為一種漫畫式、概念化的人物，劇作家常以符號化的名字如「蕭娥」、「王臘梅」來為她們命名。扮演妻子的搽旦不是犯有通姦罪，就是犯有謀殺罪。身為妻子的搽旦中有 9 人犯有通姦罪，12 人犯有謀殺罪，有的同時犯有通姦罪和謀殺罪。

　　搽旦所扮演的人物是醜的，但搽旦作為類型化的喜劇角色在舞臺表演中卻給觀眾帶來了審美的愉悅和快感。這就是一個由醜到美的轉化過程，正如車爾尼雪夫斯基所說：「滑稽所給人的印象，是快感與不快感的混合，但是其中慣常是快感佔了優勢；有時候，快感的優勢是這樣強，以至於不快的因素差不多全被它吞沒。這種感覺就表現為笑。在滑稽中，醜態是使人不快的，但是我們是這樣明察，以至能夠瞭解醜之為醜，那就是一個愉快的事情。我們既然嘲笑醜態，就比它高明。」〔註82〕

〔註82〕　（俄）車爾尼雪夫斯基：《車爾尼雪失斯基論文學》（中卷），上海：上海譯文出版社，1982 年版，第 97 頁。

二、搽旦的表演

瞭解了搽旦腳色醜的品行，再具體看看她們是如何表演的。

首先是通過上、下場詩和自報家門的方式「自炫爲美」。《包待制智勘後庭花》中的搽旦張氏的上場詩云：「巧髻雲鬢美樣妝，心毒性狠不非常。腹中一點思春事，敗壞風俗豈有雙。」上場詩是元雜劇人物常用的亮相方式，王壽之稱之爲「交底」，即「讓角色徑向觀眾說出自己的姓氏、身份、經歷和思想品格，亮出自己將要行動的原因、目的、手段，甚至要以將自己靈魂最深處絕對不可告人的隱私毫無諱飾地告訴觀眾。」〔註83〕張氏毫不隱晦地一語道出自己的所思所想，向觀眾暴露出貌美心毒，風流成性的本性。《灰闌記》中的馬搽旦濃妝豔抹，一上場即自謔自嘲：「我這嘴臉實是欠，人人贊我能嬌豔。只用一盆淨水洗下來，倒也開的胭脂花粉店。」還不知羞恥地讚美其淫夫是「風流人物，又生得驢子般一頭大行貨」，自我炫耀「與他有些不伶俐的勾當」。在舞臺上，搽旦腳色與淨腳的亮相往往相映成趣，如《灰闌記》中，搽旦上場自白完，淨扮的趙令史接著上場自白：「我做令史只圖醉，又要他人老婆睡。畢竟心中愛著誰，則除臉上花花做一對。自家姓趙，在這鄭州衙門，做個令史。州里人見我有些才幹，送我兩個表德：一個叫做趙皮鞋，一個叫做趙哈達。這裡有個婦人，他是馬均卿員外的大娘子。那一日馬員外請我吃酒。偶然看見他大娘子，這嘴臉可可是天生一對，地產一雙，都這等花花兒的，甚是有趣，害得我眠裏夢裏，只是想慕著他。豈知他也看上了我，背後瞞著員外，與我做些不伶俐勾當。」趙令史也不遮掩，頗爲得意，心理只想著那點齷齪事，有些語言與馬搽旦如出一轍，揭出二人狼狽爲奸的實情，觀眾目睹了他們的神情、聽到他們的聲音，一定會笑聲不斷。

其次是通過賓白插科打諢。搽旦的賓白很有特色，要麼詛咒發誓、要賴撒潑，要麼強詞奪理、自相矛盾，要麼出言不遜、滿口髒話，完全符合她們作爲反面角色的身份性格。

詛咒發誓如《鄭孔目風雪酷寒亭》中的蕭娥虐待丈夫前妻的孩子，被小叔子看到，爲了掩蓋自己的惡行，對天盟誓：「阿彌陀佛，頭上有天。我爲甚麼打他？」「天也，我愛的是這一雙兒女。」《包龍圖智賺合同文字》中的搽旦楊氏在騙取了侄兒的文書後，頻頻發誓，「我若見你那文書，著我鄰捨家害

〔註83〕王壽之：《元雜劇喜劇藝術》，合肥：安徽文藝出版社，1985年版，第77頁。

療瘡」，「我若拿了他文書，我吃蜜峰兒的屎」，「並不曾見甚麼文書，若見著我就害眼疼」。此類語言暴露了她們善於玩弄伎倆和虛僞狠毒的性格。

要賴撒潑如《同樂院燕青博魚》中搽旦王臘梅與楊衙內通姦，被人發現後竟然擺出一副無賴的嘴臉，「姦夫在那裡？姓張姓李？姓趙姓王？可是長也矮？瘦也胖？被你拿住了？天氣暄熱，我來這裡歇涼，那裡討的姦夫來？常言道：捉賊見贓，捉好見雙。燕大，你既要拿好，如今還我姦夫來便罷；若沒姦夫，怎把這樣好小事贓誣著我？我是個拳頭上站的人，胳膊上走的馬，不帶頭巾男子漢，玎玎璫璫響的老婆。燕大，我與你要見一個明白！」再如《村樂堂》中搽旦王臘梅與王六斤通姦，被正末張仲發現，爲堵住他的口，贈金釵一枚，後來張仲以金釵爲憑證告發其惡行，她倒打一耙，反咬張仲偷拾了金釵，肆意狡辯：

> （正末帶云）你既是夫人，更深半夜，蘭堂畫閣裏不睡。……
> （搽旦云）是這驢打滾來！（正末云）那個人肯做這等勾當？（唱）
> 【烏夜啼】請同知自向跟前望，夫人爲甚麼汗塌濕殘妝？」（搽旦云）
> 是露水珠兒，滴在我臉上來。……（同知云）你說，他兩人有甚麼
> 顯證？（搽旦云）有甚麼顯證，你拿出來。〔註84〕

醜事已敗露，但她們仍不思悔改，依然我行我素，顯露出一副厚顏無恥之態。

出言不遜，張口罵人是搽旦的本事，如《爭報恩三虎下山》中王臘梅遇見徐寧便破口大罵，「看他那賊鼻子，賊耳朵，賊臉賊骨頭，可怎麼還不是賊哩？」《好酒趙元遇上皇》劉月仙罵其丈夫趙元：「糟驢馬，糟畜生，糟狗骨頭，久後直當糟殺了別人吃也有個時候，你沒有早晚。」語言直白，完全是一副河東獅吼的悍婦嘴臉。

有些賓白前後矛盾，極具諷刺效果，令人忍俊不禁，如《好酒趙元遇上皇》的劉月仙嫌貧愛富，爲了嫁給臧府尹，謀害親夫。但丈夫做了官之後，她竟然讚美自己「想我這等貞烈，天下少有」。《灰闌記》中的馬搽旦與人通姦，害死丈夫，但在公堂上依然自詡：「我是這鄭州里第一個賢慧的」，《燕青博魚》中的王臘梅跟正末表白：「這幾年我不曾見你說有甚麼兄弟，今日可可的就認的是你兄弟，著我與他相見。我怕見生人的。」寥寥數語，勾連了前

〔註84〕王季思主編：《全元戲曲》（第七卷），北京：人民文學出版社，1999年版，第33頁。

後情節，「貞烈」、「賢惠」和「羞答答」等詞語的使用，委實讓觀眾噴飯。

當然，戲謔性並不總是表現爲憤激和諷刺，有時也表現爲俏皮、幽默。在《陳州糶米》的第三折中，搽旦王粉蓮上場時的一番表演：

> 自家王粉蓮的便是。在這南關裏狗腿灣兒住。不會別的營生買賣，全憑著賣笑求食。俺這此處有上司差兩個開倉糶米官人來，一個是楊金吾，一個是劉小衙内。他兩個在俺家裏使錢，我要一奉十，好生撒鏝。他是權豪勢要，一應閒雜人等，再也不敢上門來。俺家盡意的奉承他，他的金銀錢鈔可也都使盡俺家裏。數日前將一個紫金錘當在俺家，若是他沒錢取贖，等我打些釵兒戒指兒，可不受用。恰才幾個姊妹請我吃了幾杯酒，他兩個差人牽著個驢子來取我。誰不知我騎上那驢子，忽然的叫了一聲，丟了個撅子，把我直跌下來，傷了我這楊柳細，好不疼哩。又沒個人扶我，自家掙得起來，驢子又走了，我趕不上，怎麼得人來替我拿一拿住也好那！〔註85〕

而後包待制假扮成農村老漢上場，在前往陳州的路上巧遇搽旦王粉蓮，二人你問我答，就像農村人聊家常，包公從王粉蓮的口中知曉了「紫金錘」的來龍去脈，但王粉蓮並不知包公底細，答應請包公吃酒席，並讓他幫忙牽驢準備趕路：

> （旦兒云）老兒，你吃飯也不曾？（正末云）我不曾吃飯哩。（旦兒云）老兒，你跟將我去來。只在那前面，他兩個安排酒席等我哩。到的那裡，酒肉盡你吃。扶我上驢兒去。（正末做扶旦兒上驢子科，正末背云）普天下誰不知個包待制正授南衙開封府尹之職，今日到這陳州，倒與這婦人籠驢，也可笑哩。〔註86〕

包待制作爲朝廷命官的正面形象，同其與妓女交往的行爲方式嚴重錯位，這裡面蘊含著喜劇因素——滑稽。觀眾看得明白，演員也心知肚明，於是包公向觀眾「背云」，即是「背供」。齊如山說：「因戲劇一有背供，則省卻無數筆墨，省卻無數烘托，而添出許多情趣。」〔註87〕

第三是誇張滑稽的科範表演。科範是舞臺人物的動作表情。搽旦的動作

〔註85〕王季思主編：《全元戲曲》（六），北京：人民文學出版社，1999年版，第108～109頁。

〔註86〕王季思主編：《全元戲曲》（六），北京：人民文學出版社，1999年版，第109頁。

〔註87〕齊如山：《國劇藝術匯考》，瀋陽：遼寧教育出版社，2010年版，第85頁。

神情與賓白相得益彰，與其貪婪、淫蕩、潑辣、狠毒的品行相呼應。如《燕青博魚》第三折中楊衙內與王臘梅偷情時的表演：

> （搽旦同楊衙內上，搽旦云）衙內，咱兩個往那黑地裏走，休往月亮處，著人瞧見，要說短說長的。咱兩個打著個暗號：赤赤赤！
> （楊衙內、搽旦做跳過正末身科）（正末唱）我這裏呵欠罷翻身打個嚏掙，（搽旦云）赤赤赤！（楊衙內云）赤赤赤！（正末唱）驀見個女娉婷引著個後生。（搽旦又楊衙內行科，云）赤赤赤！（正末唱）
> 【叫聲】眼見的八九分是姦情，是誰家鬼精、鬼精，做出這喬行徑？
> （搽旦云）穿的那衣服拖天掃地的，一腳端著，不險些兒絆倒了。
> 扽起衣服來，走走走，赤赤赤！（楊衙內云）赤赤赤！……〔註88〕

這裏面有二人偷情的舞臺提示，實際上是對其表演動作神情的一種強化，二人偷情時，正末攔在中間，所以偷情者必須通過「赤赤赤」的暗號聯繫，二人你來我往，機趣橫生，透過文字的背後，依然能感受到演員惟妙惟肖的表演以及元代觀眾的觀劇熱情。再如《神奴兒》中搽旦王臘梅在殺害姪兒時的一連串動作，「拿繩子勒徠兒科」，「勒死徠兒科」，「埋徠兒科」，一個在姦夫面前忸怩作態、風情萬種的女演員在臺上表演殺人的場面，令觀眾耳目一新。此外，搽旦還有「攛調科」、「打調科」、「假哭科」等。

大多數人物科範的舞臺提示都隱含在唱詞、賓白中，由演員自己去揣摩表演。如《包待制智賺灰闌記》中的馬搽旦唆使丈夫毒打小妾，煽風點火道：「員外，打得好，似這等辱門敗戶的小賤人，要他何用，則該打死他罷。」《都孔目風雨還牢末》中的蕭娥在陷害丈夫入獄後還頻頻用金錢賄賂獄卒，唆使獄卒殺害丈夫：「劉唐哥哥，我央及你，我與你兩錠銀子，你把李孔目盆弔死了可不好？」「你若盆弔死了李孔目，我再相謝。若死了時，和我說一聲兒。」前面提到《燕青博魚》中的王臘梅說自己「羞答答」，這些本身蘊含著一種動作表情，我們談科範，談娛樂性，也應對這樣的細節加以關注。

除搽旦外，其他女性腳色，如旦、外旦、旦兒、老旦等，其所扮演人物的品性及在舞臺上的表演特徵與搽旦腳色極為相似。旦如《勘頭巾》中劉平遠的妻子，《金鳳釵》中李氏，《替殺妻》中的員外妻；外旦如《貨郎擔》中的張玉娥；旦兒如《漁樵記》中朱買臣之妻玉天仙，《黃粱夢》中的呂妻；老

〔註88〕王季思主編：《全元戲曲》（三），北京：人民文學出版社，1999 年版，第 124～125 頁。

且如《青衫淚》中的李婆婆，《曲江池》中李亞仙的鴇母，《兩世姻緣》中的許氏，《玉壺春》中的李媽媽等。這些人淫蕩、貪財、狠毒，均是「悍婦」、「虔婆」、「刁潑尖刻、品性不良的」女性，因其與搽旦極爲相似，也以滑稽逗笑爲主，這裡不再贅述。

　　且類腳色紛雜，是旦腳興盛的標誌，也是觀眾審美選擇的結果，有著鮮明的時代特點。許多學者在探討旦腳命名時常將旦與妓聯繫在一起。朱權在《太和正音譜・詞林須知》中云：「當場之妓曰狚。狚，猿之雌也。名曰猵狚，其性好淫。」〔註89〕指出旦之名乃取妓之意。王國維云：「旦與妲不知其義，然《青樓集》謂張奔兒爲風流旦，李嬌兒爲溫柔旦，則旦疑爲宋元倡妓之稱。」〔註90〕胡適在其《白話文學史》中也指出：「詞曲是起於歌妓舞女，元曲也是起於歌妓舞女的。」〔註91〕

　　且類腳色的發展興盛與元代妓樂的發達密切相關。宋金時期，孟元老《東京夢華錄》、吳自牧的《夢粱錄》裏有許多歌妓聲色之盛文字記載，元代瓦舍勾欄遍佈各地，娼妓業盛況空前，其中有許多樂妓。元代樂妓與文人、文學藝術之間的緊密聯繫使戲曲題材發生了轉變，導致了社會風情戲的盛行，女性題材作品大量湧現，尤其是出現了許多妓女題材的作品。要在舞臺上生動地表現這形形色色的女性形象，必然需要各類不同腳色扮演，旦類腳色也必然不斷細化。《青樓集》中的有許多女演員，因其技藝精湛，能歌善舞，表演精彩到位，深受大眾喜歡，夏庭芝爲她們立傳，充分說明旦類腳色在觀眾中的地位之高，影響之大。

第七節　元雜劇的化裝

一、「化裝」的含義

　　戲劇表演不是生活的直接呈現，必須對演員進行「化裝」。「化妝」與「化裝」兩個詞語的意思相近，都有打扮、修飾容貌的意思，但使用範圍有區別，有必要加以說明。

〔註89〕　（元）鍾嗣成等著：《錄鬼薄（外四種）》，上海：古典文學出版社，1957年版，第164頁。

〔註90〕　王國維：《宋元戲曲史》，上海：上海古籍出版社，1998年版，第60頁。

〔註91〕　胡適：《白話文學史》，長沙：嶽麓出版社，1986年版，第19頁。

「化妝」是指美容，用化妝品來修飾頭部、面部，使容貌美麗；「化裝」是指爲了演出的需要，把演員裝扮成特定的角色。「化裝」不僅指頭部、面部，還包括身體。另外，「化裝」有「假扮」的意思，「化妝」沒有這種用法。〔註92〕

元雜劇演員的舞臺表演，當然是包括身體各個部分的修飾裝扮，所以這裡我們用「化裝」一詞。周貽白先生說：「表演的意思，是把一個故事的全部情節或部分情節，由演員們裝扮劇中人物用歌唱或說白及表情動作，根據規定的情境表演出來。」〔註93〕既然是裝扮以後的表演，就不是生活本眞的狀態，化裝扮假，並不是欺騙觀眾，而是爲了更好地娛樂觀眾，服務觀眾。戲劇表演中，化裝具有重要的意義，它可以實現從常人到演員的轉化，可以實現演員到腳色的轉化，還可以實現從腳色到劇中人物的轉化。〔註94〕元雜劇的化裝主要是指腳色的面部化裝和服飾裝扮。

二、面部化裝

作爲一種藝術門類，面部化裝源遠流長，到明清時期基本定型，形成了現存古典戲劇所謂的「臉譜」藝術。「溯其遠源，則上古時代的斷髮文身、雕題（額）黑齒，祀神時的儺舞面具，以及中古時代的戰爭面具，百戲角抵所戴的各種動物頭形，和六朝、隋、唐時代歌舞用的假面，都是它的遠祖。」〔註95〕宋元時期，伴隨著雜劇藝術的成熟，舞臺表演中的面部化裝體系也基本形成。

面部化裝是改變一個人外在形貌的最好方法，分爲面具和塗面兩大類，其中面具是雕塑性的化裝，塗面是繪畫性的化裝。

明朱權的《太和正音譜》把元雜劇爲「十二科」，其中的「神佛雜劇」又叫「神頭鬼面」，這類神鬼題材的戲劇在元代宮廷中很盛行，其人物非神即鬼，演員表演時要帶面具。《元典章》載有至元十八年（1281）世祖忽必烈的一道

〔註92〕杜永道：《化妝化裝有何區別》，《人民日報海外版》，2009 年 10 月 31 日第 06 版。

〔註93〕周貽白：《中國戲劇發展史綱要》，上海：上海古籍出版社，1979 年版，第 7 頁。

〔註94〕景李虎：《宋金雜劇概論》，廣州：廣東高等教育出版社，2011 年版，第 118～122 頁。

〔註95〕顧學頡：《元明雜劇》，上海：上海古籍出版社，2011 年版，第 31 頁。

禁令，內有「骷髏頭休穿戴者」，「骷髏頭」就是面具的一種，可能這樣的面具過於恐怖，故而朝廷頒佈禁令。元代宮廷樂隊（舞隊）結構龐大、複雜，舞蹈時戴著各式面具，據《元史·禮樂志》記載，元代演出的《樂音王隊》，面具相當多，演員要戴紅髮青面具、孔雀明王像面具、毗沙神像面具、龍王面具，連樂工也戴霸王冠青面具、卷雲冠青面具等。《元宮詞》中曾記載：「有誰說法落天花，新入燕姬鬢似鴉。名註樂音王隊後，纖腰穩稱錦袈裟」，〔註96〕可見表演之盛。《脈望館抄校本古今雜劇》中載有三十多種假面、假頭的名目。明弘治間人游潛的《夢蕉詩話》記載：「優工以絫塑爲神鬼面像而戴之以弄，叫嘯踊躍，百狀惟怪」，說明明代民間「神頭鬼面」雜劇的演出依然很火。時至今日，逢年過節，在商場、公園、影院等公共場所，還能看到帶著面具嬉戲的孩子們，在東北農村，也能看到戴面具扭秧歌的場景。

面具雖然使用方便，但它是死的、呆板的東西，不能淋漓盡致地表現人物的面部表情，於是出現了根據人體面部器官和肌肉紋理特點的塗面化裝，把圖形直接刻畫在臉上，這是戲劇面部化裝的一大變革。這種塗面化裝形式晚於面具產生，但最晚在唐代已經出現了。

王國維《古劇腳色考》中說：

> 則唐時舞人，固有塗面之事。至後唐莊宗，自傅粉墨稱李天下（《五代史·伶官傳》）則又在其後；宋時則五花爨弄，亦傅粉墨；又蔡攸侍曲宴，短衣窄袖，塗抹青紅，雜倡優侏儒（《宋史·姦臣傳》）：足爲五采塗面之證。元則以墨點破其面者爲花旦。至五采塗面，雖元時無聞，然唐宋既行，元固不能無之矣。〔註97〕

張庚先生認爲在五代十國時期，塗面化裝已相當流行。只是還沒有形成穩定的表現形式，到了宋雜劇、金院本中，塗面化裝得到進一步發展，並且形成了兩種基本形式：一是「潔面」化裝，一是「花面」化裝。這與戲曲化裝的關係就非常密切了。〔註98〕

從戲曲專業術語講，「潔面」又叫「素面」，也稱俊扮；「花面」又叫「大

〔註96〕（清）史夢蘭：《全史宮詞》，張建國校注，北京：大眾文藝出版社，1999年版，第517頁。
〔註97〕王國維：《王國維戲曲論文集》，北京：中國戲劇出版社，1984年版，第198頁。
〔註98〕張庚，郭漢成主編：《中國戲劇通史》（上），北京：中國戲劇出版社，2007年版，第333頁。

面」，也稱花扮。俊扮是以演員的本色臉為主，或描眉勾眼，或敷粉施朱，重在美化，主要扮正面人物；花扮則用粉墨改變五官的正常位置，把面目勾畫成誇張滑稽的樣子，重在詼諧，主要扮演反面人物。

元代的塗面以花面居多，文獻資料中雖沒有五彩塗面的記錄，但有「抹土搽灰」的說法。所謂「抹土搽灰」，土指黑色，灰指白色，白色搽滿臉，故稱「搽」，黑色抹幾道，故稱「抹」。〔註99〕如南戲《錯立身》中：「一意隨他去，情願為路歧，管什麼抹土搽灰。」南戲《張協狀元》中：「若會插科使砌，何吝搽灰抹土，歌笑滿堂中。」「又一個若抹土搽灰，趨蹌出沒人皆喜。」高文秀《好酒趙元遇上皇》雜劇【寄生草】曲中：「遮莫為經紀，做貨郎，使牛作豆將田耕。搽灰抹土學搬唱，剃頭削髮為和尚。」胡紫遹《紫山大全集》卷七《贈伶人趙文益詩》云「抹土搽灰滿面塵，難猜公案這番新。世間萬事誰真假，要學長安陌上人。」杜仁傑的散曲《莊家不識勾欄》載：

中間一個央人貨，裹著枚皀頭巾，頂門上插一管筆，道兒抹。

知它待是如何過，渾身上下，則穿領花布直裰。滿臉石灰更著些黑。

〔註100〕

這位「央人貨」雖未言明是何腳色，但後文「他改做小二哥」，張太公調侃他，把「皮棒槌（磕瓜）則一下打做兩半個」，從這一腳色被打的慣例來看，此「央人貨」應是金院本中的副淨，而其「滿臉石灰更著些黑道兒抹」的化妝特徵顯然與「抹土搽灰」相類。錢南揚先生也認為，「這是古代滑稽劇中副淨的化妝，戲文繼承了這種方式。」〔註101〕檢閱元雜劇文本，許多淨腳色都是花面。其例如下：

《呂洞賓度鐵拐李岳》第三折：（淨扮李老引旦、徠上，云）老漢姓李，是這鄭州東關裏屠戶。父母生我時，眼上有一塊青，人順口叫我做青眼李屠。

《海門張仲村樂堂》第二折：（正末唱）都管為甚粉貼在鼻樑？（六斤云）我有些怕後，打了個白鼻兒。（淨扮王六斤）

《劉關張桃園三結義》第四折：（淨扮屠戶上）敲牛宰馬為活計，

〔註99〕廖奔：《宋元戲曲文物與民俗》，北京：文化藝術出版社，1989年版，第302頁。

〔註100〕隋樹森編：《全元散曲》，北京：中華書局，1964年版，第31頁。

〔註101〕錢南揚：《永樂大典戲文三種校注》，北京：中華書局，1979年版，第6頁。

全憑屠戶做營生。小可人屠戶的便是。今日是個好日辰，張飛哥拜義了兩個哥哥。一個姓劉，一個姓關。那個姓劉的便臉白，那個姓關的便臉紅，俺哥哥便臉黑。我要做四哥，嫌我花臉，不要我。不要的也是。（外呈答云）怎麼的也是？（屠戶云）皆因我色道不對。

《説專諸伍員吹簫》第一折：（淨扮費得雄上，詩云）我做將軍只會掩，兵書戰策沒半點。我家不開粉鋪行，怎麼爺兒兩個盡搽臉？

《包待制智賺生金閣》第二折：（淨扮龐衙内領隨從上，云）某龐衙内。……就我看，我這嘴臉，盡也看的過。你道我臉上搽粉，你又不搽粉那？

這些淨腳向觀眾重點強調自己面部特徵，引起觀眾注意，藉以表明身份，最易獲得觀眾「腳色認同」，同時這種表白具有喚起觀眾欣賞經驗，激發審美期待，營造滑稽效果的作用。凡此，皆足見「抹土搽灰」在元代戲劇表演中的盛行。

另外，脈望館抄校本古今雜劇《立功勳慶賞端陽》第四折中淨腳所扮的三庸將李道宗、建成、元吉因打賭失敗受辱，在舞臺上被卒子直接以墨和朱砂塗面，這種情節荒誕不經，完全是娛樂觀眾的表演，同時也可證明了「左臉抹粉墨、右臉塗朱砂」舞臺場面與元雜劇淨腳的化裝特徵並行不悖。明李開先《詞謔》【黃鶯兒・副淨】小令對淨腳化裝有詳細描述：

> 粉嘴又胡腮，墨和硃臉上排，戲衫加上香羅帶。破蘆蓆慢躧，皮爬掌緊擺，磕瓜不離天靈蓋。打歪歪，攪科撒諢，笑口一齊開。
> 〔註102〕

粉紅色的嘴唇加上朱砂和黑墨的勾勒，紅黑白相間，多彩替代單一，一副鮮活立體的彩色淨腳臉譜立刻浮現在我們眼前。這種多色彩的化裝多用在搽旦身上，楊顯之《酷寒亭》雜劇中趙用罵搽旦蕭娥：「這婦人搽得青處青，紫處紫，白處白，黑處黑，恰便似成精的五色花花鬼。」〔註103〕可見搽旦的化裝十分繁複，青紫黑白五顏六色。李潛夫《灰欄記》第一折馬搽旦的上場詩云：「我這嘴臉實是欠，人人讚我能嬌豔。只用一盆淨水洗下來，倒也開得

〔註102〕中國戲曲研究院編：《中國古典戲曲論著集成》（三），中國戲劇出版社，1959年版，第282頁。

〔註103〕王季思主編：《全元戲曲》（二），北京：人民文學出版社，1999年版，第418頁。

胭脂花粉店。」〔註104〕說明其敷脂粉太多太厚，打扮的妖冶怪異。搽旦也屬於淨腳，通常扮演女性人物中的不端與惡行者，與淨腳一樣，也是反面人物。

元代女演員多，夏庭芝在《青樓集》也有關於女演員化裝的記載，李定奴條云「凡妓，以墨點破其面者為花旦」，學界對此有不同的看法。最早對其做出解釋的是王國維，他認為「花旦」就是「搽旦」，〔註105〕孫楷第認為點破就是塗抹，「花旦」就是元曲的「色旦」、「搽旦」。〔註106〕青木正兒認為花旦就是「妓女或妖婦」，〔註107〕張庚認為「花旦雜劇」實為寫妓女題材的戲。扮演妓女，為了同良家婦女區別開來，化裝上就要「以墨點破其面」。〔註108〕解玉峰「以『花子』作面飾的青年女子」作解。〔註109〕不管大家如何看，但在化裝的問題上，沒有分歧。

演員扮演劇中的人物，首先要追求形似。《青樓集》記載平陽奴「精於綠林雜劇」，「四體文繡」，就是典型的例子。四體文繡是古代的民俗，即在身體上刺畫有色的圖案或花紋，以顯示尚武的精神，綠林雜劇善於打鬥，正需要這樣的裝扮。這樣的例子雖不多，但人們對演員化裝與舞臺人物形象完美結合的追求由此可見一斑。今天影視界挑選演員的做法，也是出於這方面的考慮。

元雜劇中關於末類腳色的化裝情況也有多有描述：

元刊本雜劇《東窗事犯》中關於岳飛的描述：「（正末粉引二將上，坐定開）某姓岳名飛，字鵬舉……張寧，岳雲在意看守邊塞。」岳飛扮正末，舞臺提示中有一「粉」字。有人推想它是「扮」字的刊誤，胡忌先生認為「粉」字無誤，乃是塗面的意思。〔註110〕表明岳飛是「粉墨」登場。

〔註104〕王季思主編：《全元戲曲》（三），北京：人民文學出版社，1999年版，第568頁。

〔註105〕王國維：《古劇腳色考》，《王國維戲曲論文集》，北京：中國戲劇出版社，1984年版，第191頁。

〔註106〕孫楷第：《近世戲曲的唱演形式出自傀儡影戲考》，《滄州集》，北京：中華書局，2009年版，第197頁。

〔註107〕（日）青木正兒著，隋樹森譯：《元人雜劇概說》，北京：中國戲劇出版社，1957年版，第29頁。

〔註108〕張庚，郭漢成主編：《中國戲劇通史》（上），北京：中國戲劇出版社，2007年版，第336頁。

〔註109〕解玉峰：《〈青樓集〉「花旦」辨》，《中國典籍與文化》第2000年第1期，第36頁。

〔註110〕胡忌：《宋金雜劇考》，上海：古典文學出版社，1957年版，第290頁。

　　《尉遲恭單鞭奪槊》中徐茂公描述尉遲恭的形象是「若非眞武臨凡世，便應黑煞下天台。」

　　在元雜劇中，三國戲多，《桃園結義》和《博望燒屯》對於關羽的化裝，描述不完全一樣，但主要以紅臉爲主。元無名氏雜劇《桃園結義》第四折說關羽爲紅臉（前文已引）。《孤本元明雜劇》中的《博望燒屯》第一折中，通過正末諸葛亮的【金盞兒】曲可知關羽相貌：

　　　　他生的高聳聳俊英鼻，長挽挽臥蠶眉，紅馥馥面皮有似胭脂般

　　赤，黑蓁蓁三絡美髯垂。這將軍內藏著君子氣，外顯出滲人威；這

　　將軍生前爲將相，他若是死後做神祇。

　　元雜劇中的水滸劇也很多，梁山英雄李逵多扮演淨色，有時也扮演正末。如《黑旋風雙獻功》雜劇第一折中宋江眼中的李逵：

　　　　（宋江云）雖然更了名，改了姓，你這般茜紅巾，腥衲襖，乾

　　紅裌膊，腿繃護膝，八答麻鞋，恰便似那煙薰的子路，墨染的金剛。

　　「煙薰的子路，墨染的金剛」表明李逵雖是末扮，但他「搽粉抹墨」類似於淨腳。

　　綜合來看，岳飛可能勾粉紅臉，關羽勾紅臉，張飛、李逵、尉遲恭都要勾黑臉。他們都是正面人物，應該屬於素面。張庚指出：「北雜劇塗面化裝的這些形式上的多樣性，歸結到一點，是爲了貫徹一個原則，就是要把劇作者和表演者的傾向性，通過化裝藝術而鮮明化起來。」〔註111〕化裝不僅僅是爲了熱鬧好看，還有門道。《都城紀勝》的《瓦舍眾伎》條曾談到影戲人物的造型原則：「公忠者雕以正貌，姦邪者與之醜貌。蓋亦寓褒貶於市俗之眼戲也。」〔註112〕元雜劇這種別善惡、分正丑、寓褒貶的人物造型手段，是借鑑影戲而來，並逐漸形成了自己的體系。後來發展成爲一種戲劇傳統，形成了中國戲劇的臉譜藝術，孔尚任在《桃花扇‧凡例》中說：「潔面花面，若人之妍媸然，當賞識於牝牡驪黃之外耳。」〔註113〕這一點對於我們今人來說，並不陌生。

　　與面部化裝密切相關的是假髯，假髯是塑造各種中老年男性形象必備的

〔註111〕　張庚，郭漢成主編：《中國戲劇通史》（上），北京：中國戲劇出版社，2007
　　　　　年版，第336頁。
〔註112〕　（宋）孟元老等撰：《東京夢華錄（外四種）》，上海：古典文學出版社，1956
　　　　　年版，第97頁。
〔註113〕　（清）孔尚任：《桃花扇》，王季思等注，北京：人民文學出版社，1998年版，
　　　　　第13頁。

化裝手段。元耶律楚材《湛然居士文集》卷五中的《在西域贈蒲察元帥》詩云:「筵前且盡主人心,明燭厭厭飲夜深,素袖佳人學漢舞,碧髯官妓撥胡琴。」卷六又有《贈蒲察元帥》詩,其中有「歌姝窈窕髯遮口,舞技輕盈眼放光」的句子。孫楷第先生認為「楚材詩所述的是女扮男裝,帶假髯,然髯是碧色,頗不尋常。蓋所扮為夷使天神之類,今藝人所扮,其假髯猶不限於黑、白及糝白三色。元時扮戲,髯既可碧,則面之可青可紫,亦何足疑?」〔註114〕頗具喜劇色彩的是,元陶宗儀《南村輟耕錄》記載了一個盜賊帶假髯偷盜的故事,卷23條「盜有道」云:

> (盜賊)腳履尺餘木級,面帶優人假髯。既得物,直攜至江頭,置於白塔上,復回寓所。侵晨,邏者至,察其人,酒尚未醒,酣睡正熟。且身材侏儒,略無髭髯,竟不之疑。數日後,方攜所盜物抵浙東,因此被擒。盜亦有道,其斯之謂歟?〔註115〕

盜賊本身略無髭髯,但借助假髯,順利得手,躲過了巡邏的盤查,這從反面說明了元代化裝技術的成熟與逼真。《脈望館抄校本古今雜劇》中記載明代宮廷演出中的假髯樣式頗多,諸如三髭髯、蒼白髯、白髯、猛髯、猛蒼白髯、黑衝髯、青衝髯、辮子髯、紅髯、黃髯等。當然,比起後世戲曲的髯口來,還不算豐富。

三、服飾化裝

元雜劇演員的化裝還包括服飾。有關元雜劇演員服裝的文獻資料較少,現存趙琦美《脈望館抄校本古今雜劇》中附有「穿關」的劇本達 102 種,從頭上戴的各種冠、巾、帽,身上穿的各種蟒衣、袍、襴、衫、裙、帔,到手拿的各種對象等等,應有盡有。宋俊華《中國古代戲劇服飾研究》中認為,脈望館抄校本附是「內本」,即「內府本」——明代宮廷裏演出的腳本,這些「穿關」所記錄的是明代宮廷演員在演出在這些劇本時的裝扮實況,「它不是採自元劇本,而是明代藝人替元代演員設計的」。〔註116〕

〔註114〕孫楷第:《滄州集‧近世戲曲的唱演形式出自傀儡影戲考》,北京:中華書局,2009 年版,第 198 頁。

〔註115〕(元)陶宗儀:《南村輟耕錄》,北京:中華書局,1959 年版,第 282~283 頁。

〔註116〕宋俊華:《中國古代戲劇服飾研究》,廣州:廣東高等教育出版社,2011 年版,第 74 頁。

　　元明的其他刊本或抄本，雖然沒有「穿關」的專門記載，但在劇中提到了主要人物穿戴的衣飾和手裏拿的圭、袋等物。這裡以《狀元堂陳母教子》楔子中出場人物的「穿關」（也包括髯口）爲例，加以摘錄：

　　　　寇萊公（沖末外扮）：兔兒角襆頭、補子、圓領、帶蒼白髯

　　　　祗從：攢頂、項帕、圓領、裕膊

　　　　馮氏（正旦扮）：塌頭手帕、眉額、襖兒、裙兒、布襪鞋、拄杖

　　　　陳良賢（大末）：一字巾、圓領、條兒、三髭髯

　　　　陳良叟（二末）：一字巾、圓領、條兒、三髭髯

　　　　陳良佐（三末）：儒巾、襴衫、條兒

　　　　旦兒：花箍、襖兒、裙兒、布襪鞋

　　　　雜當：紗包頭、青衣、裕膊

　　腳色不同，具體裝扮就不一樣，在劇中扮演人物的類型不同，其著裝的風格也不相同。演員要扮演劇中形形色色的人物，就必須根據劇中人的身份、地位、行業、性別、年齡、種族等差異而穿戴各種不同的服飾，如書生、官員、商人、權豪勢要、流氓、醫生強盜、軍人等都要有不同的裝扮，這樣才便於觀眾觀賞。以末爲例，如末腳扮演官員通常戴「襆頭」。在《裴度還帶》雜劇中，裴度得官後，戴襆頭出場。《瀟湘雨》雜劇中，試官趙錢爲男主角崔通送行時，把自己的襆頭、羅襴給崔通穿戴，出現了滑稽的場面：

　　　　【醉太平】只爲你人材是整齊，……因此上將女兒配你。這襆頭呵除下與你戴只（做除襆頭科）這羅襴呵脫下來與你穿之（做脫羅襴科）弄的來身兒上精赤條條的。〔註117〕

　　末腳扮演的將軍通常頭戴「三叉冠，插雉尾」，如《虎牢關三戰呂布》雜劇中，呂布出場時，頭戴三叉冠，上插雉尾。該劇第三折中，呂布自述他的裝束道：

　　　　（呂布領卒子上云）紫金冠，分三叉，紅抹額，茜紅霞。絳袍似烈火，霧鎖繡團花。〔註118〕

　　張飛唱的【迎仙客】形容呂佈道：

〔註117〕王季思主編：《全元戲曲》（二），北京：人民文學出版社，1999年版，第387頁。

〔註118〕王季思主編：《全元戲曲》（四），北京：人民文學出版社，1999年版，第421頁。

呂布那三叉紫金冠上翎插著雉雞，他那百花袍鎧是唐猊，那一匹衝陣馬遠觀恰便似火炭赤。〔註119〕

末腳扮演的貧困書生通常穿襴衫，《舉案齊眉》雜劇中梁鴻未得功名時穿的也是襴衫，他和孟光有一段對話：

> （梁鴻云）豈不聞「素富貴行乎富貴，素貧賤行乎貧賤。」我觀爾非梁鴻之匹。你頭戴珠翠，面施朱粉，身穿錦繡，恰似夫人一般，你看我身上襤褸，衣服破碎，怎與你相稱，依著我呵，去了衣服頭面，穿戴布襖荊釵，那其間才與你成其夫婦也。（正旦云）我則道爲什麼來，這東西我已備之久矣，自今與你改換了衣服則便了也。〔註120〕

末腳扮演的貧民百姓通常穿縐兒和布襖。如《破窰記》、《伊尹耕莘》、《鍾離春》和《圯橋進履》四部雜劇中，無官職的人如寇準、呂蒙正、伊尹、余章、李老兒和黃石公均繫縐兒出場。《陳州糶米》雜劇則給我們一個旁證，劇中人王粉蓮誤把微服訪案的包拯當作個貧苦莊稼人，因此對包拯說了這樣的話：

> （旦兒云）好老兒，你跟我家去，我打扮你起來，與你做一領硬掙掙的上蓋，再與你做一頂新帽兒，一條茶褐縐兒……與我照管門戶，好不自在哩。〔註121〕

布襖通常是貧賤人的衣著，如《伊尹耕莘》雜劇中的王留、伴哥，《劉千病打獨角牛》雜劇中的禾俫，《衣襖車》雜劇中的店小二等，皆穿布襖。《漁樵記》第四折中朱買臣發跡後，俯仰今昔自白道：「往常我破臀衫粗布襖煞曾穿，今日個紫羅襴恕咱生面，」〔註122〕也是有力的證明。

元雜劇中的女性形象穿衫裙，如《拜月亭》中的王瑞蘭穿衫裙，《舉案齊眉》中的孟光穿衫裙，《西廂記》中的崔鶯鶯也穿衫裙。旦腳的服飾裝扮則主要是「梳裹頭面，衫裙，持扇作舞態」。〔註123〕

〔註119〕王季思主編：《全元戲曲》（四），北京：人民文學出版社，1999年版，第428頁。
〔註120〕王季思主編：《全元戲曲》（六），北京：人民文學出版社，1999年版，第427頁。
〔註121〕王季思主編：《全元戲曲》（六），北京：人民文學出版社，1999年版，第109頁。
〔註122〕王季思主編：《全元戲曲》（六），北京：人民文學出版社，1999年版，第410頁。
〔註123〕山西師範大學戲曲文物研究所編：《宋金元戲曲文物圖論》，太原：山西人民出版社，1987年版，第44頁。

　　顧學頡指出：「元明雜劇演員的舞臺服裝，如冠巾袍帶等，基本上和現在古典戲劇相似。這些服裝，當然是以實際生活為依據，然後加以美化、戲劇化而成的。所以，我們看歷史劇，不可執著地認為演員的服裝，不合於某朝某代的實際；自然，也不可誤認就是某朝某代服裝的再現。」〔註124〕

　　以上所談，不論是面部化裝還是服飾化裝，都是見之於文字描述的文獻記載，較為抽象。可喜的是，現有許多金元時期的戲劇文物遺存，如壁畫、磚雕、陶俑等，為深入研究元雜劇的演出面貌提供了寶貴的資料。觀賞這些戲劇文物遺存，也能夠對元雜劇的化裝有一個相對清晰的直觀印象，這裡摘選其中的幾幅圖片（見附錄五：宋元戲劇文物圖）：

　　其一，山西省洪桐廣勝寺明應王殿內的戲劇壁畫：太行散樂忠都秀作戲圖，圖3—1。（見本書第216頁）

　　其二，元代絳寨裏村元墓雜劇磚雕，圖3—2。（見本書第217頁）

　　其三，山西省運城市西里莊墓雜劇壁畫，共兩幅：東壁畫，圖 3—3；西壁畫，圖3—4。（見本書第217、218頁）

〔註124〕顧學頡：《元明雜劇》，上海：上海古籍出版社，2011年版，第34頁。

第四章　元雜劇的觀眾和劇場

　　劇場是戲劇的消費場所，觀眾是戲劇的消費對象。元雜劇在劇場被廣泛地演出，擁有眾多的觀眾，彰顯了元雜劇的強大娛樂功能。中國古代劇場的發展演變是以適應觀眾更好觀看爲特點的。元代的劇場很多，其中以勾欄瓦舍和神廟劇場（戲臺）爲主，眾多的劇場是元雜劇繁榮興盛的歷史見證。元雜劇觀眾的成分複雜，涵蓋社會各個階層，是一個龐大的消費群體。元雜劇的觀演具有商品化的消費特點，觀眾是劇場中的「上帝」。在民族交融的背景下，各民族都喜愛雜劇。其中，少數民族語言的穿插，大團圓的故事結局既是元雜劇受到觀眾喜歡的原因，也是元雜劇娛樂功能的集中體現，具有鮮明的時代特色。

第一節　元雜劇觀眾

一、觀眾的組成

　　馬克思主義認爲，沒有生產就沒有消費；沒有消費也就沒有生產。對戲劇藝術而言，「沒有觀眾，就沒有戲劇。」〔註 1〕在元代元雜劇擁有廣泛的消費市場，其消費主體比較複雜，上至朝廷官員，下至平民百姓，各色人等，不一而足。分而言之，大體有以下幾類：

〔註 1〕　（英）馬丁・艾思林：《戲劇剖析》，北京：中國戲劇出版社，1986 年版，第
　　　　6 頁。

1、上層統治者和官僚貴族

元統治者喜好雜劇，將雜劇演出引入宮廷。元代史料中關於向宮廷「獻劇」的記載頗多。熊夢祥的《析津志‧歲紀》記載：「(皇城內)凡社直一應行院，無不各呈戲劇，賞賜等差。」「儀鳳、教坊諸司樂工戲伎，竭其巧藝呈獻，奉悅天顏。次第而舉，隊子唱拜，不一而足」。「(臘月)，儀鳳司、教坊司、雲和署，啞奉御，日日點習社直、樂人、雜把戲等，以備新元部家委官一同點視。」〔註2〕元人楊維楨的《元宮詞》描述了宮中雜劇演出的情況。元末明初詩人高啓在《聽教坊舊妓郭芳卿弟子陳氏歌》中，寫到了元仁宗時教坊之盛：「文皇在御升平日，上苑宸遊駕頻出。杖中樂部五千人，能唱新聲誰第一？燕國佳人號順時，姿容歌舞總能奇。」〔註3〕教坊舊妓郭芳卿即雜劇名伶順時秀，《青樓集》說她「雜劇閨怨最高，駕頭諸旦本亦得體」。這些教坊樂人承應在宮廷演出，觀眾主要是上層統治者。現存的元雜劇劇本，很多都留有「錄之御戲監」或「內府」的字樣，表明這些本子都是當時宮廷「承應」所用的本子。臧晉叔《元曲選》序文中說「予家藏雜劇多秘本，頃過黃，從劉延伯借得二百種，云錄之御戲監，與今坊本不同」，〔註4〕證明了當時雜劇的創作和演出受到了最高統治集團的喜愛和支持。

官僚貴族耽於享樂之風，早已有之。據《西湖老人繁勝錄》載：「遇雪，公子王孫賞雪，多乘馬披氈笠，人從油絹衣，氈笠紅邊，湖岸駢駢；湖中船內亦然人多。南山大小院有三百餘寺。諸刹鐘樓佛殿，似粉裝酥飾；園館亭臺，如銀鑲玉碾。深冬冷月無社火看，卻於瓦市消遣。」〔註5〕這些人是各種娛樂項目的忠實消費者，當然也是戲劇觀眾的重要組成部分。除了去勾欄消遣外，元代官僚貴族還有「喚官身」的權利，藝人要無條件為其服務，這不是一種平等的藝術消費。雜劇《漢鍾離度脫藍采和》中，充分表現了藝人為滿足貴族官僚的享樂，在被「喚官身」時的無可奈何：

　　(祗候上云)藍采和開門來，大人言語，喚你官身哩。(正末云)又是誰在喚門哩。(祗候云)大人喚官身哩。(正末云)我今日好的

〔註2〕 (元)熊夢祥：《析津志輯佚》，北京：北京出版社，1983年版，第215頁，216頁，224頁。
〔註3〕 金性堯選注：《明詩三百首》，上海：上海古籍出版社，1995年版，第77頁。
〔註4〕 (明)臧晉叔編：《元曲選》(第1冊)北京：中華書局，1958年版，第3頁。
〔註5〕 陸鑒三選注：《西湖筆叢》，杭州：浙江人民出版社，1981年版，第34～35頁。

日頭，著王把色去。（祇候云）不要他，要你去。（正末云）著李薄頭去。（祇候云）也不要他。（正末云）著王把色引著妝旦色去。（祇候云）都不要，只要藍采和去。（正末云）我正是養家二十口，獨自落便宜。罷罷，我去官身走一遭去。……（正末上云）呀，可怎了也！誤了官身，大人見罪，見今拘喚，須索見咱。（做見跪科，孤云）你知罪麼？不遵官身，失誤官身，拿下去扣廳打四十，準備了大棒子者。〔註6〕

南戲《宦門子弟錯立身》也有路歧人被「喚官身」的情景，第四齣寫的是延壽馬迷戀雜劇藝人王金榜，令老管家假傳其父完顏大人之命來「喚官身」，而此時勾欄中的觀眾已到，王金榜正準備上場，但接到傳喚後必須立即前去。第十四出寫完顏大人因為「悶倦」，也喚藝人來解悶。即使不「喚官身」，貴族子弟也不忘享樂，如秦簡夫《東堂老勸破家子弟》雜劇第一折描寫一位貴家子弟揚州奴「不離了舞榭歌臺」（主要指瓦舍勾欄），整天揮霍享樂，以致傾家蕩產。元代王結《善俗要義》第三十三「戒遊惰」曰：「頗聞人家子弟，多有不遵先業，游蕩好閒，或蹴鞠擊毬，或射彈黏雀，或頻遊歌酒之肆，或常登優戲之樓，放恣日深，家產盡廢。」〔註7〕可見當時貴家子弟流連勾欄，以致家產蕩盡的現象是相當普遍的。由此可以理解為什麼元代屢屢下令禁止良人搬演散樂詞話、參與祈神賽社。

2、普通官吏和下層文人

與宮廷統治者和官僚貴族不同，還有一些人經常出入茶坊、勾欄酒館。賈仲明在《錄鬼簿》中弔趙明道說：「喜豐登雨順風調。茶坊中嗑、勾肆裏嘲，明明德，道泰歌謠。」《青樓集志》說「內而京師，外而郡邑，皆有所謂構欄者，辟優萃而隸樂，觀者揮金與之」。能夠「茶坊中嗑，勾肆裏嘲」，在「勾欄」中「揮金」的觀眾，當然是有如夏庭芝一樣的下層文人或低級官員。文人走進勾欄，宋代文獻中已有記載：「臨安中瓦在御街，士大夫必遊之地，天下術士皆聚焉。」〔註8〕元套曲高安道的《嗓淡行院》表現了元代下層文人流

〔註6〕　王季思主編：《全元戲曲》（七），北京：人民文學出版社，1999年版，第123頁。

〔註7〕　（元）王結：《善俗要義》，《元代史料叢刊本〈史學指南〉後附》，杭州：浙江古籍出版社，1988年版，第364頁。

〔註8〕　（宋）張端義：《貴耳集》（卷下），轉引自杜桂萍：《文獻與文心：元明清文學論考》，中華書局，2009年版，第8頁。

連於勾欄茶肆觀戲聽曲的情形。《嗓淡行院》〔般涉調‧哨遍〕云：

> 暖日和風清晝，茶餘飯飽齋時候。自歎抱官囚，被名韁牽挽無休，尋故友。出來的衣冠濟楚，像兒端嚴，一個個特清秀。都向門前等候，待去歌樓作樂，散悶消愁。倦遊柳陌煙花，且向棚闌玩俳優。〔註9〕

高安道生平不詳，就所引曲文來看，「自歎抱官囚，被名韁牽挽無休」的說法，表明他應該是做過下層官吏的文人，同時也說明下層官員是勾欄中的常客。雜劇《藍采和》第一折，通過許堅與鍾離權的對話：「(鍾云)你做場作戲，也則是謊人錢。(正末唱)【鵲踏枝】你道我謊人錢，胡將這傳奇扮。(云)則許官員上戶財主，看勾欄散悶。」也可證明一些低級官員經常出入勾欄。楊立齋〔般涉調‧哨遍‧麼〕寫出了文人喝茶聽戲的悠閒感覺：

> 莫將愁字兒眉尖上掛，得一笑處笑一時半霎。百錢長向杖頭挑，沒拘束到處行踏。饑時節選著那六局全食店裏添些個氣，渴時節揀那百尺高樓上咽數盞兒巴。更那碗清茶罷，聽俺幾回兒把戲也不村呵。〔註10〕

元代《南村輟耕錄》卷十二「連枝秀」條記載：「京師教坊官妓連枝秀……偶至松江……郡人陸宅之居仁嘗往訪焉，秀頗不以禮貌。因其請作《募緣疏》，遂為撰之，疏曰『京師第一部教坊，占排場曾使萬人喝采。……一跳身才離了百戲棚中圈子，雙擺手便做個三清門下閒人……發科打諢，不離機鋒。課嘴撩牙，長存道眼，」〔註11〕評價者陸居仁與陶宗儀是同時代的文人，從他對連枝秀的熟悉程度以及對演出的描述來看，可見他是一位熱心的戲劇觀眾。況且在元代有很多文人與藝人關係密切，如關漢卿、胡祗遹、馮子振之流，不論從何種意義上說，他們都是元雜劇的忠實觀眾。

3、商人軍卒

宋元時期，商業經濟興盛，灌圃耐得翁《都城紀勝》「鋪席」條載：「都會之下皆物所聚之處，況夫人物繁夥，客販往來。至於故楮羽毛扇牌，皆有行鋪，其餘可知矣。」同書「坊院」條載：「而城中北關水門內，有水數十里，曰白洋湖，其富家於水次起迭塌坊十數所，每所為屋千餘間，小者亦數百間，

〔註9〕 胡忌：《宋金雜劇考》，上海：古典文獻出版社，1957年版，第312頁。
〔註10〕 隋樹森編：《全元散曲》，北京：中華書局，1964年版，第1272頁。
〔註11〕 (元)陶宗儀：《南村輟耕錄》，北京：中華書局，1959年版，第147頁。

以寄藏都城店鋪及客旅物貨，四維皆水，亦可防避風燭，又免盜賊，甚爲都城富室之便，其他州郡無此，雖荊南沙市太平州黃池，皆客商所聚，亦無此等坊院。」〔註12〕商業的繁盛，商人地位提高，他們流走於城市之間，留戀勾欄瓦舍，追求消遣娛樂，有元一代，盛況空前。大都是聞名世界的商業城市，中外商人多聚於此，商人有錢，擁有去勾欄消費的物質保障，而且大都妓女多兼演員身份，因此商人就成了她們獻藝的主要對象之一。

據吳自牧《夢粱錄》卷一九「瓦舍」條記載：「杭州紹興間駐蹕於此，殿前楊和王因軍士多西北人，是以城內創立瓦舍。」爲了打發軍卒的閑暇時光，因而「招集妓樂，以爲軍卒暇日娛戲之地。」〔註13〕可見南宋臨安瓦舍專爲軍卒建造。《東京夢華錄》卷三「諸色雜賣」條記載：「或軍營放停，樂人動鼓於空閒，就坊巷引小兒婦女觀看。」〔註14〕這裡「小兒婦女」當指駐軍家屬，空閒的時候去看樂人表演，自然也包括「軍營放停」之軍士。可見軍卒及其家屬是瓦舍裏不可或缺的戲劇觀眾。

4、普通大眾

城市裏市民階層人數最多，在勾欄中觀看演出的觀眾，當以市民爲主體。從留存下來的元曲作品和歷史資料中，即可窺見一二。

杜仁傑《莊家不識勾欄》：

〔五煞〕要了二百錢放過咱，入得門上過木坡，見層層疊疊團

圓坐。抬頭覷是個鐘樓模樣，往下覷卻是人旋窩。

《朴通事諺解》：

甲：構欄裏去看雜技去來？

乙：去時怎麼得入去的？

甲：一個人與他五個錢時放入去。有諸般唱詞的，也有弄棒

的。……〔註15〕

〔註12〕　（宋）孟元老等撰：《東京夢華錄（外四種）》，北京：古典文學出版社，1956年版，第100頁。

〔註13〕　（宋）孟元老等撰：《東京夢華錄（外四種）》，北京：古典文學出版社，1956年版，第298頁。

〔註14〕　（宋）孟元老等撰：《東京夢華錄（外四種）》，北京：古典文學出版社，1956年版，第23頁。

〔註15〕　《老乞大諺解·朴通事諺解》，臺北：聯經出版事業公司，1978年版，第14頁。

《南村輟耕錄》之卷二十四「勾欄壓」：

> 至元二年壬寅夏，……死者四十二人，內有一僧人，二道士。
> 〔註16〕

勾欄內設戲臺、戲房（後臺）、腰棚（觀眾席），四周有欄杆圈圍。「層層疊疊團圞坐」說明觀眾人數之多，但這只是一個勾欄的情況。每座瓦舍中都有好幾座勾欄，少者三兩座，多者十餘座。勾欄的規模大小不一，大的如開封「內中瓦子、蓮花棚、牡丹棚、裏瓦子、夜叉棚，象棚最大，可容數千人」。〔註17〕《莊家不識勾欄》套曲寫農民進城，順路看戲，從作者對莊稼漢看戲時窘迫無知的描寫看，農民不是勾欄中的主要觀眾。《朴通事諺解》是一本朝鮮人學漢語的教科書，書中介紹了勾欄演出的有關情況，透露出朝鮮人對中國戲劇的喜愛。《南村輟耕錄》記載倒塌的勾欄棚壓死了 42 人，有顧百一、沈氏子，還有一僧人、二道士，餘者都是城市市民，可見勾欄中觀眾身份的龐雜。但總體來看，勾欄中如此龐大的觀眾群體，應以市民大眾爲主體。

中國封建社會是農業社會，農民占所有人口的絕大多數，他們安土重遷，很少有去勾欄看戲的機會，但他們依然是元代戲劇觀眾的重要組成部分，《莊家不識構欄》套曲就是反證，去勾欄看戲的農民產生好奇：「見幾個婦女臺儿上坐，又不是迎神賽社，不往的擂鼓篩鑼」，說明農村在迎神賽社時有戲劇演出。

爲迎神賽社，元人修建了許多露臺、舞亭、戲臺（這一點後面還有論述），至今留有大量文物遺存。如山西萬榮縣太趙村稷王廟元至元八年（1271 年）的一塊《舞廳石□》碑，碑刻記載：

> 今有本廟，自建修年深，雖經兵革，殿宇而在。既有舞基，自
> 來不曾興蓋。今有本村□□□等，謹發虔心，施其寶錢，二佰貫文。
> 創建修蓋舞廳一座，刻立斯石矣。時大朝至元八年三月初三日創建。
> 碑匠李記。〔註18〕

當地人花錢建戲臺，主要是爲了在祭神時延聘戲班演出，既娛神也娛人。戲臺建成後，爲演出創造了方便的條件，一些戲班劇團在平時來此演戲、賣

〔註16〕（元）陶宗儀：《南村輟耕錄》，北京：中華書局，1959 年版，第 289～290頁。

〔註17〕（宋）孟元老等撰：《東京夢華錄（外四種）》，上海：古典文學出版社，1956年版，第 14 頁。

〔註18〕王洪主編：《元曲百科大辭典》，北京：學苑出版社，1992 年版，第 666 頁。

藝，村民有機會經常看戲。因此，看戲娛樂成了元代社會鄉村的一種民風民俗，每一個村民都可視爲戲劇觀眾。

據當時戲臺的碑刻記載，出資修建戲臺的既有漢族人，也有蒙古族人。刻於元泰定五年（1328）芮城縣東呂村關帝廟的《創修露臺記》碑文如下：

> 創修露臺記
>
> 伏以鵷鷺遙空，乃望風而飄舉。人禱其神，必獲陰而降福。夫芮邑忠孝鄉東呂社，故祀□昭惠靈顯眞君，殿宇雄壯，廟貌儼然。廊廡昔皆具備，惟有露臺闕焉。里人蒙古恬蠻，謹發赤誠，願爲勝事，特捨所費之資，命工鑿□琢石，經營創建，不日而成。於戲！斯臺既立，若不刻諸於石，恐以歲時綿遠，無能光先啓後，聊且眞書，以識歲月云。泰定五年暮春中旬九日，□怡後人劉士昭謹誌。
>
> 修臺人恬蠻　母塔海氏　妻舍舍　男□□　女兒□□
>
> 大元戊辰歲次
>
> 砌匠許德成　王信刊〔註19〕

此碑爲紀念蒙古族人恬蠻一家捐資創修露臺而作。這表明，元雜劇不僅深受漢族人的歡迎，也深受蒙古族人的歡迎，同時還反映出了蒙、漢民族融合、團結、和睦相處的歷史事實。元貞二年（1296），「后土廟重修記」的碑刻題名中有「保義校尉鄉寧縣達魯花赤兼管本縣諸軍奧魯兼勸農事脫脫赤」〔註20〕字樣，（1297）芮城縣《芮王廟記》碑刻上也有「管領芮城、河東等縣蒙古軍馬奧魯官牙哥」〔註21〕字樣，其中脫脫赤、奧魯官牙哥當爲蒙古人無疑。

二、觀演盛況

雜劇不像詩詞那樣可以讓讀者慢慢品讀，慢慢接受，它必須通過舞臺直接面對活生生的當下觀眾，只有得到觀眾的歡迎才能生存。

宋元時期的瓦舍是供人們常年娛樂的民間大型綜合遊樂場所，每天光顧瓦舍勾欄的觀眾絡繹不絕，難以數計。有研究者推算，北宋汴京的 8 處瓦子平均最少有15～20座勾欄，8 處應有120～160座勾欄。《東京夢華錄》記載，「內中瓦子蓮花棚、牡丹棚、裏瓦子夜叉棚、象棚，最大可容數千人」，若以

〔註19〕馮俊傑，王福才，延保全等編著：《山西戲曲碑刻輯考》，中華書局，2002 年版，第 120～121 頁。

〔註20〕馮俊傑：《戲劇與考古》，北京：文化藝術出版社，2002 年，第 381 頁

〔註21〕馮俊傑：《戲劇與考古》，北京：文化藝術出版社，2002 年，第 385 頁。

一座樂棚平均容納 500 人計算，北宋汴京瓦子大體可容 6～8 萬名觀眾。〔註22〕孟元老《東京夢華錄》卷三「馬行街鋪席」云：「州北瓦子，新封丘門大街兩邊門戶鋪席外，餘諸班直軍營相對，至門約十餘里。其餘坊巷院落，縱橫萬數，莫知紀極。……夜市直至三更盡，才五更又復開張。如要鬧去處，通曉不絕。」〔註23〕「要鬧去處」即瓦舍勾欄。「夜市直至三更盡，才五更又復開張」說明娛樂時間之長。

在勾欄裏，戲劇演出深受歡迎。《東京夢華錄》記載了臨安的演出盛況。「不以風雨寒暑，諸棚看人，日日如是。」〔註24〕尤其是節日期間，場面更爲熱烈、火爆。元宵節時「教坊鈞容直、露臺弟子，更互雜劇。近門亦有內等子班直排立。萬姓皆在露臺下觀看，樂人時引萬姓山呼。」〔註25〕觀眾長期看演出，熟悉演出規律，積累了經驗，善於把握演出時間，選擇合適時間入場。「京瓦伎藝」條載：「搬雜劇，杖頭傀儡任小三，每日五更頭回小雜劇，若晚看不及矣。」〔註26〕

兩宋時期的演出主要集中於大城市，如北宋的汴京、南宋的臨安。到元朝時期，戲劇演出不再僅限於大城市，夏庭芝《青樓集志》曰：「內而京師，外而郡邑，皆有所謂構欄者，辟優萃而隸樂，觀者揮金與之。」描繪了一幅雜劇演出遍地開花的景象，大都及其他郡邑的戲劇觀眾爭相湧入勾欄，出現了戲劇觀演的盛況。在固定的場所演出，每個戲班都有自己的拿手劇目，許多劇目卻可循環演出，觀眾長換長新。節日期間萬民聚集，商業繁榮，正是戲劇演出的大好時節，有人對這一有趣的現象進行了研究，〔註27〕元雜劇應節演出的傳統在戲劇本身有所體現，涉及節日的元雜劇劇目就有 38 種之多，許多劇目以節日爲背景展開故事情節。

〔註22〕趙爲民：《宋代市井音樂活動概觀》，《音樂研究》2002 年第 12 期。

〔註23〕（宋）孟元老等撰：《東京夢華錄（外四種）》，上海：古典文學出版社，1956 年版，第 20～21 頁。

〔註24〕（宋）孟元老等撰：《東京夢華錄（外四種）》，上海：古典文學出版社，1956 年版，第 30 頁。

〔註25〕（宋）孟元老等撰：《東京夢華錄（外四種）》，上海：古典文學出版社，1956 年版，第 35 頁。

〔註26〕（宋）孟元老等撰：《東京夢華錄（外四種）》，上海：古典文學出版社，1956 年版，第 29 頁。

〔註27〕可參見羅斯寧：《元雜劇和元代民俗文化》（第三章），廣州：廣東高等教育出版社，2011 年版。

　　除勾欄外，中國傳統的戲劇也經常在宮殿、庭院、茶樓、廟堂等地上演，往往與其他活動結合在一起，如宴慶聚會、節日慶典、宗教儀式、集市廟會以及作爲社交活動的喝茶等。如《東京夢話錄》卷八「六月六日崔府君二十四日生日神保觀神生日」條記載：

　　　　六月六日州北崔府君生日，多有獻送，無盛如此。二十四日州
　　西灌口二郎生日，最爲繁盛。廟在萬勝門外一里許，來賜神保觀。
　　二十三日御前獻送後苑作與書藝局等處製造戲玩，如毬杖、彈弓、
　　弋射之具，鞍轡、銜勒、樊籠之類，悉皆精巧，作樂迎引至廟，於
　　殿前露臺上設樂棚，教坊鈞容直作樂，更互雜劇舞旋。太官局供食，
　　連夜二十四盞，各有節次。至二十四日，夜五更爭燒頭爐香，有在
　　廟止宿，夜半起以爭先者。〔註28〕

　　崔府君、灌口二郎過生日，兩家舉辦了豐富多彩的娛樂活動，戲劇演出必不可少。封建時代的官宦人家爲了追求享樂，經常舉辦演出活動，小說《金瓶梅》展現了這種世風，西門府中但凡紅白喜事、日逐嬉戲、宴飲取樂都少不了在唱字上大做文章，小則彈唱散曲，大則演唱戲劇，熱熱鬧鬧，一派歌舞升平景象。《金瓶梅》中提到西門府搬演的劇目就有 25 中之多。〔註29〕

　　因爲是商業演出，所以觀眾有很大的自主權，他們點戲、看戲、評戲，由看客身份變成了戲班的「上帝」。夏庭芝《青樓集》載：小春宴，姓張氏。自武昌來浙西，天性聰慧，記性最高。勾欄中做場，常寫其名目，貼於四周遭梁上，任看官選揀需索。」〔註30〕勾欄戲班演出什麼劇目，不是由戲班決定，而是任由觀眾挑選。《漢鍾離度脫藍采和》雜劇第一折中鍾離權徑入梁園棚「點戲」，他對戲班班主藍采和說；「我在這勾欄裏坐了一日，你這早晚才來。寧可樂待於賓，不可賓待於樂。」〔註31〕而且詳細記錄了點戲的過程，雖然有故意難爲藍采和的嫌疑，但符合商業運作的規律。藍采和一口氣說出七個雜劇劇目，鍾離權都不要，藍采和只得承認自己「本事淺」，請求他「可

〔註28〕　（宋）孟元老等撰：《東京夢華錄（外四種）》，上海：古典文學出版社，1956
　　　　　年版，第 47 頁。
〔註29〕　馬徵：《金瓶梅懸案解讀》，成都：四川人民出版社，2004 年版，第 162 頁。
〔註30〕　（元）夏庭芝著，孫崇濤，徐宏圖箋注：《青樓集箋注》，北京：中國戲劇出
　　　　　版社，1989 年版，第 217 頁。
〔註31〕　王季思主編：《全元戲曲》（七），北京：人民文學出版社，1999 年版，第 118
　　　　　頁。

憐」。如果戲班演出達不到觀眾要求，觀眾就會發洩不滿，高安道《嗓淡行院》寫一個路歧戲班，演員長相古怪，演技拙劣，伴奏跑調，砌末邋遢，行頭猥瑣，結果遭到觀眾的懲罰：「凹了也難收救。四邊廂土糁，八下裏磚颭。」觀眾向戲臺撒泥土、丟磚頭；演出中途觀眾一哄而散：「棚上下把郎君溜」。這種情況在現代社會的演出中經常發生。

其實，優秀的演員事先有所準備。《水滸傳》第 51 回有這樣的描寫：「鑼聲響處，那白秀英早上戲臺，參拜四方，拈起鑼棒，如撒豆般點動。拍下一聲界方，念出四句七言詩，便說道：『今天秀英招牌上明寫著這場話本，是一段風流蘊藉的格範，喚做《豫章城雙漸趕蘇卿》』。說了開話又唱，唱了又說，合棚價眾人喝采不絕。」〔註32〕白秀英熱場之後，報出劇名，然後邊說邊唱，贏得了「合棚價眾人喝采不絕」，如果不顧及觀眾的反映，效果未必如此好。

觀眾看戲態度的好壞取決於演員表演的好壞，元代胡祗遹有過論述，他在《優伶趙文益詩序》中說：「有字文益者，頗喜讀知古今，趨承士君子。故於所業，恥蹤塵爛，以新巧而易拙，出於眾人之不意，世俗之所未嘗見聞者。一時觀聽者，多愛悅焉。……優伶，賤藝也。談諧一不中節，闔座皆為之撫掌而嗤笑之，屢不中則不往觀焉。」〔註33〕優伶趙文益頗具文化底蘊，所演節目能以「新巧」取勝，深受觀眾「愛悅」；演技拙劣的優伶，五音不全，被觀眾喝倒采而遭嗤笑，而說唱每每跑調，觀眾乾脆不去觀看。觀眾追求娛樂，恐怕不是「熱鬧」二字了得。

有明星演員，自然會產生許多戲劇「粉絲」，他們結成團隊，自行扮演。《元典章》卷五十七「禁學散樂詞傳」條「……除繫籍正色樂人外，其餘農民市戶、良家子弟，若有不務正業，習學散樂，般說詞話人等，並行禁約。」一般老百姓家置辦行頭，自行演出，這不是個別現象。朱權在《太和正音譜》中專門把這類演唱定性為「良家子弟所扮雜劇，謂之行家生活。」由於參與的人數多，波及面越來越廣，元政府甚至頒佈禁令，加以限制。

從觀眾觀看演出到自行扮演，甚至引起朝廷頒法禁止的現象，可以看出元代觀眾對戲劇的喜愛，彰顯了元雜劇的強大藝術生命力。歷史雖已遠去，但遺存下來的神廟戲臺以及出土的戲劇文物，依然見證著元雜劇繁榮興盛的

〔註32〕施耐庵，羅貫中：《水滸傳》，北京：人民文學出版社，1975 年版，第 710 頁。
〔註33〕俞為民，孫蓉蓉主編：《歷代曲話彙編：新編中國古典戲曲論著集成》（唐宋元編），合肥：黃山書社，2006 年版，第 215～216 頁。

歷史。元雜劇不但屬於統治者、官僚貴族，也屬於士子文人、商人軍卒，更屬於廣大城市市民和千百萬農民群眾。

第二節　元雜劇的劇場

一、劇場的形成及其與觀眾的關係

　　劇場是戲劇表演的重要載體，與戲劇的發展成熟密切相關。如果把戲劇演出場所籠統地稱為劇場的話，則中國古代劇場經歷了由流動到固定，由平地圈演到築臺表演的流變，呈現出由簡單到複雜，由低級到高級的演變過程。大體順序為：「原始場地演出——露臺——舞亭——戲場——勾欄——明清戲園。」〔註34〕

　　早期泛戲劇化形態的表演，其表演場所還不能稱為劇場，表演者選擇在一塊較大的平坦處劃地，觀眾以他為中心圍成一個圓圈，或坐或站觀其表演。唐代《教坊記》記載《踏謠娘》的表演是「丈夫著婦人衣，徐步入場行歌」；常非月《談容娘》詩亦云：「馬圍行處迎，人簇看場圓」，表明《踏謠娘》的演出，是在平坦開闊的廣場上進行的。藝人選擇表演地點有很大的隨意性，只要地勢平坦開闊，人多熱鬧，就可「撂地做場」。《武林舊事》卷六《瓦舍勾欄》條載：「或有路歧不入勾欄，只在耍鬧寬闊之處做場者，謂之打野呵。」〔註35〕這類演出沒有舞臺，表演者在平地上表演，觀眾或坐或立，圍在四周觀看，雖然簡陋，但方便實用。南宋陸游《小舟遊近村舍舟步歸》一詩中說：「斜陽古柳趙家莊，負鼓盲翁正做場。死後是非誰管得？滿村聽說蔡中郎。」趙家莊全村人都知道蔡中郎的故事，說明盲翁選擇做場的地點一定方便百姓聚集觀看。

　　當然「撂地做場」的缺點也相當明顯：表演者與觀眾之間，在空間上沒有嚴格的區分，由於觀眾的相互擁擠，前面的觀眾會不斷逼近表演者，乃至相雜而處，不利於演出，影響了演出效果，也影響了大多數觀眾的觀看。由於「撂地做場」進行表演無需任何投資，省時省力，簡捷方便，所以這種演出方式貫穿了中國劇場發展的全過程。

〔註34〕　宋昉：《宋代勾欄形制復原》，上海：上海書店出版社，2011年版，第2頁。
〔註35〕　俞為民、孫蓉蓉主編：《歷代曲話彙編：新編中國古典戲曲論著集成》（唐宋元編），合肥：黃山書社，2006年版，第164頁。

　　勾欄的出現前，「縛欄爲戲」〔註36〕的演出方式在戲劇史上具有劃時代的意義。表演時，先用竹杆、木條等做成欄杆，把觀眾與演員隔離開來，形成了表演區和觀眾區兩個不同的系統。這對觀眾的心理產生了重大影響，使人們在心理上有了「彼」與「此」、「這邊」與「那邊」的感受。觀眾在欄杆外，以審美的心理來觀看演出，演員在欄杆內，受觀眾的干擾大大減少，專心演戲，專業化的程度越來越高。

　　相對於「撂地做場」、「縛欄爲戲」的演出方式，露臺的出現是一大進步，顯示出中國戲曲表演形式的發展對演出場地要求的巨大變化。「積土四方而高者名臺」，〔註37〕露臺的基本條件是有一個高出地面的檯子，或以土壘，或砌以磚石。演員在臺上表演，以供觀賞者圍觀，爲之提供充分的視野。《說文》曰：「露，潤澤也。」因爲臺上沒有遮蓋，檯子直接承載大自然的雨露潤澤、霜風侵襲，所以露臺應爲露天之臺。北宋時有關於露臺演戲的記載，《東京夢華錄》卷六「元宵」條云，正月十五日夜，皇帝登上宣德樓觀看：「樓下用枋木壘成露臺一所，綵結欄檻。兩邊皆禁衛排立，錦袍樸頭簪賜花。教坊、鈞容直、露臺弟子，更互爲雜劇。近門內亦有內等子班直排立。萬姓皆在露臺下觀看。」〔註38〕這是節日期間，爲了滿足雜劇演出的需要，用木料搭建了可拆卸的臨時露臺，萬民聚集觀賞，人山人海，展現出了一幅熱鬧的景象。

　　宋代的露臺很多，《宋史》卷一一三記載：「上元前後各一日，城市張燈，大內正門結綵爲山樓影燈，起路臺，爲教坊陳百戲。」〔註39〕宋代高承《事物紀原》卷九曰：「宋朝至正歲上元，闢端門，起山樓露臺棘圍，列鈞容、教坊樂，及綵棚夾道，令都人縱觀者，此其始也。」〔註40〕

〔註36〕宋人江少虞《宋朝事實類苑》卷第六十四中記北宋初年事：「党進，北戎人，初爲杜重威家奴，後隸軍籍，以魁岸壯勇，周祖擢爲軍校。國初至騎帥，領節鎮……。過市，見縛欄爲戲者，駐馬問：『汝所誦何言？』優者曰：『說韓信。』進大怒，曰：『汝對我說韓信，見韓即當說我，此三面兩頭之人。』即命杖之。」這裡的「縛欄爲戲」，應是勾欄的最早形式。

〔註37〕《爾雅注疏》卷四「釋宮」，引自薛林平著：《中國傳統劇場建築》，中國建築工業出版社，2005年版，第15頁。

〔註38〕（宋）孟元老等撰：《東京夢華錄（外四種）》，上海：古典文學出版社，1956年版，第35頁。

〔註39〕宋史座談會編輯：《宋史研究集》（第13輯），臺北：國立編譯館中華叢書編審委員會，1981年版，第430頁。

〔註40〕（宋）高承：《事物紀原》，北京：中華書局，1989年版，第492頁。

　　古代的宮殿廟宇中也建有露臺，它是殿堂建築的組成部分，露臺通常是建在大殿前面，和殿基齊高而相連，多爲永久性建築。起初主要用來擺放祭祀的用品，後世被用作演出場所，逐步和殿堂脫離開來，發展成爲與殿堂遙遙相對的獨立形制，立於庭院的中央，向戲臺的建制邁進。元代魏初《青崖集》卷三《重修北嶽露臺記》言：「殿南餘二十許步舊有臺，以容俳優、抵角、變幻、百戲之獻，乃募工起南山白石而崇擴之，高丈弱，縱仞十有一三分仞之一有奇。橫如之。經營規度，凡五易寒暑，計費錢二千餘緡」。〔註41〕明確指出重修露臺的目的就是爲了戲劇演出。

　　露臺的出現標誌著人們有了清晰的劇場意識，表演效果的好壞和看戲的舒適度成爲人們關注的重點。露臺演出有很大的弊端，受天氣制約嚴重，遇到雨雪風霜等惡劣天氣，便會影響人們看戲，因此給露臺加上亭蓋成爲順其自然的事情。在露臺上搭棚、建樓，就出現了樂棚、樂樓、舞樓等舞亭類建築，劇場朝著集中、固定、舒適的方向發展，標誌著中國傳統劇場向正式形成邁出了關鍵一步。

　　樂棚是在露臺上搭建臨時性頂部的臨時建築，唐時已出現。元稹《哭女樊四十韻》詩描寫了元稹帶自己的小女兒觀看演出時的熱鬧場面，詩中有「騰踏遊江舫，攀緣看樂棚」的詩句。當時稱爲棚的建築有很多，賣茶的棚叫「茶棚」，養牛的棚爲「牛棚」，賣瓜的棚爲「瓜棚」，都是臨時性建築。宋梅堯臣《宛陵集·莫登樓》詩歌詠露臺表演情景，提到了臨時搭建的樂棚，其詩曰：「露臺鼓吹聲不休，腰鼓百面紅臂韝。先打《六么》後《梁州》，棚簾夾道多夭柔。」藝人在搭有棚頂的露臺上表演時，周圍聚集了許多觀眾，出現了「棚簾夾道」的熱烈場面。

　　樂棚的搭建使露天表演變爲半室內性質，既可以遮蔽風雨日曬，又有利於營造回音擴音效果，所以一些臨時性的棚子逐漸發展成爲永久性的固定亭子。宋金以來在神廟露臺上建造固定性的木結構頂蓋，使之成爲「舞亭、舞樓」類建築，就順應了劇場的發展趨勢。

　　事物的發展總是由低級向高級演進的，舞亭、舞樓是在露臺基礎上對戲臺的進一步完善。後世完善的戲臺建築即由露臺演進而來，「一旦臺上立柱、上頂，就演進爲舞亭，或曰樂亭。再於山柱間砌牆，三面開口至一面開口，

〔註41〕李修生主編：《全元文》（第八冊），南京：江蘇古籍出版社，1998 年版，第467 頁。

就成了舞廳、舞庭、舞樓，或曰樂廳、樂庭、樂樓、歌樓。」〔註 42〕這種演變只是一種趨勢，並不是以一種形式替代了另種形式，露臺在舞亭、舞樓出現後的很長一段時間仍在不斷修建和使用。

舞亭的出現最早見於宋天禧四年（1020）《河南府萬泉縣新建后土廟記》碑記，該亭已不存，而臨汾市東羊村東嶽廟戲臺，較完整地保存了元代戲臺的全貌：戲臺坐南朝北，四角立柱，臺前兩側爲抹楞石柱，後臺兩側爲圓形木柱。臺基高 2.2 米；柱間距離東西寬 7.46 米，南北進深 7.57 米。東、西、南三面齊柱砌牆，正面敞開，爲一面觀形制。一面觀突出了觀看效果，是戲劇自身不斷成熟的內在要求。

劇場在形成發展的過程，無論是撂地爲場，還是露臺演出，都具有四面透空、四面觀看的特點。戲劇表演有明確的方向性，當一個演員在戲臺表演時，觀眾所在的位置決定了視覺效果：如果觀眾在戲臺前方，看演員的正面，觀眾在戲臺左右兩側，看演員的側面，觀眾在戲臺後面，只能看演員的背影了。如果臺上同時有多個演員，情形更爲複雜。而每一位觀眾都希望佔據最佳的觀看位置，因此戲劇舞臺的發展必須適應觀眾的需求而不斷完善，從四面觀發展爲三面觀，又從三面觀發展爲一面觀。戲臺的這種發展變化可從一些戲劇歷史遺存中找到答案。

山西臨汾魏村發現的元至治元年（1321）晉寧路臨汾縣魏村牛王廟重建樂亭，今存，其形制爲亭榭式建築，四角立柱，柱間距離，東西寬 6.92 米，南北進深 7.6 米；兩山距後柱 2.47 米處各設輔柱一根，輔柱與後柱之間及兩柱之間砌有牆壁，其形制爲「樂亭」，「臺上立柱，上頂」，適宜三面觀看。

現存元代規模最大的一座戲臺是山西省翼城縣武池村喬澤廟舞樓，座南朝北，四角立木柱，柱間距離：東西寬 9.1 米，南北進深 9 米。兩山後部各設輔柱一根，兩後柱之間又設輔柱二根。輔柱及後柱上鑿有榫眼，知原臺兩側輔柱與後柱之間，及後柱與後輔柱之間曾設有板牆，爲三面觀看的形制。

從三面觀到一面觀，其變化非常緩慢，週期較長。山西翼城武池村喬澤廟戲臺，後面封閉，兩側有短山牆的情形體現了這種變化趨勢。當短山牆的長度變爲一整面山牆時，就形成了一面觀。

山西永濟縣董村發現的「董村三郎廟戲臺」，其形制下設臺基，臺基上四角立圓形木柱。柱間距離，東西寬 6.75 米，南北進深 6.83 米，臺前兩柱間另

〔註42〕 馮俊傑：《戲劇與考古》，北京：文化藝術出版社，2002 年版，第 383 頁。

有輔柱。兩山及臺後砌牆，兩山牆內有柱，爲一面觀看的形制。

　　翼城縣曹公村四聖宮戲臺，四聖宮爲祭祀堯舜禹湯之廟，戲臺在今山西省翼城縣曹公村四聖宮。據嘉靖三十八年《重修堯舜禹湯之廟記》，廟及戲臺均建於元至正間。戲臺今保存完好，面寬 7.17 米，進深 7.21 米，單簷歇山頂，左、右、後三面砌牆，爲一面觀看形制。戲臺雖經明嘉靖間重修，但主體結構仍保存了元代風格。

　　戲臺的發展最終定型爲一面觀，突出了觀眾的主體地位，符合科學原理，有許多優點：景李虎、蘇玉春在《劇場的演進與戲劇的發展》〔註 43〕一文中有詳細論述，撮其要言之：

　　一面觀突出了戲劇演出的畫面感。戲臺是一個立體空間，演員在二維畫面上的移動，左右方向多，前後方向少，觀眾從舞臺正面觀看演出，效果好。

　　一面觀有利於增強戲劇表演中音響效果。古代沒有音響設備，封閉三面，有利於聲音向臺口方向定向傳播。元代的許多戲臺呈喇叭型，就是爲了增強音響效果。如山西臨汾東羊村后土廟戲臺，臺口兩角柱距 7.62 米，後臺寬 7.12 米。

　　一面觀適應了戲劇表演的實際。可以使舞臺有前後臺之分，留出後臺，不但便於演員的化妝、上下場和在後臺候場，還可以配合場上的表演，取得特定的舞臺效果。如《竇娥冤》中「內做風科」的舞臺提示，這裡的「內」指戲臺的後臺。

　　除了神廟劇場外，眞正的商業演出劇場當屬於產生於城市裏的瓦舍勾欄。「瓦舍」是大型的公共遊藝場所，瓦舍裏的演出場所叫「勾欄」。

　　勾欄劇場的形制如何，因直接文獻和文物材料匱乏，只能從片言隻語的材料中作大致的推斷。廖奔根據杜仁傑的《莊家不識勾欄》，高安道的《嗓淡行院》，雜劇《藍采和》以及其他材料，研究認爲：「勾欄是棚木結構建築，……勾欄棚是一種類似於近代馬戲場或蒙古包式的全封閉近圓形建築，其中供演出用的設備有戲臺和戲房，供觀眾坐看的設備有腰棚和神樓，其頂部用諸多粗木和其他材料搭成，承重很大，但也只有這樣，才能構建成一座能夠容括眾多觀眾和諸種設施的大劇場。」〔註 44〕勾欄全封閉的形制，演出不受氣候和時令的影響，給觀眾營造舒適的觀看環境。勾欄內部設立了戲臺和神樓，

〔註43〕景李虎，蘇玉春：《劇場的演進與戲劇的發展》，《藝術百家》1993 年第 4 期。
〔註44〕廖奔：《中國古代劇場史》，鄭州：中州古籍出版社，1997 年版，第 48 頁。

戲臺高出地面，是表演用的專門場地，戲臺兩側其前方環繞著從裏向外逐層加高的觀眾座席，每一個座位都能有很好的觀看效果。勾欄實行商業化運作，觀眾買票入場觀看。到了這時，中國戲劇的劇場正式形成了。元代以後，由於社會條件的變化，勾欄劇場沒能繼續發展下去，瓦舍勾欄逐漸隱匿在歷史的風雨中，中斷了其傳統。中國劇場只得另闢蹊徑，重新擇路前行，最終發展起清代的酒樓戲場和茶園劇場來。

綜上可以看出，伴隨著戲劇的發展，劇場由低級向高級演進，劇場的發展，是爲了更好地滿足觀眾觀劇的需要，雖然劇場本身不會給觀眾帶來愉悅之情，但缺乏這樣一個空間，戲劇表演的效果肯定大打折扣，觀眾觀劇的舒適度也會有所降低。合則雙美，這一隱含的事實說明探討戲劇的娛樂功能，不能繞開這個話題。

二、遍佈城鄉的劇場

劇場是戲劇文化的載體，也是戲劇藝術發展變革的歷史見證。戲劇的變革和興衰，都能或多或少地通過劇場表現出來。中國傳統劇場按功能特點大體可以分爲神廟劇場、勾欄劇場、會館劇場、宅院劇場、宮廷劇場和戲園等。宋元時期，戲劇演出空前興盛，演出主要在兩種場所裏進行，一是城市裏的瓦舍，即勾欄劇場；二是城鄉廟宇裏的戲臺，即神廟劇場。選擇這瓦舍、神廟兩種場所演出，既有歷史文化原因，也有社會經濟原因。遍佈城鄉的勾欄與神廟劇場是當時人們追求社會文化娛樂生活的產物，也是元雜劇繁榮興盛的歷史見證。

1、瓦舍勾欄

瓦舍最早興起於汴京，是宋代城市經濟發展、商品交易繁榮的產物。「瓦舍」，也可稱作「瓦子」、「瓦肆」、「瓦市」，是宋元時期在城市裏建築的商業性遊藝場所。瓦舍裏設置的演出場所稱作「勾欄」（或「勾闌」、「鉤欄」、「構肆」），爲廣大市民提供豐富多彩的文化娛樂的項目。

吳晟認爲瓦舍文化是一種商業文化，也是一種娛樂文化，還是一種融合文化，並在《瓦舍文化與宋元戲劇》一書中進行了論述。〔註45〕

關於瓦舍的存亡問題，據廖奔考證，「汴京的瓦舍勾欄興起於北宋仁宗

〔註45〕吳晟：《瓦舍文化與宋元戲劇》，北京：中國社會科學出版社，2000 年版，第 288 頁。

（1023～1063）中期到神宗（1068～1085）前期的幾十年間。瓦舍勾欄演出在北宋末期達到極盛，歷南宋、元朝，一直入明。明代以後，其勢頭才消竭下來。」〔註46〕粗略來看，瓦舍大約興盛了近400年。

四百年間，瓦舍的建設由汴京為中心向外傳播。北宋晚期至少在東京汴梁到西京洛陽之間市鎮已經有瓦舍勾欄的建造，北宋滅亡，宋室南遷，就在臨安設立了瓦舍，隨著時間的推移，南宋的娛樂業高度發達，到南宋中期，南方江浙一帶的許多城市都出現了瓦市。〔註47〕入元以後，元雜劇表演的興盛，大江南北長城內外勾欄遍佈。元夏庭芝《青樓集志》：「內而京師，外而郡邑，皆有所謂構欄者。辟優萃而隸樂，觀者揮金與之。」可以肯定的是，元代的勾欄應包括宋代在內，除去破舊損壞的勾欄外，其數量絕對要在兩宋的基礎上有很大幅度的增加。

根據相關文獻，宋元時期提到的瓦舍如下：

北宋時汴京的瓦舍，在《東京夢華錄》裏提到九座，分別是：桑家瓦子、中瓦、裏瓦、朱家橋瓦、新門瓦、州西梁門外瓦、保康門瓦、州北瓦、宋門外瓦子。

南宋臨安瓦舍的數量，文獻記載不一，從紹興以後初創，到南宋中期成書的西湖老人《繁盛錄》記載 23 個，《咸淳臨安志》記載 17 個，《夢粱錄》記載 17 個、《武林舊事》裏記載 23 個，合併相同的，總計 25 個：南瓦、中瓦、大瓦、北瓦、蒲橋瓦、錢湖門瓦、勾欄門外瓦、嘉會門外瓦、候朝門瓦、小堰門瓦、新門瓦、薦橋門瓦、菜市門瓦、山門瓦、米市瓦、舊瓦、北關門新瓦、羊坊橋瓦、王家橋瓦、行春橋瓦、赤山瓦、龍山瓦、便門瓦、北郭店瓦、獨勾欄瓦。

除臨安外，南宋的明州（今浙江寧波）有「舊瓦子、「新瓦子」（見宋·梅英發《（開慶）四明續志》），湖州（今浙江吳興）有「瓦子巷」（見宋·談鑰《吳興志》卷二），鎮江有「北瓦子巷」、「南瓦子巷」（見宋·盧憲《（嘉定）鎮江志》），平江（今江蘇蘇州）也有「勾欄巷」（見於賽《宋平江城坊考》卷一）等，〔註48〕具體數目難以統計。

元代關於瓦舍的記載散見於各類文獻中，也不能做精確的統計，夏庭芝

〔註46〕廖奔：《中國古代劇場史》，鄭州：中州古籍出版社，1997 年版，第 42 頁。
〔註47〕廖奔：《中國古代劇場史》，鄭州：中州古籍出版社，1997 年版，第 43 頁。
〔註48〕廖奔：《中國古代劇場史》，鄭州：中州古籍出版社，1997 年版，第 43 頁。

《青樓集志》中「內而京師，外而郡邑，皆有所謂構欄者」的說法，足以證明其數量之多，分佈地域之廣。從《青樓集》中女藝人演出活動的地點來看，許多城市都有瓦舍勾欄，具體城市包括：大都、金陵、崑山、婺州、維揚、雲間、湖州、松江、京口、沂州、武昌等。此外還有一些地方，如湖南、浙江、江西、山東等省，湘湖、湖廣、江湘、江淮、江浙、淮浙等地區，也有女藝人活動，這些地方應該也有勾欄。廖奔認爲：「元代瓦舍勾欄的分佈地域是極其廣泛的，黃河與長江的中下游地區都有其蹤跡，而主要集中地帶則是從大都到江浙的運河沿岸城鎮。」〔註49〕這種說法沒有包括宋代勾欄在內，實際上宋代的勾欄有一部分在元代依然存在。瓦舍不等同於勾欄，一個瓦舍可能由多個勾欄組成，所以勾欄的數目遠遠大於瓦舍的數目。

以下是《青樓集》中藝人活動的主要城市和地區：

京師：張怡雲、劉燕歌、曹娥秀、解語花、南春宴、李心心、楊奈兒、袁當兒、於盼盼、於心心、燕雪梅、牛四姐、趙眞眞、楊玉娥、秦玉蓮、秦小蓮、周人愛、玉葉兒、瑤池景、賈島春、王玉帶、馮六六、王榭燕、王庭燕、周獸頭、劉信香、國玉第、玉蓮兒、樊事眞、順時秀、王巧兒

杭州：楊買奴、喜溫柔、王玉梅、小玉梅、匾匾、寶寶、張玉蓮、倩嬌、粉兒、周喜歌、李嬌兒、張奔兒、李眞童、小春宴、賽天香、陳婆惜、觀音奴、米里哈、李奴婢、王玉英、李定奴

揚州：翠荷秀、天錫秀、天生秀、賜恩深、張心哥、朱錦繡、賽簾秀、趙眞眞、西夏秀、李芝儀、童童、多嬌、小國秀、事事宜、張僧奴、張童童

南京：平陽奴、郭天香、韓獸頭、樊香歌、孔千金、王心奇、杜妙隆

松江：翠荷秀、顧山山、童童、連枝秀

湘湖地區：張玉梅、蠻婆兒、關關、小春宴、金獸頭、般般丑、簾前秀

山東：金鶯兒、眞鳳哥

元代後期京城、宮廷：王巧兒、王奔兒、李芝秀、斑眞眞、程巧兒、李趙奴、趙梅哥、和當當、鸞童、大都秀、一分兒、重陽景、孫秀秀、燕山景、順時秀

元代藝人的足跡遍佈各地，活動區域廣大，由此可遙想當年歷史上的演劇之盛，亦可推知勾欄數目之多。

〔註49〕廖奔：《中國古代劇場史》，鄭州：中州古籍出版社，1997年版，第45頁。

2、神廟劇場（戲臺）

神廟是宗教祭祀的場所，它是一個較寬泛的概念，既指供奉神靈的廟宇、祠堂，也指佛教寺院、道教宮觀及行會會館等。〔註50〕神廟劇場是指在神廟裏建立戲臺，並有觀劇場地的場所。神廟祭祀與戲劇演出相伴共生，形成了特有的戲劇民俗現象。

古代民眾信仰和崇拜的對象非常寬泛，有日月星辰、雨風雷電、山川河海等自然神，也有龍鳳麟龜等動物神，還有傳說中的部落始祖以及歷代帝王、功臣聖賢、忠臣義士等人格神，還包括各色的職能神。似乎生活中需要什麼，就有相應的神靈。廣袤的中國農村，各種名目的祭祀活動連年不絕，祭神的目的是祈福禳災，求得神靈庇祐，往往是全民參與。唐宋以後，由於民間信仰愈演愈烈，隨時隨處建立神廟，供奉香火，所謂「人賴神以庇，神依人以禮，禮假廟以行」，神廟建築是民間祭祀流行的重要標誌。襄汾縣臥龍廟元延祐三年（1316）碑刻《重修臥龍廟》記載：「於以見天下無不可成之事，無不可動之眾。今我民待食以生，我稼待雨以茂，爲之宮室之傑，牲醪之潔，絲竹之傑。固未足答神惠，其於義則宜也。」〔註51〕

民間祭祀的方式主要依靠歌樂表演。宋以後戲曲成熟，民間神廟祭祀就和戲曲文化結合起來。神廟中的露臺最初是降神儀式的重要場所，主要功能是擺放祭品，爲了滿足人們觀劇的需要，後在其上搭「棚」繼而演變爲戲臺，逐漸流行起來。只要有祭祀行爲就會有歌舞演出，娛神的作用越來越弱化，樂人的功用倒是越來越突出。

山西省洪洞縣明應王廟元延祐六年（1319）《重修明應王殿之碑》描述當時祭祀娛樂的盛況：

> 每歲三月中旬八日……遠而城鎮，近而村落，貴者以輪蹄，下者以杖屨，挈妻子與老贏而至者，可勝既哉！爭以酒肴香紙，聊答神惠。而兩渠資助樂藝牲幣獻禮，相與娛樂數日，極其厭飫，而後顧瞻戀戀猶忘歸也。此則習爲常。〔註52〕

祭祀關乎每個家庭的日常生產生活，在人們的日常生活中佔據著重要地

〔註50〕 車文明：《中國神廟劇場》，北京：文化藝術出版社，2005年版，第4頁。

〔註51〕 轉引自薛林平，王季卿：《山西傳統戲場建築》，北京：中國建築工業出版社，2005年版，「引言」。

〔註52〕 轉引自廖奔著：《宋元戲曲文物與民俗》，北京：文化藝術出版社，1989年版，第19頁。

位，祭祀創造了一個人人平等、相與為樂的和諧氛圍，所以祭祀之日，往往會全民參與，在祭神的同時，盡情娛樂，獲得精神的極大放鬆，身心愉悅，民眾「顧瞻戀戀猶忘歸」的情形，說明它具有強大的吸引力。

在元代，人們修建了許多戲臺，並對年久損壞的戲臺加以重修，出資修建者既有普通百姓，也有官員，既有漢族也有蒙古族等少數民族，有些碑刻記載的人數多達百餘人。戲臺的修建與戲劇演出一樣，展示出一幅全民參與、全民娛樂的熱鬧場景。車文明在《中國神廟劇場》一書中對金元代戲臺進行了統計，共有 34 個，金代 6 個，元代 28 個；其中流傳下來的有 13 個，金代 1 個，元代 12 個；不存者有 21 個，金代 5 個，元代 16 個，具體情況參見文末附錄三、附錄四。元代以後，戲臺大量湧現，根據 20 世紀 80 年代的統計，山西在「文革」後，各地寺廟中存有戲臺 2887 座，〔註53〕不少地方「有村必有廟，有廟必有臺。」20 世紀 30 年代，李景漢在河北定縣調查後發現，「當時全縣尚存廟宇 879 座，在城關者 22 座，在 453 村內者 857 座」，〔註54〕平均一個自然村落就有 2 座。

中華民族重視歲時節日，如春節、元宵、清明、端午、中元、中秋、重陽、社日等，有些歲時節日都有著原始信仰的背景，如端午節與龍崇拜有關，中元節與鬼神信仰有關，清明節與祖先崇拜有關，七巧節、中秋節與星月崇拜有關，每到節日都要舉辦豐富多彩的民俗活動。宗教祭祀往往與歲時節日結伴而行，因此觀劇成為節日裏人們重要的娛樂方式。清·王昶《金石萃編》載：「每當季春中休前二日張樂祀神，遠近之人不期而會，居街坊者傾市而來，處田裏者捨農而至，肩摩踵接，塞於廟下。不知是報神休（庥）而專奉香火，是縱己欲而徒為佚遊，何致民如此之繁夥哉？」〔註55〕王昶對百姓積極赴會趕賽的動機提出了疑問，其實這正是表面祀神，本質娛樂的最好詮釋。

生活於農村的廣大民眾，居住分散，平日忙於農活，很少有與外界交流的機會，也不具備城市市民出入遊藝場所的條件，只有在歲時節日，才能有時間休閒娛樂。神廟祭祀中的戲劇演出活動，極大地豐富了當時民眾的文化生活。如山西萬榮縣孤山風伯雨師廟的戲臺柱上，刻有「堯都大行散樂人張

〔註53〕郭士星主編：《中國戲曲志·山西卷》，北京：文化藝術出版社，1990 年版，第 538 頁。

〔註54〕李景漢：《定縣社會概況調查》，北京：中國人民大學出版社，1986 年重印本，第 417 頁。

〔註55〕（清）王昶《金石萃編》卷 158「金五」。

德好在此做場」的字跡。據柱上所題，元大德五年（1303），平陽府（堯都）著名藝人張德好戲班從平陽來到這座廟裏做祀神演出，並施錢三百貫。山西洪洞縣霍山明應殿南壁東側「堯都見愛大行散樂忠都秀在此做場」壁畫，是元泰定元年（1324）由忠都秀領銜的戲班在廟會演出的歷史證明。有人說：「寺廟戲場之所以從宋元到明清以及民國的漫長歷史中經久不衰，其主要原因是民眾將戲曲作為祭祀神靈的工具，以及寺廟中的戲曲演出成為民眾重要的娛樂內容。寺廟除了宗教方面的職能外，同時也就成為重要的文化活動中心。廟會之時，有祭祀的香火，但更為主要的是則表現在民間藝術上，借戲曲等藝術形式以娛神、媚神、酬神，從而娛人、聚人，豐富民眾的生活。」〔註56〕

　　與神廟劇場演出相呼應，在農村還有其他形式的演出，如秋收之後，辛苦了一年的百姓，也會挨家集資請戲班演出。一些富裕的大戶人家也會自行請戲班演出，如此一來，便形成短時間、小範圍內戲曲演出繁榮興旺的場景。鄉村的中心、店鋪附近、集貿市場以及交通便利的地方，都可搭建戲棚，做場演出。甚至生日誕辰、婚喪嫁娶、喬遷新居、陞官發財等也要請戲班唱戲，看戲成為百姓日常生活不可缺少的重要內容。這種情況一直持續到中華人民共和國成立以後，時間長達七八百年，甚至在改革開放的初期，在沒有電視的邊遠農村，人們逢年過節還有看大戲的習俗。

第三節　元雜劇的商業消費特點

　　元雜劇演出和觀看，具有商業化、市場化特點，與現代意義上的商業演出頗為相似，主要表現在以下四個方面。

一、租用勾欄

　　瓦舍是城市發展繁榮的產物，由朝廷設立，並設專人管理。據《東京夢華錄》卷五記載，汴京的瓦舍由張廷叟、孟子書「主張」。廖奔推測說：「兩人可能就是汴京瓦舍的總管理人。」〔註57〕因為瓦舍是集市場、演藝和休閒娛樂為一體的大型綜合性遊藝場所，商品貿易與伎藝演出是兩種不同的行業，朝廷應該派懂業務的人員來擔任。由於張廷叟身份不明，孟子

〔註56〕薛林平，王季卿：《山西傳統戲場建築》，北京：中國建築工業出版社，2005年版，第 24 頁。
〔註57〕廖奔：《中國古代劇場史》，鄭州：中州古籍出版社，1997 年版，第 54 頁。

書在宮廷裏擔任教坊樂官，所以吳晟認為孟子書「專管勾欄營業的可能性較大。」〔註58〕朝廷委派官員管理瓦舍，一項重要的工作就是收費收稅。

據《宋會要·食貨》、《宋史·食貨志·商稅》記載，北宋初年，隨著城市商業經濟的繁榮，宋廷頒佈了一系列詔書，形成了一套完整的稅收制度。對汴京城內固定的商行、各類攤位實行收稅。戲班在瓦舍裏租用勾欄演出，必須繳納租金，但交多少不得而知。

南宋時期，臨安建了許多瓦舍。臨安瓦舍「在城外者多隸殿前司，城中者隸修內司。」〔註59〕殿前司主管禁軍，修內司設有教樂所，專管官府所屬樂人。城外的駐軍經常到城內消遣娛樂。一些職業藝人、戲班，長期租用勾欄，固定下來。《西湖老人繁勝錄》「瓦市」條記臨安北瓦的十三座勾欄，各有用途，「常是兩座勾欄，專說史書」；「蓮花棚，常是御前雜劇」；「小張四郎，一世只是在北瓦，占一座勾欄說話，不曾去別瓦做場。人叫『小張四郎勾欄』」〔註60〕。瓦市雖然是朝廷出資建造，但使用權在民間，朝廷對外出租，只需派人定期收費即可。《藍采和》中藍采和云：「俺在這梁園城一交卻又早二十年。」表明藍采和戲班租用洛陽梁園棚的租期是二十年，且繳納了租金。《嗓淡行院·尾》中提到「梁園中可慣經？桑園裏串的熟？」梁園是指好的劇場，桑園是打野呵的流動劇場，因為這是個劣等戲班，沒有在「梁園棚」那樣高級的勾欄演出過，只能在農村的桑園裏趕場。元代的瓦舍勾欄具體由朝廷的哪個部門管理，其管理方式如何，未見於文獻記載，不過從高度發展的商業經濟來看，戲班租用的方式大概不會改變。

山西萬榮縣孤山風伯雨師廟前戲臺石柱上有一處銘文：「堯都大行散樂人張德好在此做場。大德五年三月清明。施鈔十貫。」〔註61〕表明公元1301年春天祭鬼之節，平陽藝人張德好率戲班來此處做場演出，向廟主施十貫鈔。「名為施錢鈔助祭祀，實則乃場地租借費。」〔註62〕

〔註58〕吳晟：《瓦舍文化與宋元戲劇》，北京：中國社會科學出版社，2001年版，第46頁。

〔註59〕中華書局編輯部編：《宋元方志叢刊》（第4冊），北京：中華書局，1990年版，第3549頁。

〔註60〕（宋）孟元老等撰：《東京夢華錄（外四種）》，上海古典文學出版社，1956年版，第123頁。

〔註61〕《中華戲曲》編輯部編：《中華戲曲》（第30輯），北京：文化藝術出版社，2004年，第253頁。

〔註62〕李向民：《中國藝術經濟史》，南京：江蘇教育出版社，1995年版，第466頁。

二、廣告宣傳

　　戲班繳納租金，租用勾欄，有了固定的演出場所，但必須通過演出賺取更大的收益，才能收回成本，維持生存和發展。瓦舍裏演出的戲班很多，爲了招來更多的觀眾，戲班人員使用廣告手段，加強宣傳，推銷自己，吸引觀眾。

　　在勾欄門口張貼或懸掛「招子」（類似今天的「海報」）是最常用的手段，「招子」多是彩色的，故又謂「花招兒」。《藍采和》第一折：「俺在這梁園棚勾欄裏做場，昨日貼出花招兒去，兩個兄弟先收拾去了。」招子上寫的是將要演出的劇目和演員的名字。觀眾想看什麼節目、選擇在哪座勾欄看，直接看「招子」就知道了。《錯立身》第十二齣寫延壽馬迷戀藝人王金榜，爲了找到她，就去勾欄門口「看招子」，發現了王金榜的名字，於是得以見面。《諸宮調風月紫雲亭》第四折靈春馬的父親也是通過看「招子」，知道靈春馬在勾欄做場。

　　「招子」掛在勾欄外，還要經常更換，朱有燉《宣平巷劉金兒復落娼》雜劇云：「明日個大街頭花招子寫上個新雜劇。」這說明一個劇目連續上演幾天後就要更換新的劇目，重新寫一個招子。可見，雜劇劇目是否新穎，也是爭奪觀眾的一個重要因素。

　　如果一個演員名氣大，那麼就在「招子」上寫出演員的名字以及她所擅長的所有劇目，以供觀眾點戲。觀眾喜歡看什麼就演什麼。夏庭芝《青樓集》載：

> 　　小春宴，姓張氏。自武昌來浙西。天性聰慧，記性最高。勾欄
> 中做場，常寫其名目，貼於四周遭梁上，任看官選揀需索。近世廣
> 記者，少有其比。〔註63〕

　　爲了最大限度吸引觀眾，戲班人員既張貼「招子」還大聲吆喝。元杜仁傑的〔般涉調‧耍孩兒〕《莊家不識勾欄》，描寫了當時一個莊家人農閒時到城裏買拜神用的紙錢香燭等物，從街頭經過時，看到「勾欄」門口張掛出「花碌碌」的演出廣告。還看到「勾欄」門口有人「撐著傘做的門」高聲大叫招攬看客，一邊歡迎觀眾入場，一邊向觀眾介紹演出的具體內容，可見這家「勾欄」是把吆喝廣告與文字廣告結合在一起。

〔註63〕　（元）夏庭芝著，孫崇濤，徐宏圖箋注：《青樓集箋注》，北京：中國戲劇出
　　　　版社，1989 年版，第 217 頁。

勾欄演出前，一定把勾欄收拾好，收拾的具體內容包括布置戲臺和在門外懸掛標誌。《藍采和》第一折王把色說：「俺先去勾欄裏收拾去。」正末藍采和云：「王把色，你將旗牌、帳額、神崢、靠背都與我掛了者。」把旗牌、帳額、神崢、靠背插掛在勾欄門口，同樣具有廣告宣傳作用，它是一個戲班規模和實力的標誌。因此收拾勾欄，布置戲臺，是戲劇演出前的重要一環。《藍采和》第一折：

> （正末唱）一壁將牌額題，一壁將靠背懸。（云）有那遠方來看的見了呵，傳出去說，梁園棚勾欄裏末泥藍采和做場哩。（唱）我則待天下將我的名姓顯。〔註64〕

三、入場收費

觀眾花錢看戲，完全是一種自主的商業消費行為。當時大約有兩種形式：

一種形式是在開場或演出過程中，由演員向觀眾討個討賞。「宋人凡勾欄未出，一老者先出，誇說大意，以求賞，謂之『開呵』。」〔註65〕《南宋志傳》第十四回大雪小雪在南京御勾欄演唱：

> 大雪先唱一曲，名【浪淘沙】……小雪繼唱一曲名【蝶戀花】……
> 大、小雪唱罷新詞，臺下子弟無不稱讚。小雪持過紅絲盤子，下臺遍問眾人索纏頭錢。豪客、官家，各爭賞賜。〔註66〕

具體賞多少由觀眾自己定。《水滸傳》第五十一回白秀英說唱諸宮調，唱到中間，白秀英拿起盤子指著道：「財門上起，利地上住，吉地上過，旺地上行。手到面前，休教空過。」白玉喬道：「我兒且走一遭，看官都待賞你。」

另一種是實行收費入場制度。杜仁傑《莊家不識勾欄》云：「見一個人手撐著椽做的門」，「要了二百錢放過咱」。高安道《嗓淡行院》云：「把棚的莽壯真牛。」從這些描述中可以推知，觀眾進入勾欄前，先交費，勾欄的門口並不很大，有專人把守，觀眾陸續入場，守門者一般身體強壯。

元代勾欄的票價，《莊家不識勾欄》記載一個人是「二百錢」，從「層層疊疊團圞坐」、「往下覷卻是人漩渦」諸句推知，這個勾欄中的觀眾非常多，

〔註64〕王季思主編：《全元戲曲》（七），北京：人民文學出版社，1999年版，第118頁。

〔註65〕中國戲曲研究院編：《中國古典戲曲論著集成》（三），北京：中國戲劇出版社，1959年版，第246頁。

〔註66〕《明代小說集刊》第二輯（1），成都：巴蜀書社，1995年版，第111頁。

而且這位農民買的是上等座位，座位價格偏高。有人算了一筆賬：按一般中等規模勾欄設一百個座位計，每個座位計一百錢。如果滿座，一場演出總收入一萬錢（十貫），如果每月演出十場，月收入一百貫，相當於元代一般中級官吏的月收入。除去勾欄租金等各種稅收，月純收入約六十貫。按一個戲班十人分配，平均每人六貫，略高於當時一般市民月收入四貫左右的生活水平。〔註67〕這樣的估算應該是最保守的，因為最大的勾欄「可容數千人」，而且「不以風雨寒暑，諸棚看人，日日如是」，一個月也不止僅演十場，可見戲班的收入是非常可觀的。夏庭芝《青樓集志》記載勾欄裏「觀者揮金與之」，如果是那些一擲千金的貴族官僚子弟，恐怕出手不會是「二百錢」，所以《藍采和》第一折藍采和說「俺這裡（洛陽）不比別州縣，學這幾分薄藝，勝似千頃良田」，後來鍾離權勸他出家，他明確說：「俺世俗人，要吃有珍饈百味，要穿有綾錦千箱，我見你出家兒受用來。」〔註68〕

　　演出收入固然可觀，但某些戲班的「喚官身」的演出是得不到報酬的。《宦門子弟錯立身》中王金榜被「喚官身」，當時勾欄已坐滿觀眾，王金榜正準備上場，河南同知公子延壽馬差人來喚王金榜到府中演唱，王金榜不得不去，其父王恩深只好取消了勾欄演出。

四、演出競爭

　　因為是商業演出，所以競爭激烈。關於演出的競爭，宋代莊綽《雞肋篇》卷上曾有記載：

> 成都自上元至四月十八日，遊賞幾無虛辰。使宅後圃名西園，春時縱人行樂。初開園日，酒坊兩戶各求優人之善者，較藝於府會。……自旦至暮，唯雜戲一色。坐於閱武場，環庭皆府官宅看棚。棚外始作高凳，庶民男女左右，立於其上如山。每諢一笑，須筵中閧堂，眾庶皆噱者，始以青紅小旗各插於墊上為記。至晚，較旗多者為勝。若上下不同笑者，不以為數也。〔註69〕

　　為了更好地娛樂民眾，上元節時，成都府兩戶酒坊安排了盛大的雜戲演

〔註67〕 吳晟：《瓦舍文化與宋元戲劇》，北京：中國社會科學出版社，2001年版，第94頁。

〔註68〕 王季思主編：《全元戲曲》（七），北京：人民文學出版社，1999年版，第117頁，119頁。

〔註69〕 （宋）莊綽：《雞肋篇》（卷上），北京：中華書局，1983年版，第20～21頁。

出，出資邀請優秀藝人現場較藝，吸引了大批觀眾。當這種商業性演出進入瓦舍勾欄後，競爭則變得更加激烈，更加殘酷，能否在勾欄中立穩腳跟，全由觀眾說了算，優勝劣汰。如果碰上對棚表演，就得憑藝人的本事高下和劇本的優劣來爭奪觀眾了。《藍采和》第二折提到了兩個戲班的對棚表演：

> 【梁州第七】咱咱咱，但去處奪利爭名。若逢對棚，怎生來裝點的排場盛？倚仗著粉鼻凹五七並，依著這書會社恩官求些好本領。〔註70〕

對棚，即兩個戲班對臺唱戲。明代才子侯方域的《馬伶傳》中記載了兩個演員同場鬥技的故事：「華林部」和「興化部」是金陵兩個最有名的戲班，「興化部」的著名演員叫馬伶，「華林部」的著名演員叫李伶。新安商人會合兩個戲班演出《鳴鳳記》傳奇，邀請了金陵城裏的貴客文人、豔婦才女前來觀看。「興化部」在場子東邊表演，「華林部」在場子西邊演出。前半場，雙方的表演都很好，不分高低。當演出進行到「兩相國論河套」這一場時，西邊擔綱扮演奸相嚴嵩的演員李伶表演得十分精彩，所有觀眾的目光都轉向西邊並不時發出讚歎，有的人還大聲疾呼「拿酒來」，還有的人甚至移動座位靠近西邊戲臺。不多久東邊場子不再有觀眾觀看，馬伶也演不下去了，只好換衣逃走。苦練三年後，馬伶請求新安商人，希望再次與「華林部」一起演《鳴鳳記》，當又演到兩相國爭論是否收復河套時，李伶忽然失聲驚叫，匍匐上前，自稱弟子，拜馬伶為師。從這一天起，「興化部」的名聲又超過了「華林部」。這個故事說明，演員的演技很重要，如果演員的表演平庸乏味，就缺乏競爭力，甚至影響戲班的發展。要想在競爭中立於不敗之地，演員就必須勤學苦練，不斷提高演技，以適應觀眾的欣賞水平。

退一步講，即使不逢對棚，在勾欄中做場的戲班，也會有競爭的壓力。一個戲班長期在一個地方演出，如果不能補充優秀的演員，不能更新演出的劇目，恐怕難以滿足觀眾的審美需求。即使是優秀的演員，經年演出，觀眾也會產生審美疲勞，於是出現了串場演出的情況。《青樓集》載：「小春宴，姓張氏。自武昌來浙西。」「翠荷秀，姓李氏。雜劇為當時所推，自淮揚來雲間。」〔註71〕

〔註70〕 王季思主編：《全元戲曲》（七），北京：人民文學出版社，1999 年版，第 121 頁。
〔註71〕 中國戲曲研究院編：《中國古典戲曲論著集成》（二），北京：中國戲劇出版社，1959 年版，第 33 頁。

大家知道，演員都是吃青春飯的，《宦門子弟錯立身》第四齣中王金榜唱：「奴家年少正青春，占州城煞有聲名。把梨園格範盡翻騰，當場敷演人欽敬。」〔註 72〕如果一個戲班的「臺柱子」上了年紀，就會在競爭中失利。所以《藍采和》第四折王把色云：「王把色我如今八十歲，李薄頭七十歲，嫂嫂九十歲，都老了，也做不的營生，他每年小的便做場，我們與他擂鼓。」〔註 73〕人老珠黃的藝人不再登臺唱戲，只好給年輕人打下手。

前文提到，在勾欄演出需要交納大量的租金，當觀眾多時，演出的收入是豐厚的，當觀眾少時，演出的收入也會大幅度減少。如果演出的收入不能抵消租金時，戲班就不得不退出勾欄，淪為「打野呵」的路歧班，「衝州撞府」，流動賣藝，藍采和戲班就是如此，可見元代藝人從藝之路的坎坷艱辛。劣等戲班生存就更艱難了，《嗓淡行院》中的戲班演員演技水平低，道具衣服破舊，觀眾看了不滿意，給他們喝倒采，在不受歡迎的情況下，這個戲班只能「淡翻東瓦來西瓦，卻甚放走南州共北州」，不得不「打一槍換一個地方」了。

勾欄演出的商業化，觀眾成了戲班的「上帝」，觀眾的滿意度成為衡量一個戲班演藝水平高下的標尺，它盤活了戲劇市場的競爭機制，客觀上刺激了藝人表演技藝的提高，從而推動我國戲劇藝術不斷向前發展。

第四節　民族交融下的雜劇語言

在元朝廣大的疆域內，居住有漢、蒙古、畏兀兒、回回、吐蕃、党項、契丹、女眞、康里、也里可溫、唐兀等多個民族。各個民族都有自己的語言，有的還有自己的文字。

在成吉思汗建立蒙古汗國以前，蒙古人還沒有文字。在早期的放牧和征戰生活中，主要靠依靠口頭語言和刻木記事的辦法。13 世紀初成吉思汗攻滅乃蠻部時，俘獲了畏兀兒人塔塔統阿，發現了文字在處理軍國重事中的作用，便命塔塔統阿教諸子及貴族子弟用畏兀兒文字的字母拼寫蒙古語言，在蒙古前四汗時期，畏兀兒體蒙古文成為官方文字。隨著蒙古汗國擴張的需要，統

〔註72〕王季思主編：《全元戲曲》（九），北京：人民文學出版社，1999 年版，第 186 頁。

〔註73〕王季思主編：《全元戲曲》（七），北京：人民文學出版社，1999 年版，第 127 頁。

治者開始從鄰近各民族如畏兀、唐兀、契丹人中選拔翻譯人才。佔領燕京以後，還設立專門學校，培養蒙漢族學生互學語言文字。忽必烈建元以後，進一步加強對語言文字人才的培養，形成了一支龐大的翻譯隊伍（有文字翻譯和口頭翻譯）。在民間各族人民的通婚雜居，語言主要是一種自發的交流融匯。元代語言面貌由此發生了巨大的變化。

一、少數民族語言的魅力

眾所周知，元雜劇雖是用漢語言創作的，但翻閱劇本，總免不了會碰到一些陌生詞語，如：把都兒、鐵里溫、罟罟、火不思、打剌蘇、怯薛等。當年王國維在《宋元戲曲考》就曾提醒，要留心「宋、金、元三朝遺語。」戴望舒也指出：「研究元曲中的方言俗語，愚意應從兩方面入手：一是從宋元人筆記語錄等書中研究宋元的方言市語，尤其是宋代的俗語，因為在元曲中，宋代的俗語是大量地保留著……二是研究蒙古語。」〔註 74〕所以考察元雜劇的語言，對這些具有民族交融特色的少數民族語言，特別是蒙古語詞，不可不特別關注。

觀眾在劇場看戲，是訴諸視覺聽覺的，首先必須聽得懂語言，這是欣賞戲劇的前提。元雜劇從文本的創做到舞臺的演出，戲劇語言發生了從文本文字到口頭講唱的轉化。通過劇本研究元雜劇的語言，實際上是隔了一層，研究者只關注了文字層面，而忽略了聲音層面，因此這樣的研究必須置於觀眾觀看的角度進行，才更有實際意義。其實，元代作家、演員、觀眾對劇中少數民族語言詞匯的意思都是瞭解的，只是今人比較陌生。

無名氏《抱妝盒》雜劇楔子：「小官姓陳名琳，現為宋朝一個穿宮內史，一生近貴，半世隨朝，謝聖恩可憐，賜一套蟒衣海馬，繫一條玉帶紋犀，戴一頂金絲帽子，嵌的是鴉鶻石。」「鴉鶻石」就是寶石。「鴉鶻」又作「牙忽」、「鴉忽」或者「押忽」，如《元史·尚文傳》：「西域賈人有奉金寶進售者，其價六十萬錠。省臣平章顧謂文曰：『此所謂押忽大珠也，六十萬酬之，不為過矣。』一坐傳玩。文問何所用之，平章曰『含之可不渴，熨面可使目有光』」〔註 75〕據《元史語解》：「雅庫特，回語藍寶石也，卷八十七作牙忽，又作押

〔註74〕 戴望舒：《小說戲曲論集·談元曲的蒙古方言》，北京：作家出版社，1958 年版，第 88 頁。

〔註75〕 （明）宋濂等撰：《元史》（第十三冊），北京：中華書局，1976 年版，第 3988 頁。

忽並改。」〔註76〕顯然這個詞來自中亞。

蒙古語「好」叫做「賽因」，初爲金元漢人習知之字，此字元曲中倒是有的。關漢卿《竇娥冤》雜劇裏有「賽盧醫」在道白中說：自家姓盧，行得一手好醫，人家就叫「賽盧醫」，明明說他姓盧，因爲他醫道好，所以叫他「賽」，此「賽」並非「賽過」或「勝過」之意，因爲他自己本是盧醫，無所謂「勝過」或「不如」，所以這「賽」字一定是蒙古語的「好」。〔註77〕

《孤本元明雜劇》所收關漢卿《鄧夫人苦痛哭存孝》劇第一折，李存信上場時說出了一連串蒙古語詞：「米罕整斤吞，抹鄰不會騎。弩門並速門，弓箭怎的射？撒因答剌孫，見了搶著吃。喝的莎塔八，跌倒就是睡。若說我姓名，家將不能記；一對忽剌孩，都是狗養的。」〔註78〕這些都是音譯詞。明初洪武年間火源潔在《華夷譯語》〔註79〕有所解釋，方齡貴引述說：「《華夷譯語》這部小書，都把這些字眼的意義告訴了我們。在飲食門，你找到『酒』字，下注『答剌孫』；『肉』字，下注『米罕』。在鳥獸部，你找到『馬』字，下注『抹鄰』。在器用門，你找到『弓』字，下注『弩門』；『箭』字，下注『速門』。在人物門，你找到『賊』字，下注『忽剌孩』。在通用門，你找到『好』字，下注『撒因』。在人事門，你找到『醉』字，下注『莎黑塔八』。這樣上下文的意思完全明白了，那就是說，肉整斤吞，馬不會騎，弓箭也不會射，好酒見了就搶著吃。喝的醉了，跌倒就睡。若說我姓名，家將也不能記。我們是一對賊，都是狗養的。」〔註80〕如果不明白這是音譯，恐怕就鬧出了大笑話。

這些外來詞到了漢語中，由於是借字表音，是一種音譯，演員在舞臺上表演時，漢語中夾雜少數民族的語言，令人耳目一新，爲表演增添了許多色彩。這種語言現象在今天人們的生活中經常發生，例如國人在打招呼時總愛說一些

〔註76〕 《元史語解》（卷20～24），第135頁。

〔註77〕 邵循正：《邵循正歷史論文集》，北京：北京大學出版社，1985年版，第101頁。

〔註78〕 王季思主編：《全元戲曲》（一），北京：人民文學出版社，1999年版，第3頁。

〔註79〕 火源潔，亦作火原潔，元末明初蒙古族的一個英雄部落——郭爾羅斯的著名學者與翻譯家。洪武十五年（1382年）朱元璋下詔名翰林侍講火源潔等奉敕編寫《華夷譯語》（此本稱「甲種本」，又稱洪武《華夷譯語》），洪武二十二年（1389年）刊行。前有劉三吾序，「華夷譯語凡例」，分類爲天文、地理、時令、花木、鳥獸、宮室、器用、衣服、飲食、珍寶、人物、人事、聲色、數目、身體、方隅、通用十七門。

〔註80〕 方齡貴：《古典戲曲外來語考釋詞典》，北京：漢語大詞典出版社，2001年版，第365頁。

英語譯音，如「拜拜」、「哈嘍」、「古得拜」，無論是男女老幼，大家都能聽得懂，成爲國人口頭語言的一種流行時尚。在元代，漢族人口最多，說漢語，使用漢字。漢語漢字是當時各民族之間交往的主要工具，長期生活的融合與交流，當時的人們對這些常用語音譯，都聽得明白，無須解釋。這種說話的方式，是語言融匯時呈現出來的一種普遍現象，爲人們所習慣。試舉幾例：

「哈喇」是一個使用廣泛的蒙古語，意思是殺頭，許多劇作都提到了「哈喇」，如：

> 關漢卿的《單鞭奪槊》第二折：「（元吉云）……量這敬德打甚麼不緊！趁早將他哈喇了，也還便宜。」〔註81〕

> 無名氏的《盆兒鬼》第一折：「（搽旦云）如何？他不則說出來，必然做出來，若是放了回去，可不倒著他道兒？不如只一刀哈喇了他，可不伶俐！」〔註82〕

> 無名氏的《賺蒯通》第一折：「（樊噲云）我想韓信淮陰一餓夫，他有什麼功勞，甚些本事？依著我的愚見，只消差人賺將韓信到來，哈喇了就是，打甚麼不緊。」〔註83〕

> 無名氏的《謝金吾》第三折：「（王樞密上云）……我已曾著人拿住楊景、焦贊兩個，正是飛蛾投火，不怕他不死在手裏。但那楊景是一個郡馬，怎好就是這等自做主張，將他只一刀哈喇了？」〔註84〕

有些時候，「哈喇」又寫作「哈刺」，或者帶上兒化音作「哈刺兒」或「哈喇兒」，如無名氏的《射柳蕤丸》第三折：「（阻字云）來者何人？趁早下馬受降，但道個不字，我都哈刺兒了！」〔註85〕

文字的產生總是落後於語言，在各民族語言交融共匯時，不同的作家在音譯時，會使用不同的文字，在元雜劇裏有些詞語的音譯漢字並不固定，但

〔註81〕王季思主編：《全元戲曲》（一），北京：人民文學出版社，1999年版，第395頁。

〔註82〕王季思主編：《全元戲曲》（六），北京：人民文學出版社，1999年版，第482頁。

〔註83〕王季思主編：《全元戲曲》（六），北京：人民文學出版社，1999年版，第146頁。

〔註84〕王季思主編：《全元戲曲》（六），北京：人民文學出版社，1999年版，第334頁。

〔註85〕王季思主編：《全元戲曲》（七），北京：人民文學出版社，1999年版，第192頁。

大同小異，有相對的隨意性。比如「大古裏」一作「大古來」，又作「待古裏」、「特古里」，都是「彷彿、比方、猶如、模倣、效法」的意思。如：

　　無名氏的《爭報恩》第一折：「【油葫蘆】……（正旦唱）似傾下一布袋野雀般喳喳的叫，大古里是您人怨語聲高。」〔註86〕楊顯之《瀟湘雨》第四折：「（張天覺云）……我恰才分付興兒，休要大驚小怪的，這廝不小心驚覺老夫睡，該打這廝也。……（驛丞云）兀那解子，我著你休大驚小怪的，你怎生啼啼哭哭，驚覺廉訪大人？（解子云）都是這死囚。（詞云）你大古里是那孟姜女千里寒衣，是那趙貞女羅裙包土。便哭殺帝女娥皇，也誰許你灑淚去滴成斑竹。」〔註87〕楊景賢的《劉行首》第二折：「【小梁州】……你向尊前席上逞妖嬈，粧圈套，大古里色是殺人刀。」〔註88〕

　　另外「大古來」還有成名，炫耀，誇示，增光添彩或轉爲幸運，榮幸諸義，如：

　　張國賓的《合汗衫》第三折：「【煞尾】我再不去佛囉佛囉將我這頭去磕，天那天那將我這手去摑，我但能夠媳婦兒戲著咱這沒主意的公婆拜，我今日先認了那個孫兒大古來採。」〔註89〕這裡的「大古來」意即「增光」，猶言門楣生輝，「採」字在此無特定含義。李直夫《虎頭牌》第四折：「【煞尾】將那暖痛的酒快醞，將那配酒的羔快宰。儻叔父再放出往日沉酣態，只留得你潦倒餘生便是大古里㕙。」〔註90〕此處「大古里」是值得誇耀的意思，猶言「安富尊榮」也。賈仲明的《玉壺春》第三折：「【煞尾】……（唱）將你拷一百流逐三千里外。（卜兒云）他敢殺了我麼？（正末云）則爲你坑人財、陷人物、敲人腦、剝人皮，（唱）你落的個屍首完全大古里是彩。」〔註91〕此「大古里」爲「幸運」之意。無名氏的《抱妝盒》第二折：

〔註86〕王季思主編：《全元戲曲》（六），北京：人民文學出版社，1999年版，第171頁。

〔註87〕王季思主編：《全元戲曲》（二），北京：人民文學出版社，1999年版，第400頁。

〔註88〕王季思主編：《全元戲曲》（五），北京：人民文學出版社，1999年版，第333頁。

〔註89〕王季思主編：《全元戲曲》（四），北京：人民文學出版社，1999年版，第240頁。

〔註90〕王季思主編：《全元戲曲》（四），北京：人民文學出版社，1999年版，第207頁。

〔註91〕王季思主編：《全元戲曲》（五），北京：人民文學出版社，1999年版，第472頁。

「【隔尾】我若是無妨礙，你可也無妨礙；我若是有患害，你可也有患害。只要得我命活，便留得你身在。（帶云）那劉娘娘呵，（唱）偷覷他眼色，斟量了性格，太子也，但得個屍首兒完全是大古里彩！」〔註92〕此「大古里」也是「榮幸」之意。

又如「打剌酥」，源於蒙古語 darasu，是酒的意思，在元雜劇中有多種寫法。或作「打剌孫」，無名氏《射柳蕤丸》第四折中，葛監軍吹噓自己作戰得勝時說：「有好打剌孫拿兩碗來，與我解困。」〔註93〕或作「打剌蘇」，陳以仁《存孝打虎》第二折：「安排著宴會，金盞子滿斟著賽銀打剌蘇。」此外，該詞又寫作「答剌速」、「打剌速」、「達拉素」、「達喇蘇」等等。《水滸傳》中王婆提到的「大辣酥」，也是此意。

最典型的當屬「拔都」，蒙古語 bagatur，意爲勇士、健兒、英雄，好漢、從古籍記載看，譯成漢語竟有 20 多種。〔註94〕鄭光祖《老君堂》楔子中有「巴都兒來報大王呼喚，不知有何將令，小學跑一遭去」，馬致遠《漢宮秋》第三折「拔都兒！將毛延壽拿下，解送漢朝處置，我依舊與漢朝結和。永爲甥舅，卻不是好」等等。

元雜劇中使用外來詞語，彰顯了語言發展的歷史趨勢，語言學大師薩丕爾說：「語言，像文化一樣，很少對它們自己滿足的。由於交際的需要，使說一種語言的人們直接或間接和那些鄰近的或文化優越的語言說者發生接觸……要想指出一種完全孤立的語言或方言，那是很難的。」〔註95〕可見語言自身的發展規律也要求漢語在與異族交往過程中漸漸地與之融合，不斷地吸收新詞和外來語，藉以補充自身表意的不足，用來豐富漢語詞彙系統，並促進漢語自身的新陳代謝，以保持漢語的新鮮活力。這樣的例子很多，如無名氏雜劇《射柳蕤丸》第三折中有一段話：「（阻孛云）不會騎撒因抹鄰。（党項云）也不會弩門速門。（阻孛云）好米哈吃上幾塊。（党項云）打剌孫喝上

〔註92〕王季思主編：《全元戲曲》（六），北京：人民文學出版社，1999 年版，第 541 頁。

〔註93〕王季思主編：《全元戲曲》（七），北京：人民文學出版社，1999 年版，第 196 頁。

〔註94〕八都、八都兒、八都魯、拔都魯、拔都兒、八禿兒、拔阿都兒、霸都、巴都兒、波豆兒、把都兒、霸都兒、霸都魯、把阿禿里、拔突、巴圖魯、把突兒、把禿兒、撥禿兒、巴圖爾、把阿禿兒、拔都、拔都兒、拔阿禿兒，參見李祥林：《元曲索隱》，成都：四川教育出版社，2003 年版，第 282 頁。

〔註95〕羅常培：《語言與文化》，北京：語言出版社，1989 年版，第 18 頁。

五壺。(阻孛云)莎塔八了不去交戰。(党項云)殺將來牙不牙不。」〔註96〕
其中「撒因抹鄰」、「弩門速門」、「打剌孫」、「莎塔八」、「牙不」都是是少數
民族音譯詞。這些語言是在舞臺上說給觀眾聽的,如果當時的觀眾不熟悉不
明白,肯定無法欣賞下去。

　　類似的詞匯還有很多,如:兀的(這個)、倚的(吃)、怯薛(護衛軍)、
火不思(一種少數民族樂器)、兀剌赤(車夫)、窩脫(官商)、撒和(人事)、
必赤赤(掌文書的人)、火裏赤(帶弓箭的人)、歪剌骨(不正經的女子)、怯
烈司(拴馬的處所)等。有些蒙古語,迄今仍用,如「哈叭狗」、「胡同」等。
「哈叭狗」既指狗也是罵人之語,如孟漢卿《魔臺羅》第二折:「綠油窗兒,
掛著斑竹簾兒,簾下臥著個哈叭狗兒。」指的是一種狗,而無名氏《連環計》
第二折:「我若說謊,就變一個哈叭狗」,成了罵人的話。今天人們已經習以
為常了,但在元代,這些生動形象的民族語言一定會讓觀眾發出朗朗笑聲。

　　除蒙古語外,元雜劇中還有大量的女眞語。被稱為「蒲察李五大金族」
的李直夫,寫了《便宜行事虎頭牌》雜劇,該劇具有濃鬱的女眞民族風情,
使用了女眞語。在第二折中,老千戶銀住馬唱道:「我可也不想今朝,常記的
往年,到處裏追陪下些親眷。我也會吹彈那管絃,快活了萬千,可便是大拜
門撒敦家的筵宴。」〔註97〕據張福成所編《女眞釋語》可知,「撒敦」就是女
眞語「親戚」,大拜門是女眞人的禮節。賈仲明《金安壽》雜劇第四折:「對
著俺撒敦家顯耀些抬頦。」關漢卿《調風月》第四折中也說:「雙撒敦是部尚
書,女婿是世襲千戶。」關漢卿的歷史劇《鄧夫人苦痛哭存孝》中,也有女
眞語,其中「阿媽」、「阿者」分別是女眞人對父親、母親的稱呼,「赤瓦不剌
海」是「該死的」意思,「莽古歹」指「小番」。

　　尤其需要指出的是,在借用少數民族語言譯音的時候,有時候可能會與
漢語音近詞匯發生混淆,偉大的劇作家關漢卿敏銳地捕捉到了這一語言現
象,寫到了元雜劇的創作中。《哭存孝》第二折,李存信、康君立乘李克用醉
酒之際,故意借諧音曲解「阿媽」的醉語「五裂簸迭」,將飛虎將軍李存孝車
裂而死。第四折李克用酒醒後,聽說李存孝被「五裂」而死,大叫道:「都是

〔註96〕王季思主編:《全元戲曲》(七),北京:人民文學出版社,1999年版,第191
　　　　頁。

〔註97〕王季思主編:《全元戲曲》(四),北京:人民文學出版社,1999年版,第192
　　　　頁。

這兩個送了我那孩兒也！我說道五裂箋迭，我醉了也，他怎生將孩兒五裂了！把這兩個無徒拿到鄧家莊上殺壞了。剖腹剜心，與俺孩兒報了冤仇也！」〔註98〕據方齡貴先生考證：「五裂」和「箋迭」是兩個連用的蒙古語，「五裂」即《元朝秘史》中之「兀祿」，是「不」的意思；「箋迭」也作「箋顛」，意思為「知」，五裂箋迭猶言不知道或不管。〔註99〕朱居易在《元劇俗語方言例釋》中認為「五裂箋迭是喝醉了」〔註100〕的意思。但不管怎麼說，關漢卿從中發現了玄機，把生活中本來很平常的一句話，巧借音譯寫到雜劇創作中，成為組織劇情的重要手段，既符合戲劇情境，又契合人物的性格，妙趣橫生，讓廣大觀眾看到了一場場別開生面的精彩演出。

二、語言的通俗性

語言是思想的直接現實。元代在民族文化交融的大背景下，元代的語言呈現出不同於其他歷史時期的獨特性。李修生在《元雜劇史》中說：

> 從語言發展史的角度來看，元代是一個重要的時期。蒙元時期多元文化的發展，使文學擺脫舊的束縛有了新的發展，俗文化的興盛，觀眾的熱愛，演員的努力，作者的創造，形成了元雜劇的繁盛局面，推動了元代書面語的口語化，也促進了漢語的發展和提高。〔註101〕

雜劇是代言體，往往通過人物對話和唱詞來敷演故事情節、抒發情感，對於文盲半文盲的觀眾來說，曲白必須符合當時人們的說話習慣，必須讓觀眾聽得懂。元雜劇語言最大的特點就是通俗性。如關漢卿《竇娥冤》第二折：

> 【鬥蝦蟆】空悲戚，沒理會，人生死，是輪迴。感著這般病疾，值著這般時勢，可是風寒暑濕，或是饑飽勞役，各人症候自知，人命關天關地，別人怎生替得？壽數非干今世，相守三朝五夕，說甚一家一計？又無羊酒緞匹，又無花紅財禮，把手為活過日，撒手如同休棄。不是竇娥忤逆，生怕旁人議論。不如聽咱勸你，認個自家

〔註98〕王季思主編：《全元戲曲》（一），北京：人民文學出版社，1999年版，第25頁。

〔註99〕方齡貴主編：《元明戲曲中的蒙古語》，上海：漢語大詞典出版社，1991年版，第38～40頁。

〔註100〕朱居易：《元劇俗語方言例釋》，北京：商務印書館，1957年版，第69頁。

〔註101〕李修生：《元雜劇史》，南京：江蘇古籍出版社，1996年版，第70頁。

晦氣。割捨的一具棺材停置，幾件布帛收拾，出了咱家門裏，送入
他家墳地。這不是你那從小兒年紀指腳的夫妻，我其實不關親，無
半點悽愴淚。休得要心如醉，意似癡，便這等嗟嗟怨怨，哭哭啼啼。
〔註102〕

這是張驢兒父親被毒死以後，蔡婆慌了手腳的情形下，竇娥的一段唱詞，
雖爲曲，但明白如話，直似賓白，通俗易懂。此等語言深爲王國維所激賞，
他盛讚稱：「關漢卿一空依傍自鑄偉詞，而其言曲盡人情，字字本色，故當爲
元人第一。」〔註103〕元雜劇以唱詞爲核心，由於襯字的運用，打破了格律嚴
格限制，使唱詞可以隨內容和情境的不同而採用長短靈活的句式。如《救風
塵》裏的趙盼兒在搭救落難姐妹宋引章前的唱白：

【浪裏來煞】你收拾了心上憂，你展了眉間皺，我直著花葉不
損覓歸秋。那廝愛女娘的心，見的便似驢共狗，賣弄他玲瓏剔透。
（云）我到那裡，三言兩句，肯寫休書，萬事俱休；若是不肯寫休
書，我將他掐一掐，拈一拈，摟一摟，抱一抱，著那廝通身酥，遍
體麻。將他鼻凹兒抹上一塊砂糖，著那廝舔又舔不著，吃又吃不著，
賺得那廝寫了休書。引章將的休書來，淹的撇了。我這裡出了門兒。
（唱）可不是一場風月，我著那漢一時休。（下）

這段唱詞句式長短不一，語言自然、眞實、貼切、個性化，很市井，甚至
很粗俗，完全符合一個生活在社會底層風塵女子的身份特徵。元雜劇人物眾
多、身份各異，但所有的語言都紮根於生活，具有生活化、俚俗化的色彩。類
似的語言比比皆是，如《漢宮秋》第三折〔梅花酒〕，馬致遠《黃粱夢》第四
折〔叨叨令〕，無名氏《貨郎擔》第三折〔貨郎兒六轉〕等等，這裡不再引述。

元雜劇中大量使用常言俗語。演員表演時，使用常言俗語，增加了生活
化色彩，動情入理，容易走進觀眾心裏。劇作家在運用這樣的俗語時，常在
前面加提示語，如「常言道」、「俗話說」、「豈不聞」、「自古道」等，例如：

常言道：心病從來無藥醫。（《碧桃花》第二折）

俗語云：座上若有一點紅，斗筲之器盛千鍾。（《風光好》第一折）

〔註102〕王季思主編：《全元戲曲》（一），北京：人民文學出版社，1999年版，第193
　　　　頁。
〔註103〕王國維：《宋元戲曲史》，上海：上海古籍出版社，1998年版，第103～104
　　　　頁。

自古道：紅顏勝人多薄命，莫怨春風當自嗟。(《漢宮秋》第三折)

豈不聞：管山的燒柴，管河的吃水。(《鐵拐李》第一折)

這樣的常言俗語，元雜劇中有 2000 餘條，是老百姓長期生活的體驗、積累和創造，他們在觀劇之餘，自然會時時感受著生活的苦辣酸甜。

元雜劇裏有很多北方方言和土語。像不中、鋪遲、倒換、快性、撒和、情受、一家一計、慢騰騰、不著調、好歹、巴巴結結等，有些詞彙今天還在北方人們生活中使用。其中「一家一計」，意為一家人。如前面提到竇娥的唱詞中就有；再如《包待制智賺生金閣》第四折中：「(正末云)老夫西延邊賞軍才回，專意請衙內飲一杯。衙內請坐，老夫年紀高大，多有不是處，衙內寬恕咱。從今已後，咱和衙內則一家一計。(衙內云)老宰輔說的是，和咱做一家一計。……(衙內云)老宰輔將的看去，咱則是一家一計」，這是包拯為穩住衙內，假裝拉近彼此間感情距離時的寒暄之詞。

還有一些虛詞、語氣詞的使用自由頻繁，如《盆兒鬼》第一折：「【鵲踏枝】……猛聽得叫一聲，這花有主麼，哎，天也！恰便似個追人魂黑臉那吒……【六么序】哎喲，我這裡觀瞻罷，見了他惡勢煞。他骨磷磷將怪眼睜叉，迸定鼻凹，咬定鑿牙，則被你唬殺人那。」[註104] 此曲不但句式多變，而且把語氣詞、感歎詞都用在其中，增加了語言的自由化和生活化色彩。再比如「也麼哥」作為語尾助詞，使用廣泛，《竇娥冤》第三折中竇娥連唱兩句「枉將他氣殺也麼哥！」

元劇中作家在運用典故時，多選擇觀眾耳熟能詳的熟典，如《玉壺春》第一折：「【後庭花】感謝你個曲江池李亞仙，肯顧戀這貶江州白樂天。願你個李素蘭常風韻，則這個玉壺生永結緣。雙通叔敢開言，著你個蘇卿心願。……哎，你個謝天香肯把耆卿戀，我借住臨川縣，敢買斷麗春園，一任著金山寺擺滿了販茶船。」[註105] 雙漸、蘇卿的故事在當時廣為流傳，李亞仙、白樂天、謝天香、柳耆卿是元雜劇中的著名人物，作者直接用大家熟知的人物代替劇中的人物，無須讀者去聯想，直露明白，通俗易懂，適應了民眾的口味特點和欣賞習慣。

〔註104〕王季思主編：《全元戲曲》(六)，北京：人民文學出版社，1999 年版，第 478 頁。

〔註105〕王季思主編：《全元戲曲》(五)，北京：人民文學出版社，1999 年版，第 457～458 頁。

　　受少數民族語言習俗的影響，雜劇裏某些句子與傳統的漢語語序不同，出現了前後顛倒的現象，札拉嘎在《比較文學：文學平行本質的比較研究——清代蒙漢文學關係論稿》一書中指出：「（元雜劇）在一些會話裏，還用蒙古語語法和漢語語法交織的形式。」〔註106〕如前面提到的「米罕整斤吞，抹鄰不會騎。弩門並速門，弓箭怎的射？」從漢語語法來說，這是一個倒裝句，是典型的賓語前置，實際是「整斤吞米罕，不會騎抹鄰。」再如《包待制智斬魯齋郎》第三折中：「（李四云）姐夫，把我渾家與你罷。（正末唱）呸，不識羞閒言長語，他須是你兒女妻夫。」〔註107〕《包待制智勘後庭花》第二折中：「兀的不歡喜殺俺子父，快活殺俺妻夫。」〔註108〕這裡將「夫妻」顛倒成了「妻夫」。《河南府張鼎勘頭巾》第二折中丑云：「叔待，開門來。……叔待，還我草錢來。」〔註109〕《黑旋風雙獻功》第三折中正末與牢子對話，稱牢子為「叔待」，云：「叔待叔待，你家裏有人麼？……叔待，你為什麼打我那？」〔註110〕兩劇中都有「叔待」，元時「待」「大」同音，「叔待」乃「叔大」，實際上是「大叔」。導師雲峰指出：「這種倒裝句的形式和引用蒙古語比較起來，應該不會影響觀眾的理解，反而會增加別樣意味。同時，這些應該說是當時人們耳熟能詳的蒙古語的引用，覺得非常自然順暢。」〔註111〕

　　元雜劇是面向大眾的俗文學，其語言是紮根於民間的富有生命力的大眾語言，李漁說「傳奇不比文章；文章做與讀書人看，故不怪其深；戲文做與讀書人與不讀書人同看，又與不讀書之婦人小兒同看，故貴淺不貴深。」〔註112〕考慮到接受對象，劇作家就要打破傳統文學語言的雅化色

〔註106〕札拉嘎：《比較文學：文學平行本質的比較研究——清代蒙漢文學關係論稿》，呼和浩特：內蒙古教育出版社，2002年版，第309頁。

〔註107〕王季思主編：《全元戲曲》（一），北京：人民文學出版社，1999年版，第374頁。

〔註108〕王季思主編：《全元戲曲》（四），北京：人民文學出版社，1999年版，第36頁。

〔註109〕王季思主編：《全元戲曲》（二），北京：人民文學出版社，1999年版，第530頁。

〔註110〕王季思主編：《全元戲曲》（一），北京：人民文學出版社，1999年版，第569頁。

〔註111〕雲峰：《民族文化交融與元雜劇研究》，北京：人民出版社，2012年版，第102頁。

〔註112〕（清）李漁：《閒情偶寄》，中國戲曲研究院編：《中國古典戲曲論著集成》（七），北京：中國戲劇出版社，1959年版，第28頁。

彩，讓它以俚俗的面貌問世。元雜劇語言藝術的俚俗性加強了戲劇的娛樂功能，顯現出作家與民眾心理相通的傾向。

第五節　大團圓的結局

大團圓的結局是元雜劇娛樂功能典型而集中的表現。

王國維《紅樓夢評論》第三章開篇就說：「吾國人之精神，世間的也，樂天的也。故代表其精神之戲曲小說，無往而不著此樂天之色彩。始於悲者終於歡，始於離者終於合，始於困者終於亨，非是而欲饜閱者之心，難矣。」〔註113〕這表明中國古代戲曲小說的結局都是深為國人喜愛的「歡」、「合」、「亨」結局，即我們所說的大團圓結局。

一、大團圓作品知多少

大團圓結局是宋元戲曲演出中一個突出的劇情模式。到底哪些作品屬於大團圓結局，元雜劇中大團圓作品知多少，這是一個頗有爭議的問題。大團圓結局與中國古代有無悲劇的問題緊密相關。

20世紀之初，西學東漸，王國維接受西方文藝美學思想，用「悲劇」理論來研究中國戲劇。自此以後，在中國古典戲劇的研究中，關於「悲劇」的討論逐漸成為一個引人注目的學術命題，其中涉及到悲劇、喜劇的定義，悲劇、喜劇（也包括正劇）的劃分標準以及與國外戲劇的關係等諸多問題。大體有兩種觀點，一種認為中國有悲劇，以王國維為代表，〔註114〕另一種認為中國沒有悲劇，以朱光潛為代表，〔註115〕兩種觀點在學界影響都很大，相關的討論一直在進行，「悲劇」一詞的使用日漸廣泛。1982年，中山大學王季思教授編選的《中

〔註113〕王國維：《王國維文集》，北京：線裝書局，2009年版，第96頁。
〔註114〕王國維《宋元戲曲考》中明確指出：「明以後傳奇無非喜劇，而元則有悲劇在其中。……其最有悲劇之性質者，則如關漢卿之《竇娥冤》、紀君樣之《趙氏孤兒》，其中雖有惡人交構其間，而其蹈湯赴火者，仍出於其主人翁之意志，即列之於世界大悲劇中，亦無愧色也。」王國維：《宋元戲曲史》，上海：上海古籍出版社，2000年版，第98～99頁。
〔註115〕朱光潛在《悲劇心理學》中說：「隨便翻開一個劇本，不管主要人物處於多麼悲慘的境地，你盡可以放心，結尾一定是皆大歡喜，有趣的只是他們怎樣轉危為安。劇本給人總的印象很少是陰鬱的。僅僅元代（即不到一百年時間）就有過五百多部劇作，但其中沒有一部可以真正算得悲劇的。朱光潛：《悲劇心理學》，北京：人民文學出版社，1983年版，第218頁。

國十大古典悲劇集》和《中國十大古典喜劇集》兩部文集出版發行，它無形中支持了這樣一種觀點：即中國古代既有悲劇，也有喜劇。在當時產生了很大的影響，引起了學界對該問題的深入思考，有學者適時發表了看法。如方敏、吳國欽都認爲中國有悲劇，而是具有中華民族特點的悲劇。〔註116〕後來曾永義在一篇文章中說，「所謂『悲劇』、『喜劇』，事實上是戲劇的類型和觀念……西方悲喜劇的理論各門派，見解不一，所以像《竇娥冤》便有『悲劇』和『通俗劇』的爭論；而西方理論是否可以完全運用到中國戲曲中來，也是一個根本問題，所以中國是否有西方的『悲劇』，中國人今之所謂『悲喜劇』和西方人的觀念是否相關，便也見仁見智，難有共同的歸趨。」〔註117〕

這種悲劇有無的論爭有著複雜的文化背景和不同的評價標準。如果不把「悲劇」和「大團圓」置於問題的兩極，不拘泥於非此即彼的看法，問題就有了可操作性。本著這樣的思路，再來探討元雜劇大團圓作品知多少。毋庸諱言，所有喜劇都是大團圓結局沒有爭議，對於悲劇作品的結局尚需分析。我們以王季思主編的《中國十大古典悲劇集》所選的「十大悲劇」爲例。

在《中國十大古典悲劇集》的「前言」中，王季思提到了我國古典悲劇結局的三種情形：一種是由清官或開明君主出場，爲民伸冤；另一種是讓劇中主角在仙境裏或夢境裏團圓。還有值得我們注意的一種，是讓受迫害者的後代繼續起來鬥爭，終於報了仇，雪了恨。〔註118〕這樣的結局與西方戲劇的「一悲到底」截然不同。

具體看，十大古典悲劇的結局是：《竇娥冤》中的竇娥被平冤昭雪，張驢兒被以極刑處死；《趙氏孤兒》中的孤兒趙武長大成人，報仇除奸，屠岸賈被處以凌遲死罪，他襲父祖之職爲卿相；《漢宮秋》中叛賊毛延壽被漢廷處斬，祭獻明妃；《琵琶記》中一夫二妻團圓，滿門封賞；《精忠旗》中抗金名將岳飛變神，奸臣秦檜冥誅；《嬌紅記》中申純、嬌娘一對戀人生前不能結爲連理，死後兩人合葬於濯錦江邊，名之爲「鴛鴦塚」；《清忠譜》中周順昌榮封三代，贈謚賜塋，立祠，魏忠賢被正法戮屍；《雷峰塔》中白娘子的兒子許士麟的孝

〔註116〕方敏：《試論中國古典戲曲的悲劇》，《文史哲》1981 年第 6 期；吳國欽：《論中國古典悲劇》，《學術研究》1984 年第 2 期。

〔註117〕曾永義：《關漢卿研究及其展望》，張月中主編：《元曲通融》（下冊），太原：山西古籍出版社，1999 年版，第 1522 頁。

〔註118〕王季思：《中國十大古典悲劇集》，上海：上海文藝出版社，1982 年版，《前言》，第 20 頁。

心感天動地，使白蛇娘娘獲得解放，位列仙班；《長生殿》中唐明皇與楊貴妃於中秋之夜在月宮團圓。只有《桃花扇》的結局不團圓，主人公侯方域、李香君二人的愛情破滅，雙雙出道，使全劇蒙上了一層濃鬱的感傷色彩。

這「十大悲劇」，元代四部，明代兩部，清代四部，雖然界定為悲劇，但帶有理想化色彩的結局，彰顯了公平正義、幸福美滿，代表了真善美，凸顯了「惡有惡報，善有善報」的思想觀念。「戲曲不是別悲喜如水火，把悲劇和喜劇分為壁壘森嚴的兩大陣營，而是離合環生，悲喜沓見，把兩種相反的成分完美地統一在一個劇目之中，造成一種圓滿之美。我國古人認為，只有這種亦悲亦喜，悲喜中節的美對人才是適宜的。」〔註119〕因此總體來看，大團圓結局達到了90%。

1999年，王季思主編的《全元戲曲》出版，這是收錄元雜劇（也包括元明間的雜劇）最全的本子。根據雲峰老師的統計，情況如下：

《全元戲曲》中除去殘本和重複的篇章，剩有完整故事情節的共227篇，其中以大團圓結局者205種，約占全本流傳總數的90.3%。再按內容可分為愛情婚姻劇、神仙道化劇、仕宦人生劇、家庭倫理劇和公案劇五類：其中愛情婚姻劇51種，全部是大團圓結局；神仙道化劇29種，大團圓結局27種，占93.1%：仕宦人生劇有103種，大團圓結局的有85種，占82.5%；家庭倫理劇共有24種，大團圓結局的有22種，占到91.6%；公案劇共有20種，都是以大團圓結局的。〔註120〕

為了更直觀，通過表格加以呈現：

類別	數目	大團圓數目	所佔比例	占全本（227篇）比例
愛情婚姻劇	51	51	100%	22.4%
神仙道化劇	29	27	93.1%	11.9%
仕宦人生劇	103	85	82.5%	37.4%
家庭倫理劇	24	22	91.6%	9.6%
公案劇	20	20	100%	8.8%
合計	227	205	90.3%	90.3%

〔註119〕鄭傳寅：《古典戲曲大團圓結局的民俗學解讀》，《戲曲藝術》2004年第2期，第7頁。

〔註120〕雲峰：《民族文化交融與元雜劇研究》，北京：人民出版社，2012年版，第193頁。

可見大團圓結局已經成爲元雜劇的一種普遍現象。

二、大團圓的歷史文化傳統

大團圓總是美好的，大團圓是一種快樂和幸福。人活著，就要追求快樂和幸福，因此追求大團圓是人之常情，也是人類共同的夢想。中華民族歷來就有向圓的傳統。

中國自古就是一個農耕社會，對自然界的依賴特別大，在初民的潛意識裏，天是至高無上的，形成了天人合一的世界觀。「天」的含義豐富，既指上帝之天也指自然之天，但作爲哪種意義上的「天」，對人都具有不可抗拒的威懾力量。《論語》載孔子曰：「唯天爲大，唯堯則之。」又說：「獲罪於天，無所禱也。」莊子主張「法天貴眞」。孟子說：「順天者存，逆天者亡。」墨子說：「順天意者，兼相愛，交相利，必得賞；反天意者，別相惡，交相賊，必得罰。」我國古代先民有「天圓地方」樸素觀念。《易經》云：「乾爲天，爲圓。」《呂氏春秋・序意》說：「有大圓在上，大矩在下。」高誘注：「圓，天也；矩，方，地也。」在先民眼中，四季更迭，晝夜交替，春種夏長，秋收冬藏，陰晴圓缺，都呈周而復始「圓」形變化。因此，「法天」、「順天」成爲我國古代長期傳播的信仰。「這種對天的崇拜就導致了對天的運行規律——『圓』的親和與崇尙。」〔註121〕施之於人間萬事，就是追求圓滿、團圓。這種思想對人們的生產生活產生了重要的影響，集中體現在我國的傳統節日中，如春節吃團圓飯，《東京夢華錄》卷十《除夕》載：「是夜禁中爆竹山呼，聲聞於外。士庶之家，圍爐團坐，達旦不寐，謂之守歲。」〔註122〕古人認爲凡是重要節日，都應團圓。我國古代的除夕之夜，一些在押犯人有時也被放回去過團圓年。正月十五吃湯圓，中秋節賞圓月、吃月餅，意義都在於此。蘇軾的《水調歌頭》「月有陰晴圓缺，人有悲歡離合，此事古難全」，就是對人生人事的感概。「圓」還有象徵意義，被用來象徵社會秩序和行爲規範——「沒有規矩，不成方圓」；象徵理想的人格——「君子外圓而內方」，「小人外方而內圓」。經過長期的歷史積澱，「圓滿」不僅成爲潛在的民俗心理，也是一股強大的藝術精神。古典戲曲的「大團圓」就是這一藝術精神的顯現。

〔註121〕 危磊：《中國藝術的尙圓精神》，《文藝理論研究》2003 年第 5 期。
〔註122〕 （宋）孟元老等撰：《東京夢華錄（外四種）》，上海：古典文學出版社，1956年版，第 62 頁。

大團圓結局與儒家思想文化有關。

儒家文化首先是一種禮樂文化，重「和」。大團圓結局「和」的狀態就是「禮樂」文化精神的傳承和顯現。據徐復觀先生考證，中國古代文化常將「禮樂」並稱，實際上「樂教」要早於「禮教」。「孔子的詩教，亦即孔子的樂教」。「樂」的情感基礎是「樂」（1e），《禮記・樂記》解釋道：「樂者樂（1e）也。君子樂得其道，小人樂得其欲。」怎樣才能做到「樂得其道」而不是「樂得其欲」？必須要以禮節情，達到感性與理性的平衡，即「中和」狀態。所以孔子對《詩經・關雎》作出「樂而不淫」、「哀而不傷」的審美判斷，鄭玄在《毛詩序》中提出「發乎情止乎禮義」的審美追求，這都是以「中和」作爲審美批評尺度的。

儒家文化也是一種倫理文化，重「序」。倫理文化注重人際關係和人的內心修養，重視倫理道德，提出了五倫：即君臣有義、父子有親、夫婦有別、長幼有序、朋友有信。要求每一個社會成員共同遵守，從而達到社會和諧穩定，使「和爲貴」成爲一種普遍社會心理。

除儒家思想外，構築中國民眾文化心理的釋道兩家思想對團圓之趣的形成都有一定的影響。

道家崇「道」，追求長生不老，飛天成仙。從哲學來講，「道」是化生天地萬物的本原。老子講：「道生一，一生二，二生三，三生萬物。」「道」是世間萬事萬物的主宰和根本，「道」化生了萬物，萬物復歸於「道」，周而復始，生生不息。早期道教就將老子作爲「道」的體現者和化身。「一散形爲氣，聚形爲太上老君」〔註123〕。老子具有神性，即是人格化的神。「崇神拜仙」是道教的根本信仰，而且是多神崇拜，包括自然神、宗祖神、職能神和有功德的世人之神。劉勰在《滅惑論》中有「上標老子，次述神仙，下襲張陵」的說法。神仙居住於仙境，他們洞透世情，不爲世俗社會所累，隨緣自適，超然物外，過著一種逍遙清幽的仙人生活。道教主張人要活得舒服、快樂、自在，這就吻合了人們的享樂需求。其最基本的教義是導「道」貴「德」，其修持之務便是修道積德，功德圓滿便會「與道同體」，得道成仙。而現實中，對人生短暫的憂患乃是困擾著人類心靈的一個永恆問題，中國有句俗話「好死不如賴活著」，這種人類最古老、最深沉的憂患使一代代人們的心靈中不斷湧出恐懼的感覺，而塵世的樂趣、幸福和愉快又進一步加重了這種恐懼的分量，

〔註123〕饒宗頤校注：《老子想爾注校箋》，上海：上海古籍出版社，1991年版，第12頁。

因此，道教不遺餘力、想方設法要使人類長壽。其宣傳得道成仙便可長生不死，在仙境過著仙人生活的理想境界迎合了廣大民眾的心理，有著廣泛的群眾基礎。元雜劇中的神仙道化劇，劇中人在經歷種種考驗和磨難之後，最終都苦盡甘來，「修道成仙」，全劇以大團圓煞尾。

東漢末年，佛教由印度傳到中國後，對中國文化產生了廣泛而深刻的影響。佛家的「業緣觀」認爲人做任何事都會造成一份「業」，這個「業」就種下了後來福與禍的因，只要遵守基本的社會倫理秩序和基本戒律，篤信和崇拜佛教神靈，隱惡揚善，多做好事，修持佛教經典，就可獲得快樂和幸福，這就是佛教的因果說。因果說在通俗化爲「善有善報、惡有惡報」後，作爲一種集體無意識，變成了百姓的信條，成爲廣大民眾崇尚團圓心理的重要助推器。如果說文人士大夫津津樂道的是明心見性、頓悟成佛的禪，那麼平民百姓信奉的就是「善有善報、惡有惡報」的觀念。

由此可見，大團圓思想是在儒釋道傳統文化的共同作用下形成的。正如王季思所言：「如果說西方戲劇將悲劇的崇高和喜劇的滑稽加以提純而發展到極致。中國戲曲則將兩者綜合在一起，相互調劑、襯托……表現爲怨而不怒、哀而不傷的中庸調節，達到明辨是非、懲惡揚善後的超越。這既是儒家積極入世的現實態度，又帶有道家陰陽相激、剛柔相濟的哲學意蘊，可以說是一種民族傳統心理的積澱。」〔註124〕

三、蒙古族文化的影響

每一個民族都有自己獨特的民族文化，蒙古民族在其千百年的發展歷史上創造了豐富多彩而獨具特色的民族文化，「蒙古民族古老而傳統『團圓——吉祥』象徵文化貫穿於蒙古人的傳統思維、民族信仰、經濟社會、民間藝術和日常生活習俗等方方面面。」〔註125〕我們在充分考慮傳統文化的同時，也要充分考慮元雜劇興盛的時代現狀，即在民族文化交融大背景下，以北方蒙古族爲代表的草原游牧文化對大團圓結局的深刻影響。

導師雲峰在《民族文化交融與元雜劇研究》一書中指出：

> 元雜劇90%以上是以大團圓結局的，其前的敘事文學作品雖然

〔註124〕王季思：《悲喜相乘——中國古典悲喜劇的藝術特徵和審美意蘊》，《戲曲藝術》1990年第1期。

〔註125〕巴・蘇和：《蒙古文學發展史引論》，海拉爾：內蒙古文化出版社，2000年版，第498頁。

也有團圓者，但代表作及多數作品習慣採用所謂的悲劇來結局。……
這樣重要而有趣現象的出現，自有文學本身的發展規律，同時和當
時的社會政治環境有密切的關係。當時社會政治環境的最突出點是
蒙古族入主中原，民族文化交融空前活躍。那麼，當時的民族文化
交融與元雜劇的大團圓結局有密切關係。〔註126〕

　　古老而傳統的蒙古族文化某種程度上就可視作為一個『團圓』文化。蒙
古族的「團圓」文化和漢文化中的尚圓傳統有許多相通之處，如對自然萬物
的崇拜，對天的崇拜。古代蒙古人把天作為至高無上的自然神加以崇拜，素
有敬畏祭拜「長生天」或「騰格里」的習俗。「蒙古族崇拜天的習俗和漢族人
對天的崇敬似乎是異曲同工，而且在這種對天的崇拜中，漢人注重的似乎是
講究天人合一的境界，而蒙古人更多的似乎就是對天的形體——圓形的一種
原始的崇拜。」〔註127〕蒙古人認為，圓形可象徵吉祥與美滿，形成了一種樸
素的圓形崇拜。因為太陽和月亮是圓的，可以給人類帶來光明與溫暖，所以
古代蒙古人有崇拜太陽和月亮的習俗，每天清晨要將第一份鮮奶及其他食物
飲料供奉太陽。生活中也可看出蒙古人「尚圓」的觀念，如皇帝的行宮「斡
耳朵」的建造就體現了圓形思維，蒙古人居住的蒙古包是圓形形狀。祭敖
包是蒙古族的傳統，敖包是蒙古語的音譯，是「堆子」的意思。「敖包的形式，
各地區大體一樣，即在圓壇之上，積石為臺，臺基上面分成大中小三層，重
疊成圓錐體」。〔註128〕在蒙古人的生活中，日常用品、用具多為圓形，如圓桌、
圓火爐，最典型的便是女子所戴的罟罟（姑姑）冠。

　　政治制度及軍事方面，也體現出蒙古族的「尚圓」觀念。如蒙古汗國時
期，推舉大汗要召開「忽里勒臺」大會。「忽里勒臺」意為「聚會」、「大朝會」，
有「團聚」、「會商」之意。軍事方面，金明昌年間，鐵木眞（成吉思汗）與
札答闌部首領札木合之間發生的「十三翼之戰」，各部也是以「圓圈」形式出
現的。十三翼，即 13 個「古列延」，「古列延」意為「圈子」、「營盤」。甚至
一些蒙古族舞蹈都具有「尚圓」的特色，如古代蒙古人在出征前，都要舉行
隆重的祭祀儀式，在最高軍事統帥的帶領下，跳「繞樹舞」，據《多桑蒙古史》

〔註126〕雲峰：《民族文化交融與元雜劇研究》，北京：人民出版社，2012 年版，第 190
　　　　頁。

〔註127〕郭小轉，胡海燕：《從蒙古族習俗及文化心理看元雜劇大團圓結局》，《青海民
　　　　族大學學報》2011 年第 1 期，第 135 頁。

〔註128〕張秀華編著：《蒙古族生活掠影》，瀋陽：瀋陽出版社，2002 年版，第 71 頁。

記載，忽圖剌汗「英勇著名當時，進擊蔑兒乞部時，在道中曾禱於樹下。設若勝敵，將以美布飾此樹上。後果勝敵，以布飾樹，率其士卒，繞樹而舞。」〔註129〕流傳於今內蒙古呼倫貝爾市的布里亞特圓舞和內蒙古通遼市的安代舞，都是許多人圍成圓圈一起娛樂的集體舞。

　　蒙古族文化的「團圓」色彩使蒙古族文學創作多呈現出喜劇性的團圓結局。古代蒙古族文學主要是民間文學，主要有英雄史詩、民間故事和敘事詩等。從《蒙古族文學簡史》中提到的 11 篇作品來看，無一例外都是以大團圓爲結局的，這 11 篇作品是：《江格爾》《格斯爾可汗傳》《智勇的王子希熱圖》《勇士谷諾幹》《蒙古秘史》《征服三百泰亦赤兀惕人》《孤兒傳》《成吉思汗的兩匹駿馬》《箭筒士阿爾戈聰的傳說》《滿都海徹辰夫人》《烏巴什・洪臺吉》。另外像《巴彥寶力德老人的三個兒子》《祖拉・阿拉達爾罕傳》《那仁罕傳》《永生的烏仁特博根罕》《迅雷・森德爾》《蟒古斯故事》《動物解釋故事》等都是喜劇性的團圓結局。

　　早期的蒙古族文學多爲民間文學，民間文學的主要聽眾和傳播者都是普通民眾，具有口耳相傳的特徵，在蒙、漢文化交流融合的過程中，蒙古族文學創作的這一審美特徵必然會對元代文人的創作產生重要影響，因此作家們努力編織作品的美好大團圓結局也就不足爲怪了。

　　前文已經談到蒙古族及其統治者喜好歌舞戲劇，一些承應藝人到元代內廷供奉演出，向宮廷「獻劇」。爲了迎合統治者的欣賞趣味，在劇構時就要採用喜劇性的團圓結局，體現出一種歡快愉悅、和諧團圓的氣氛。從小的範圍說，生日慶典、家庭堂會演出，也都會選取喜慶團圓的劇目。現在所能見到的元雜劇劇本，多錄之「御戲監」或「內府」，即所謂宮廷「承應」的本子。這些雜劇作品不但安排了喜劇性、團圓性的結局，而且在結尾處還有一個歌功頌德的尾巴。如《賺蒯通》的下場詩爲「顯見得皇恩不濫，同瞻仰天日非遙」，〔註130〕《陳州糶米》的下場詩爲「方才見無私王法，留傳與萬古千秋」，〔註131〕甚至被王國維稱之爲「世界大悲劇」的《竇娥冤》，其結尾也有「今日

〔註129〕（瑞典）多桑著，馮承鈞譯：《多桑蒙古史》，北京：中華書局，1936 年版，第 266 頁。

〔註130〕王季思主編：《全元戲曲》（六），北京：人民文學出版社，1999 年版，第 163 頁。

〔註131〕王季思主編：《全元戲曲》（六），北京：人民文學出版社，1999 年版，第 116 頁。

個將文卷重新改正，方顯的王家法不使民冤」〔註132〕的頌揚之詞。從中可以看出內廷供奉演出的痕跡，這說明蒙古族統治者的愛好及其所處的特殊地位，對元雜劇大團圓結局的形成有一定的影響。

四、作家創作觀念的轉變

觀眾看戲是為了消遣，而且喜歡大團圓結局，劇作家為觀眾服務，因此在創作時必須轉變創作心理，適應觀眾的審美需要，在安排戲劇結尾時充分考慮觀眾的這一願望，努力建構大團圓的故事結局。這種創作觀念的改變可以從敘事性文學作品的歷史發展進程中找到答案。

儘管中國文學以抒情為主，但元代以前還有許多敘事性文學作品，如漢樂府敘事詩、魏晉志人志怪、唐宋傳奇等，其中具有完整故事情節並以團圓結尾的作品並不多。這裡以宋代郭茂倩編的《樂府詩集》、晉代干寶編著的《搜神記》、魯迅校錄的《唐宋傳奇集》、程毅中輯注的《宋元小說家話本集》為對象加以考察統計，列表如下：〔註133〕

作品集名稱	有完整情節的篇數	團圓結局篇數	所佔比例	悲劇結局篇數	所佔比例	中性結局篇數	所佔比例
《樂府詩集》	14	3	21.4%	8	57.2%	3	21.4%
《搜神記》	29	4	13.8%	6	20.7%	19	65.5%
《唐宋傳奇集》	64〔註134〕	11	17.1%	19	29.8%	34	53.1%
《宋元小說家話本集》	40	17	42.5%	8	20%	15	37.5%

從列表來看，四部作品集中，團圓結局作品所佔的比例都很低，《樂府詩集》占21.4%，《搜神記》占13.8%，《唐宋傳奇集》占17.1%，《宋元小說家話本集》的比例稍高，雖然達到了 42.5%，但其中很重要的一個因素是裡面收錄了部分元代話本，而悲劇結局和中性結局的作品所佔比例較大，與元雜劇團圓結局作品高達90.3%的比例形成了鮮明的對比。這表明在敘事文學的發

〔註132〕王季思主編：《全元戲曲》（一），北京：人民文學出版社，1999年版，第211頁。

〔註133〕此表根據文字整理而成，具體文字論述請參閱雲峰：《民族文化交融與元雜劇研究》，北京：人民出版社，2012年版，第190～191頁。

〔註134〕魯迅校錄的《唐宋傳奇集》收錄唐宋傳奇45篇，張友鶴的《唐宋傳奇集》補錄19篇，即64篇。

展進程中，元代作家的創作觀念發生了巨大轉變，喜歡創作團圓結局的作品，實現了從創作悲劇作品到創作喜劇作品的歷史性跨越。

　　具體來看，元雜劇有一部分作品取材於歷史故事、民間傳說和唐宋傳奇，劇作家在創作改編的過程中，有意識地改變故事的結局，出現了「歷史上不團圓的，給他團圓，沒有報應的，給他報應」的現象。如石寶君的《秋胡戲妻》取材漢劉向的《列女傳》，在《列女傳》中，秋胡外出多年歸來，在桑園調戲自己的妻子，女主人公回家後知道是丈夫所為，恥於此事，遂投河而死，而到了《秋胡戲妻》中，作者加入了李大戶逼親、搶親的情節，將悲劇結局改為夫妻團圓的喜劇性結局，道德說教色彩減少，娛樂性增強；白樸的《牆頭馬上》來源於白居易的詩《井底引銀瓶》，該詩講述一個婚姻悲劇：一個女子愛上了一位男子，同居了五六年，但家長認為「聘則為妻奔則妾」，被逐出家門。而在《牆頭馬上》中，女主人公雖被裴家休棄，但歷經曲折坎坷之後，最終迎來夫妻破鏡重圓、全家團聚的美滿結局。

　　此外，劇作家還採取兩種辦法，強化故事的團圓結局：一是把原本中性結局的故事敷衍成大團圓結局的故事，如關漢卿的《溫太真玉鏡臺》、《狀元堂陳母教子》、《劉夫人慶賞五侯宴》，馬致遠的《半夜雷轟薦福碑》、《江州司馬青衫淚》等，這些作品題材皆有所本，結局都是美滿團圓的；二是把本來為大團圓結局的進行擴充改編並繼續保留其大團圓結局，如關漢卿的《包待制三勘蝴蝶夢》，白樸的《韓翠顰御水流紅葉》，石君寶的《李亞仙花酒曲江池》，尚仲賢的《洞庭湖柳毅傳書》，鄭光祖的《迷青瑣倩女離魂》等，擴充改編後大團圓的美學欣賞趣味更加突出、更加集中。

　　劇作家對於大團圓的追求最典型的莫過於《西廂記》。關於《西廂記》的作者學界還有不同看法，〔註135〕直接關係到《西廂記》第五本的寫作問題。到底是「關作王續」還是「王作關續」，不是我們討論的重點，其關鍵在於作者是在什麼情況下續寫的，值得我們深思：一個好的劇本並不是一次完成的，劇作家會根據演出的情況、觀眾的喜好不斷進行修改完善，從賈仲明的《凌波仙》弔詞「新雜劇，舊傳奇，《西廂記》天下奪魁」，可知觀眾對該劇的喜

〔註135〕《西廂記》的作者為王實甫，元《錄鬼簿》和明初的《太和正音譜》本有明文記載，但至明代中葉以後出現各種異說。概括為以下幾種不同看法：1、王實甫作（《錄鬼簿》、《太和正音譜》）2）關漢卿作（都穆《南濠詩話》）3、關作王續（金臺魯氏刊本《新編西廂記》）4‧王作關續（明‧王世貞《藝苑卮言》）。

愛程度。如果《西廂記》到第四本「草橋店夢鶯鶯」結束，崔張二人的愛情就是悲劇結局，觀眾是不會答應的，因此必須寫作第五本，爲該劇設定一個圓滿的結局：張生中狀元做官回來，揭穿鄭恆騙婚謊言，有情人終成眷屬。這體現了戲劇演出與戲劇創作的互動，其核心還是爲了愉悅觀眾。深諳舞臺藝術的董美戡，1965 年寫出了《〈西廂記〉論》，在別人都在說階級鬥爭如何不可調和，董先生則說「暫時放棄自己的思想方式，設身處地去體味」，不僅「這個『團圓』結局是合往日觀眾脾胃的」，連老夫人三次賴婚，也都因唐人「恃其族望恥與他姓爲婚」這一時代痼疾而變得可以諒解。〔註136〕

　　劇作家改變故事結局的做法是一種「主觀故意」，投觀眾之所好，胡適先生說：「如朱買臣棄婦，本是一樁『覆水難收』的公案，元人作《漁樵記》，後人作《爛柯山》，偏要設法使朱買臣夫婦團圓。又如白居易的《琵琶行》寫的本是『同是天涯淪落人，相逢何必曾相識』兩句，元人作《青衫淚》偏要叫那琵琶娼婦跳過船，跟白司馬同去團圓！又如岳飛被秦檜害死一件事乃是千古的大悲劇，後人做《說岳傳》偏要說岳雷掛帥打平金兀朮，封王團圓。」〔註137〕

　　元雜劇屬於通俗文化，大團圓的審美觀在中國有著悠久的文化傳統和廣泛的民眾基礎。其根基在民間，因此「作爲一種舞臺表演藝術，觀眾的好惡勢必影響甚至決定戲劇作品的內容和形式，由於中國傳統的觀眾的精神需求和審美價值取向是大團圓，因此，戲劇作家就會更多地關注大眾品位，其作品就會更樂於描寫大團圓。只有這樣，戲劇才能更好地體現其自身存在的價值。」〔註138〕大團圓結局體現了作家與時俱進的創作理念，是元雜劇發展的出路所在，順應了時代的前進方向，其最根本目的就是爲了取悅觀眾，娛樂觀眾。不管劇作的情節如何悲戚，但在表演的最後時段，團圓結局的收煞，有效地平復和消解了觀眾在看戲過程中產生的壓抑、痛苦或者憤懣等各種不良情緒。

〔註136〕董美戡著，黃天驥，陳壽楠編：《董每戡文集》（中），廣州：廣東高等教育出版社，1999 年，第 311 頁。
〔註137〕《民國叢書》編輯委員會編：《胡適文存》卷一，上海：上海書店出版社，1989年版，第 207 頁。
〔註138〕單有方：《大眾品位與中國古典戲劇大團圓結局》，《河南大學學報》2006年第 4 期，第 127 頁。

結　語

　　元雜劇是中國古代戲劇發展史上的重要一環，是一種成熟的戲劇形態。在其「化繭成蝶」的漫長歷史進程中，娛樂功能就像的母體裏的基因一樣，孕育在各種藝術的肌體中，伴隨著戲劇形態的歷史演進而得以不斷發展，越來越強，從先秦原始歌舞、「優人」伎藝到漢代「百戲」，從南北朝「大面」、「踏謠娘」到唐代參軍戲，從宋雜劇、金院本一直到元雜劇的最後成熟，戲劇的娛樂功能得以全面彰顯。

　　追求娛樂是人的天性，古今中外，概莫能外，只是不同時期不同地域人們的追求方式不一樣而已。公元十二到十三世紀，女眞、蒙古等少數民族在北方相繼興起，尤其是酷愛歌舞戲劇的蒙古族建立政權後，爲元雜劇的發育成熟創造了良好的社會條件。在多種因素的綜合作用下，元雜劇破土而出，並迅速興盛起來，深得人們的喜愛。朝野上下、城市鄉村出現了觀演盛況。有元一代，觀看雜劇演出成了當時人們社會生活中的重要娛樂方式。

　　元雜劇是一門綜合藝術，其傳播途徑主要有兩種：一是劇本傳播，一是舞臺傳播。今人研究雜劇，大多是從文本著眼的，當元雜劇的演出形式失傳以後，許多劇作大都作爲文學作品來欣賞的，這在高校的教學中尤爲突出。譬如一條魚，我們只看到了其死亡以後的屍體標本，而沒有看到活魚在水裏游動的情景，這是元雜劇研究中面臨的實際情況。在元代，元雜劇傳播的主要途徑是舞臺演出，觀眾以文盲半文盲的下層民眾爲主體，根本沒有劇本讀者，這才是元雜劇存在的「歷史本來面目」。當我們立足元代社會的「生態環境」去關注它時，就應該從戲劇的四要素，即作家、觀眾、劇場、演員綜合考慮。沒有觀眾就沒有戲劇，元雜劇的生產消費符合戲劇存亡的一般規律，

也符合商品消費的一般規律。作家寫劇本，賣給戲班，戲班進行商業演出，觀眾花錢看戲，甚至建戲臺請戲班演出，因此從終極意義上說，觀眾是戲劇消費的主導者。觀眾花錢買票到劇場看戲，既不是爲了接受政治洗禮，也不是爲了接受文德教化。最直接的目的就是消閒遣悶，追求娛樂。如果戲劇表演不能給觀眾帶來審美的愉悅，恐怕誰也不會自己花錢買票去看，這一點，古今同理。元雜劇的出發點是觀眾，落腳點也是觀眾，所以滿足觀眾的「娛樂」需求就成了作家和演員追求的最高原則。

從創作角度看，作家把觀眾放在第一位，不但選擇觀眾喜聞樂見的題材，而且還貼近社會現實進行創作；作家把雜劇當成自己的事業，既有個人的獨立創作，也有同行間結成書會的集體創作，甚至有的作家還與藝人合作，同臺演出。

從演出角度看，腳色的分工與定位、演員的裝扮與培養、道具的選擇與穿插、表演形式設計與安排、戲劇語言的組織運用等各方面都要考慮如何更好地娛樂觀眾。元代藝人有專業藝人與民間藝人之別。演出方式不拘一格，藝人們不但在固定的勾欄演出，還流動做場。各大城市的瓦舍勾欄和遍佈鄉村的舞樓戲臺就是元雜劇繁榮興盛的歷史見證。

從觀看的角度看，元雜劇有大量的觀眾，涵蓋元代社會各個階層，其中以下層普通民眾爲主體，他們不論是花錢看戲，還是出資修建戲臺，都要有一定的經濟條件做保障，追求娛樂離不開物質基礎。

本文充分肯定元雜劇的娛樂功能，並不等於排斥或者否定其他看法。學界認爲戲劇還承載著其他功能，如諷諫說、主情說、教化說，史鑒說等，這是針對所有戲劇形態而言的，包括明清傳奇在內。個人認爲，戲劇的諷諫、教化、史鑒功能是第二位的，與娛樂功能並不在同一個層面上，觀眾通過看戲瞭解社會、明白事理、增長知識，陶冶情操，從中受到教育，這是自然而然的，但絕不是最根本的。徐朔方在《莎士比亞的家鄉和他的戲劇演出》中亦指出：「戲劇的最大特點是它的娛樂性。有娛樂性，才談得上教育作用。」〔註1〕

元代胡祗遹在解釋「雜劇」的「雜」時說道：

> 既謂之雜，上則朝廷君臣政治之得失，下則閭里市井父子兄弟

〔註1〕 徐朔方：《徐朔方集》（第五卷），杭州：浙江古籍出版社，1993 年版，第 420 ～421 頁。

　　夫婦朋友之厚薄，以至醫藥卜巫、釋道商賈之人情物理，殊方異域、

風俗語言之不同，無一物不得其情，不窮其態。〔註2〕

　　這裡是指戲劇的內容而言，上可以反映政治大事，下可以反映民風民俗，不可避免會產生教化、諷諫的功用。楊維楨在《朱明優戲序》中云：「百戲……等伎，而皆不如俳優侏儒之戲，或有關於諷諫，而非徒爲一時耳目之玩也。」〔註3〕「非徒爲一時耳目之玩也」道出了戲劇的多重功效，這與我們承認娛樂功能是元雜劇的本質特點並不矛盾。因此「在中國，載道之說固然是高居正統的藝術主張，但我們實際考察歷史之後，卻不難發現，在中國藝術信仰裡根深蒂固的其實是那種自娛、娛人的趣味感，亦即遊戲精神。」〔註4〕

　　不過，元雜劇只是歷史進程中的一段，不能代表所有的戲劇形態，明代以後，由於社會政治、文化環境的改變，人們的戲劇觀念也發生了巨大的變化。明太祖朱元璋曾下令嚴禁唱曲，對違禁者施以倒懸城樓或割掉舌頭的重刑，但他對標舉「有關風化」的《琵琶記》十分讚賞，明代黃溥言的《閒中今古錄》記載：「《五經》、《四書》如五穀，家家不可缺，高明《琵琶記》如珍羞百味，富貴家豈可缺耶！」受統治者思想的影響，明初一些宮廷雜劇作家寫了許多反映倫理教化的作品，歌功頌德、粉飾太平、強調倫理，其結果是不但沒有人喜歡看，而且頗受後人指責。重視戲劇的實用價值，使觀眾在審美感受中進行道德感化，達到美善統一的教化，無可厚非，問題在於「如果違反人情而從倫理教育出發企圖製造出美來，也就無法因美求善了。」〔註5〕明初宮廷雜劇的迅速消亡，統治者破壞藝術規律的做法，亦從另一角度證明了娛樂功能是元雜劇之本質特點這一觀點，也說明了「沒有觀眾就沒有戲劇」。

〔註2〕　俞爲民，孫蓉蓉主編：《歷代曲話彙編：新編中國古典戲曲論著集成》（唐宋元編），合肥：黃山書社，2006 年版，第 217 頁。

〔註3〕　李修生主編：《全元文》（第四十一冊），南京：江蘇古籍出版社，1999 年版，第 322 頁。

〔註4〕　李潔非：《古典戲曲的遊戲本質和意識》，《戲劇文學》1998 年第 12 期，第 26 頁。

〔註5〕　譚帆，陸煒：《中國古典戲劇理論史》，中國社會科學出版社，1993 年版，第 302 頁。

附　錄

附錄一：《錄鬼簿》所列曲家社會身份一覽表 ^{〔註1〕}

姓字（名、號）	社會身份	曲作類別	備註
董解元	學士		以下爲《錄鬼簿》所載「有樂章傳於世者」的前輩名公
劉秉忠	太保	散曲	
張子益	平章	散曲	
商政叔	學士	散曲	
杜善甫	散人	散曲	
王和卿	學士	散曲	孟本作「散人」
閻仲章	學士	散曲	
盍士常	學士	散曲	
胡紫山	宣慰	散曲	
盧疏齋	憲使	散曲	
姚牧庵	參政	散曲	
史天澤	中書丞相	散曲	
徐子方	憲使	散曲	
不忽木	平章	散曲	

〔註1〕　參照鍾濤：《元雜劇藝術生產論》，北京：北京廣播學院出版社，2003年版，第77～83頁，略有改動。

楊西庵	參政	散曲	
張弘範	元帥	散曲	
荊幹臣	參軍	散曲	
陳草庵	中丞	散曲	
馬彥良	都事	散曲	
劉中庵	承旨	散曲	
闞彥舉	學士	散曲	
趙子昂	承旨	散曲	
滕玉霄	應奉	散曲	
白无咎	學士	散曲	
鄧玉賓	同知	散曲	
馮海粟	學士	散曲	
曹克明	尚書	散曲	
張夢符	憲使	散曲	
曹光輔	學士	散曲	
貫酸齋	學士	散曲	
張雲莊	參議	散曲	
奧敦周	侍御	散曲	
趙伯寧	中丞	散曲	
郝新庵	左丞	散曲	
劉時中	待制	散曲	
李溉之	學士	散曲	
薩天錫	照磨	散曲	
曹子貞	學士	散曲	
馬昂夫	總管	散曲	
班恕齋	知縣	散曲	
王元鼎	學士	散曲	
馬守方	府判	散曲	
劉士常	省掾	散曲	
虞伯生	學士	散曲	
元遺山		散曲	創作以詩文為主
陳國賓	憲使	散曲	

王繼中	中丞	散曲	
關漢卿	太醫院戶	雜劇、散曲	曹本作「尹」，以下爲卷上「前輩才人有所編傳奇行於世者」
白樸	贈嘉議大夫太常禮儀院卿	雜劇、散曲	
庾吉甫	中書省掾中山府判	雜劇	
高文秀	府學生員	雜劇	
馬致遠	省務提舉	雜劇、散曲	
王實甫		雜劇	
楊顯之		雜劇	
陳寧甫		雜劇	
李壽卿	縣丞	雜劇	
王伯成		雜劇諸宮調	
李仲章		雜劇	
趙明道		雜劇	
劉唐卿	皮貨所提舉	雜劇	
趙公輔	儒學提舉	雜劇	
李子中	縣尹	雜劇	
武漢臣		雜劇	
王仲文		雜劇	
陸顯之		話本、雜劇	
李取進	醫大夫	雜劇	
于伯淵		雜劇	
李文蔚	縣尹	雜劇	
侯正卿		散曲、雜劇	
岳伯川		雜劇	
康進之		雜劇	
王廷秀	淘金千戶	雜劇	
費唐臣		雜劇	
石子章		雜劇	
趙子祥		雜劇	

李好古		雜劇	
狄君厚		雜劇	
孔文卿		雜劇	
姚守中	路吏	雜劇	
吳昌齡		雜劇	
石君寶		雜劇	
張時起	府學生員	雜劇	
李時中	工部主事	雜劇	
李寬甫	縣尹	雜劇	
費君祥		雜劇	
紀君祥		雜劇	
趙天錫	府判	雜劇	
梁退之	知州	雜劇	曹本作「進之」
史九散仙	萬戶	雜劇	曹本作「散人」
孟漢卿		雜劇	
尚仲賢	省務提舉	雜劇	
戴善夫	省務官	雜劇	
顧仲清	司令	雜劇	
鄭廷玉		雜劇	
李直夫		雜劇	
趙敬夫	教坊官	雜劇	
張國賓	教坊勾官	雜劇	
花李郎		雜劇	
紅字李二		雜劇	
宮大用	書院山長	雜劇	以下為卷下「方今才人相知者」
鄭德輝	路吏	雜劇	
金志甫	崇寧務官	雜劇	
范子英		雜劇	
曾瑞卿		散曲、雜劇	
沈和甫		散曲、雜劇	
鮑吉甫	州吏	雜劇	
陳存父		散曲、雜劇	

范冰壺		散曲、雜劇	
施君美	坐賈	散曲、雜劇	
黃德潤	州吏	散曲、雜劇	
沈珙之		散曲、雜劇	
趙君卿		散曲、雜劇	
陳彥寶	憲令	散曲	
康弘道		散曲	
睢景臣		散曲、雜劇	
吳中立		散曲	
周仲彬	府吏	雜劇	
吳仁卿	府判	散曲、雜劇	
劉宣子	憲令	散曲	
秦簡夫		雜劇	
喬夢符		散曲、雜劇	
趙文寶	陰陽教授	雜劇	
屈子敬		散曲、雜劇	
王仲元		雜劇	
張小山	民務首領官	散曲	
錢子雲	黃冠（道士）	散曲	
黃子久	憲吏，後卜術	散曲	
徐德可	路吏	散曲	
顧君澤	路吏	散曲	
曹明善	路吏	散曲	
汪勉之	令史	散曲、雜劇	
高敬臣	縣尹	散曲	
王守中	司令		
蕭德祥	以醫爲業	戲文、南曲	
陸仲良		散曲、雜劇	
朱士凱		散曲、雜劇	
王日華		散曲、雜劇	
吳純卿			
孫子羽		散曲	

胡正臣			
李顯卿		散曲	
李齊賢		散曲	
王思順		散曲	
蘇彥文		散曲	
屈英夫		散曲	
李用之		散曲	
顧廷玉		散曲	
俞純夫		散曲	
張以仁		散曲	
高可道		散曲	
董君瑞		散曲	
高安道		散曲	
李邦傑		散曲	

附錄二：《元代吏員配置表》〔註2〕

吏員名稱 數目 衙門名稱	蒙古必闍赤	回回必闍赤	令史	通事	譯史	知印	典吏	宣使	奏差	書吏	司吏
中書省 左司 右司	22 16 6	14 9 5	60 39 21			4	20 15 5				
樞密院			24	3	14		17	19			
御史臺			15	2	4	2	6	10			
江南行御史臺		2	16	2	4	2		10			
陝西行御史臺	2	1	12	2		1	5	10			
行中書省			40	2	8	2	14	40			
吏部	3	2	25	1		2	19		6		
戶部	7	6	61	1		2	22		32		

〔註2〕 張晉藩主編：《中國官制通史》，北京：中國人民大學出版社，1992年版，第480頁。

禮部	2	2	19	1		2	3		12		
兵部	2	1	14	1		2	3		8		
刑部	4	2	30	1		2	7		10		
工部	6	4	42	1		1	7		30		
宣慰司			24	1	2	1	4		16		
廉訪司				1	1		2		5	16	
上路											30
中路											20
下路											15
上縣											6
中縣											5
下縣											4
錄事司											4

附錄三：現存金元戲臺（全部在山西省）〔註3〕

序號	名稱	時間	說明
1	高平市王報村二郎廟戲臺	金大定二十三年（1183）	面闊 5 米，進深 5 米
2	臨汾市魏村牛王廟樂廳	元至元二十年（1283）	面闊 7.1 米，進深 7 米
3	芮城縣永樂宮龍虎殿，宮門兼戲臺	元至元三十一年（1294）	通面闊五間 20.68 米，通進深兩間 9.6 米。
4	永濟市董村三郎廟戲臺	元至治二年（1322）	通面闊三間 8.4 米，通進深兩間 6.5 米
5	翼城縣武池村喬澤廟舞樓	元泰定元年（1324）	面闊 9.38 米，進深 9.25 米
6	洪洞縣景村牛王廟戲臺遺址	元至正二年（1342）	僅存兩根石柱，柱距 7.4 米
7	沁水縣海龍池天齊廟戲臺遺址	元至正四年（1344）	僅存臺基及七根石柱，通面闊三間 7 米，進深 5.5 米
8	臨汾市東羊村東嶽廟戲臺	元至正五年（1345）	前簷面闊 7.62 米，後簷面闊 7.12 米，進深 8.8 米

〔註3〕　根據文字表述整理，參見車文明：《中國神廟劇場》，北京：文化藝術出版社，2005 年版，第 26 頁。

9	石樓縣殿山寺聖母廟戲臺	元代	面闊 4.65 米，進深四椽 4.5 米
10	臨汾市王曲東嶽廟戲臺	元代	面闊 6.76 米，進深 8.4 米
11	翼城縣曹公村四聖宮戲臺	元代	面闊 7.65 米，進深 7.2 米
12	澤州縣冶底村東嶽廟舞樓	元代	面闊 5 米，進深 5 米
13	高平市下臺村炎帝廟戲臺	元代	面闊 5.5 米，進深 5.15 米

附錄四：金元戲臺（現已不存）資料 [註4]

序號	名稱	時間
1	河南安陽市蔣村墓戲臺模型	金大定二十六年（1186）
2	山西陽城縣崦山白龍廟舞亭	金泰和二年（1202）
3	陝西三元后土廟樂臺	金泰和五年（1205）
4	山西侯馬市董氏墓戲臺模型	金大安二年（1210）
5	山西侯馬 104 號墓戲臺模型	金代
6	河南澠池昭濟侯廟舞亭	至元二年（1265）或至大三年（1310）
7	山西平陽（今臨汾）景行里岱嶽行祠樂亭	至元五年（1268）
8	山西萬榮縣太趙稷益廟舞廳	至元八年（1271）
9	山西萬泉（今萬榮）縣薛李村岱宗祠樂亭	至元十五年（1278）
10	河南孟州三官廟戲臺	至元二十四年（1287）
11	山西長治市五龍廟舞榭	貞元二年（1296）
12	山西芮城縣芮王廟舞庭、戲臺	大德元年（1297）
13	山西萬泉（今萬榮）縣孤山風伯雨師廟舞庭	大德五年（1301）
14	山西沁水縣格碑聖王行宮舞庭	大德六年（1302）
15	山西洪洞縣安樂王廟樂亭	大德八年（1304）
16	山西襄陵（今襄汾）縣臥龍祠樂亭	延祐三年（1316）
17	山西芮城縣岱嶽廟舞庭	延祐五年（1318）
18	山西長治會應王廟舞榭	至正三年（1343）

〔註4〕只摘錄原表格中的「名稱」和「時間」兩項，參見車文明：《中國神廟劇場》，
北京：文化藝術出版社，2005 年版，第 27～29 頁。

19	陝西白水縣雷公亞父廟樂樓	至正十二年（1352）
20	山西萬泉（今萬榮）縣西景村岱嶽廟舞廳	至正十四年（1354）
21	陝西岐山縣周公廟戲臺	元

附錄五：宋元戲劇文物圖

圖 1—1　南宋絹畫：眼藥酸

　　宋無名氏繪製。現藏故宮博物院。此幅高 23.8 釐米，寬 24.5 釐米。畫中右方一人腰間所扇上有草書的「諢」字，當是副末色；左方一人頭戴帽，身著大袖寬袍，衣帽上均畫有眼睛圖案，扮眼科生形象，當爲宋雜劇中發喬的副淨色。

blog.sina.com.cn/jhon502

圖3—1　太行散樂忠都秀作戲圖

　　這幅壁畫完成於元泰定元年（公元 1324 年）。畫面上橫楷書「大行散樂忠都秀在此做場」。畫面寬 311 公分，高 524 公分。畫中繪 11 人，除去左側一女演員掀簾從後臺向前臺探頭觀望，做場演出和伴奏的共 10 人，分前後兩排，前排 5 人爲演員，著戲裝，自左至右，第 1 人女扮男裝，裹唐巾，著繡滾黃龍圓領青袍，烏靴，執扇，爲袛從樣；第 2 人戴皂羅帽，著虎紋黃袍，布履，裸胸，繪濃眉，勾白眼圈，黏黑髯，似爲淨腳；居中第 3 人女扮男裝，裹展腳樸頭，著圓領大袖紅袍，秉笏，扮作貴官，似爲正末，其應即橫額中之忠都秀；第 4 人裹樸頭，著圓領寬緣青袍，皂靴，掛三髭髯；第 5 人亦裹樸頭，著瓣領鶴紋黃袍，捧紋刀，當是隨從。後排 5 人多爲樂工，左 3 人爲男性，右 2 人爲女性，俱著元代生活常服，所執樂器，自左至右依次爲：大鼓、笛、杖鼓、拍板，第 5 人未執樂器；其中第 3 人有面部化妝，繪臥蠶眉，掛滿髯，第 5 人執扇，二人當有臨時出場充當次要角色的職責。

圖3—2　新絳寨里村元墓雜劇磚雕

　　圖中共有5個雜劇人物。分別雕於5塊磚上，磚長30釐米，寬14釐米。
模製。左起第1人，戴黑色冠子，穿圓領窄袖長衫，腰繫帶，著烏靴，身材
修長，面容清秀，雙手執芭蕉扇，亭亭玉立。第2人戴無腳樸頭，穿圓領窄
袖紅袍，袍面前襟及肩部點綴大圓黑點，腰束白帶，著烏靴，身略左側，雙
手拱於胸前。第3人身材較高大，戴直腳樸頭，穿圓領寬袖長袍，著烏靴，
雙手持笏於胸前。第4人戴垂腳樸頭，穿圓領窄袖衫，腰繫紅帶，足著長筒
烏靴，口翻卷，身材矮小，濃眉深目。第5人戴黑色吏帽，穿圓領窄袖長衫，
束黑帶，著紅褲紅鞋，右手執芭蕉扇，左手撩起衣角，身略右側，左腿後翹
作步行狀。

圖3—3　山西運城元墓雜劇東壁畫

　　東壁繪 6 人，多爲樂工，自左向右，第 1 人小兒，紮衝天髻，腰束帛，扛杵槌，應爲「徠兒」；第 2 人裹襆頭，著圓領窄袖紅袍，皁靴，右手執杖；第 3 人爲女子，背自立，垂雙辮，著半臂裙，彈曲琵琶；第 4 人裝束同第 2 人，吹橫笛；第 5 人裝束亦同，擊板鼓；第 6 人爲女子，裝束同第 3 人，擊拍板。

圖 3—4　山西運城元墓雜劇西壁畫

　　西壁繪 6 人，自右向左，前有一桌，上置瓜果；第 1 人爲女子，著圓領袍並裙，擊拍板；第 2 人裹獨角斜挑襆頭，著方格紋袍服，繫帛帶，裸胸，胸前有點青花繡，眉眼墨貫，左臂向側後指點，左腳向前踏步，似爲淨角；第 3 人裹展腳襆頭，著圓領大袖袍，秉笏，扮作貴官；第 4 人裹襆頭，著圓領袍，皁靴，右手執一物；第 5 人裹襆頭，著圓領長袍，面部著妝，啼妝眉、點丹唇，似爲女子，其雙手展開一折冊，右第一折墨書「風雪奇」三字，它折俱以墨點代替，此當即「掌記」，「風雪奇」或爲劇名；第 6 人爲丫鬟小兒，藏於第 5 人身後，露半身。

參考文獻

一、文獻、論著類

1. （宋）孟元老等：《東京夢華錄（外四種）》，上海：古典文學出版社，1956年版。

2. （宋）宇文懋昭撰，崔文印校證：《大金國志校證》，北京：中華書局，1986年版。

3. （金）劉祁：《歸潛志》，崔文印點校，北京：中華書局，1983年版。

4. （元）脫脫等撰：《金史》，北京：中華書局，1975年版。

5. （元）鍾嗣成等著：《錄鬼簿（外四種）》，上海：古典文學出版社，1957年版。

6. （元）夏庭芝著，孫崇濤，徐宏圖箋注：《青樓集箋注》，北京：中國戲劇出版社，1989年版。

7. （元）陶宗儀：《南村輟耕錄》，北京：中華書局，1959年版。

8. （元）熊夢祥：《析津志輯佚》，北京：北京出版社，1983年版。

9. （元）柯九思等編：《遼金元宮詞》，北京：北京古籍出版社，1988年版。

10. （明）臧晉叔編：《元曲選》，北京：中華書局，1958年版。

11. （明）宋濂等撰：《元史》，北京：中華書局，1976年版。

12. （明）葉子奇：《草木子》，北京：中華書局，2010年版。

13. （明）趙琦美：《脈望館鈔校本古今雜劇》，古本戲曲叢刊本。

14. （明）王驥德著，陳多，葉長海注釋：《曲律注釋》，上海：上海古籍出版社，2012年版。

15. （日）青木正兒著，隋樹森譯：《元人雜劇概說》，北京：中國戲劇出版社，1957年版。

16. （日）田仲一成著，布和譯，吳真校譯：《中國戲曲史》，北京：北京大學出版社，2011 年版。

17. （意）馬可波羅：《馬可波羅遊記》，陳開俊等譯，福州：福建科學技術出版社，1982 年版。

18. （英）道森：《出使蒙古記》，北京：中國社會科學出版社，1983 年版。

19. （法）柏格森：《笑——論滑稽的意義》，北京：中國戲劇出版社，1980 年版。

20. 王國維：《宋元戲曲史》，北京：中國書籍出版社，2016 年版。

21. 北京燕山出版社編：《京華古蹟尋蹤》，北京：北京燕山出版社，1996 年版。

22. 邊波，王太閣等：《回歸與拓展：古代文學研究與教學新思路》，貴陽：貴州古籍出版社，1998 年版。

23. 巴・蘇和：《蒙古文學發展史引論》，海拉爾：內蒙古文化出版社，2000 年版。

24. 陳得芝：《蒙元史研究叢稿》，北京：人民出版社，2005 年版。

25. 陳高華，張帆，劉曉：《元代文化史》，廣州：廣東教育出版社，2009 年版。

26. 陳建華：《元雜劇批評史論》，濟南：齊魯書社，2009 年版。

27. 車文明：《中國神廟劇場》，北京：文化藝術出版社，2005 年版。

28. 陳建森：《宋元戲曲本體論》，北京：人民出版社，2012 年版。

29. 陳鵬：《中國婚姻史稿》，北京：中華書局，2005 年版。

30. 道潤梯步譯注：《新譯簡注〈蒙古秘史〉》，呼和浩特：內蒙古人民出版社，1979 年版。

31. 丁淑梅：《中國古代禁燬戲劇史論》，北京：中國社會科學出版社，2008 年版。

32. 鄧紹基主編：《元代文學史》，北京：人民文學出版社，1991 年版。

33. 傅惜華：《元代雜劇全目》，北京：作家出版社，1957 年版。

34. 馮沅君：《古劇說彙》，北京：作家出版社，1956 年版。

35. 馮俊傑編：《山西戲曲碑刻輯考》，北京：中華書局，2002 年版。

36. 方齡貴：《古典戲曲外來語考釋詞典》，北京：漢語大詞典出版社，2001 年版。

37. 顧學頡：《元明雜劇》，上海：上海古籍出版社，2011 年版。

38. 高益榮：《元雜劇的文化精神闡釋》，北京：中國社會科學出版社，2005 年版。

39. 郭英德：《元雜劇與元代社會》，北京：北京師範大學出版社，1996 年版。

40. 郭偉廷：《元雜劇的插科打諢藝術》，北京：中國社會科學出版社，2002 年版。

41. 韓儒林主編：《元朝史》（上下冊），北京：人民出版社，2008 年版。

42. 黃天驥，康保成主編：《中國古代戲劇形態研究》，鄭州：河南人民出版社，2009 年版。

43. 黃克保：《戲曲表演研究》，北京：中國戲劇出版社，1992 年版。

44. 黃士吉：《元雜劇做法論》，西寧：青海人民出版社，1983 年版。

45. 胡忌：《宋金雜劇考》，上海：古典文學出版社，1957 年版。

46. 郝青雲：《元雜劇與明傳奇的跨文化比較研究》，呼和浩特：內蒙古教育出版社，2009 年版。

47. 景李虎：《宋金雜劇概論》，廣州：廣東高等教育出版社，2011 年版。

48. 康保成：《中國古代戲劇形態與佛教》，上海：東方出版中心，2004 年版。

49. 李修生主編：《全元文》，南京：江蘇古籍出版社，1999 年版。

50. 李修生，查洪德主編：《遼金元文學研究》，北京：北京出版社，2001 年版。

51. 李修生：《元雜劇史》，南京：江蘇古籍出版社，1996 年版。

52. 李春祥：《元雜劇史稿》，鄭州：河南大學出版社，1988 年版。

53. 李占鵬：《中國戲曲文獻文學史論》，北京：中國社會科學出版社，2010 年版。

54. 廖奔：《中國古代劇場史》，鄭州：中州古籍出版社，1997 年版。

55. 陸林著：《知非集：元明清文學與文獻論稿》，合肥：黃山書社，2006 年版。

56. 洛地：《戲曲與浙江》，杭州：浙江人民出版社，1991 年版。

57. 門巋：《粉墨功名：元代曲家的文化精神與人生意趣》，濟南：濟南出版社，2002 年版。

58. 馬也：《戲曲藝術時空論》，北京：中國戲劇出版社，1988 年版。

59. 寧宗一，陸林，田桂民編著：《元雜劇研究概述》，天津：天津教育出版社，1989 年版。

60. 錢南揚：《戲文概論》，上海：上海古籍出版社，1981 年版。

61. 慶振軒：《宋元小說戲曲研究論稿》，蘭州：蘭州大學出版社，2007 年版。

62. 齊如山：《國劇藝術匯考》，瀋陽：遼寧教育出版社，2010 年版。

63. 任半塘：《唐戲弄》，上海：上海古籍出版社，1984 年版。

64. 隋樹森編：《元曲選外編》，北京：中華書局，1959 年版。

65. 孫楷第：《滄州集》，北京：中華書局，2009 年版。

66. 史衛民：《元代社會生活史》，北京：中國社會科學出版社，1996 年版。

67. 宋俊華：《中國古代戲劇服飾研究》，廣州：廣東高等教育出版社，2011 年版。

68. 宋暘：《宋代勾欄形制復原》，上海：上海書店出版社，2011 年版。

69. 唐昱：《元雜劇宗教人物形象研究》，武漢：武漢出版社，2011 年版。

70. 譚霈生：《論戲劇性》，北京：北京大學出版社，1981 年版。

71. 譚帆，陸煒：《中國古典戲劇理論史》，中國社會科學出版社，1993 年版。

72. 田同旭：《元雜劇通論》，太原：山西教育出版社，2007 年版。

73. 王季思主編：《全元戲曲》，北京：人民文學出版社，1999 年版。

74. 王季烈編校：《孤本元明雜劇》，北京：中國戲劇出版社，1957 年涵芬樓藏版。

75. 王永寬主編：《中國戲曲通鑒》，鄭州：中州古籍出版社，2008 年版。

76. 王鋼編：《關漢卿研究資料匯考》，北京：中國戲劇出版社，1988 年版。

77. 王壽之：《元雜劇喜劇藝術》，合肥：安徽文藝出版社，1985 年版。

78. 吳梅：《顧曲麈談中國戲曲概論》，上海：上海古籍出版社，2010 年版。

79. 王漢民：《道教神仙戲曲研究》，北京：人民文學出版社，2007 年版。

80. 王星琦：《元曲與人生》，上海：上海古籍出版社，2004 年版。

81. 吳晟：《瓦舍文化與宋元戲劇》，北京：中國社會科學出版社，2001 年版。

82. 徐慕雲：《中國戲劇史》上海：上海古籍出版社，2001 年版。

83. 徐沁君校點：《新校元刊雜劇三十種》，北京：中華書局，1980 年版。

84. 徐扶明：《元代雜劇藝術》，上海：上海文藝出版社，1981 年版。

85. 徐雪輝：《文化視角下的元雜劇》，北京：人民出版社，2011 年版。

86. 徐振貴：《中國古代戲曲統論》，濟南：山東教育出版社，1997 年版。

87. 薛林平：《山西傳統戲場建築》，北京：中國建築工業出版社，2005 年版。

88. 許金榜：《元雜劇概論》，濟南：齊魯書社，1986 年版。

89. 奚海：《元雜劇論》，石家莊：河北教育出版社，2001 年版。

90. 熊志沖：《娛樂文化》，成都：巴蜀書社，1990 年版。

91. 楊寶春：《〈琵琶記〉的場上演變研究》，上海：上海三聯書店，2009 年版。

92. 雲峰：《民族文化交融與元雜劇研究》，北京：人民出版社，2012 年版。

93. 葉長海：《中國戲曲學史稿》，北京：中國戲劇出版社，2005 年版。

94. 么書儀：《元代文人心態》，北京：文化藝術出版社，1993 年版。

95. 余秋雨：《觀眾心理美學》，北京：現代出版社，2012 年版。

96. 俞爲民，孫蓉蓉主編：《歷代曲話彙編——新編中國古典戲曲論著集成》（唐宋元編），合肥：黃山書社，2006 年版。

97. 姚玉光，趙繼紅，高建旺：《元雜劇平陽戲劇圈研究》，北京：中國社會科學出版社，2012 年版。

98. 袁行霈主編：《中國文學史》，北京：高等教育出版社，2005 年版。

99. 查洪德，李軍：《元代文學文獻學》，北京：中國社會科學出版社，2002 年版。

100. 札拉嘎：《比較文學：文學平行本質的比較研究》，呼和浩特：內蒙古教育出版社，2002 年版。

101. 張庚，郭漢城主編：《中國戲曲通史》（上中下），北京：中國戲劇出版社，2007 年版。

102. 張影：《歷代教坊演劇史》，濟南：齊魯書社，2007 年版。

103. 張月中主編：《元曲通融》，太原：山西古籍出版社，1999 年版。

104. 張晉藩主編：《中國官制通史》，北京：中國人民大學出版社，1992 年版。

105. 章培恆，駱玉明主編：《中國文學史》，上海：復旦大學出版社，1996 年版。

106. 趙建坤：《關漢卿研究學術史》，廣州：中山大學出版社，2008 年版。

107. 趙建偉主編：《中國古典戲曲概念範疇研究》，北京：文化藝術出版社，2010 年版。

108. 趙山林：《中國戲曲觀眾學》，武漢：華中師範大學出版社，1990 年版。

109. 鄭振鐸：《插圖本中國文學史》，北京：人民文學出版社，1957 年版。

110. 中國戲曲研究院編：《中國古典戲曲論著集成》，北京：中國戲劇出版，1959 年版。

111. 鍾濤：《元雜劇藝術生產論》，北京：北京廣播學院出版社，2003 年版。

112. 朱恆夫主編：《中國戲曲美學》，南京：南京大學出版社，2008 年版。

113. 周華斌：《中國戲劇史新論》，北京：北京廣播學院出版社，2003 年版。

114. 周貽白：《中國戲劇史長編》，上海：上海書店出版社，2007 年版。

二、論文類

1. 查洪德：《元代作家隊伍的雅俗分流》，《西南民族大學學報》2009 年第 12 期。

2. 陳建森：《論戲曲中游戲與娛樂的關係》，《廣西右江民族師專學報》2001 年第 1 期。

3. 任崇岳，薄音湖：《關於元雜劇繁榮原因的幾個問題》，《歷史教學》1982 年第 1 期。

4. 梁歸智：《浪子·隱逸·鬥士──關於「元曲」的評價問題》，《光明日報》1984 年 9 月 4 日。

5. 李春祥：《試論元雜劇的繁榮》，《河南師大學報》1982 年第 5 期。

6. 郭英德：《元曲與少數民族文化》，《民族文學研究》1991 年第 1 期。

7. 郭英德：《元雜劇作家身份初探》，《晉陽學刊》1985 年第 4 期。

8. 田同旭：《元雜劇作家職官考略》，《哈爾濱學院學報》2004 年第 5 期。

9. 胡明偉：《金代戲劇形態研究──兼考〈輟耕錄〉「院本名目」》，《南都學壇》2004 年第 2 期。

10. 楊富斗：《稷山新絳金元墓雜劇磚雕研究》，《考古與文物》1987 年第 2 期。

11. 季國平：《論元雜劇特殊體制的形成》，《文學遺產》1990 年第 2 期。

12. 雲峰：《試論元代統治者對元雜劇創作之影響》，《黑龍江民族叢刊》2006 年第 5 期。

13. 田同旭：《論元雜劇的興盛與金元漢人世侯之關係》，《晉陽學刊》2003 年第 2 期。

14. 門歸：《元初「世侯文化」的特點及其對元代文學的影響》，《東南大學學報》2004 年第 2 期。

15. 左東嶺：《元代文化與元代文學》，《鄭州大學學報》1991 年第 1 期。

16. 趙敏俐：《中國文學史觀的反思與建構》，《首都師範大學學報》2014 年第 2 期。

17. 何躒：《論元代文學接受和研究的特點及新思路》，《東方論壇》2014 年第 4 期。

18. 周華斌：《廣勝寺鐘都秀戲曲壁畫新考》，《蒲劇藝術》1991 年第 4 期。

19. 王毅：《關於元雜劇分期問題的商榷》，《湖北大學學報》1985 年第 2 期。

20. 鄭傳寅：《文化之謎：血污中的燦爛文明──試論戲曲勃興於元代的原因》，《汕頭大學學報》1992 年第 4 期。

21. 張發穎：《元雜劇公案戲繁榮探因》，《社會科學輯刊》1987 年第 2 期。

22. 劉彥君：《元雜劇作家心理現實中的二難情結》，《文學遺產》1993 年第 5 期。

23. 張燕瑾：《戲劇家的權利與職責：關於「歷史劇」問題的思考》，《中國戲劇》2003 年第 3 期。

24. 杜桂萍：《色藝觀念、名角意識及文人情懷──論〈青樓集〉所體現的元曲時尚》，《文學遺產》2003 年第 5 期。

25. 溫小騰：《淺析元雜劇中的度脫劇》，《大慶師範學院學報》2006 年第 4 期。

26. 鄧琪，鄧翔云：《從元雜劇的不傳反思演員的創造力》，《藝術百家》2002 年第 4 期。

27. 楊穎：《元雜劇的模式化創作及歷史文化成因》，《齊魯藝苑》1999 年第 4 期。

28. 陳建華：《精神寄託、政治手段與性替代品——古代女演員的多向透視》，《藝術百家》2006 年第 3 期。

29. 曾凡安：《從〈青樓集〉看元雜劇表演藝術的承傳》，《藝術百家》2002 年第 4 期。

30. 張春山：《金代文學的代表——〈董西廂〉》，《運城高專學報》1993 年第 3 期。

31. 朱建明：《元雜劇衰因新探》，《中國古代近代文學研究》1985 年第 11 期。

32. 吳慶禧：《元雜劇元刊本到明刊本賓白之演變》，《藝術百家》2001 年第 2 期。

33. 解玉峰：《〈青樓集〉「花旦」辨》，《中國典籍與文化》第 2000 年第 1 期。

34. 黃竹三，張自成，楊太康等：《元初戲劇演出的重要史證——山西新絳元墓戲雕考述》，《山西師大學報》1981 年第 2 期。

35. 趙爲民：《宋代市井音樂活動概觀》，《音樂研究》2002 年第 12 期。

36. 景李虎，蘇玉春：《劇場的演進與戲劇的發展》，《藝術百家》1993 年第 4 期。

37. 方敏：《試論中國古典戲曲的悲劇》，《文史哲》1981 年第 6 期。

38. 吳國欽：《論中國古典悲劇》，《學術研究》1984 年第 2 期。

39. 鄭傳寅：《古典戲曲大團圓結局的民俗學解讀》，《戲曲藝術》2004 年第 2 期。

40. 危磊：《中國藝術的尚圓精神》，《文藝理論研究》2003 年第 5 期。

41. 王季思：《悲喜相乘——中國古典悲喜劇的藝術特徵和審美意蘊》，《戲曲藝術》1990 年第 1 期。

42. 單有方：《大眾品位與中國古典戲劇大團圓結局》，《河南大學學報》2006 年第 4 期。

43. 雲峰：《試論元代較寬鬆的思想政治等人文環境對元雜劇繁榮興盛之影響》，《民族文學研究》2005 年第 4 期。

44. 李潔非：《古典戲曲的遊戲本質和意識》，《戲劇文學》1998 年第 12 期。

45. 徐子方：《關漢卿研究的百年評點與未來展望》，《東南大學學報》2004 年第 2 期。

後　記

本書是在我的博士論文的基礎上修改完成的。

學無止境，對我來說，攻讀博士還有幾句話要交代。

2006 年碩士畢業以後，一度放棄了繼續讀書的念頭，總感覺自己天生愚鈍，缺少靈性，不是做學問的料，能把課教明白，對得起老師這個稱號，對的起學生和那份工資就可以了！沒過兩年，教育形勢的變化和學校快速發展的現實無情地擊碎了我的想法，朋友、同事忙碌的身影和匆匆的腳步告訴我，讀書考博勢在必行。

我深深地知道：讀書是個苦差事，要讀就得認真、投入，「板凳要坐十年冷」。確立了目標，剩下的就是努力前行了，承蒙雲峰老師不棄，經過三年的實踐求索，我終於收到了中央民族大學的博士錄取通知書！那一年，正值不惑！屢敗屢戰，能夠堅持下來，是和碩導徐文海教授「鼓勵」與「打擊」的雙重思想工作方法分不開的，從一定意義上講，人生的成長需要「鼓勵」，也需要適度的「打擊」，這件事讓我明白了堅持的重要性，也明白了一個人做人做事應有的情懷與擔當！

從科爾沁草原來到首都北京，以一種全新的角色投入到學習生活中。九月的北京，多彩繽紛，靜謐的校園，青春飛揚，置身其中，彷彿回到了二十年前，陌生而熟悉。一時間也熱血沸騰，動力無限！

導師雲峰教授在中央民族大學工作，長期從事蒙漢民族文學關係研究，這一研究領域是個學術熱點，也是他的學術專長。我本人從事元明清文學史教學工作時，也有所涉獵，但許多問題都浮於表面，尚有許多功課要補！導師的循循善誘，耳提面命，引導我走上了學術之路。能夠順利完成學業，得

益於導師的悉心指教，尤其是在論文選題及寫作過程中，導師傾注了大量的
時間和精力，生性不敏的我，常常在「山窮水盡」時得到導師的點醒，讓我
「柳暗花明」。導師為人平易謙和，治學踏實謹嚴，每一次交流都使我如沐春
風。

在我求學期間，導師還擔任中央民族大學出版社社長，事務繁忙，但他
工作勤勉，從沒有疏忽教學和科研工作，2012 年廣西師範大學出版社出版了
《民族文化交融與元雜劇研究》，2013 年人民出版社出版了《民族文化交融與
元代詩歌研究》，兩本學術專著就是他攀登學術高峰的堅實足跡。

生活中，老師別有情趣，他喜歡小酌，周末閑暇喊學生小聚，一來改善
食堂生活，二來緩解緊張的學習壓力，所有學生團坐在一起，聽他講治學，
講工作，講家庭，講為人處世，沒想到老師的經歷那麼豐富，同學們睜大了
眼睛，總想多獲得一些信息，每一次團聚，其樂融融，都在戀戀不捨中結束！

導師的為學與為人，是學生學習的楷模。我時常感歎自己的幸運，總想
說聲謝謝，可這一切怎一個「謝」字了得！

求學期間，還得到傅承洲老師、黃鳳顯老師、陳允鋒老師的教誨，他們
學養深厚，要求嚴格，教學不拘泥於程序，且各具風格，各有特色，使我受
益匪淺，在此一併表達誠摯的謝意。

說句心裏話，這本書能夠出版，感謝花木蘭文化出版社的不離不棄。在
這裡，首先向花木蘭文化出版社致以誠摯的謝意，尤其楊嘉樂主任的寬容和
諒解，令我惴惴不安，深有歉意！兩年前，接到楊主任發來的約稿信函，商
榷論文出版事宜，並很快簽訂了出版合同，計劃在 2016 年 3 月出版，在論文
整理的過程中，發現有諸多不盡人意的地方，「醜媳婦怕見公婆」，想再「打
扮打扮」，儘量讓她漂亮點好看些，因此沒能按合同期限提交書稿，一拖就是
兩年，雖然時間滯後了，但限於能力水平、時間精力等多種原因，「醜媳婦」
的面貌並沒有根本成熟起來，仍顯稚嫩與青澀。醜點就醜點吧，畢竟有了婆
家，再不嫁出去，可能人家也真的不想娶了！文中的觀點及其欠妥之處，敬
請各位專家同仁批評指正，以期將來修訂完善！

不管怎樣，本書的出版對我來講有著特殊的意義，因為她承載了太多的
支持與關愛：感謝我的家人，在我求學的路上給予的全力支持，尤其是我的
妻子張紅霞和女兒康怡迪，是她們的無私、寬容和鼓勵，讓我離開家的一千
多個日夜，安心求學，順利完成學業。感謝內蒙古民族大學的老師和同事，

在我往來於通遼與北京期間，一杯濁酒、幾句祝福的點滴往事，詮釋了人生的美好、真情的可貴。感謝同窗學友們，彼此在學業上的交流，在生活上的幫助，讓我們共同擁有了一段充實的生活。感謝中央民族大學及文傳學院，讓我在這個人生驛站，看到了別樣的風景，積累了前行的信心和動力。

　　人生原本是一條單行道，每一天都是新的，「美美與共、知行合一」，在今後的工作生活中，我都將懷著感恩之心，跟隨時代的腳步，努力前行！

2018 年 3 月 30 日於內蒙古民族大學